AF140904

FARUQ MIRAHMADI

Die Gefangenen
von
Deh-Masang

Der Autor
Dr.(UA) Faruq Mirahmadi wurde 1959 in Afghanistan
geboren, hat in der Sowjetunion studiert und promoviert.

2015 erschien in Kabul von ihm ein Fachbuch zur Thematik
„Heating Engineering". Ende 2016 wurde in Deutschland
sein erster Roman „Schab und Suhrab" beim KUUUK Verlag
veröffentlicht. 2017 hat seine Geschichte „Scheitanak" im
Literaturwettbewerb zur 11. Bonner Buchmesse Migration
in der Kategorie Kinder- und Jugendgeschichten den ersten
Platz erhalten. Sein Buch „Ein Stadtjunge aus Butter" ist
2018 bei KDP erschienen. Außerdem schreibt er Gedichte
auf Paschto.

FARUQ MIRAHMADI

Die Gefangenen von Deh-Masang

Bibliografische Information der Deutschen Nationalbibliothek:
Die Deutsche Nationalbibliothek verzeichnet diese Publikation in der
Deutschen Nationalbibliografie, detaillierte Daten sind im Internet
über dnb.dnb.de abrufbar.

TWENTYSIX – Der Self-Publishing-Verlag
Eine Kooperation zwischen der Verlagsgruppe Random House und
BoD – Books on Demand

Copyright © 2018 By Faruq Mirahmadi

Alle Rechte vorbehalten. Insbesondere das Recht der Übersetzung,
der elektronischen Vervielfältigung, der Übertragung durch Fernse-
hen, Rundfunk und andere Medien sowie das Recht der Verarbeitung
und Speicherung.

Buchcover: © l.mdi
Lektorat: Hamasa Barkzai
Kontakt: faruq.mirahmadi@gmail.com

Herstellung und Verlag:
BoD – Books on Demand, Norderstedt

ISBN: 978-3-740748203

Für meinen Vater,
dessen Märchen, Geschichten und
Gedichte meine Kindheit mit Farbe
und Freude geschmückt haben.

Kapitel 1

Im Herbst, nachdem die Arbeit auf dem Feld zu Ende ging, fing Emal an, auf die Jagd zu gehen. Er war der Einzige im Dorf, der nicht nur aus Leidenschaft jagte, sondern die Jagd auch als einen wichtigen Broterwerb für seine Familie einsetzte.

Sein kleines Landstück, das er jedes Jahr mit Weizen bepflanzte, brachte ihm auch in guten Jahren nur eine bescheidene Ernte ein. Da er bereits seine alten Schulden auf dem Dreschfeld begleichen musste, blieben ihm nur noch ein paar Säcke Weizen übrig. Die reichten nicht einmal für einfaches Brot bis zur nächsten Ernte. Sobald die Erntearbeit beendet war, sattelte er am Tag darauf sein treues Pferd, nahm einen Sack Proviant mit, hängte sein altes britisches Gewehr, dass sein Großvater in einer Schlacht gegen die britische Armee erbeutet hatte, über die Schulter, und brach zu den etwa zehn Kilometer entfernten Bergen auf.

Gewöhnlich verschwand er in den dortigen Bergen und Tälern für drei bis fünf Tage, aber es gab Fälle, wo er auch nach mehreren Tagen nicht zum Dorf zurückkam. Einmal wollten die Dorfbewohner ihn sogar für tot erklären, sie glaubten, er sei bestimmt von einem Felsen gestürzt oder von einem Tiger oder Wolf angegriffen und gefressen worden.

Emal kehrte aber auch dieses Mal unversehrt zurück nach Hause. Seine Frau und sein einziger Sohn, die besorgt und verärgert auf ihn gewartet hatten, warfen sich überglücklich in seine breiten, kräftigen Arme und schon war alles vergessen. Das frische, gesalzene und getrocknete Fleisch und die wilden Früchte, die er dieses Mal reichlich aus den Bergen mitgebracht hatte, tauschte er in den nächsten Tagen im Dorf gegen Zucker, Tee, Öl und andere Lebensmittel.

Die Dorfleute fanden, Emals Vorliebe für die Jagd sei eine Besessenheit. Natürlich griff der eine oder andere Landbesitzer im Dorf auch mal zum Gewehr, um eine wilde Ente oder einen Hasen abzuschießen. Die Bauer, Handwerker und Viehzüchter legten auch Fallen oder Netze, um Wachteln oder Rebhühner zu fangen. Aber sie jagten in Gärten, Feldern und Steppen rings um das Dorf und hauptsächlich in der Zeit, als die Zugvögel ihre Gegend besuchten. Niemand riskierte sein Leben, um hoch in den Bergen zu klettern und tagelang wilden Tieren wie Steinbock oder Gazelle aufzulauern. Diese waren schon längst aus den Steppen und Tälern verdrängt worden und nun waren sie selten und nur noch in den gefährlichen, hoch gelegenen und schwer zugänglichen Orten der Berge zu finden.

Emal war um die Vierzig, mittelgroß und mit starkem, muskulösem Körperbau. Seine Lebensweise war einmalig und sein Verhalten den anderen gegenüber merkwürdig. Er war ein Einzelgänger, hatte keine nahen Verwandten oder Freunde, schwieg ständig und mied Treffen und

Menschenversammlungen. In den Pausen zwischen den Jagden beschäftigte er sich auf dem Feld, kümmerte sich um sein Pferd, pflegte sein Gewehr und bereitete sich auf die nächste Jagd vor. Die Leute sagten, er liebe sein Pferd und Gewehr mehr als seine schöne Frau Afsana.

In ihrer Jugend hatte Afsana viele Verehrer gehabt. Fast jeder im Dorf war hinter ihr hergelaufen. Sie aber hatte ihr Herz ausgerechnet Emal geschenkt. Er war nicht reich, schön oder lustig und somit in keiner Weise ein aussichtsreicher Bewerber, dennoch hatte er ihre Liebe gewonnen. Was ihn für Afsana so anziehend gemacht hatte, womit er ihr Herz erobern konnte, hatte niemand verstanden. Sogar Afsanas enge Freundinnen hatten sie mit ihren sarkastischen Fragen und spitzen Bemerkungen geärgert.

»Was hast du so Besonderes an ihm gefunden, Afsana? Dein Jäger sieht doch genauso wild aus wie ein Tiger«, fragte einmal die eine mit einem verschmitzten Lächeln.

»Hast du das Sprichwort nicht gehört? Liebe ist blind. Sie sieht nicht, sie fühlt«, versuchte Afsana, eine genaue Antwort zu vermeiden.

»Ach, es wäre schon interessant zu wissen, wie es mit dem Fühlen zwischen einem Tiger und einer Gazelle im Bett steht«, bemerkte die andere seufzend.

»Sag mal, Afsana! Jagt er dich lange oder fängt er dich mit einem Sprung und kommt sofort zur Sache?«, fragte die dritte provozierend.

»Das geht euch gar nichts an, Mädels! Wenn ihr weiter so pervers redet, dann stelle ich euch einfach vor die Tür, verstanden?«, antwortete sie in gespielt ernstem Ton und versuchte ihr schamvolles Lächeln zu verbergen.

Emals Sohn Atal war das genaue Gegenteil von seinem Vater. Er war schlank und hochgewachsen, mit großen schwarzen Augen. In seinen feinen Gesichtszügen erkannte jeder etwas von seiner Mutter. Er war schon 17 Jahre alt, trug aber immer noch keinen Turban, wie alle anderen Jungs im Dorf. Seine langen, kohlrabenschwarzen Haare reichten bis zur Schulter und hatten einen klaren Scheitel in der Mitte. Die Leute sagten, wenn Atal ein Mädchen wäre, dann stünden die Bewerber Schlange vor seiner Haustür. Er war fröhlich, aktiv, spielte den ganzen Tag auf der Straße, verpasste keinen Anlass zum Feiern, sang und tanzte gern mit anderen Gleichaltrigen. Als sein Vater seine Leidenschaft für die Jagd auch auf ihn übertragen wollte, stellte sich seine Mutter Afsana strikt dagegen.

»In jedem Zuhause genügt ein Verrückter. Es reicht, dass ich mein halbes Leben allein, mit sorgenvollen Tagen und schlaflosen Nächten auf dich gewartet habe«, sagte sie verärgert.

»Ich will aus ihm einen echten Mann machen. Siehst du nicht, dass er für ein erwachsenes Leben gar nicht bereit ist? Er läuft die ganze Zeit mit ein paar anderen leichtsinnigen Jungs und macht den Dorfmädchen schöne Augen.«

»Mach aus ihm, was du willst, nur nicht einen Jäger! Mir ist es lieber, wenn er hinter den Mädchen läuft als hinter den Tieren in den Bergen.«

Atal selbst zeigte auch kein großes Interesse für die Jagd und die Berge. Sein Vater hatte ihm zwar beigebracht, wie man auf einem Pferd reitet, zielt und schießt, aber Gewehr und Berge faszinierten ihn nicht wirklich. Auch die Mädchen im Dorf zogen ihn nicht besonders an. Im Gegensatz zu seinen Freunden, die nur eins im Sinn hatten, nämlich ein Mädchen zu verführen, bevorzugte er immer noch Straßenspiele und Rumhängen mit den Jungs.

Die Taktiken der Jungs, an die Mädchen ranzukommen, waren bekannt. Sie kreuzten absichtlich die Wege der Mädchen zu den Wasserquellen, Bächen und Ähnlichem, ließen es aber natürlich wie ein Zufall erscheinen, und versuchten ihre Aufmerksamkeit auf sich zu lenken. Atal fand das alles zwar langweilig, machte aber das Spiel wegen seiner Freunde trotzdem mit.

Eines Tages, als er mit Samsur zum Fluss schwimmen ging, sagte sein Freund plötzlich:

»Ich beneide dich, Atal! Du bist wie Honig, selbst die stolze Tanda ist wie eine hungrige Biene scharf auf dich.«

»Hör auf, zu lügen! Wenn das so wäre, dann hätte ich es bestimmt bemerkt«, antwortete Atal mit einer gleichgültigen Miene.

»Dann bist du blind, mein Freund! Siehst du nicht ihre brennenden Blicke? Ein Zeichen von dir reicht und das schöne Vögelchen ist bereits im Netz«, grinste er und klopfte ihm auf die Schulter.

Ein paar Tage später, als Atal zusammen mit zwei Jungs die Mädchen auf ihrem Weg vom heiligen Schrein zurück nach Hause abfing, sah er Tanda mit Absicht etwas länger und forschend an. Als ihre Blicke zusammentrafen, bemerkte er überrascht, dass auch sie ihn eindringlich anstarrte und ihre Augen ungewöhnlich funkelten. Atal lief auf einmal ein Schauer über den Rücken, verängstigt wandte er sofort die Augen ab.

Danach war Atals Kopf ständig mit dieser Szene beschäftigt. Er konnte Tandas heiße Blicke nicht mehr aus seinen Gedanken vertreiben.

Bei den nächsten Gelegenheiten suchte Atal wieder und wieder gezielt ihren Blick, anfangs noch aus Neugier, nach und nach aber aus Sehnsucht nach einem unbekannten, angenehmen Gefühl, das jedes Mal beim Zusammentreffen ihrer Blicke sein Herz überströmte. Als irgendwann Tanda seinen Blick noch mit einem verführerischen Lächeln erwiderte und ihm dazu heimlich zwinkerte, wäre er fast über die eigenen Füße gestolpert.

Tanda war vielleicht nicht die Hübscheste im Dorf, sie war aber unheimlich reizvoll, attraktiv und äußerst gut gebaut. Die Jungs träumten bloß von ihr. Sie aber zeigte ihnen gegenüber nicht das geringste Interesse. Im Gegensatz verspottete sie diejenigen, die ihre Zuneigung zu gewinnen versuchten oder sie anzumachen wagten.

Die Dorfjungs mussten sich ihr gegenüber vorsichtig verhalten, sie war die Tochter des Stammesführers, sein einziges Kind. Ihre Mutter war gestorben, als sie noch ein Kind war. Ihr Vater zögerte aber trotz der Ratschläge von Verwandten und Freunden, ein zweites Mal zu heiraten. Die möglichen Kandidatinnen in der Umgebung passten ihm aus dem einen oder anderen Grund nicht.

Eines Tages fand eine lang erwartete Hochzeitsfeier im Dorf statt. Wie gewöhnlich nahmen fast alle Dorfbewohner an den Feierlichkeiten teil. Die Frauen kamen im Haus des Bräutigams zusammen. Die Männer versammelten sich auf einem Platz unter dem freien Himmel in der Mitte des Dorfes. Der war mit Teppichen bedeckt und dutzende Öllampen sorgten für seine Beleuchtung.

In einer Ecke des Platzes war ein großes Zelt für Tandas Vater Bas Khan und andere Dorfälteste aufgestellt. Die Stimmung war hoch, Klein und Groß, Alt und Jung, alle waren bunt gekleidet, die Musik war laut, es wurde sowohl auf der Männer- als auch auf der Frauenseite ununterbrochen gesungen und getanzt.

Die Jüngeren liefen zwischen der Freiluftküche in der Nähe des Platzes und den Gästen hin und her, und brachten ihnen Essen und Trinken. Auch Atal war dabei und half. Nachdem die Männer komplett versorgt waren, kamen die Frauen an der Reihe. Die Jungs fingen an, das Essen auch zum Haus des Bräutigams zu tragen.

Als Atal mit einem Tablett voller Reis und Schaffleisch bei den Frauen erschien, kam ausgerechnet Tanda auf ihn zu, um sein Tablett abzunehmen. Sie trug ein glänzendes rotes Kleid und dazu ein schönes grünes Kopftuch. Ihre Augen waren mit Kajal bemalt, die Lippen waren mit Walnussbaumrinden rot gefärbt und auf der Stirn, Wangen und Kinn klebte jeweils ein grünes Schönheitsmal. Atal, der wie verwurzelt da stand und sie mit großen Augen anschaute, kam erst dann zu sich, als sie nach seinem Tablett griff und ihm schnell und leise zuflüsterte: »Komm zu unserer Scheune.«

Atal trat sprachlos den Rückweg an. So ein Glück hätte er sich nicht erträumen können. Auf dem Weg zur Küche rätselte er nur, wann er zur Scheune gehen sollte. Aus Erzählungen und Erfahrungen der anderen wusste er, dass solche Geschichten gewöhnlicherweise um Mitternacht passierten, wenn alle schliefen. Heute war aber eine Hochzeitsfeier, in dieser Nacht ging doch niemand vor dem Morgengrau schlafen.

Jetzt war Atal verwirrt, er wusste nicht, wie er vorgehen sollte. Wieder einen Anlass abwarten, zu den Frauen gehen und auf ein neues Zeichen von ihr hoffen? Das wäre aber nicht nur peinlich, sondern auch riskant.

Vielleicht hatte er sie nicht richtig verstanden, er war hier und sie bereits unterwegs zur Scheune, kam ihm plötzlich in den Sinn. Oh, Gott! Wenn er diese Gelegenheit nicht nutzte, wenn er den Moment verpasste, dann würde sie ihm nie wieder eine zweite Chance geben, dachte er ängstlich.

Atal musste sich beeilen, er kehrte zum Platz zurück, zeigte sich kurz hier und da, um keinen Verdacht zu wecken, und machte sich dann heimlich aus dem Staub.

Die Scheune befand sich nicht weit von Tandas Haus, sie stellte zwei lange, hintereinanderstehende Räume dar, in denen jeweils Heu und Stroh gelagert waren. Als Atal mit rasendem Herzen und zitternder Hand das Scheunentor nach hinten drückte, ging es nicht auf. Zuerst dachte er, er sei doch zu früh gekommen, dann aber stieg in ihm plötzlich der Verdacht auf, Tanda könne sich über ihn lustig machen, und er sei wie der letzte Narr auf ihr Spiel hereingefallen. Als er aber noch einmal mit beiden Händen das Tor kraftvoll von sich stieß, fing es an, mit lautem Quietschen zur Seite zu rücken.

Atal betrat vorsichtig den Raum. Die Nacht war dunkel, sogar draußen sah man kaum den Weg vor sich. Er stand da und wartete einen Moment lang, bis plötzlich er Tandas Stimme aus dem zweiten Raum hörte.

»Hier!«, rief sie leise.

Sekunden später erschien sie mit einer Kerze in der Hand in der Tür des zweiten Raumes. Als Atal hinter ihr den Raum betrat, bemerkte er eine schwarze Decke, die über einem Strohhaufen ausgebreitet war.

Tanda setzte sich auf die Decke und stellte die Kerze auf ein Holzbrett daneben. Atal stand noch unentschlossen in ein paar Metern Entfernung, als würde er auf ihre Einladung warten. Auf einmal hob Tanda ihr langes Kleid hoch und zog es einfach über den Kopf. Atal stand wie versteinert da und schaute mit offenem Mund ihren nackten, weißen Oberkörper an. Als Tanda ihr Kleid zur Seite legte, richtete sie ihren lustvollen Blick auf ihn und sagte mit einem verführerischen Ton: »Na, Jägersohn! Komm zu mir!«

Atal ging ungeschickt auf sie zu und setzte sich neben sie. Sie näherte ihre Lippen langsam seinem Mund und küsste ihn einmal, dann sah sie ihn kurz lächelnd an und küsste ihn noch einmal. Atal griff schnell nach seinem Hemd, zog es mit hektischen Bewegungen aus und warf es ebenfalls zur Seite, dann nahm er sie fest in die Arme. Als er ihre weichen, warmen Brüste an seinem Körper fühlte, stieg er in den siebten Himmel der Lust und Erregung auf. Tanda legte sich zurück und ließ sich von ihm liebkosen, er warf sich auf sie und überzog ihre Lippen, ihren Hals und ihre Brüste mit unzähligen heißen Küssen.

Tanda lachte ununterbrochen und sagte wiederholt: »Du gehörst mir, Jägersohn! Nur mir!«

Atal führte seiner Hand herunter, griff nach ihrer Hose und wollte sie ausziehen, Tanda umklammerte aber seine Hand fest und sagte: »Nein! Weiter ist es dir noch nicht erlaubt.«

Als Atal sie enttäuscht ansah, fügte sie mit einem vieldeutigen Lächeln hinzu: »Hab Geduld, Jägersohn!«

»Und wann erlaubst du es mir?«, fragte er.

»Genau in so einer Nacht! Wenn ich dich zu meinem

Mann nehme! Danach vertraue ich dir all meine Schätze an«, versprach sie und lachte vergnügt.

Atal legte sich neben sie und erwiderte seufzend: »Du hast deinen Vater vergessen. Er wird dich nie einem armen Jägersohn zur Frau geben! Es sei denn, du meinst, dass du eine Zauberin bist.«

Tanda stützte sich auf den Ellenbogen, sah ihm spielerisch ernst in die Augen und flüsterte verschwörerisch: »Ja! Das bin ich. Dich habe ich doch verzaubert.«

Dann bedeckte sie sein Gesicht und Hals mit kleinen Küssen und sagte leise in sein Ohr: »Mein Vater liebt mich. Ich bekomme von ihm alles, was ich will.«

Erregt von ihren heißen Küssen fing Atal an, sie wieder schnell und wild überall zu küssen, bis sie irgendwann stöhnend protestierte: »Jetzt ist aber Schluss! Wir müssen zurück!«

Atal ließ sie widerwillig los. Sie setzte sich auf, zog sich schnell ihr Kleid über den Kopf und machte sich auf dem Weg.

»Und wann treffen wir uns wieder, Tanda?«, fragte Atal, nachdem auch er sein Hemd angezogen hatte.

»Wenn die Zauberin es wünscht«, sagte sie lachend und lief aus der Scheune heraus.

Am dritten Tag nach der Hochzeit klopfte plötzlich jemand vor dem Abend an Emals Haustür und rief laut: »Hey, Jäger! Bist du zu Hause?«

Emal, der sein Gewehr reinigte, legte es zur Seite und ging zur Tür hinaus. Atal war wie immer zu dieser Zeit nicht zu Hause und Afsana bereitete etwas für das Abendessen vor.

Vor der Tür stand einer von Bas Khans Bauern.

»Mein Herr will dich sehen«, verkündete er nach der Begrüßung.

»Wann? Jetzt?«

»Genau! Er erwartet dich in seinem Gasthaus«, antwortete er und ging fort.

Emal war sich fast sicher, dass jemand sich über seinen Sohn beschwert hatte. Aber als er das große Gästezimmer des Khans betrat, sah er überrascht zwei fremde Gesichter. Der eine war ein hellbraunhäutiger Mann ungefähr in seinem Alter, mit dichtem, langem Schnurrbart und der andere ein kräftiger junger Mann um die dreißig. Sie saßen auf dicken Matratzen entlang der Wand und machten es sich auf zwei großen Kissen bequem.

Emal kam nach vorne, begrüßte zuerst die beiden, dann Bas Khan und nahm den Fremden gegenüber Platz.

»Das ist Geirat Khan, ein guter, alter Bekannter von mir und das ist Redei, sein treuer Begleiter«, zeigte Bas Khan auf die beiden nacheinander.

»Sie waren so nett und wollten auf dem Weg nach Hause ein, zwei Tage bei mir übernachten«, fügte er hinzu.

»Seid willkommen, Brüder! Khans Gäste sind auch meine Gäste«, erwiderte Emal. Die Fremden nickten dankend.

»Ich habe meinen teuren Gästen erzählt, dass uns ein schweres Jahr bevorsteht. Die Weizenfelder sind von einer Plage heimgesucht worden. Die Ernte wird wieder ganz schlecht ausfallen. Geirat Khan erwartet aber bei sich in Badghis eine besonders prachtvolle Ernte in diesem Jahr. Als er erwähnt hat, dass er noch zwei Arbeiter für das Weizenmähen brauchen wird, habe ich sofort an dich und deinen Sohn gedacht«, teilte Bas Khan ihm mit.

»Der verehrte Khan hat von dir als einen zuverlässigen und ehrlichen Mann gesprochen. Wenn du und dein Sohn bereit seid, dann nehme ich euch mit. Eure Arbeit werde ich großzügig bezahlen, das verspreche ich dir«, ergriff der Fremde das Wort.

»Das ist doch eine gute Gelegenheit für dich, Emal! Du und dein Sohn könnt in einem Monat mehr verdienen als mit deiner Jahresernte und Jagd zusammen«, schaltete sich Bas Khan wieder in das Gespräch ein.

»Ich könnte vielleicht mitgehen, aber mein Sohn! Ich weiß nicht. Einer von uns muss doch hier bleiben, das Feld dreschen und auf die Familie aufpassen«, sagte Emal nachdenklich.

»Ich würde an deiner Stelle so eine Chance nicht versäumen, Emal! Unter uns gesagt, du gehst sowieso auf die Jagd und dein Sohn verschwindet auch in der Zeit irgendwo draußen. Ich glaube, deine mutige Frau wird diese kurze Zeit auch ohne euch gut überstehen. Und was dein Feld betrifft, überlasse es mir, ich beauftrage jemanden und er wird sich um jedes Körnchen deiner Ernte kümmern. Sonst entscheide dich selbst, Emal! Niemand versucht, dich zu zwingen,« redete Bas Khan auf ihn ein.

»Ich weiß nicht wirklich, Bas Khan! Ich muss mit meiner Frau und meinem Sohn reden.«

»Das ist eine sehr kluge Entscheidung, Bruder! Wir brechen übermorgen auf. Du hast noch morgen Zeit«, sagte der Fremde.

Unterwegs nach Hause fürchtete Emal, dass Afsana ihm eine große Szene machen und kategorisch Nein sagen wird, aber als er ihr zu Hause vorsichtig von dem Angebot des Fremden erzählte, zeigte sie sofort ihr Einverständnis.

»Dort wirst du wenigstens unter Leuten sein und nicht allein auf den Felsen klettern. Auch für unseren Sohn ist es Zeit endlich die Augen zu öffnen und etwas vom Leben zu lernen«, sagte sie zustimmend.

Als Emal mit Besorgnis fragte, ob sie sich ganz sicher sei, dass sie sechs Wochen lang alles allein zu Hause schafft, antwortete Afsana: »Sei absolut beruhigt! Keine Wölfe werden mich auffressen. Ich bin es schon gewohnt fast alles allein zu machen. Dein Sohn ist sowieso keine große Hilfe für mich zu Hause.«

Emals Gespräch mit seinem Sohn Atal am späten Abend verlief nicht ganz so glatt. Die Nachricht, dass er mit seinem Vater für mehr als einen Monat, ganz weit von hier auf fremden Feldern arbeiten sollte, traf ihn wie ein Blitz aus heiterem Himmel. Ausgerechnet jetzt, wo er zum ersten Mal ein süßes Mädchen küsste, wo er schon ungeduldig auf die nächste Gelegenheit wartete, träumte und sich alles Mögliche fantasierte, musste er für sechs lange Wochen weggehen!

Nach einer langen Diskussion musste Atal endlich seinen Widerstand aufgeben. Die Tatsache, dass seine Familie in großen finanziellen Schwierigkeiten steckte, ließ ihm keine andere Wahl.

Am nächsten Morgen schickte Emal seinen Sohn mit den letzten zwei Weizensäcken zur Mühle und versuchte selbst für seine Frau einen kleinen Vorrat von allen wichtigen Sachen bereitzustellen. Afsana packte die Sachen ihrer Männer ein und backte Brot für die Reise.

Vor dem Sonnenaufgang verließen vier Reiter das Dorf: Emal, Atal und zwei Fremde aus dem Norden. Am Tag zuvor hatte Bas Khan Emal damit überrascht, dass er ihm sein Pferd für die Reise ausgeliehen hatte. So eine nette Geste hatte Emal von ihm nicht erwartet. Warum er sich auf einmal so freundlich verhalten hatte, konnte Emal sich nicht mit Gewissheit erklären. Vielleicht wollte Bas Khan seine Großzügigkeit vor dem Gast demonstrieren oder etwas in der Art, dachte er.

Während sie sich immer weiter vom Dorf entfernten, schaute Atal immer wieder zurück, als wäre es noch möglich Tanda zu sehen und ihr alles zu erklären.

Sieben Tage lang folgten Emal und Atal ihren Wegbegleitern. Die Fremden ritten in Ruhe durch unendliche Steppen und Täler und überquerten Bergflüsse und Pässe. Das Wetter war herrlich für den Anfang des Sommers. Die Fremden wussten genau, an welcher Wasserquelle sie Mittagspause und wo sie Feuer machen und übernachten konnten. Sie genossen die Reise. Nur Atal hielt es trotz der atemberaubenden Natur kaum aus. Er wollte schnell alles hinter sich bringen und nach Hause zurückkehren.

Kapitel 2

Vor dem Sonnenuntergang des siebten Tages erschien endlich in der Ferne ein frei stehendes, von hohen Mauern umschlossenes Haus. Das war Geirat Khans Haus. Als sie sich ihm näherten, ritt Geirat Khan den anderen voraus nach Hause. Sein Begleiter Redei führte Emal und Atal zum Pferdestall neben dem Haus. Ein Stallbursche lief zu ihnen und übernahm ihre Pferde. Danach brachte Redei sie zu einer Hütte, die sich auf einem Hügelchen etwa einen Kilometer rechts vom Stall befand.

Emal und Atal standen eine Weile vor der Hütte und schauten sich erstaunt um. Weit und breit, soweit das Auge reichte, erstreckten sich Weizenfelder. Auch die zahlreichen großen und kleinen Hügel waren mit goldenen Weizenähren bedeckt. So etwas gab es in ihrem Dorf nicht. Beide waren von dem herrlichen Panorama der Umgebung sehr beeindruckt.

»Wie bewässert man die Hügel, Baba? Ich sehe keine Bäche und Kanäle hier«, erkundigte sich Atal neugierig.

»Das ist eine besondere Art von Weizenanbau, mein Sohn! Die Weizenähren leben vom im Boden gespeicherten Schnee- und Regenwasser, sie brauchen keine künstliche

Bewässerung«, antwortete Emal.

»Ach so! Die Bauern hier haben dann mehr Glück als bei uns. Einmal Weizenkörnchen in den Boden geworfen und fertig.«

»Dafür ist man hier von der Laune des Wetters, nämlich der Regen- und Schneemenge, stärker abhängig. Wenn nicht genug Schnee fällt, dann gibt es auch keine Ernte.«

»Ich lasse euch allein und kümmere mich um das Abendessen«, bemerkte Redei und ging fort.

Emal und Atal betraten eine bescheidene Lehmhütte und sahen sich um. Sie war fast leer: Ein paar schwarze Töpfe und Schüsseln neben der Feuerstelle, ein großer Tonkrug und ein halb zerquetschter Eimer in der Ecke, ein kaputter Besen, eine schmutzige Öllampe neben dem Tür sowie einige Holzlöffeln, die an der Wand hingen; alles staubbedeckt und scheinbar seit dem letzten Jahr unberührt.

Atal war müde. Er warf sich einfach in eine Ecke auf den Boden. Zum Ausruhen kam er aber nicht. Gerade als er sich hingelegt und die Beine ausgestreckt hatte, bat sein Vater ihn, ein bisschen Wasser zu holen. Widerwillig stand er auf, hob den Eimer vom Boden, ging nach draußen und folgte einem schmalen Pfad nach unten, wo sich nach Redeis Angaben ein Brunnen befinden sollte.

Als er etwa zehn Minuten später mit dem Wasser zurückkam, sah er, dass sein Vater dabei war, aus den alten Strohhalmen und getrockneten Zweigen zwei Schlafplätze zu bauen. Atal setzte sich wieder auf den Boden, lehnte den Kopf gegen die Wand und richtete den Blick auf die Tür. Seine Augen fielen zwar langsam zu, aber er musste auf Redei warten, sein Magen knurrte, er wünschte sich ein duftendes Tanurbrot, bevor er schlafen ging.

Es dauerte unheimlich lange, bis endlich Redei mit einer Tüte in einer und einer großen Kanne in der anderen Hand zurückkam. Er ließ die Tüte auf das Stroh fallen, stellte die Kanne auf den Boden und zeigte mit dem Finger auf beide: »Brot, Tee, Zucker und Buttermilch für euer Abendessen und Frühstück«, erklärte er. Danach drehte er sich um und ging hinaus.

»Morgen, nach dem Frühstück kommt Geirat Khan und erklärt alles Weitere«, verkündete er noch in der Türschwelle.

Trotz der Erschöpfung aß Atal mit großem Appetit zwei ganze Fladenbrote mit Buttermilch. Nachdem sein Hunger und Durst gestillt waren, legte er sich auf seinem Strohbett hin. Anfangs wanderten seine Gedanken noch zu ihrem Dorf, seine Mutter stand ihm vor Augen, Tanda blickte ihn einladend an. Dann aber schaltete er komplett ab und schlief tief ein. Emal saß noch einige Zeit da, danach verschloss er die Kanne, packte die Reste des Brotes in die Tüte, hängte sie an die Wand, damit sie vor Ameisen geschützt blieb, und ging ebenfalls schlafen.

Als Atal aufwachte, stand die Sonne schon hoch am Himmel. Durch die offene Tür drang ein leichter Holzrauch, eine Weile musste er sich anstrengen, um zu verstehen, wo er sich gerade befand. Danach drehte er den Kopf zur Schlafstelle seines Vaters. Sie war aber bereits leer. Atal stand auf, streckte sich und kam nach draußen. Hinter der Hütte fand er seinen Vater, der bereits eine Gusseisenkanne auf dem Feuer gestellt hatte, um Tee vorzubereiten.

»Geh zum Brunnen und erfrische dich!«, sagte Emal, nachdem Atal ihn leise begrüßt hatte.

Atal ging hinunter zum Brunnen und verrichtete unterwegs seine Notdurft hinter einem Busch. Er zog sein Hemd aus, holte aus der Tiefe ein Eimer voller Wasser und goss es sich über den Kopf. Vom Schock des kalten Wassers und der frischen Brise des Morgens kam er sofort zu sich. Er trocknete sich mit seinem Pattu, dem großen traditionellen Schal für Männer, ab, zog sein Hemd wieder an, schaute noch ein paar Minuten auf die schöne hügelige Landschaft und kehrte dann wieder zur Hütte zurück.

Emal und Atal waren gerade mit ihrem Frühstück fertig, als Geirat Khan und Redei vor der Hütte von ihren Pferden abstiegen. Nach der Begrüßung überreichte Redei ihnen zwei große Sicheln.

»Kommt! Ich zeige euch die Felder, für die ihr verantwortlich seid«, sagte Geirat Khan. Er trat nach vorne. Redei, Emal und Atal folgten ihm. Sie kamen vom Hügel herunter und gingen entlang den Hängen. Geirat Khan zeigte ihnen die Grenzen seines Feldes und bestimmte die Stelle, wo sie am besten anfangen sollten, zu mähen.

Emal war zwar mit der Mäharbeit bestens vertraut, es war auch für Atal nichts Neues, er hatte jedes Jahr seinem Vater auf dem Feld geholfen, aber ihr kleines Landstück stand in keinem Vergleich mit dem riesigen Landstreifen, der ihnen bevorstand.

Noch im Morgengrauen des nächsten Tages standen Emal und Atal auf, nahmen ein paar Fladenbrote mit, die vom Abend geblieben waren, und gingen hinunter zum Brunnen. Dort erfrischten sie sich, füllten den großen Tonkrug mit Wasser und machten sich auf dem Weg zum Feld.

Am Rande ihres Feldes standen sie für eine Weile nebeneinander, beteten wie vor dem Beginn jeder Arbeit und griffen dann zu ihren Sicheln. Sie mähten die Weizenhalme und stapelten sie regelmäßig hinter sich. Bald erschienen auch andere Bauer auf den Nachbarfeldern rechts und links von ihnen.

Nach etwa zwei Stunden Arbeit legten Emal und Atal ihre Frühstückspause ein. Sie gingen zum Feldrand, wo sie angefangen hatten, setzten sich auf den Boden und stellten das Tuch mit dem Brot und Tonkrug mit dem Wasser vor sich. Die Sonne stand hoch am Himmel und brannte bereits ordentlich. Emal sah das abgemähte Feldstück prüfend an und bemerkte: »Der Anfang ist nicht schlecht, mein Sohn! Ein bisschen mehr Tempo und wir könnten vielleicht früher als gedacht das ganze Feld fertig mähen.«

»Heißt das, dass wir alles auch in weniger als einem Monat schaffen könnten?«, fragte Atal fröhlich.

»Im Prinzip schon, aber ich weiß nicht, wie viel schneller wir am Mittag vorankommen können, wenn die Sonne im Zenit steht«, antwortete er.

Nach dem Frühstück setzte Atal die Arbeit mit voller Kraft fort. Er strengte sich den ganzen Tag an, ohne Rücksicht auf die Dornen- und Stachelpflanzen, die unter den Weizenhalmen im Überfluss zu finden waren oder die glühende Hitze, Muskelschmerzen und Schweiß, der ununterbrochen über sein Gesicht lief. Er verkürzte sogar seine Mittagspause.

Vor dem Sonnenuntergang verkündete endlich sein Vater den Feierabend und sie traten den Rückweg zu ihrer Hütte an. Atal war so erschöpft, dass er kaum noch seine Beine hinter sich schleppen konnte. Gleich nachdem sie die Hütte betraten, warf er sich auf seinen Schlafplatz, ohne sich zu waschen oder etwas in den Mund zu nehmen, und versank in einen tiefen Schlaf.

In der Morgendämmerung, als sein Vater ihn weckte, war alles noch schlimmer, sein Rücken war ganz steif, all seine Muskeln taten weh und seine linke Hand war voller Stacheln. Atals Gedanken wanderten zu ihrem Feld im Dorf, er verglich seine Mäharbeit dort. Bei sich Zuhause legte er immer mehrere Pausen ein, lief oft nach Hause, setzte sich unter dem Schatten eines Baumes, wartete bis seine Mutter ihm etwas kaltes zum Trinken brachte und genoss, wie sie ihn lobte und bemitleidete.

»Na, lebst du noch, mein Sohn?«, riss sein Vater ihn aus seinen Gedanken.

»Das mit dem Tempo hast du wohl zu wörtlich genommen. Du sollst dich nicht überanstrengen. Ein Tag hin oder her macht kaum einen Unterschied«, fügte er hinzu.

»Mach dir keine Sorgen, Baba! Ich schaffe es«, erwiderte er ruhig. Danach stand er entschlossen auf und ging zur Tür hinaus.

In den nächsten Tagen ging es auf den Feldern schon richtig los. Die Bauern machten sich auf den Fersen der Mäher. Sie bündelten und stapelten die Weizenhalme zu Garben und brachten sie zum Dreschplatz. Hinter ihnen zogen dutzende von Kindern und Erwachsenen, Männern und Frauen. Sie sammelten die gebrochenen und auf dem abgemähten Feld verbliebenen Weizenähren. Hier und da sangen die Bauern, riefen einander etwas zu, scherzten und lachten.

Emals Optimismus stellte sich als übertrieben heraus, trotz aller Anstrengungen gelang es ihm und Atal auch in einem ganzen Monat nicht, ihren Anteil der Felder fertig zu mähen. Sie mähten und mähten, erreichten aber keineswegs das Ende des Feldes, als wären die Weizen darauf über Nacht wieder gewachsen.

Nach einem Monat, einer Woche und drei Tagen war fast alles so weit. Für Atal kam der Tag, auf den er so sehr gewartet hatte. Noch am Abend zuvor nahmen sein Vater und er sich vor, ein letztes Mal die Arbeit anzutreten und keinen Meter des Feldes für übermorgen übrig zu lassen. Am Morgen darauf arbeiteten die beiden besonders hart. Sie verzichteten auf die Frühstückspause und verkürzten ihre Mittagspause.

Mit der Abenddämmerung erreichten sie endlich den Bach, der die Grenze ihres Feldes markierte. Kurz nach seinem Vater mähte auch Atal die letzten Weizenhalme vor ihm, richtete sich zufrieden auf und warf seine Sichel kraftvoll auf den Boden.

Als sie zur Hütte zurückkamen, erschien auch Redei mit dem Abendbrot. Emal teilte ihm mit, dass die Arbeit zu Ende sei und er nun auf Geirat Khan warte. Redei versprach seine Botschaft dem Khan zu überreichen und verließ die Hütte.

Am nächsten Morgen kam Redei wieder allein. Er bat Emal und Atal in Geirat Khans Namen, noch eine Nacht zu bleiben.

»Khan kommt morgen früh und bezahlt alles, was euch zusteht«, verkündete er.

»Warum nicht jetzt? Wir wollen noch heute aufbrechen«, fragte Atal ungeduldig.

»Wozu diese Eile, Junge? Ruht euch heute gut aus! Steigt morgen früh auf eure Pferde mit dem Geld in der Tasche und reitet nach Hause«, sagte Redei mit einem mysteriösen Lächeln in den Mundwinkeln.

Atal wollte etwas erwidern, aber Emal hielt ihn mit einer Handbewegung auf.

»Richte Geirat Khan unsere Grüße aus und sag ihm, dass wir aus Respekt vor ihm noch einen Tag bleiben«, bat er Redei.

»Und kümmere dich bitte um unsere Pferde, sie müssen morgen früh gut gefüttert und bereit stehen«, fügte er hinzu, als Redei die Hütte nickend verlassen wollte.

Atal lehnte sich unzufrieden zurück und starrte seufzend zur Decke.

»Vielleicht hat Geirat Khan irgendwelche Probleme, wir sollten ihm nicht sofort an die Kehle gehen und unser Geld verlangen. Außerdem hat er Recht, wir brauchen in der Tat einen Tag um uns für die Reise vorzubereiten, unsere Kleider waschen, duschen und gut ausschlafen«, versuchte Emal seinen Sohn zu besänftigen.

Atal strich sich mit der Hand über den Kopf. Seine Haare fühlten sich wegen des Schweißes und Staubes tatsächlich klebrig, ölig und schmutzig an. Innerlich gab er zu, dass sein Vater recht hatte.

Noch am Abend packten Emal und Atal ihr bescheidenes Hab und Gut ein und versorgten sich mit Wasservorrat. Ein bisschen Mehl, Tee und Zucker für die Reise sollten sie morgen von Redei bekommen.

Emal wusste schon jetzt, wo sie am besten Pause machen, übernachten und Brot backen konnten. Ach, hätte er noch sein Gewehr dabei, dann hätte er vielleicht ein Tier schießen und es grillen können. Leider war ihm dieser Spaß verwehrt.

Emal zählte einige Male in Gedanken ihr verdientes Geld und überlegte, was er damit anfangen konnte. Wenn noch von seinem Feldstück ein bisschen Ernte nach Hause gebracht wurde, dann wäre er in der Lage, seine Familie für ein ganzes Jahr über Wasser zu halten. Er stellte sich ihre Ankunft nach Hause vor, sah das strahlende Gesicht seiner Afsana vor sich, die ihn und seinen Sohn in die Arme nahm, betete, und Gott mit feuchten Augen dankte. Für welchen Verdienst Gott ihm so eine schöne Frau gegönnt und womit er ihr Herz erobert hatte, war ihm selbst ein Rätsel.

Vor Freude und Aufregung konnte auch Atal kein Auge zumachen. Er vermisste seine Mutter sehr. Das war das erste Mal, dass er für so eine lange Zeit von ihr weg war. Sie würde bestimmt stolz auf ihn sein. Jetzt würde sie nicht mehr sagen, dass ihr Sohn immer noch sorglos wie ein Kind durch die Straßen läuft, dessen war er sich sicher.

Atal konnte auch seine Begegnung mit Tanda kaum abwarten, er stellte sich ihre bezaubernden Augen und lächelndes Gesicht vor, dachte daran, wo er sie am besten sehen könnte und rätselte, wie sie ihm dieses Mal im Geheimen ein Zeichen zum Treffen geben würde.

Am nächsten Morgen mussten Vater und Sohn nicht lange warten, Redei kam sogar etwas früher als gewöhnlich zur Hütte und bat sie zu Geirat Khans Haus. Neben dem Stall standen schon ihre Pferde bereit. Emal ging zu seinem Pferd hinüber und strich liebevoll über dessen Stirn. Er hatte seinen treuen Freund vermisst. Auch das Pferd regte sich und zeigte Freude. Emal überprüfte seinen Sattel, dann ging er zu Atals Pferd und schaute ihn von vorne und hinten prüfend an. In diesem Moment schloss sich auch Geirat Khan ihnen an. Er dankte Emal und Atal für ihre Arbeit, bezahlte sie wie vereinbart und fragte, ob sie mit seiner Gastfreundschaft zufrieden waren.

»Vielleicht kommt ihr auch nächstes Jahr hierher. Von meiner Seite steht das Angebot schon jetzt«, scherzte er freundlich, als er sich von Emal und Atal verabschiedete.

»Wer bis zum nächsten Jahr am Leben bleibt und wer ins Jenseits übergeht, weiß nur der Allmächtige, Geirat Khan! Auf jeden Fall sind wir dir für dein nettes Angebot dankbar«, antwortete Emal und stieg auf sein Pferd. Atal folgte ihm. Sie ritten langsam von Geirat Khan und Redei weg.

Der Rückweg war ihnen bekannt. Nachdem sie ein kleines Dorf südlich von Geirat Khans Haus hinter sich gelassen hatten, erschienen von Büschen und Pistazienbäumen bedeckte Hügeln und hinter ihnen die Bergketten. Atal konnte seine Freude kaum verbergen, er hatte es geschafft und jetzt waren er und sein Vater auf dem Weg zu ihrem Dorf.

»Nach Hause, mein Freund! Nach Hause!«, sprach er fröhlich mit seinem Pferd und strich sanft mit der Handfläche über dessen Hals.

Gerade hatten sie den ersten kleinen Pass auf ihrem Weg überquert und ein Tal betreten, als plötzlich ein Pferd irgendwo vorne wieherte. Emals und Atals Pferde waren sofort beunruhigt. Emal bekam zwar auch ein schlechtes Gefühl, maß ihm aber keine große Bedeutung zu. Wahrscheinlich kommt uns jemand entgegen geritten, dachte er. Atal nahm es überhaupt nicht ernst.

Als sie die nächste Kurve antraten, sprangen auf einmal aus den Büschen entlang des schmalen Weges ein paar Männer vor sie und richteten sofort ihre Gewehre auf sie. Emal und Atal sahen instinktiv nach hinten, da standen auch zwei Männer mit vermummten Gesichtern und Gewehren in den Händen.

»Was wollt ihr, Brüder? Warum habt ihr uns den Weg versperrt?«, versuchte Emal die Haltung zu wahren.

Einer der Männer trat nach vorne und forderte Emal und Atal energisch auf, abzusteigen. Emal zögerte ein bisschen, er wollte wissen, wer diese Leute waren und was sie vorhatten. Er vermutete zwar schon, dass sie Räuber waren, aber Raub auf diese Weise und das auch am helllichten Tag! Auf so etwas war er nicht gefasst, die Wege hier zählten schon seit Jahren zu den sichersten.

Der Mann lud sofort sein Gewehr, zielte auf Emal und schrie, ein zweites Mal werde er es nicht wiederholen.

Emal sah seinen Sohn an und nickte mit dem Kopf. Sie stiegen beide ab und traten ein, zwei Schritte nach vorne, hielten dabei aber immer noch die Pferdezügel in den Händen. In diesem Moment zeigten sich noch zwei Männer, die sich bis dahin hinter den Büschen versteckt hatten. Sie liefen zu Emal und Atal, um ihre Pferde wegzuführen. Als der Erste nach den Zügel in Atals Hand griff, bekam er einen heftigen Fußtritt in den Bauch und taumelte nach hinten.

»Fass mein Pferd nicht an, du mieser Räuber!«, schrie Atal. Auch sein Vater schubste den Mann weg, der versuchte ihm sein Pferd zu entreißen. Augenblicklich liefen die zwei hinteren Männer ihren Mitstreitern zur Hilfe. Sie fingen an, gemeinsam auf Atal und seinen Vater zu schlagen. Irgendwann fühlte Atal einen heftigen Schlag von hinten und stürzte bewusstlos zu Boden. Sein Vater leistete noch eine Weile Widerstand, für die Angreifer war es nicht leicht den kräftigen Emal zu Boden zu zwingen, dennoch gelang es ihnen irgendwann seine Hände und Füße zu fesseln.

Als Atal zu sich kam und die Augen öffnete, fand er sich auf einer Pferdekarre wieder, die knirschend nach vorne rollte. Sein Vater saß geknebelt und gefesselt neben ihm. Seine Augen drückten eine große Sorge um ihn aus. Atal versuchte, seinen Kopf zu heben, fühlte aber plötzlich starke Schmerzen und musste sich wieder zurücklegen. Als er seine Hand zum Mund heben wollte, spürte er, dass auch seine Hände gefesselt waren.

Emal dachte den ganzen Weg nach, was das alles zu bedeuten hatte. Er suchte nach irgendeiner Erklärung für das Geschehen, fand aber keine. Die Räuber hätten ihnen alles wegnehmen und fliehen können, warum sollten sie ihn und seinen Sohn mitschleppen? Falls jemand sie töten wollte, dann hätte man es schon längst getan. Solche Feinde hatte er sowieso nicht, schon gar nicht in einer fremden Gegend wie dieser. Er konnte auch nicht vorausahnen, wohin der Weg führte und wie weit diese Leute noch reiten wollten. Emal betete die ganze Zeit für seinen Sohn, er war noch jung und unvorbereitet für solche bösen Erlebnisse, sie konnten für ihn schlimme Folgen haben.

Vor dem Abend kam die Karre endlich zum Stillstand. Sekunden später liefen zwei kräftige Männer zu Emal und Atal und verbanden ihnen auch die Augen. Das verwirrte und verängstigte die beiden noch mehr. Ihnen wurde klar, dass der weitere Weg geheim bleiben sollte. Die Karre kam wieder in Bewegung und sie fuhren und fuhren, bis irgendwann Emal eine frische Brise fühlte. Ihm schien so, als hätten sie einen Fluss erreicht. Und tatsächlich betraten die Pferde eine Wasserströmung. Das Plätschern des Wassers war deutlich zu hören.

Emal fühlte seine trockene Kehle, seit vielen Stunden hatten er und sein Sohn nichts zu essen oder trinken bekommen. Atal dagegen spürte weder Hunger noch Durst. Er stand immer noch unter Schock. Sein Kopf war schwer und seine Gedanken ganz trüb und durcheinander.

Minuten später trat jemand mit einer Kanne zu ihrer Karre, goss ein bisschen Wasser über Atals Gesicht und erschreckte ihn. Dann öffnete der Mann Atals Mund und steckte ihm die Kehle der Kanne für ein paar Sekunden in den Mund. Danach gab er auch Emal die Möglichkeit ein paar Schlucke zu trinken.

»Wer seid ihr um Himmels willen, und wohin verschleppt ihr uns?«, fragte Emal schnell.

Der Mann schob die Kehle der Kanne fast mit Gewalt in seinen Mund, antwortete ihm aber nicht.

»Sag deinem Anführer, wenn meinem Sohn etwas zustößt, dann zehre ich ihn auch aus seinem Grab heraus und stecke ihm seinen Kopf in den Arsch«, sprach er laut, nachdem er ein paar Schlucke Wasser bekommen hatte. Der Mann zog die Kanne grob weg, dann knebelte er sie wieder und die Karre fuhr weiter.

Das Flussbett schien unheimlich breit zu sein oder sie fuhren eine gewisse Zeit entlang des Wassers, das konnte Emal nicht genau feststellen. Auf jeden Fall hörte er deutlich die Kieselgeräusche unter den Pferdehufen und den Rädern der Karre.

Irgendwann jedoch spürte Emal dichten Staub in der Luft. Das besagte, dass sie schon das Flussbett hinter sich gelassen hatten und die Pferde die Karre wieder auf einen unbefestigten Weg zogen.

Nach stundenlanger Fahrt begleitet von unerträglicher

Hitze und Staub, hielten die Pferde endlich an. Die Männer bewegten sich hin und her und sprachen miteinander in einer Sprache, die Emal und Atal unbekannt war.

Es verging eine lange Zeit, bis endlich zwei Männer zur Karre kamen. Sie nahmen den beiden die Augenbinden und die Knebel ab und halfen ihnen, auszusteigen. Emal und Atal schauten sich mit zusammengekniffenen Augen um. Als ihre Augen sich an die Umgebung gewöhnt hatten, merkten sie, dass sie sich inmitten einer Wüste befanden. Der sandige Boden mit kargen Dornenpflanzen erstreckte sich unendlich in alle vier Himmelsrichtungen. Die Sonne war gerade untergegangen und die Abenddämmerung fing an, rasch ihre Flügel über die Wüste auszubreiten.

Die zwei Männer führten Emal und Atal zum Lagerfeuer, das ihre Mitstreiter dabei waren anzuzünden. Sie verbargen ihre Gesichter nicht mehr. Der eine stellte eine große schwarze Kanne über zwei Steinblöcke auf das Feuer, ein anderer kam mit getrockneten Dornen und Zweigen in den Armen und zwei weitere packten eine große Tasche aus und holten Teebecher, Zucker und Fladenbrot heraus.

Das sind Usbeken oder Turkmenen, war das Erste, das Emal in den Sinn kam. Das hatte er aus ihren Gesichtszügen geschlossen. Er und Atal selbst hatten zwar nie im Leben einen Usbeken oder Turkmenen gesehen, aber sie hatten von ihnen gehört und wussten, dass sie im Norden leben. Und sie sind bestimmt zur Nachbarprovinz Maimana, der Heimat von Usbeken und Turkmenen, unterwegs, dachte Emal weiter. Aber warum sie ihn und seinen Sohn entführen und mitschleppen sollten, blieb ihm immer noch ein Rätsel.

Emal blickte seinen Sohn an, dessen Gesicht blass und gequält aussah. Seine Augen fragten, warum Baba? Was haben wir diesen Leuten angetan? Was wollen sie von uns? Emal verfluchte den Tag, an dem er Atal gegen seinen Willen mitgenommen hatte.

»Wird uns jemand endlich sagen, wer ihr seid? Warum geht ihr mit uns um wie mit Tieren?«, fragte Emal die Männer, nachdem diese ihn und Atal grob an den Schultern packten und sie hinzusetzen zwangen.

»Mach keine Szene, Alter! Sei Gott dankbar, dass wir euch noch am Leben gelassen haben«, antwortete ein breitschultriger Mann Mitte dreißig mit Ziegenbart grinsend. Er schien ihr Anführer zu sein.

Atal bewegte sich heftig und versuchte wutentbrannt seine Hände zu befreien.

»Beruhige deinen Jungen, sonst werde ich euch beide an die Karre festbinden, verstanden?«, forderte der Anführer mit einem bösen Lächeln.

Emal sah Atal an und gab ihm zu verstehen, er solle die Nerven bewahren.

»Ich verstehe eins nicht. Unser Geld und Pferde habt ihr bereits genommen, eine alte Rechnung gibt es zwischen uns nicht, da wir uns gar nicht kennen, wie Kannibale seht ihr auch nicht aus. Warum schleppt ihr uns dann mit und wohin?«, versuchte Emal, sie ins Gespräch zu locken.

»Vielleicht wollen wir euch bei meiner Hochzeitsfeier dabei haben«, sagte der eine lachend.

»Seine Verlobte wünscht sich in der Hochzeitsnacht eine leckere Mahlzeit aus Menschenfleisch, sonst wird sie ihn zappeln lassen«, bemerkte sein Nachbar sarkastisch. Die Männer fingen an, laut zu lachen.

»Wenn sie mich zappeln lässt, dann wirst du dich auf allen Vieren vor mir knien und mich zufriedenstellen«,

erwiderte der Erste und brach selbst in schallendes Gelächter aus. Sein Lachen verging ihm aber schnell als sein
Nachbar ihn plötzlich mit dem Ellbogen so heftig in die
Brust stieß, dass er zu Boden fiel. Er richtete sich schnell
auf, verpasste dem Angreifer einen Faustschlag ins Gesicht
und eine wilde Prügelei brach zwischen den beiden los. Die
anderen Männer lachten amüsiert, ohne sie voneinander zu
trennen.

»Ruhe, verdammt!«, schrie der Anführer.

Die beiden ließen sofort voneinander ab und setzen sich
wieder hin. Auch andere Männer hörten auf, zu lachen.

Der Mann, der neben dem Anführer saß, schüttelte ruhig
etwas Zucker in die grifflosen runden Keramiktassen und
goss Tee aus der geschwärzten Kanne. Der Mann links von
ihm warf jedem jeweils ein rundes Fladenbrot zu. Die Männer hielten ihre Brotstücke ans Feuer, um sie zu erwärmen.

Der Duft des warmen Brotes und schwarzen Tees erregte bald auch Emals und Atals Appetit. Ihre leeren Mägen
machten sich zum ersten Mal seit ihrer Gefangenschaft bemerkbar. Sie versuchten aber ihren Hunger zu unterdrücken und sich absolut gleichgültig zu geben.

Als die Männer sich satt gegessen und getrunken hatten, sagte der Anführer dem einen etwas in ihrer Sprache.
Der griff nach einem Brotstück, nahm eine Tasse Tee mit
und kam zu Emal und Atal rüber. Er kniete sich vor ihnen,
brach das Brot entzwei und hielt Emal ein Stück hin. Dieser biss tief in das Brot hinein. Die Reaktion seines Vaters
überraschte Atal, er selbst hatte vorgehabt, mit seinem Kopf
auf das Maul des Mannes zu schlagen, statt etwas aus seinen schmutzigen Händen zu essen. Aber aus der Art und
Weise, wie sein Vater das getan und wie er ihn noch flüchtig

angeblickt hatte, verstand Atal, dass auch er essen sollte. Als der Mann danach auch ihm das Brot hinhielt, brach Atal widerwillig mit den Zähnen ein Stück ab.

Der Mann gab Emal und Atal noch ein paar Mal die Möglichkeit in das Brotstück zu beißen und aus der Tasse zu trinken. Danach befahl der Anführer seinen Leuten schlafen zu gehen. Hinsichtlich Emal und Atal gab er auch irgendwelche Anweisungen in seiner Sprache. Als zwei seiner Leute auf Emal und Atal zukamen und sie wegführen wollten, forderte Emal: »So geht es nicht. Wir müssen unsere Notdurft verrichten.«

Der Anführer dachte ein paar Sekunden nach, dann zeigte mit dem Finger auf Emal und sagte einem der Männer etwas. Der Mann kniete sich sofort hinter Emal und fing an, seine Hände loszubinden.

»Binde auch die Hände meines Sohnes frei. Wir müssen doch beide wegtreten.«

»Er geht erst dann, wenn du zurückkommst«, erwiderte der Anführer kalt.

Emal verstand, dass es sinnlos war, ihn noch einmal, darum zu bitten. Er stand auf und ging abseits des Feuers. Nach ein paar Schritten rief der Anführer ihm hinterher: »Keine Dummheiten, Alter! Ich warne dich! Bei dem kleinsten Versuch zu fliehen ist dein Sohn auf der Stelle tot!«

Emal hielt inne und drehte den Kopf zu ihm. Der Anführer zeigte mit einer Pistole auf Atal. Emal ging schweigend weiter, sein Begleiter mit Gewehr folgte ihm in ein paar Metern Abstand.

Zuvor, am Lagerfeuer, hatte Emal noch an die Möglichkeit gedacht, in der Dunkelheit zu fliehen. Er hatte sogar auf einen günstigen Moment gehofft, den Wachmann hinter sich zu überwältigen und seine Waffe zu erbeuten. Das hätte aber nur funktioniert, wenn der Anführer ihnen beiden gleichzeitig erlaubt hätte, zu gehen. Er erwies sich aber schlauer als Emal gedacht hatte. Er ließ zwar Emals Hände frei, band ihm aber dafür die Füße, indem er seinen Sohn als Garantie bei sich behielt.

Emal kam zurück, die Räuber fesselten seine Hände wieder, der Anführer befahl, Atals Hände zu befreien und ihn wegzuführen.

»Dasselbe gilt auch für deinen Vater, Junge!«, warnte der Anführer Atal und richtete kurz die Pistole auf seinen Vater.

Als Emal und Atal wieder gefesselt nebeneinander in der Karre lagen, fragte Emal seinen Sohn leise: »Was ist mit deinem Kopf? Hast du immer noch Schmerzen?«

»Es geht, Baba«, antwortete Atal seufzend.

Emal schwieg eine Weile, dann sprach er wieder: »Es tut mir leid, mein Sohn! Ich hätte dich nicht mitnehmen sollen.«

»Wir hätten beide zu Hause bleiben sollen, Baba!«, erwiderte Atal.

»Wer hätte so etwas voraussehen können? Vielleicht ist das unser Schicksal. Wie sonst hätte uns das passieren können?«

»Hast du eine Ahnung, Baba, wohin sie uns schleppen und was sie mit uns machen wollen?«, fragte Atal.

»Das weiß ich nicht, mein Sohn. Vielleicht ist es ein Irrtum und sie haben uns mit jemand anderem verwechselt. Jedenfalls haben wir keine Erzfeinde, die sich an uns auf diese Weise rächen würden.«

»Wie finden wir denn heraus, was dahinter steckt, Baba?

Sie sprechen nicht mit uns und behandeln uns wie Dreck.«

»Wir müssen es aushalten, mein Sohn! Und Hauptsache, sie nicht umsonst provozieren. Bald werden sie ihr Ziel erreichen und derjenige, der sie beauftragt hat, wird sofort erkennen, dass seine Leute die Falschen entführt haben, daran habe ich keine Zweifel«, versuchte Emal ihn zu beruhigen.

In der Morgendämmerung machten die Räuber sich wieder auf dem Weg. Die Wüste schien unendlichen zu sein. Überall bis zum Horizont war außer Dornbüschen und winzigen Hügelchen nichts zu sehen. Die Sonne brannte bereits am Morgen erbarmungslos. Einer der Räuber bedeckte Emals und Atals Köpfe mit ihren Pattus und gab ihnen von Zeit zu Zeit ein paar Schlucke Wasser.

Kapitel 3

Der Abend dämmerte, als aus der Ferne plötzlich mähende Schafe zu hören waren. Vater und Sohn öffneten die Augen und schauten nach vorne. Weit vor ihnen war der Umriss einer hohen Mauer zu sehen. Als sie ihn noch eine Weile mit zusammengekniffenen Augen ansahen, bemerkten sie überrascht, dass dies ein befestigtes Haus war. Es stand allein mitten in der Wüste. In seiner Umgebung war, soweit das Auge reichte, keine andere Siedlung zu erkennen.

Wenige Minuten später erreichten die Reiter das Tor des Hauses und stiegen ab. Zwei Männer kamen zu Emal und Atal und führten sie hinein. Sie blieben kurz stehen und schauten sich neugierig um. Ihre Blicke fielen als erstes auf die hunderte, vielleicht auch tausende von Schafen, die sich in verschiedenen Zäunen dicht nebeneinander, im Stehen oder Liegen, ausruhten.

Aus einer Tür neben dem Tor traten sofort zwei neue Gesichter aus. Einer der Räuber flüsterte ihnen etwas zu. Sie nickten und übernahmen Emal und Atal. Danach führten sie die beiden entlang der Zäune zu einem Raum fast am Ende des Hofes. Vor der Tür befreiten sie zunächst Emals und dann Atals Hände, schubsten sie leicht ins Innere des dunklen Raumes und schlossen die Tür von außen.

Emal und Atal tasteten mit ihren Händen vor sich, bis sie auf die Wand des Zimmers stießen. Dann setzen sie sich auf den Boden hin und lehnten sich gegen die Wand.

»Hoffentlich treffen wir hier endlich einen vernünftigen Menschen, mit dem wir reden und dieses Missverständnis klären können«, bemerkte Emal nach einer Weile.

Atal war aber so fertig, dass er sich auf gar nichts konzentrieren konnte, er wollte sich einfach hinlegen und schlafen. Als er seinem Vater nichts antwortete, sprach Emal wieder: »Ich weiß, wie du dich fühlst, mein Sohn! Noch ein bisschen Geduld und es wird alles wieder gut.«

Als Atal auch dieses Mal nicht reagierte, ließ Emal ihn in Ruhe, lehnte den Kopf gegen die Wand und versank in Gedanken.

Die Stille im Raum dauerte lange. Irgendwann schien ein schwaches Licht durch eine Spalte in der Tür und jemand versuchte, die Tür zu öffnen. Sekunden später trat ein älterer Mann mit kahlem Kopf und langem dünnen Bart herein. Er stellte eine Öllampe zur Seite und breitete eine Essdecke auf dem Teppich am Ende des Zimmers aus. Jetzt merkten Emal und Atal, dass etwa die Hälfte des Raumes mit einem einfachen Teppich bedeckt war, sie selbst saßen aber auf dem kahlen Boden nicht weit von der Tür. Der Mann ging raus und holte bald ein paar dicke, runde Fladenbrote und eine Karaffe Milch. Er sagte etwas in seiner Sprache, zeigte auf die Essdecke und ging fort. Emal und Atal sahen einander kurz an, dann stand Emal auf und sagte: »Komm, mein Sohn! Wir müssen essen und Kräfte für die Rückreise sammeln.«

Etwa eine Stunde später, kam derselbe Mann zurück und

sagte wieder etwas in seiner Sprache. Als Emal und Atal ihn mit verständnislosen Mienen anstarrten, griff er kurz zu seiner Hose und zeigte auf die Tür. Dann trat er nach vorne und Emal und Atal folgten ihm nach draußen. Er führte sie zu einem einfachen Klo im hinteren Teil des Hofes und ließ sie allein.

Während Atal seine Notdurft verrichtete, stand Emal im Hof, schaute sich genau um und versuchte herauszufinden, ob man im Notfall von hier fliehen konnte, obwohl er hoffte, dass es dazu nicht kommen wird, dass das alles sich schon morgen als ein Irrtum, ein Spiel des Schicksals herausstel len und der Albtraum sein Ende nehmen wird. Es war jedoch dunkel und außer den Silhouetten der hohen Mauern konnte er nichts mehr erkennen. Als sie wieder zu ihrem Zimmer zurückkehrten, nahm der alte Mann die Lampe mit, ging hinaus und verschloss die Tür von außen.

Emal und Atal legten sich auf den Teppich hin, jeder wo er war. Atal schlief sofort ein, Emal hörte dem Atem seines Sohnes zu und sein Herz blutete. Er selbst lag lange in der Dunkelheit mit geöffneten Augen. Seine Gedanken wanderten zu ihrem Haus. Seine Afsana stand vor seinen Augen, er und Atal mussten eigentlich schon längst zu Hause sein, aber es war nichts so gelaufen, wie er beabsichtigt hatte. Zum einen hatte die Arbeit auf dem Feld länger als einen Monat gedauert und jetzt noch dieses unglaubliche Pech!

Er hatte Schuldgefühle. Wieder ließ er seine Frau auf sich warten und dieses mal nicht nur auf sich allein, sondern auch auf ihren einzigen Sohn. Wenn er jagen ging, machte Afsana sich Sorgen wegen wilder Tiere in den Bergen. Sie konnte sich gar nicht vorstellen, dass manche Menschen noch wilder und gefährlicher waren als Tiere. Aber auch das wird vergehen, sagte Emal sich in Gedanken. Er und Atal werden sich auf dem Rückweg beeilen, und wenn sie morgen ihre Pferde zurückbekommen und es weiter keine bösen Überraschungen gibt, dann werden sie in zehn Tagen ihr Haus betreten und eine heulende Afsana in die Arme nehmen.

Am nächsten Morgen erwachten Emal und Atal von schreienden Lämmern und Schafen im Hof. Zugleich hörten sie einige Männer- und Frauenstimmen, die etwas zu einander riefen. Sie standen auf und warteten, bis der gestrige Mann wieder kam. Der brachte sie noch einmal nach draußen und gab ihnen Wasser zum Hände- und Gesichtswaschen. Im Licht des Tages merkte Emal, dass es entlang der Mauern auf der linken und rechten Seite des Hofes weitere Räume gab. Anscheinend wohnen dort die Männer und Frauen, die die Schafe melken, dachte er.

Der alte Mann begleitete sie, nachdem sie sich gewaschen hatten, wieder zu ihrem Zimmer. Er ging hinaus und kam später mit zwei Fladenbroten, zwei Tassen mit ein bisschen Zucker drin und einer Kanne grünen Tee.

Nach dem Frühstück warteten Emal und Atal ungeduldig darauf, dass jemand zu ihnen kam und erklärte, was hier vor sich ging, wer sie entführt hatte und warum. Aber es dauerte unerträglich lange bis endlich ein großer, kräftiger Mann Mitte fünfzig mit breitem, knochigem Gesicht ohne Bart das Zimmer betrat. Ihm folgte ein mittelgroßer junger Mann um die Zwanzig, ebenfalls mit breiten Schultern und flachem Gesicht. Sie waren in traditionellen Tschapan gekleidet und hatten teure Mützen aus Karakulfell auf ihren Köpfen. Nach einer kurzen Begrüßung kam der Mann, der sich als Almas Bay, der Besitzer des Hofes, angekündigt hatte, direkt zur Sache: »Ich habe eure Schulden bezahlt und damit euch das Leben gerettet. Nun werdet ihr ein Jahr lang für mich arbeiten müssen«, sagte er, und zwar so als würde er noch erwarten, dass sie seine Füße küssten und sich bei ihm vom Herzen bedankten. Der junge Mann neben ihm spielte nervös mit dem Dolch an seinem Gürtel und grinste breit.

Emal und Atal schauten zunächst einander verwirrt an und dann sahen sie zu Bay hinüber.

»Nicht so schnell, verehrter Bay! Hier hat es gewiss ein Missverständnis gegeben. Wir sind bestimmt nicht die Leute, für die du uns hältst«, sagte Emal und versuchte gleichzeitig, die Ruhe zu bewahren.

»Hier gibt es kein Missverständnis. Ihr müsst eure Schulden bei mir abarbeiten, ich habe für euch einen dicken Beutel Geld bezahlt«, entgegnete der Bay überzeugt.

»Diese Leute waren Räuber, sie haben uns entführt, ausgeraubt, geschlagen und wie Tiere behandelt. Wie können Sie von unseren Schulden sprechen?«, sagte Atal entsetzt.

»Hör mal, verehrter Bay! Wir haben etwa zwei Tagesmärsche von hier auf dem Feld eines Landbesitzers namens Geirat Khan gearbeitet. Wir können zusammen dorthin reiten, er wird alles bestätigen. Auf dem Rückweg nach Hause haben uns diese Leute aus dem Hinterhalt überfallen, unser Geld und Pferde weggenommen und uns hierher geschleppt. Wir haben Familie, sie wartet auf uns und macht sich große Sorgen, du musst das doch verstehen«, erklärte Emal fast flehend.

»Mich interessiert nicht, wer ihr seid und wer diese Leute waren. Sie behaupteten, ihr seid ihnen etwas schuldig.

Ich bin kein Richter, um zu entscheiden, wer recht und wer unrecht hat. Ich bin ein Geschäftsmann, ich habe für euch bezahlt und jetzt müsst ihr ein Jahr für mich arbeiten. Danach stehen euch alle Himmelsrichtungen offen, geht wohin ihr wollt.«

»Warum lügen Sie, Bay? Sie haben nicht unsere Schulden, sondern uns gekauft. Aber Sie irren sich, wenn Sie glauben, wir werden für Sie als Sklaven arbeiten«, hielt es Atal nicht mehr aus. Seine freche Äußerung brachte aber den Jungen, der neben Bay stand, schlagartig so auf, dass er sofort auf Atal losging. Er schrie wild und verpasste Atal mit dem Fuß einen derartigen Tritt, dass er zu Boden stürzte. Emal griff nach seinem Sohn, der sich mit von Schmerz verzerrtem Gesicht wieder aufzurichten versuchte. In diesem Moment bemerkte er, dass der Junge wieder auf seinen Sohn zukam und wild lachte. Seine vier vorderen Zähne fehlten und sein großer, geöffneter Mund sah wie eine Höhle aus.

»Ich zähme dich schnell, du Frechling!«, schrie er wutschäumend.

Emal sah schnell zu Bay hinüber, in der Hoffnung, er würde seinen Begleiter aufhalten. Der grinste aber, ohne etwas zu unternehmen. Emal ließ seinen Sohn los und trat den anderen Jungen selbst mit dem Fuß in den Bauch. Der Junge taumelte und sank zu Boden, stand aber sofort auf, zog seinen Dolch und griff Emal an. Der musste schnell einen Schritt zurückweichen. Beim nächsten Angriff hielt er die Hand des Jungen noch in der Luft auf und drehte sie kräftig. Der Dolch fiel zu Boden, Emal griff nach ihm, aber ein plötzlicher Knall ließ ihn auf der Stelle erstarren. Er blickte den Bay an. Der stand bedrohlich da mit einer großen Pistole in der Hand. Als er mit der Waffe auf Atal zielte, warf Emal den Dolch zur Seite. Gleichzeitig platzten drei Männer ins Zimmer herein. Jetzt fingen sie an, zu viert auf Emal und Atal einzuprügeln. Besonders bemühte sich der junge Begleiter des Bay, er schlug brutal auf Atal ein, sogar, nachdem dieser reglos auf dem Boden lag.

Als Emal irgendwann wieder zu sich kam, taten seine Rippen höllisch weh. Mühsam richtete er sich auf und sah sofort nach Atal. Der lag nicht weit von ihm, immer noch bewusstlos. Mit Schrecken griff er nach seiner Hand, sie war warm und das bedeutete, dass sein Sohn am Leben war. Emal rutschte ein Stück zu ihm, um ihn aufzuwecken. Plötzlich spürte er, dass seine Fußgelenke mit einer Kette festgebunden waren. Mit Schrecken sah er zu Atals Fußgelenken, auch sie waren mit einer Kette gefesselt. Er schüttelte ihn einige Male. Atal zuckte kurz zusammen, dann kam er zu sich und öffnete die Augen.

»Bist du verletzt, mein Sohn? Wo tut es weh? Kannst du dich bewegen?«, fragte er nacheinander und tastete mit der Hand sanft Atals Kopf, Arme und Beine ab. Atal lag noch eine Weile schweigend da, dann hob er mühsam den Kopf und setzte sich mit schmerzverzerrtem Gesicht auf. Emal versuchte, ihn dabei zu stützen, aber Atal gab zu verstehen, dass es auch ohne seine Hilfe ging. Es tat zwar überall weh, aber er wollte es nicht zugeben. Stattdessen zwang er sich zu sagen: »Ich bin in Ordnung, Baba! Es ist nichts gebrochen und große Schmerzen habe ich auch nicht.«

Jetzt bemerkte auch Atal, dass seine Füße mit einer Kette gefesselt waren.

»Wir müssen von hier weg, Baba! Das sind keine Leute.

Das sind Bestien«, bemerkte Atal hustend, während er sich zur Wand schob und den Kopf dagegen lehnte.

»Ja, mein Sohn! Du hast recht. Wir müssen von hier fliehen, und zwar so bald wie möglich«, stimmte er ihm sofort zu.

Es vergingen drei weitere Tage. Vater und Sohn kämpften immer noch mit ihren Schmerzen und versuchten einander nicht ins Gesicht zu schauen. Emal hatte ein blaues Auge und Atal hatte eine geschwollene Nase und blutige Lippen. Früh an jedem Morgen und am Abend kam der alte Mann, öffnete die Tür und gebot ihnen in seiner Zeichensprache nach draußen zu gehen. Atal nahm den Eimer mit, in dem er und sein Vater nachts ihre Blasen entleeren mussten, und sie beide folgten dem Alten mit Ketten am Fußgelenk, gossen den Eimerinhalt ins Klo, verrichteten ihre Notdurft, wuschen sich die Hände und das Gesicht und kehrten wieder zurück in ihr Gefängnis.

Zweimal am Tag brachte der alte Mann ihnen ein paar Fladenbrote und Wasser. Milch und Tee waren als Zeichen ihrer Bestrafung nicht mehr dabei. Auf ihre Fragen oder Bitten reagierte er nicht. Aber auch Vater und Sohn sprachen kaum miteinander, sie lagen die meiste Zeit auf dem Teppich, jeder versunken in seine eigenen Gedanken.

Am Abend des dritten Tages hielt Atal es nicht mehr aus und sprach seinen Vater enttäuscht an: »So können wir nie von hier fliehen, Baba!«, schlug er mit der Faust zornig gegen die Wand.

»Weißt du, mein Sohn, was ich denke? Der Bay bestraft uns, um unseren Widerstand zu brechen. Unsererseits müssen wir mitspielen und sich so geben, als hätte er sein Ziel erreicht.«

»Ich verstehe es nicht, Baba! Willst du, dass wir wortlos alles machen, was er von uns verlangt?«

»Wir müssen sein Vertrauen gewinnen und auf unsere Chance warten. Nur so können wir von hier fliehen.«

»Aber bevor wir fliehen, werde ich diesem Monster des Bay den Hals umdrehen und den Rest seiner Zähne brechen«, stieß Atal aus.

»Du musst dich beherrschen. Gott wird ihn und Bay beide bestrafen. Hauptsache, wir können unversehrt von hier weggehen«, mahnte er seinen Sohn zur Vorsicht.

Am Morgen darauf platzten überraschend wieder der Bay und sein Begleiter ins Zimmer.

»Hoffentlich sind Vater und Sohn zur Besinnung gekommen, oder?«, fragte der Bay mit einem hämischen Lächeln. Sein Begleiter amüsierte sich wieder mit seinem Dolch und grinste Atal dämlich an.

»Von einem Bay haben wir ein anderes Verhalten erwartet«, bemerkte Emal ruhig.

»Ihr werdet es auch haben, wenn ihr zur Vernunft kommt und mit der Arbeit beginnt«, erwiderte der Bay.

»Wo ist die Garantie, dass du uns auch nach einem Jahr entlässt?«, fragte Emal scheinbar versöhnt.

»Ich gebe euch mein Wort. Nach einem Jahr seid ihr auf freiem Fuß«, antwortete der Bay schnell.

»Wir bekommen am Ende unsere Pferde zurück«, stellte Emal seine Bedingung.

»Auch das verspreche ich euch«, sagte er und legte sich seine rechte Hand auf die Brust.

Arbeit gab es auf dem Hof im Überfluss. Auch mehr als ein Dutzend Männer und Frauen konnten sie kaum bewältigen. Sie melkten hunderte von Schafen zweimal am Tag, verarbeiteten die Milch zum Kefir und weiter zur Butter und frischem Käse. Außerdem versorgten sie die Schafe mit Wasser und Futter, pflegten und schoren sie.

Der Begleiter des Bay, den die Leute Baschi riefen, überwachte alles. Als Vorsteher kümmerte er sich um Ordnung, versorgte den Hof mit Lebensmitteln und holte fertige Produkte von hier ab. Er war grob, frech und unberechenbar. Die Leute hatten mehr Angst vor ihm als vor dem Bay, der selbst selten zum Hof kam. Emal und Atal war nicht klar, ob er so hieß oder ob Baschi Aufseher bedeutete.

Am Anfang bestanden Emals und Atals Aufgaben darin, dass sie jeden Tag, bevor die Melker sich an die Arbeit machten, die Lämmer kurz zu ihren Müttern ließen und sie wieder trennten, nachdem die Kleinen ein paar Male an den Zitzen ihrer Mutter sogen. So bekamen die Lämmer ein bisschen Milch und regten die Euter ihrer Mutter. Außerdem mussten Emal und Atal stundenlang aus dem tiefen Brunnen Wasser für den Haushalt und die Tiere schöpfen.

Nach und nach bekamen sie aber auch andere Aufgaben, sie mussten alles lernen und können. Mit den anderen verständigten sie sich zwar immer noch mit Handbewegungen und Mimik, aber langsam lernten sie auch einige Wörter der fremden Sprache.

Eines Tages betrat Baschi den Hof in Begleitung einer jungen Frau, etwa 16-17 Jahre alt. Sie war witzig, aktiv, lachte unbekümmert, lief im Hof hin und her, steckte ihre Nase überall und spielte gern mit den neugeborenen Lämmern.

Atal schaute sie flüchtig an. An ihrem Aussehen und

Verhalten war klar, dass sie nicht zu einer Arbeiterfamilie gehörte. Wahrscheinlich ist sie die Schwester dieser Bestie Baschi, dachte Atal. Bald darauf beachtete er sie nicht mehr, zog weiter die Eimer aus dem Brunnen und füllte das große, hölzerne Tränkebecken, um später die Schafe hierher zu führen. Sein Vater bereitete irgendwo die Schafwolle zur Abholung vor.

Nachdem Atal den Eimer mit dem langen Seil etliche Male in den Brunnen hinab gelassen und Wasser aus der Tiefe geschöpft hatte, machte er eine Pause, setzte sich an die Kante des Tränkebeckens und schloss die Augen. Irgendwann fühlte er plötzlich eine weiche Hand, die von hinten seine Haare berührte. Er schaffte es noch nicht einmal, sich nach hinten umzudrehen, als ein schallendes Lachen ihn erschreckte. Nun bemerkte er, dass die junge Frau ganz dicht bei ihm stand. Sie lachte so amüsiert, als hätte sie gerade eine Entdeckung gemacht.

Atal wandte sich wieder von ihr ab. Die junge Frau kicherte aber weiter und sagte etwas in ihrer Sprache. In diesem Moment hörte Atal einen lauten, unangenehmen Schrei irgendwo vorne. Baschi stand neben dem Wächterzimmer und rief: Altinei!« Die junge Frau ließ Atal sofort allein und lief davon.

Ein seltsamer Name für ein Mädchen, dachte Atal. Er hätte gern gewusst, was so ein Name bedeuten könnte. Er wiederholte einige Male vor sich: Altinei, Tanda, Altinei dann wieder Tanda und kam zu dem Schluss, dass Tanda viel schöner als Altinei klang.

In den nächsten Tagen besuchte Altinei oft den Hof. Sie ritt manchmal auch allein her, brachte etwas zum Hof oder nahm etwas von dort nach Hause mit. Aus welcher

Richtung sie kam und wo sie wohnte, darüber konnte Atal nur rätseln. Er und sein Vater hatten keine Ahnung, was da draußen war. Sie durften sich nicht einmal dem Tor des Hofes nähern.

Jedes Mal, wenn Altinei auf dem Hof war, suchte sie ausdrücklich Atal, betrachtete ihn erstaunt und sprach über etwas amüsiert. Als sie einmal wieder versuchte, seine langen Haare zu berühren, zog er demonstrativ seinen Kopf zurück und sagte unzufrieden: »Ich bin nicht dein Lamm, mit dem du spielen kannst, klar?«

Sie verstand kein Wort, sah ihn weiter mit einem belustigten Gesichtsausdruck an, und lachte vergnügt. Atal ließ sie unbeachtet und kehrte zurück zu seiner Arbeit. Er musste Futter für die Schafe vorbereiten.

Eines Abends, als der alte Mann, der mittlerweile Ali hieß, wieder die Tür des Zimmers hinter sich geschlossen und Vater und Sohn sich hingelegt hatten, sagte Emal plötzlich: »Sei vorsichtig mit diesem Mädchen, mein Sohn! Ich weiß nicht, wie sie zu Baschi oder dem Bay steht, aber sie kann uns Unheil bringen. Vergiss nicht, wir haben unsere Flucht vor uns.«

Eigentlich wollte Atal sagen, dass er die Nase voll von ihr hatte und er selbst nicht wusste, wie er sie vertreiben konnte. Plötzlich schoss ihm aber ein anderer Gedanke durch den Kopf: »Warum, Baba? Sie könnte der Schlüssel für unsere Flucht sein«, erwiderte er geheimnisvoll.

»Was meinst du, mein Sohn? Wir können doch nicht ein unschuldiges Mädchen für unsere Ziele ausnutzen.«

»Unschuldiges? Wie kannst du sie unschuldig nennen, Baba? Ihre Familie hält uns als Sklaven, sie betrachtet mich als ihr Spielzeug und macht sich über mich lustig«, entgegnete Atal laut.

»Trotzdem bitte ich dich, sie aus dem Spiel zu lassen. Wenn dieser Baschi oder der Bay etwas verdächtigen, dann haben wir ernste Probleme«, ermahnte Emal streng.

»Ich mache nichts, Baba! Sie kommt selbst zu mir und amüsiert sich, ich kann ihr das doch nicht verbieten«, sagte er aufgebracht. Danach drehte er sich schnell zur Wand und gab seinem Vater zu verstehen, dass er nicht mehr darüber sprechen wollte.

Atal schlief aber noch lange nicht ein, seine Gedanken blieben auch weiterhin bei Altinei. Eigentlich sah sie nicht übel aus. Das konnte er trotz seiner Feindseligkeit ihr, Baschi, Bay und allen anderen gegenüber, nicht leugnen. Sie hatte feine Gesichtszüge, mandelförmige Augen, kleine Nase und dünne rote Lippen. Sie lachte fröhlich und zeigte ihre schönen gleichmäßigen weißen Zähne. Sie zog ein langes, buntes Kleid und eine enge Hose an, trug eine runde, glänzende Mütze auf dem Kopf und hatte zwei kohlrabenschwarze Zöpfe, die bis zu ihrer Hüfte reichten. Er stellte sie wieder und wieder vor sich und betrachtete sie von allen Seiten. Alles sah an ihr wohl proportioniert und schön aus.

Aber sie gehörte dieser Blutsaugerfamilie an, und er und sein Vater waren ihre Gefangene, ihre Zwangsarbeiter und allein deswegen konnte zwischen ihnen nichts entstehen. Außerdem war er für sie nur ein Mittel zum Vergnügen, wie ein Spielzeug, ein Hund oder Lamm, mit dem sie ihren Spaß hatte. Andererseits, wenn sie mit ihm spielen wollte, warum sollte er sich nicht auf ihr Spiel einlassen? Sein Vater hatte doch gesagt, sie müssen das Vertrauen ihrer Peiniger gewinnen, um einen Weg für die Flucht zu ermöglichen.

Bei einem ihrer nächsten Besuche fing Altinei an, Atal ihre Sprache zu lehren. Sie zeigte auf etwas, sprach dessen Namen langsam und deutlich aus, und bat ihn mit der Handbewegung, das Wort zu wiederholen. Atal machte mit und brachte sie zum glücklichen Lachen, besonders wenn er etwas in ihrer Sprache mit einem auffälligen Akzent wiedergab.

Mit der Zeit machte Atal gute Fortschritte und erwies sich als ein zielstrebiger Lehrling. Nach drei Monaten konnte Atal schon ohne Handbewegung und Mimik sprechen und Altinei verstehen. Dabei spürte er immer stärker ihr Interesse an ihm. Ihre Augen glänzten und ihr Gesicht errötete, wenn er ihr kurz in die Augen schaute.

Eines Morgens, als Atal in einer der hinteren Veranden vor einem etwa 100 Liter großen Topf stand, um frisch gemolkene Milch zum Kochen zu bringen, erschien auf einmal Altinei. Sie kam näher, nahm den großen Holzlöffel aus seiner Hand, rührte ein paar Mal in der Milch und fragte plötzlich: »Sag mal, Atal! Was bedeutet dein komischer Name? Ich habe so einen Namen noch nie gehört.«

»Atal bedeutet das, was Rostam war. Hast du über die Taten von Rostam in Schahname gelesen?«, versuchte er irgendwie zu erklären.

»Du willst sagen, Atal bedeutet Held, richtig?«, half ihm Altinei.

»Ja! Genau! Held!«, folgte Atals fröhlicher Ausruf.

»Und was für ein Held bist du, Atal?«, lächelte sie ihn provozierend an.

»Ich bin ein großer Kämpfer, siehst du es mir nicht an?«, sagte er in gespielt tiefer Stimme, während er seine Hände zu Fäusten ballte und sie zum Himmel hob.

Altinei lachte entzückt.

»Und was bedeutet dein komischer Name?«, fragte seinerseits Atal.

»Komischer? Hüte dich, so etwas zu sagen, Atal! Altinei bedeutet goldener Mond, verstehst du? Ich kam in einer Mondnacht zur Welt und so habe ich diesen schönen Namen verdient«, antwortete sie mit ebenso gespieltem Stolz.

Nach und nach erweiterten Atal und Altinei ihre Gesprächsthemen, sie wurden immer vertrauter. Mittlerweile erzählte Altinei ihm, dass sie die Tochter des Bay war und Baschi nicht ihr Bruder, sondern der Bruder ihrer Stiefmutter war. Sie wohnten in einem kleinen Aul nicht weit von hier. Früher war ihre Familie Nomaden gewesen, seit einigen Jahren ist sie sesshaft geworden, Schafzucht blieb aber auch weiterhin ihre einzige Beschäftigung.

Einmal fragte Atal vorsichtig, wie weit es von hier bis zur Stadt Maimana sei. Die Frage schwebte eine Weile in der Luft, Altinei starrte ihn mit zusammengekniffenen Augen an. Sie verstand zuerst nicht, was er meinte, dann aber brach sie in Gelächter aus und sagte: »Geht es dir gut? Maimana ist doch auf der anderen Seite der Grenze.«

Atal wäre fast zu Boden gefallen. Jetzt sah er sie verwirrt an und wusste nicht, wie er seine Panik verbergen konnte.

»Was denkst du, Atal? Wo befindest du dich gerade?«, fragte wieder Altinei im Scherzen.

Atal fand seine Haltung schnell wieder. Er warf ihr mit Absicht einen bohrenden Blick zu und antwortete mit einer veränderten Stimme: »Irgendwo, zwischen Himmel und Erde, ganz in der Nähe eines schönen, goldenen Mondes.«

Altinei lachte belustigt und sagte: »Komm herunter

zur Erde, Atal! Du bist in Turkmenistan, falls du es wissen willst.«

Am Abend erzählte Atal alles seinem Vater und schockierte ihn ebenso. Emal schwieg lange nachdenklich, bevor er wieder sprechen konnte: »Wenigstens wissen wir jetzt, wohin die Räuber uns verschleppt haben. Das bedeutet, dass wir uns immer in südliche Richtung bewegen müssen, bis wir wieder in Afghanistan sind.«

Emal und Atal vergaßen keine Minute, ihre Absicht zu fliehen. Sie dachten sich verschiedene Pläne aus und besprachen sie zusammen, fanden aber keinen Erfolg versprechend. Nur im Allgemeinen waren sich Vater und Sohn einig. Sie mussten eine Möglichkeit schaffen, den Hof lautlos zu verlassen und dazu noch zwei Pferde in Besitz zu nehmen, um fliehen zu können.

Das war aber leichter gesagt als getan. Tagsüber überwachten bewaffnete Männer den Hof und in der Nacht sperrte der alte Ali sie in ihrem Zimmer ein. Am schlimmsten aber stand es um die Pferde. Um sie zu bekommen, müssten Emal und Atal auf einen Tag warten, an dem Baschi und Altinei auf dem Hof waren. Dann müssten sie die beiden zusammen mit der Wache überwältigen und mit deren Pferden wegreiten. So etwas konnte aber nur in einer reinen Fantasie klappen und das war ihnen wohl bewusst.

Eines Abends teilte Emal seinem Sohn eine ernüchternde Information mit. Die Männer und Frauen auf dem Hof sprachen zwar kaum mit Emal und Atal, ihre Kommunikation beschränkte sich ausschließlich auf die Arbeit, dennoch war es Emal gelungen, einen Gleichaltrigen zu finden, um sich manchmal mit ihm zu unterhalten. Eines Tages fragte

Emal ihn beiläufig, ob jemand von hier je einen Fluchtversuch unternommen hatte und fügte dann sofort hinzu, sie bräuchten so etwas nicht, zum Glück blieben nur ein paar Monate, bis er und sein Sohn nach Hause gingen. Der Mann dachte einen Moment nach, schaute schnell nach rechts und links und sagte dann leise: »Einmal auf dem Hof gelandet, bleibt man für immer hier.«

»Ich verstehe dich nicht«, bemerkte Emal, obwohl es nicht schwer zu erahnen war, was der Mann gemeint hatte.

»Ein Jahr wird zu zwei Jahren verlängert und dann zu drei und so weiter, bis man irgendwann aufgibt und selbst nicht mehr von hier weggehen will. Mit der Zeit schlägt man hier Wurzeln, gründet eine neue Familie und findet sich damit ab«, erklärte der Mann. Er sah sich wieder vorsichtig um und fuhr leise fort: »Von hier gibt es keinen Ausweg! Wer zu fliehen versucht, der wird hart bestraft!«

Diese Neuigkeit verstreute den letzten Zweifel an ihrer Flucht, es war absolut sinnlos auf das Ende ihres Jahres zu warten. Nun verzichteten sie auf ihren Wunschplan, zwei Pferde erbeuten zu müssen. Jetzt dachten sie nur noch darüber, wie sie heimlich vom Hof ausbrechen konnten.

»Wenn wir ein Schlafmittel hätten und die Männer für eine Nacht abschalten könnten, dann hätten wir eine Chance lautlos den Hof zu verlassen. Der Bay würde dann erst am nächsten Morgen von unserer Flucht erfahren und wir wären in der Zwischenzeit längst verschwunden«, sagte Atal.

»Das wäre natürlich gut. Aber woher besorgen wir so ein Mittel? Wir sind nicht zu Hause, wo wir jedes Mittel von unserer alten Hexe Nadira bekommen konnten«, erwiderte Emal. Sie schwiegen eine Zeit lang nachdenklich, es schien alles hoffnungsloser denn je.

»Okay! Wir schlafen erst einmal die Nacht darüber«, seufzte endlich Emal und legte sich hin.

Atal lag noch lange wach und suchte fieberhaft nach einer Lösung. Irgendwann überfiel ihn überraschend eine neue Idee. Er wollte sie sofort seinem Vater mitteilen, dann aber überlegte sich es anders und entschied, ihm davon erst einmal nichts zu erzählen.

Beim nächsten Mal, als Altinei zu ihm kam, zeigte sich Atal ganz müde, gereizt und unkonzentriert. Auf die Frage von ihr, was mit ihm los sei, antwortete er, dass sein Vater unter chronischer Schlaflosigkeit leide.

»Es wird schlimmer und schlimmer. Er geht die ganze Nacht im Zimmer hin und her und gibt auch mir gar keine Ruhe«, erzählte Atal weiter.

»Bei uns im Dorf gab es eine Pflanze. Man hat sie getrocknet, gemahlen und überreichte sie dann dem Schlaflosen. Sie hat immer sehr gut geholfen«, fügte er nach einer kleinen Pause hinzu.

»Warte mal! So etwas gibt es auch bei uns«, rief sie sofort fröhlich aus.

»Ach? Wirklich?«, zeigte sich Atal überrascht.

Altinei schaute ihm eine Weile vielsagend in die Augen. Dann glitt sie mit der Hand etwas unsicher durch seine Haare und sagte lächelnd: »Ich versuche sie dir zu besorgen.«

Atal wollte einen Moment nicht entgehen lassen, er beugte sich vor und küsste sie sanft auf die Lippen. Sie lächelte verlegen, drehte sich um und lief mit gerötetem Gesicht aus dem Zimmer.

Am Abend des nächsten Tages zeigte Atal stolz seinem Vater eine große Dose und sagte begeistert: »Baba, wir haben es!«

Er öffnete die Dose, zeigte ihm eine braungrüne Masse und fügte fröhlich hinzu: »Altinei warnte noch, dein Vater sollte es nicht übertreiben, sonst wird ihn auch am nächsten Tag keine Trommel wecken können.«

Emal betrachte die Masse genau, roch an ihr und sagte: »Irgendwie habe ich ein schlechtes Gefühl, mein Sohn! Es war nicht richtig, dass du dieses ahnungslose Mädchen in unseren Plan hineingezogen hast.«

»Ich weiß, Baba! Aber welche Wahl hatten wir denn noch? Wir können doch nicht unser ganzes Leben für diesen Blutsauger arbeiten und verrecken. Denken wir auch an Mama und T ...«, beinah hätte Atal Tanda gesagt.

Am Tag darauf begannen Emal und Atal, ihren Plan in die Tat umzusetzen. Sie sparten von ihrem Frühstück und Mittagessen etwas Brot und versteckten es. Jetzt blieb ihnen auf den Abend zu warten und irgendwie das Schlafmittel in das Essen für die Wächter zu mischen.

Eigentlich holte Atal schon seit Langem ihr Abendessen aus der Küche zu ihrem Zimmer. Dieses Mal aber entschied Emal, selbst dorthin zu gehen. Das, was er vorhatte, forderte äußerste Vorsicht und er wollte es seinem Sohn nicht überlassen. Er wartete auch nicht auf den alten Ali, der jeden Tag unmittelbar vor der Essensverteilung in ihr Zimmer kam und Bescheid sagte.

Emal betrat vorsichtig die Küche. Es war noch ruhig. Bald sollten aber ein Dutzend Männer, Frauen und sogar Kinder für ihr Abendessen hereinstürmen. Auf der Feuerstelle stand ein großer Topf voller Lammfleischschorwa, eine ältere Frau, an deren Namen er sich nicht erinnern konnte, wusch einen kleinen Topf.

»Hmm! So ein köstlicher Geruch! Hoffentlich bin ich nicht zu früh gekommen«, bemerkte Emal mit einem verlegenen Lächeln.

Sein ungewöhnlich freundlicher Auftritt überraschte die Frau. Sie kannte Emal als einen absolut verschlossenen und gefühllosen Menschen, der ein Lächeln gar nicht kannte.

»Heute sind alle ungeduldig. Einer nach dem anderen kommt jemand und fragt, wann das Essen fertig wird«, erwiderte sie.

»Der Duft der Gewürze zieht an, wir haben doch nicht jeden Tag das Glück Lammschorwa zu essen«, sagte Emal immer noch schmunzelnd.

»Ja, das ist wahr«, stimmte sie ihrerseits zu.

Emal kam näher, rührte ein, zwei Mal mit dem großen Löffel im Topf.

»Und wo ist dein Junge heute? Warum ist er nicht gekommen?«, fragte die ältere Frau.

»Ah! Er ist ein bisschen krank, Erkältung glaube ich.«

»Dann soll er die Schorwa noch warm löffeln und sofort schlafen«, erklärte sie. Emal nickte. Die Frau nahm den Topf, den sie gerade gereinigt hatte, mit, stellte ihn neben den großen Topf auf den Boden und fing an, ihn mit Schorwa und Lammfleisch zu füllen. Dieser war für die Wachmänner bestimmt, das wusste Emal genau. Der alte Ali musste ihn zusammen mit ein paar Broten als erstes zum Wächterzimmer bringen und danach alle anderen auf dem Hof zur Küche rufen.

»Dazu noch Brot und fertig«, sagte die Frau, während sie in einen kleinen Innenraum, eine Art Vorratskammer, ging, um Fladenbrot zu holen. Sobald sie sich umdrehte, leerte Emal die ganze Dose mit dem Schlafmittel in den kleinen Topf und rührte die Inhalte schnell.

Emal und Atal aßen ihr Abendessen und warteten ungeduldig in ihrem Zimmer, bis alles auf dem Hof ruhig wurde. Nun musste der alte Ali kommen und die Tür hinter ihnen schließen. Atal stand in der Tür und beobachtete den Weg zu ihrem Zimmer. Als endlich Ali mit seiner Lampe aus der Ferne erschien, gab Atal seinem Vater ein Zeichen. Sie gingen beide raus und versteckten sich neben ihrem Zimmer.

Ali stand in der Türschwelle, blickte ins Zimmer hinein, um sich zu vergewissern, dass Vater und Sohn sich schon hingelegt hatten. Zu seinem Staunen war das Zimmer leer. Gerad als er sich umdrehen wollte, um nach ihnen zu suchen, presste Emal von hinten die Hand auf seinen Mund. Atal griff sofort nach seinen Beinen und sie zogen ihn ins Zimmer hinein. Blitzschnell verbanden die beiden seinen Mund, seine Hände und Beine. Danach nahmen sie ihre Wasser- und Brotvorräte mit und traten nach draußen.

Die Lampen in manchen Zimmern waren noch an, aber auf dem Hof war niemand zu sehen. Sie gingen vorsichtig entlang der Zäune zum Tor hinaus. Je mehr sie sich dem Wächterzimmer näherten, desto schneller raste Atals Herz. Was, wenn das Schlafmittel noch nicht ausreichend gewirkt hatte? Wenn Altinei ihm überhaupt kein richtiges Schlafmittel gegeben hatte? Atal stellte sich plötzlich einen schreienden Wachmann hinter sich vor, der sein Gewehr auf ihn und seinen Vater richtete und forderte: »Halt!«

Sein Vater schien aber alles unter Kontrolle zu haben. Er ging nach vorne und beobachtete alles, als wäre er bei der Jagd in den Bergen.

Sie erreichten das Tor unbemerkt. Emal überprüfte die

Kette. Zu seiner Erleichterung hatten die Wächter das große Schloss noch nicht angebracht. Damit hatte er zwar gerechnet, die Wächter verschlossen das Tor endgültig immer nach dem Abendessen, aber zu hundert Prozent war er sich nicht sicher gewesen.

Es war Anfang Frühling und die Nächte waren noch kalt. Emal und Atal traten nach draußen und fingen sofort an, zu laufen. Der Halbmond schien am Himmel und beleuchtete schwach die Wüste. Atals Herz hämmerte bis in den Hals. Ein seltenes Angstgefühl überkam ihn, als wäre eine ganze Armee von Reitern hinter ihnen her. Er wagte nicht, nach hinten zu schauen.

Sie liefen und liefen, bis irgendwann Emal anhielt.

»Langsam, mein Sohn! So machen wir uns kaputt. Wir haben einen langen Weg vor uns«, sagte er, während er tief Luft holte. Atal, der keuchend hinter ihm lief, kam ebenfalls zum Stillstand.

»Wenn wir Glück haben und der Bay tatsächlich erst morgen von unserer Flucht erfährt, dann können wir uns mit Gottes Hilfe in Sicherheit bringen«, fügte er hinzu.

»Wie weit werden sie nach uns suchen? Sie können uns doch nicht bis nach Afghanistan verfolgen«, fragte Atal schwer atmend.

»Das ist schwer zu sagen. Auf jeden Fall können wir nur dann ruhig atmen, wenn wir die Wüste hinter uns haben. Da haben wir eine Chance unsere Spuren zu verwischen.«

Emal und Atal gingen die ganze Nacht ununterbrochen. Nach Mitternacht zeigten die Kälte, Müdigkeit und Schlaflosigkeit bereits ihre Wirkung. Atals Zähne klapperten. Er taumelte wie ein Besoffener nach vorn, aber er dachte nicht einmal daran, seinen Vater, um eine Pause zu bitten.

Emal wusste schon, was sein Sohn durchmachen musste, aber auch für ihn kam ein Halt nicht in Frage. Er betete ständig um Kraft und Geduld für sich und seinen Sohn.

Im Morgengrauen waren plötzlich hinter ihnen verdächtige Geräusche zu hören. Emal und Atal drehten sich sofort um. Sie konnten kaum ihren Augen glauben. Einige Pferdesilhouetten bewegten sich in der Ferne rasch auf sie zu. Emal und Atal begannen mit aller Kraft zu laufen, die Geräusche und Schreie wurden aber immer lauter und Minuten später überholten die Reiter sie.

Die vier Reiter waren der Bay, Baschi und noch zwei Männer. Sie kehrten um und ritten von vorne auf Emal und Atal zu. Die beide änderten ihre Richtung und liefen nach rechts. Baschi ritt hinter ihnen, erreichte Atal und schlug ihn mit seiner Peitsche auf die Schulter und den Rücken. Als dieser stolperte und zu Boden fiel, ritt er hinter Emal und schlug auch auf ihn ein. Die Reiter umkreisten sie schnell, sie liefen aber immer noch hin und her und versuchten irgendwie zu entkommen. Erst nachdem der Bay einen Warnschuss abgab, blieb Emal und Atal nichts anderes als stehenzubleiben und sich zu ergeben.

Die Männer fesselten Emals und Atals Hände mit langen Seilen und zwangen sie zu Fuß hinter ihren Pferden zu laufen.

Die Bewohner des Hofes standen wie angewurzelt da und schauten geschockt zu Emal und Atal, die sich kaum auf den Beinen halten konnten. Die Bewaffneten führten sie zu ihrem Zimmer und stießen sie hinein. Danach betrat der Bay das Zimmer und ordnete an, ihre Hände zu befreien.

»Ihr habt unsere Vereinbarung gebrochen und versucht

zu fliehen, dafür müsst ihr noch ein Jahr für mich arbeiten«, verkündete er hämisch und verließ wieder das Zimmer. Baschi und die anderen folgten ihm.

Atal sank sofort zu Boden, er war erledigt, sein Körper tat höllisch weh, seine Hosenbeine waren zerrissen und die Beine blutig und voller Stachel. Auch sein Vater sah nicht viel besser aus. Lange Zeit lagen sie da, enttäuscht und wuterfüllt. Irgendwann richtete sich Emal auf, kroch zum Tonkrug in der Ecke und brachte ihn zu Atal, dessen Lippen getrocknet und mit einer weißen Schicht bedeckt waren. Er hob dessen Kopf und gab ihm ein paar Schlucke Wasser. Nachdem auch Emal ein bisschen Wasser vom Krug getrunken hatte, fragte Atal ihn fast murmelnd: »Was ist schief gelaufen, Baba? Wie konnten sie so schnell von unserer Flucht erfahren?«

»Der verdammte Ali! Ich glaube, wir haben ihn nicht richtig festgebunden.«

»Oh Gott! Ich war so froh, dass wir endlich frei sein konnten. Ich dachte, noch ein bisschen und dieser Albtraum wäre vorbei. Jetzt ist aber alles verloren! Wir werden nie von hier frei kommen«, sagte Atal verzweifelt.

»Verlier nicht den Mut, mein Sohn! Gott ist allmächtig. Wir müssen uns an ihn wenden und beten. Nur er kann uns helfen und den Weg zur Freiheit ermöglichen«, versuchte Emal, auf ihn einzureden.

Am Abend erschien überraschend der alte Ali wieder in der Türschwelle, er rief sie aber nicht zur Essensverteilung, sondern brachte ihnen ein paar Fladenbrote und Milch auf das Zimmer. Er betrat ruhig das Zimmer, legte alles an die Seite, als hätte es nichts gegeben, nichts passiert.

»Du alter Fuchs! Du hast dich dennoch befreit«, sprach

Emal ihn mit einem bösen Blick an. Ali reagierte aber gar nicht und verließ schweigend das Zimmer.

Schon am nächsten Tag mussten Emal und Atal wieder ihre Arbeit antreten. Atal fühlte sich ganz mies und nicht nur wegen dem, was er und sein Vater gestern durchgemacht hatten. Er hatte Angst vor der Begegnung mit Altinei. Den ganzen Tag wartete er auf sie. In seinen Gedanken spielten sich verschiedene Szenen ab, wie sie ihn beschimpfen würde. Sie ließ sich aber nicht auf dem Hof blicken und erschien auch nicht in den nächsten fünf Tagen. Jetzt war Atal sich sicher, dass sie wegen dem Schlafmittel in ernste Schwierigkeiten geraten war. Ihr Vater hatte ihr bestimmt verboten, hierher zu kommen, und das war auch gut so. Er hatte keine Lust ihre Vorwürfe und Anschuldigungen zu hören. Sie konnte sich in seine Lage sowieso nicht versetzen. Seine Gründe waren ihr bestimmt fremd und unverständlich.

Eines Tages erschien Altinei dennoch wieder auf dem Hof. Atal bürstete Schafwolle im Lager und war in seinen Gedanken verloren. Irgendwann spürte er, dass jemand hinter ihm stand. Er drehte sich schnell um und sah plötzlich Altinei ein paar Schritte von sich entfernt. Ihre Blicke trafen kurz zusammen. Atal wandte den Kopf sofort ab, während er die Bürste nervös in der Hand drückte.

»Du hast mich belogen und ausgenutzt«, sagte sie mit zitternder Stimme.

»Ja! Ich habe dich getäuscht und dein Vertrauen missbraucht. Zufrieden?«, erwiderte Atal gereizt.

»Ich dachte, du magst mich«, gab sie mit Tränen in den Augen zurück.

»Ich konnte dich nicht mögen, Altinei! Überdies hasse ich dich und deine ganze Familie«, betonte er kalt.

»Sieh mich an, Atal!«, forderte sie mit tränenvoller Stimme.

Atal zwang sich und schaute sie kurz an.

»Selbst jetzt lügst du, Atal!«, schluchzte sie, drehte sich um, versuchte die Tränen mit der Hand wegzuwischen und verließ schnell den Raum.

Atal ließ sich auf die Wolle fallen. Er presste den Kopf zwischen seine Hände und richtete den Blick zu Boden. Er verstand sich selbst nicht. Er hatte ihr wehgetan, fühlte sich aber so, als hätte er seinem eigenen Herz eine tiefe Wunde zugefügt.

Kapitel 4

Es waren fast anderthalb Jahre her, seit Emal und Atal von Afsana Abschied genommen hatten, in der Zuversicht, dass sie einen Monat später mit gutem Geld zu ihr zurückkehren würden.

Das Schicksal hatte aber einen anderen Lauf genommen. Eine Handvoll Räuber hatte sie auf dem Rückweg nach Hause heimtückisch überfallen, sie entführt und zu einem Hof in einer Wüste, in einem fremden Land geschleppt, aus dem es kaum ein Zurück gab.

Was hatte Afsana all diese langen Monate ohne ihren Mann und Sohn durchmachen müssen? Was dachte sie, warum ihre Geliebten so lange nicht nach Hause zurückgekehrt waren? Emal und Atal quälten sich ständig mit solchen Gedanken. Jeder Tag, den sie auf dem Hof verbrachten, verging für sie wie eine Ewigkeit in der Hölle. Wenn sie in den ersten Monaten noch den Glauben, Willen und die Entschlossenheit hatten, sich irgendwie befreien zu können, verschwanden nach ihrem missglückten Fluchtversuch langsam all ihre Hoffnungen auf einen erfolgreichen Ausbruch.

Atal zog sich immer mehr zurück, schlief schlecht, sprach

kaum mit jemandem, nicht einmal mit seinem Vater, der es im Leben auch nicht leicht hatte. Sein Dorf, Haus und seine Mutter schienen ihm nun weit weg, in einer anderen Welt zu sein, eine Welt, die sich mit jedem Tag immer weiter von seinem Vater und ihm entfernte. Auch Tanda kam immer selten in seinen Träumen vor. Was konnte sie über sein Verschwinden denken? Vielleicht hielt sie ihn und seinen Vater schon lange für tot. Vielleicht hatte sie sich längst in einen anderen verliebt! Sie konnte doch jeden verzaubern und haben. Sie hatte einmal gesagt, er, Atal, gehöre nur ihr, aber sie hatte nicht versprochen, dass auch sie nur ihm gehören werde. Warum sollte sie ewig auf ihn warten? Und überhaupt, alles, was zwischen Tanda und ihm in jener Hochzeitsnacht passiert war, war ein süßer Traum, ein zufälliger Glücksmoment, der Tanda zu nichts verpflichtete.

Dagegen dachte Atal öfter über Altinei nach, und bedauerte es sehr, dass er sie so enttäuschen musste. Er war wegen des Schlafmittels nicht ehrlich zu ihr gewesen. Aber welche Wahl hatte er denn schon? Er hatte ihr doch nicht sagen können, bitte bring mir ein Schlafmittel, wir wollen eure Wächter ausschalten und fliehen. Andererseits war es doch möglich, dass er sich nachher bei ihr entschuldigte, ihr alles erklärte und sein Verhalten zu rechtfertigen versuchte.

Ja, Altinei war die Tochter des Bays, Baschi kam ihrem Onkel gleich und so war auch sie eine von ihnen. Ausgerechnet aus diesem Grund hatte er sich erlaubt, mit ihren Gefühlen zu spielen und sie für seinen Zweck auszunutzen. Vielleicht wollte er sich sogar an ihr rächen, für das, was ihr Vater und Onkel, ihm, seinem Vater und seiner Mutter angetan hatten. Das hatte aber nur noch am Anfang der

Wahrheit entsprochen. Er war nicht immer ihr gegenüber so gestimmt, irgendwann hatte auch er andere Gefühle verspürt, Gefühle, die er lange zu ignorieren versuchte und vor denen er immer noch Angst hatte. Atal war zwischen seinen widersprüchlichen Gedanken hin und her gerissen.

Langsam hatte sich Atal daran gewöhnt, dass Altinei kam und ging, ohne überall nach ihm zu suchen, wie früher. Auch seine Augen folgten ihr nicht mehr im Hof. Er gab die Hoffnung auf, dass sie jemals wieder hinter ihm stehen und seine Haare mit ihrer weichen Hand berühren würde.

Eines Tages stand Altinei dennoch hinter Atal. Er befand sich gerade in einem der hinteren Räume und bereitete Futter für die Schafe, als er ihre Anwesenheit hinter sich spürte. Atal schlug das Herz bis zum Hals, er zögerte aber, sich zu ihr umzudrehen und tat so, als hätte er sie gar nicht gemerkt. Er wünschte sich, sie würde wie früher sich ihm nähern und ihn überraschen, aber als einen langen Moment nichts geschah, drehte er sich um und sah sie verlegen an. Sie stand im Gegensatz zu früheren Zeiten unbewegt in der Türschwelle.

»Wie geht es dir, Atal?«, fragte sie ernst. Ihre stets leuchtenden Augen und fröhliches Lächeln fehlten.

»Wie du siehst, atme ich noch«, antwortete Atal mit enttäuschter Miene.

»Du rätselst vielleicht, warum ich hier bin, nicht wahr?«, bemerkte sie weiterhin kühl.

»Du bist Bays Tochter, du kannst auch ohne Grund überall sein«, übernahm auch er ihren Ton.

»Am Freitag ist meine Hochzeit, Atal!«, verkündete sie plötzlich aus heiterem Himmel.

Atal hatte mit allem gerechnet nur nicht mit dieser Nachricht. Sie brach so unerwartet über ihn herein, dass er eine ganze Weile brauchte, bis er die Sprache wieder fand.

»Und du bist hier, um mich zu deiner Hochzeit einzuladen«, bemerkte er nun bissig.

»Nein! Ich will mich heute von dir verabschieden«, irritierte sie ihn noch mehr.

Atal presste die Finger gegen seine gerunzelte Stirn und dachte eine Weile nach.

»Aha, verstehe! Du gehst zu deinem neuen Zuhause und brauchst nicht mehr zum Hof zu kommen«, sagte er mit einem gezwungenen Lächeln.

»Und wer ist dieser Glückspilz, wenn ich fragen darf?«, ergriff Atal wieder das Wort, bevor sie etwas erwidern konnte.

»Du kennst ihn gut. Es ist Baschi, mein ...«

»Wer? Baschi? Aber warum er?«, schrie Atal fassungslos.

»Ja, Atal! Meine Stiefmutter war seit Jahren hinter mir her. Mein Vater wollte es auch. Jetzt haben sie meine Zustimmung bekommen«, erklärte sie kurz angebunden.

Atal drehte sich zum Fenster und versuchte, seine verärgerte Miene zu verbergen.

»Was soll ich sagen? Ich verstehe die Welt nicht mehr«, sagte er nach ein paar Sekunden seufzend.

»Ich weiß, du hasst ihn. Genauso wie mich und meine ganze Familie«, gab sie ebenfalls bissig zurück.

Atal errötete, als sie ihn an seine eigenen Worte erinnerte. Wenigstens in diesem Augenblick hätte er zugeben sollen, dass dies alles nicht wahr sei, dass ihm leidtäte, was er damals gesagt hatte. Aber auch jetzt, wo der letzte, richtige Moment noch da war, brachte er es nicht über sich,

Altinei sein Herz zu öffnen und alles zu erklären.

Altinei rührte sich plötzlich vom Platz, kam näher und strich mit der Handfläche über seine Haare.

»Leb wohl, Atal!«, sagte sie mit einem traurigen Blick und ging schnell zur Tür hinaus.

Atal stand verloren da. Sehr lange hatte er auf so eine Chance gewartet, viele Male so ein Gespräch vorbereitet und im Kopf durchgespielt: »Weißt du, Altinei? Auch wenn es jetzt zu spät ist, entschuldige ich mich für das, was ich dir damals gesagt habe. Wenn du dich für einen kleinen Moment in meine Lage versetzen könntest, wenn du über mich und meine Familie etwas gewusst hättest, dann hättest du mich vielleicht ein wenig verstehen können«, würde er ihr sagen. »Ich will dich verstehen, Atal! Aber du erzählst doch gar nichts über dich und deine Familie«, würde sie entgegnen. Und er schilderte ihr in Gedanken seine Geschichte, sein Dorf und Haus, sprach über seine Mutter, die ganz allein auf seinen Vater und ihn warten musste und vielleicht schon ihren Anstand verloren hatte und endlich über seine kurze Affäre mit Tanda. Dann erzählte er von Geirat Khan und seinem Vorschlag, von ihrer Arbeit in Badghis, von dem Überfall, Raub und Entführung und wie herzlos die Bewaffneten mit seinem Vater und ihm umgegangen waren. »Oh Gott! Warum hast du mir das alles nicht früher erzählt? Jetzt weiß ich, warum du mich gehasst hast«, würde sie sagen und ihn mit feuchten Augen in die Arme schließen.

Aber Atal hatte auch diese letzte Möglichkeit nicht genutzt, um sich mit ihr zu versöhnen. Sie war weg. Er hatte sie nicht aufgehalten und würde sie wahrscheinlich niemals wieder sehen. Nun hasste er sich selbst für seine Unentschlossenheit.

Am Abend erzählte Atal seinem Vater über Altineis baldige Hochzeit mit Baschi.

»Wie kann sie so ein Biest heiraten, Baba, ich verstehe es nicht«, sagte er tief enttäuscht und empört.

»Das kann alle möglichen Gründe haben, mein Sohn! Sie ist reif genug, um zu heiraten. Ihre Familie will wahrscheinlich nicht, dass sie nach der Heirat zu einer fremden Familie geht. In dieser Hinsicht ist Baschi ein passender Kandidat für sie«, antwortete sein Vater.

»Passender Kandidat? Sie ist eine zarte Fee und er ein Dämon, wie können sie zueinander passen?«, entgegnete Atal aufgeregt.

»Es kann auch eine kühle Berechnung hinter allem stecken. Sie hat dir erzählt, dass ihre Stiefmutter sich sehr um ihre Zustimmung bemüht hatte, stimmt's?«

»Ja!«

»Wer weiß! Vielleicht wünscht sich Altineis Stiefmutter, dass ihr Bruder durch diese Hochzeit rechtmäßig an Erbe des Bays herankommt. Es ist doch klar, wenn Baschi Altinei heiratet, dann wird er Bays Nachfolger sein und der ganze Reichtum wird in seine Hände fallen.«

»Ihre Stiefmutter verstehe ich gut, aber warum um Himmels willen hat Altinei ihre Zustimmung gegeben?«

»Ihr bleibt keine andere Wahl. Sie hat dir doch erzählt, dass auch ihr Vater diese Hochzeit wünscht. Und das ist auch nicht ungewöhnlich. Man bevorzugt immer jemanden aus eigener Familie. Außerdem, wir sehen in Baschi ein Biest, vielleicht sieht Altinei das ganz anders. Frauen sind immer ein Rätsel, was ihre Auswahl betrifft. In jedem Fall ist das ihre Familienangelegenheit und geht uns gar nichts an.«

»Du hast recht, Baba! Wenn Altinei sich für diesen Teufel Baschi entschieden hat, dann ist das ihr Problem. Wir müssen von diesem verdammten Ort schnell weg, mehr ertrage ich nicht. Wir warten auf ein Wunder, der geschieht aber nicht. Wie lange noch, Baba?«

»Alles ist in Gottes Händen, mein Sohn! Ich bete Tag und Nacht für unsere Befreiung. Eines Tages wird er unsere Gebete hören. Wir dürfen den Glauben nicht verlieren«, tröstete sein Vater ihn, obwohl er selbst nicht mehr daran glaubte.

Über die bevorstehende Hochzeit zirkulierten bereits Gerüchte auf dem Hof. Angeblich hat Baschi versprochen, ein reichliches Festmahl auch auf dem Hof zu geben. Das machte Atal noch wütender.

»Ich werde eher ein grässliches Gift nehmen, als sein verdammtes Festmahl«, schwor er sich, als er sah, wie die anderen sich darauf freuten.

Am Freitagmorgen suchte der alte Ali Emal und Atal bei der Arbeit und sagte überraschend Bescheid, sie müssten zurück auf ihr Zimmer kehren. Vater und Sohn sahen einander verwirrt an. So etwas war noch nie vorgekommen. Ali erklärte aber nichts Weiteres und trat weg.

Als Emal und Atal ahnungslos ihr Zimmer betraten, entdeckten sie plötzlich Baschi, der bereits auf sie gewartet hatte. Er hatte merklich gute Laune, seine Augen bewegten sich schnell und ein triumphierendes Lächeln tanzte um seine Mundwinkel.

»Packt euren Kram und verschwindet sofort von hier«, befahl er mit einer Art Genugtuung.

Emal und Atal verstanden zuerst gar nicht, was er meinte. Sie starrten ihn verblüfft an.

»Ihr habt richtig gehört, ihr seid entlassen. Haut ab, solange ich noch gut gelaunt bin!«, riss er seinen Mund auf wie ein Nilpferd und lachte dröhnend, sodass seine rote Kehle zu sehen war.

»Womit haben wir diese Entlassung verdient, Baschi? Hat ein Engel dir etwas ins Ohr geflüstert?«, fragte Emal sarkastisch.

»Genau! Ein Engelchen hat sich gewünscht, dass ihr nach Hause geht«, lachte er weiter amüsiert, während er zur Tür hinaus ging.

Draußen vor dem Tor entdeckten die beiden überrascht zusammen mit Baschi noch Altinei. In ihrer Nähe stand ein Mann mit Emals und Atals Pferden bereit. Als sie an Altinei vorbei gingen, hielt Atal inne und sprach sie plötzlich an: »Ich habe verstanden, Altinei! Du hast diesen ekelhaften Pakt unseretwegen geschlossen. Aber wir brauchen so eine Freiheit nicht.«

Baschi schubste Atal grob nach vorne und sagte: »Halt die Klappe, du Trottel! Sonst breche ich dir all deine Knochen.«

»Komm, mein Sohn! Wir müssen nach Hause. Wir haben hier nichts verloren«, bat Emal seinen Sohn.

Altinei näherte sich Emal und sagte: »Da ist etwas Proviant für euch und ein bisschen Gerste für eure Pferde«, zeigte sie auf den Sack, der auf Emals Pferd hängte.

»Und noch etwas! Ihr müsst wissen, der Mann, für den ihr gearbeitet habt, steckt hinter eurer Entführung. Das hat mir Baschi gestern erzählt«, fügte sie hinzu.

»In der Tat! Geht nicht wieder dorthin! Sonst erscheint

ihr bald wieder bei mir auf dem Hof«, lachte Baschi genüss-lich. Diese Nachricht stieß zwar Emal vor dem Kopf, er sah Altinei und Baschi verblüfft an, aber es war nicht die Zeit irgendwelche Fragen zu stellen. Auch Atal hörte, was Alti-nei und Baschi gesagt hatten, aber im Moment gingen ganz andere Dinge durch seinen Kopf.

Der Mann, der die Zügel der Pferde gehalten hatte, über-gab sie Emal und Atal. Emal stieg auf sein Pferd und Atal folgte ihm. Bevor sie aber losreiten konnten, drehte Atal auf einmal sein Pferd zu Altinei.

»Komm mit, Altinei! Du willst doch nicht dein Leben mit einem Biest verbringen«, schrie er laut.

»Wen nennst du Biest, du Blödmann?«, brüllte Baschi seinerseits. Er griff nach seinem Dolch und ging auf Atal los. Atal verpasste ihm aber mit dem Fuß einen derart heftigen Schlag gegen die Brust, dass dieser zu Boden stürzte. Der Bewaffnete neben Altinei griff sofort nach seinem Gewehr. Altinei verhinderte ihn aber. Sie ergriff blitzschnell das Ge-wehr aus seiner Hand.

»Überlass es mir! Ich weiß, was zu tun ist«, forderte sie.

»Bitte komm mit, bevor es zu spät ist«, bat Atal sie wieder flehend.

Der Bewaffnete lief zu Baschi und versuchte ihm auf die Beine zu helfen. Es ging alles so schnell, dass Emal sein Pferd verwirrt hin und her führte und nicht wusste, was er unternehmen sollte.

»Du hasst mich doch«, schrie Altinei.

»Ich liebe dich über alles, Altinei! Bitte komm!«

In diesem Moment richtete Baschi sich auf, schubste den anderen Mann weg und schrie voller Wut: »Ergreif ihn, du Dummkopf!«

Der Mann ging auf Atal zu, erreichte ihn aber nicht, denn Emal ritt dazwischen. In diesem ganzen Durcheinander lief plötzlich Altinei zwischen Emals und Atals Pferde. »Fang!«, schrie sie zu Emal, warf ihm das Gewehr und sprang selbst mit einem Satz hinter Atal auf das Pferd.

»Na los!«, schrie sie.

Emal und Atal gaben ihren Pferden die Sporen und ritten davon.

»Mein Pferd! Schneller!«, schrie Baschi laut und lief zum Tor. Aus dem Hof lief ein zweiter Bewaffneter heraus.

»Dein Gewehr her! Du Idiot!«, schrie er ihn an. Sekunden später ritt er schon Emal und Atal hinterher und trieb das Pferd mit aller Kraft an. In etwa fünfzig Meter Abstand von ihm ritt auch einer der Wachmänner hinter ihm.

Sie ritten etwa einen Kilometer, bis der erste und danach ein zweiter Schuss fielen. Plötzlich hörte Atal ein „Ah" von Altinei. Nach dem zweiten Schuss drehte sich Emal nach hinten und feuerte auf Baschi. Der fiel sofort zu Boden. Sein Pferd lief allein weiter. Der Mann hinter Baschi erreichte ihn, sprang vom Pferd herunter und lief zu ihm.

Atal spürte Altineis Kopf auf seinem Rücken liegen, ihre Hände, die seine Taille fest umklammert hatten, lockerten den Griff spürbar.

»Was ist mit dir los, Altinei? Bist du verletzt?«, fragte Atal mit Schrecken. Sie antwortete aber nicht. Plötzlich bemerkte Atal auf seinem Bauch und Oberschenkel Blut, das aus Altineis linkem Arm strömte.

»Oh, Gott! Er hat Altinei erwischt«, schrie Atal. Emal ritt sofort näher und als er Altinei anblickte, rief er zu Atal: »Wir müssen anhalten, sofort!«

Emal kam vom Pferd runter, nahm Altinei in die Arme

und zog sie vorsichtig zu sich. Er legte sie auf den Boden und untersuchte ihren blutigen linken Oberarm. Atal hob ihren Kopf vom Boden, sah sie mit schockerfüllten Augen an und schrie wiederholt: »Oh, Gott! Was habe ich bloß getan?«

Emal zerriss schnell seinen Pattu, verband zuerst ihre linke Schulter, die von der Kugel getroffen war und hängte ihr die Schlinge um den Hals. In dem Moment öffnete Altinei die Augen und sagte: »Lasst mich hier liegen! Du und Atal müsst weiter!«

»Schhhh! Du sollst nicht reden«, erwiderte Emal.

»Hey! Komm zu dir und hilf!«, schüttelte er Atal leicht.

»Ich nehme sie zu mir«, bestimmte Emal und hob sie auf die Arme. Atal brachte das Pferd seines Vaters näher. Emal setzte sie oben auf das Pferd, Atal stützte sie bis sein Vater hinter ihr kletterte und Platz nahm. Mit einer Hand umklammerte er ihre Taille und hielt sie fest, mit der anderen schüttelte er die Züge seines Pferdes und schrie: »Na los, mein Guter!«

Atal nahm das Gewehr, stieg auf sein Pferd und eilte zu seinem Vater. Als er parallel mit ihm war, stieß er mit blassem Gesicht hervor: »Oh Gott! Was wird jetzt? Altinei braucht Hilfe. Der Bay wird uns verfolgen.«

»Reiß dich zusammen, Atal! Sie werden uns kaum verfolgen können. Zunächst müssen sie sich um Baschi kümmern, er ist entweder verletzt oder tot. Außerdem gehen wir nicht zu Fuß. Falls sie sich doch entscheiden, uns zu verfolgen, haben sie kaum eine Chance uns zu erreichen, wir werden genügend Vorsprung haben«, versicherte Emal.

»Was ist mit Altinei? Sie wird doch verbluten. Sie wird sterben! Oh Gott, das verzeihe ich mir nie!«

»Lass die Panik, bitte! Wir werden jemanden auf unserer Seite der Grenze finden, der ihr helfen kann. Alles andere liegt in Gottes Macht. Uns bleibt nur für sie zu beten«, versuchte er, ihn zu beruhigen.

Unterwegs blickte Atal immer wieder nach hinten. Jedes Mal fürchtete er, eine Reihe von Reitern hinter sich zu entdecken. Es war Ende Herbst, tagsüber war es noch warm aber nicht heiß, wenigstens die Wüstensonne fühlte sich angenehm. Emal legte alle paar Stunden einen kurzen Halt ein, überprüfte Altineis Zustand, gab ihr ein bisschen Wasser und flüsterte ihr zu: »Halte durch, meine Tochter!«

Atal sah Altinei mit tränenvollen Augen und dickem Kloß im Hals. Er betete für sie ununterbrochen.

Am späten Abend hielt Emal neben einem flachen Hügelchen an.

»Wir müssen ein, zwei Stunden schlafen. Auch die Pferde brauchen Pause. Sie müssen gefüttert werden«, verkündete er.

»Können wir nicht weiter ziehen, Baba? Wir verlieren doch Zeit«, erwiderte Atal unzufrieden.

»Das hätten wir auch getan, aber Altinei braucht ein bisschen Ruhe und etwas zum Essen und Trinken«, antwortete er.

Atal stieg unwillig ab, er stützte Altinei, bis sein Vater abstieg und Altinei vorsichtig auf die Arme nahm. Als sie vor Schmerzen leise stöhnte, brach Atal das Herz. Er stand hilflos da und sah, wie sie litt.

»Noch einen kleinen Moment, meine Tochter!«, sagte Emal. Er brachte sie langsam zu dem Pattu, den Atal auf dem Sand ausgebreitet hatte und legte sie langsam hin.

Emal überprüfte den Verband und legte die Hand auf

ihre Stirn. Altinei öffnete die Augen. Der Vollmond stand hoch am klaren Himmel. Sie blickte einmal Emal und dann Atal an.

»Du musst ein bisschen essen und Kraft schöpfen«, sagte Emal zu ihr.

»Bring bitte den Sack hierher«, bat er Atal.

»Mal sehen, was du für uns eingepackt hast«, sprach Emal wieder Altinei an, während er den Sack öffnete und den Inhalt prüfte. Er suchte eine Tasse raus, goss Wasser und warf Zucker hinein. Dann zerkleinerte er ein Stück Brot, weihte es im Wasser und rührte es. Als der Brei fertig war, nahm er ein bisschen davon mit dem Löffel und hielt ihn vor Altineis Mund. Er beharrte so lange, bis sie mühsam den Mund öffnete und etwas davon zu sich nahm. Emal gab ihr noch ein paar Löffel Brei, bis sie sich streng weigerte zu essen. Dann ließ er sie mit Atal und ging zu den Pferden, um sie zu füttern. Mit dem Wasser hatten sie bis jetzt kein Problem, unterwegs hatten sie einige Regenwasserpfützen gefunden und die Pferde hatten reichlich davon getrunken.

Als Atal allein mit Altinei war, glitt er langsam mit seiner Hand über ihre Stirn und schob ein paar Strähnchen zur Seite. Altinei öffnete wieder die Augen und sah ihn mit leidvollen Augen an.

»Was habe ich nur getan? Warum habe ich dich gebeten mitzukommen? Das alles ist meine Schuld«, sagte Atal mit einem dicken Kloß im Hals.

»Es ist nicht deine Schuld, Atal! Mich hat sowieso zu Hause nichts gehalten«, erwiderte sie mühsam.

»Hör auf zu reden, Altinei!«, bat Atal ausdrücklich.

»Ich habe meinen Vater gehasst, Atal! Weil er diese Frau und ihren Bruder nach Hause gebracht und blind auf sie gehört hat. Sie haben meine Mutter in den Tod getrieben. Meine Stiefmutter ist von Gott verdammt. Selbst hat sie keine Kinder. Eine Fehlgeburt folgt der anderen. Ihr Bruder Baschi war ihre einzige Hoffnung. Sie hatte panische Angst davor, dass ich eines Tages einen anderen heirate und dieser statt Baschi der Nachfolger meines Vaters wird«, sprach sie langsam weiter, während sie schwer atmete.

»Sei es drum, Altinei! Wir beginnen ein neues Leben. Du wirst es sehen, meine Mutter wird dich wie eigene Tochter lieben. Jetzt versuch bitte dich auszuruhen.«

»Ja, du hast Recht, Atal!«, hauchte sie ganz leise und schloss die Augen. Es war mittlerweile kalt geworden. Atal bedeckte sie mit den Kleiderstücken, die sein Vater und er in einer Stofftasche dabei hatten und legte sich neben ihr.

Einige Zeit später stand Emal wieder auf, kam zu Altinei rüber und legte die Hand auf ihre Stirn. Zu seinem Schrecken hatte sie hohes Fieber.

»Oh, Allmächtiger! Nur das nicht!«, murmelte er vor sich. Er weckte sofort Atal, der unruhig atmete und sagte, sie müssen los. Atal starrte seinen Vater ein, zwei Sekunden verständnislos an, dann richtete er sich sofort auf und schaute zu Altinei rüber.

»Geh mein Sohn und verrichte deine Notdurft, ich bringe die Pferde näher«, sagte Emal.

Als Emal wieder Altinei vorsichtig auf den Arm nahm, öffnete sie die Augen.

»Wie fühlst du dich, meine Tochter?«, fragte Emal.

Sie nickte schwach und schloss wieder die Augen. Jetzt verstand auch Atal, dass es ihr schlechter ging, als vor ein paar Stunden.

»Schnell auf den Weg, Baba! Wir dürfen keine Minute

Pause machen«, wollte er schreien, hielt sich aber zurück, sein Vater machte ohnehin das, was er tun konnte. Er stützte wieder Altinei auf dem Pferd, bis sein Vater aufstieg. Dann packte er schnell die Sachen wieder ein und stieg auf sein Pferd.

Sie ritten den ganzen Tag vorwärts, machten nur zweimal kleinere Pausen. Altinei ging es unterwegs immer schlechter. Sie befand sich im Delirium, atmete schlecht und das hohe Fieber hielt an. Atal sah ihr schmerzverzerrtes Gesicht, konnte aber nichts für sie tun. Sein Herz blutete und seine Seele schmerzte. Er betete nur um eins: Schnell auf die andere Seite der Grenze, wo es Hoffnung gab, Hilfe zu holen.

Zum Abend schafften es Emal und Atal die Wüste endlich hinter sich zu lassen. Aus der Ferne erschien die blaue Strömung des Flusses.

»Halte noch ein bisschen durch, meine Tochter! Wir sind schon am Fluss«, flüsterte Emal Altinei zu.

»Macht bitte eine Pause am Wasser. Ich bin sehr müde«, murmelte Altinei.

»Natürlich, meine Tochter! Auch die Pferde brauchen ein bisschen Ruhe«, erwiderte Emal.

Am Ufer stieg Atal zuerst ab, breitete sein Pattu auf dem Boden aus, dann kam er zu seinem Vater und half ihm Altinei runter zu holen. Emal brachte sie vorsichtig zum Pattu und Atal legte die Tasche mit ihren Kleidern unter ihren Kopf.

»Meine Reise endet hier. Weiter geht ihr ohne mich«, sagte Altinei plötzlich mit einer schwachen Stimme.

»Was sagst du, meine Tochter? Du wirst gesund. Wir gehen alle zusammen«, erwiderte Emal.

»Wir brechen sofort aus, Altinei! Wir werden bald Hilfe finden«, sagte Atal mit erstickter Stimme.

»Ich spüre den Atem des Flusses. Ich habe oft von einem großen Fluss mit strahlend blauem Wasser geträumt«, sagte sie weiter.

»Erinnerst du dich, Atal? Als ich dich das erste Mal gesehen habe! Ich war so überrascht. Ich dachte, das ist doch der Junge mit den langen Haaren, den ich in meinem Traum am Ufer gesehen habe.«

Atal nickte. Tränen liefen über sein Gesicht. Ein dicker Kloß verschloss seine Kehle.

»Baba! Darf ich dich so nennen?«, sprach Altinei Emal an.

»Ja! Du bist schon meine Tochter«, antwortete Emal gerührt.

»Lass ihn nicht weinen. Verbiete ihm zu trauern, Baba!«

»Sprich nicht von solchen Sachen, meine Tochter! Bald werden wir zu Hause sein und wir alle werden nur lachen.«

»Gib mir deine Hand, Atal!«, bat Altinei flüsternd.

Atal nahm schluchzend ihre Hand. Altinei blickte ihn kurz an und ihre Augen blieben starr. Sekunden später merkte Emal, dass Altinei diese Welt verlassen hatte. Er stand auf, setzte sich neben ihrem Kopf und schloss ihre Augen.

»Warum schließt du ihre Augen, Baba? Sie ist doch nicht tot«, schrie Atal mit Schrecken.

»Sie wird nie sterben, mein Sohn! Sie wird immer in unseren Herzen bleiben«, antwortete Emal traurig.

Atal fing an, zu heulen. Er weinte lange und bitter, bis Emal irgendwann die Hand auf seine Schulter legte und sagte: »Weine nicht, mein Sohn! Sie würde es nicht wollen«

Atal lehnte den Kopf gegen seine Brust und weinte noch lauter.

»Unsere Trauer ist groß, mein Junge! Aber wir müssen Gottes Willen hinnehmen, so wie es ist«, fügte er hinzu.

»Beten wir zusammen für sie«, sprach er nach einer Weile des Schweigens weiter und fing an, laut einige Verse aus dem Koran aufzusagen.

Emal und Atal verbrachten die ganze Nacht neben Altinei, deren Gesicht mit einem Kleiderstück bedeckt war. Im Morgengrauen stand Emal auf, inspizierte die Umgebung und wählte auf einem Hügelchen einen Platz für das Grab aus. Dann brachten er und Atal sie zum Gipfel des Hügels und fingen an, mit zwei scharfen Steinen im sandigen Boden zu graben.

Am frühen Morgen war alles soweit und die beiden verabschiedeten sich von Altinei. Emal küsste sie auf die Stirn. Atal warf sich auf ihre Brust und weinte laut, bis sein Vater ihn von ihr wegzog. Emal trug Verse aus dem Koran vor und beide beteten für ihre Seele, wie es sich gehörte. Dann legten sie Altinei ins Grab und bedeckten das Loch mit Steinblöcken. Am Ende stellten sie noch zwei große Steinblöcke jeweils an den Kopf und Fuß des Grabes, sodass ihre glatten Flächen parallel zueinander standen. Das war das Zeichen dafür, dass hier eine Frau begraben war. Dazu nahm Emal einen roten Stoffstreifen, den er zuvor von Altineis Kleid abgerissen hatte, und band ihn am Ende eines Holzstückes, das er dann zwischen den Grabsteinen steckte, als Zeichen, dass dies das Grab einer Märtyrerin war. Emal und Atal beteten ein letztes Mal am Grab, dann schlug Emal seinen Arm um die Schulter seines Sohnes und führte ihn weg.

Als sie die andere Seite des Flusses erreichten, hielten

sie kurz an und blickten zurück. Das rote Tuch auf Altineis Grab wehte langsam in der frischen Brise des Flusses.

»Nach Hause, mein Sohn! Deine Mutter wartet«, sagte Emal und drehte sein Pferd langsam um. Atal folgte ihm schweigsam.

»Bevor wir aber nach Hause reiten, besuchen wir kurz unseren Bekannten Geirat Khan«, verkündete Emal und hielt sein Pferd an, bis Atals Pferd neben seinem trat.

»Er ist es uns schuldig, zu erklären, warum er uns in die Hände dieser Räuber gegeben hatte«, fügte er hinzu, als Atal ihn verstört ansah.

Unterwegs erkundigte sich Emal bei den Leuten nach dem Weg zu Geirat Khans Dorf und am Ende des Tages, noch vor Sonnenuntergang, erreichten sie ihr Ziel. Emal versteckte sein Gewehr unter seinem Pattu, dann ritten er und Atal direkt auf Geirat Khans Haus zu. In der Nähe des Stalles trafen sie auf ihren alten Bekannten Redei. Der stand da und starrte sie mit großen Augen und geöffnetem Mund an, als wären sie Geister.

»Sag Geirat Khan, wir wollen ihn sehen«, bat Emal ihn nach einer kurzen Begrüßung.

Redei beeilte sich sofort zu Geirat Khans Haus und verschwand dort für eine lange Zeit. Als er endlich zurückkam, war er schon wieder in seiner alten Verfassung: ernst und wortkarg, so wie Emal und Atal ihn in Erinnerung hatten.

»Geirat Khan bittet euch, zur Hütte zu gehen, er kommt später nach«, verkündete er mit gleichgültiger Miene.

»Ich bringe euch etwas zu Essen und Trinken«, fügte er noch hinzu, bevor er sich umdrehte und wegtrat.

»Bring bitte auch ein bisschen Futter für die Pferde«, rief Emal hinter ihm.

»Geirat Khan wird sich bestimmt etwas überlegen, Baba! Wir müssen vorsichtig sein«, mahnte Atal.

»Wir werden sehen, mein Sohn! Ich glaube, er denkt, dass wir noch nichts wissen«, antwortete Emal und sie nahmen den Weg zur Hütte.

Als sie dort ankamen und die Tür öffneten, sah alles genauso aus wie vor achtzehn Monaten. Emal bat Atal, die Pferde mit Wasser zu versorgen. Er nahm den altbekannten Eimer und ging zum Brunnen herunter.

Etwa eine halbe Stunde später kam Redei mit einigen Fladenbroten und Buttermilch. Ihn begleitete noch ein Mann, der Pferdefutter trug. Sie stellten alles in die Ecke und verließen schweigend die Hütte. Als sie weg waren, sah Atal seinen Vater an und fragte: »Wie können wir sein Brot essen, Baba? Er ist ein ehrenloser Verräter.«

»Das macht nichts, mein Sohn! Wir essen sein Brot nicht umsonst. Er ist uns einiges schuldig«, beruhigte Emal ihn.

Etwa eine Stunde später erschien auch Geirat Khan selbst in Begleitung von Redei. Als er die Hütte betrat und Emals Gewehr sah, verdüsterte sich sofort seine Gesichtsmiene. Er sah Redei unzufrieden an.

»Khan, ich habe es nicht gesehen, ich schwöre es«, flüsterte ihm Redei verängstigt zu.

»Sei still, du Trottel!«, erwiderte Geirat Khan barsch. Dann begrüßte er Emal und Atal herzlich wie gute alte Bekannte.

»Ich habe im letzten Sommer auf euch gewartet, ihr habt versprochen wiederzukommen«, versuchte er, noch zu scherzen.

»Und ich habe gesagt, niemand weiß, wer bis dahin am Leben bleibt und wer den ewigen Weg antritt«, erwiderte Emal.

»Ich sehe aber, ihr beide seid Gott sei Dank am Leben«, bemerkte er lächelnd.

»Jemand hat sich sehr bemüht uns lebendig verschwinden zu lassen. Er hat sich aber verrechnet«, gab Emal sarkastisch zurück.

»Was meinst du damit, Bruder? Ich verstehe dich nicht«, sah Geirat Khan ihn mit gerunzelter Stirn an.

»Du verstehst mich wohl, Geirat Khan! Wir sind anderthalb Jahre in der Hölle gewesen. Jemand hat uns nicht weit von deinem Haus entführt und als Sklaven verkauft und du tust so, als hörst du zum ersten Mal davon?«

»Worauf willst du hinaus, Bruder? Ihr seid doch wohl und gesund von mir weggeritten. Woher sollte ich wissen, was mit euch weiterhin passiert ist? Ich habe doch nicht eure Sicherheit auf dem Rückweg garantiert«, unterbrach er ihn.

Emal, der Geirat Khan im Blick behalten hatte, merkte den Moment, in dem dieser in die Tasche seines Hemdes greifen wollte. Er lud sein Gewehr mit einer raschen Bewegung, richte es auf Geirat Khan und sagte: »Eine dumme Bewegung und du bist tot, Geirat Khan! Mein Finger zittert nicht. Ich bin ein Jäger, das hast du doch nicht vergessen«, warnte er ihn ernst. Geirat Khan ließ widerwillig seine Hand fallen.

»Und jetzt die Hände hoch, Geirat Khan! Schön langsam!«, forderte Emal.

Redei stand mit blassem Gesicht da und sah schockiert mal zu Geirat Khan und mal zu Emal. Auch für Atal ging alles sehr schnell und er wusste nicht, wie er reagieren sollte.

»Du beleidigst mich in meinem eigenen Haus, Bruder!«,

bemerkte Geirat Khan scheinbar gekränkt.

»Ich werde schießen, ohne mich ein zweites Mal zu wiederholen«, drohte Emal.

Geirat Khan hob die Hände unwillig und langsam hoch.

»Nimm aus seiner Tasche, was er da versteckt hat«, sagte er zu Atal, ohne den Blick von Geirat Khan abzuwenden.

Atal lief zu ihm, steckte die Hand in seine Tasche und brachte eine große Pistole heraus.

»Die habe ich nicht euretwegen mitgebracht, ich trage sie immer bei mir«, rechtfertigte sich Geirat Khan.

»Setzen wir uns und unterhalten uns in Ruhe«, forderte Emal, ohne seine Erklärung zu beachten.

Nachdem sie alle entlang der Wände einander gegenüber Platz genommen hatten, sprach Emal weiter: »Ich will bloß eins wissen. Warum hast du uns diesen Räubern ausgeliefert? Für Geld? Das glaube ich nicht, Geld hast du genug. Aus Hass oder Rache? Aber dafür sehe ich keinen einzigen Grund. Ich und mein Sohn, wir haben dir doch nichts angetan.«

»Ich wiederhole, ich habe damit nichts zu tun. Ich bin ein ehrenhafter Mann. Jeder in der Umgebung kennt und respektiert mich«, betonte Geirat Khan.

»Das dachten wir auch. Bis du dein wahres Gesicht gezeigt hast«, erwiderte dieses Mal Atal.

»Hört zu, Brüder! Es tut mir wirklich leid, was euch passiert ist. Aber warum um Himmels willen denkt ihr, dass ich in die Sache verwickelt war? Nur weil ihr in unserer Umgebung unterwegs wart? Ich kann doch nicht für jeden Raubüberfall in den Tälern und Bergen verantwortlich sein«, protestierte er aufgeregt.

»Dass du deine Hand im Spiel gehabt hast, daran gibt

es keinen Zweifel. Das wissen wir schon von den Leuten, in dessen Hände du uns heimtückisch übergeben hast. Also erspare uns dieses Theater. Meine Frage ist, warum hast du es getan?«, fragte noch einmal Emal.

»Die Räuber haben gelogen, Bruder! Sie haben mich genannt, weil ich eine bekannte Person bin«, bestand er auch weiter auf seine Unschuld.

Emal richtet wieder das Gewehr auf ihn.

»Entweder erzählt ihr uns sofort alles oder verabschiedet euch beide voneinander. Ihr habt fünf Sekunden, mehr Zeit habe ich nicht zur Verfügung«, sagte Emal mit vollem Ernst und drehte das Gewehr auch kurz in Redeis Richtung.

»Erzähl es bitte, Khan, sonst tötet er uns beide«, schrie Redei sofort mit angsterfüllten Augen.

»Okay! Ich erzähle, wie alles gewesen ist. Aber wo ist die Garantie, dass du uns auch danach nicht tötest?«, fragte Geirat Khan verzweifelt.

»Ich verspreche es und im Gegensatz zu dir halte ich mein Wort«, antwortete Emal ruhig.

»Schwör es bei Gott!«, schrie wieder Redei.

»Ich warte, Geirat Khan. Stell meine Geduld nicht auf die Probe!«, herrschte Emal ihn an, und ließ Redei außer Acht.

Geirat Khan senkte den Kopf zu Boden und dachte einen Moment lang nach. Ihm fiel es schwer anzufangen.

»Das war so«, hob er endlich den Blick. »Als ich damals bei euch im Dorf war, hat Bas Khan mich um etwas Merkwürdiges gebeten. ‚Kannst du mir einen Gefallen tun, Geirat Khan?‘, fragte er mich plötzlich. Ich dachte mir nichts Ernstes dabei und antwortete sofort: ‚Alles, was in meiner Macht steht.‘ Er hielt ein paar Sekunden inne und sagte: ‚Ich will, dass du zwei Männer aus meinem Dorf zur Arbeit mitnimmst.' Ich fragte im Scherzen: ‚Seit wann kümmert sich Bas Khan um seine Dorfleute? Hier gibt es bestimmt einen Haken. Habe ich recht?' ‚Du sollst es so arrangieren, dass sie nie wieder zum Dorf zurückkehren', verlautete Bas Khan auf einmal …«

»Was? Bas Khan? Oh, Gott!«, unterbrach Atal ihn geschockt.

»Und du hast bestimmt gefragt warum«, ergriff Emal das Wort.

»Ja, natürlich! Ich habe gefragt, warum er so böse auf die zwei sei. Er antwortete, das sei seine persönliche Angelegenheit, er wolle darüber nicht sprechen.«

»Okay! Weiter!«, forderte Emal.

»Dann habe ich gefragt: ‚Was habe ich denn von der Sache?' Er hat mit meinen eigenen Worten geantwortet: ‚Alles, was in meiner Macht steht.' Ich dachte einen Moment lang nach, dann ist mir plötzlich eine Idee eingefallen. Ich habe meine Forderung gestellt: ‚Dafür gibst du mir deine Tochter zur Frau!' Das habe ich einfach zum Spaß gesagt. Ich dachte gar nicht, dass er Ja sagen wird …«

»Du lügst, Geirat Khan!«, schrie Atal wütend und sprang vom Platz.

»Beruhige dich, mein Sohn! Lass ihn alles bis zum Ende erzählen«, bat Emal ihn. Atal setzte sich widerwillig hin und schlug aus lauter Wut mit seinem Hinterkopf gegen die Wand. Geirat Khan warf ihm einen Blick und fuhr weiter.

»Ich habe schon Tanda gesehen, sie war eine schöne, wilde Katze. So wie sie mich angezogen hatte, hatte keine andere Frau in meinem Leben …«

»Hör auf so über Tanda zu reden, du mieser Intrigant«, unterbrach ihn Atal aufgebracht.

»Du sollst nicht so respektlos mit mir reden, junger Mann! Ich bin älter als du«, bemerkte Geirat Khan beleidigt.

»Dieses Recht hast du schon längst verloren, Geirat Khan! Erzähl lieber weiter. Hat Bas Khan deine Forderung einfach so angenommen?«, fragte Emal.

»Er meckerte ein bisschen hin und her. Ich merkte aber, dass es ihm, aus welchen Gründen auch immer, sehr wichtig war, dass diese zwei verschwinden. Das machte mich noch mehr heiß auf die Sache. Ich beharrte auf meine Bedingung und ihm blieb nichts anderes, als doch zuzustimmen.«

Atal kochte vor Wut, er wollte auf ihn losgehen und nach seiner Kehle greifen, aber er musste sich unter Kontrolle halten. Sein Vater würde eine solche Reaktion nicht verstehen und etwas verdächtigen, er hatte ihm über seine Affäre mit Tanda doch gar nichts erzählt.

»Und du hast alles gut überlegt. Wir haben bei dir bis zum Ende gearbeitet, du hast wie vereinbart bezahlt und uns verabschiedet. Also konnte niemand dir etwas vorwerfen, selbst wenn etwas schief gegangen wäre, stimmt?«, fragte Emal.

»Ja! Ich wollte keinen Verdacht auf mich lenken. Ich habe mit diesen Räubern Kontakt aufgenommen, sie kommen oft von der anderen Seite der Grenze und klauen Pferde, Schafe oder Vieh. Ich habe sie bezahlt und ihnen den Tag eurer Abreise, und wo sie am besten auf euch warten sollten, mitgeteilt.«

»Du warst auch heute sicher, dass wir nichts wissen. Du wolltest Mitleid mit uns zeigen, gastfreundlich sein und uns morgen mit reinem Gewissen nach Hause schicken, nicht wahr?«

»Ja!«, sagte Geirat Khan mit gesenktem Kopf.

»Hat niemand nach uns gesucht? Was hast du meiner Frau gesagt, du bist doch später in unserem Dorf gewesen, oder?«, fragte Emal.

»Drei Monate nach eurem Verschwinden kamen zwei Männer aus eurem Dorf zu mir und ich habe ihnen alles, was ich ausgedacht hatte, erzählt. Ich hatte auch Zeugen dafür, dass ihr unser Dorf wohlauf verlassen und den Weg nach Hause angetreten habt. Nach weiteren drei Monaten fand dann meine Hochzeit mit Tanda statt. Deine Frau kam selbst zu mir und ich habe auch ihr dieselbe Geschichte wiederholt.«

»Tanda würde so einen wie dich nie freiwillig heiraten! Du hältst sie bestimmt auch heute wie eine Sklavin. Wir wollen mit ihr reden und sehen, wie es ihr geht. Sie ist immerhin aus unserem Dorf«, hielt es Atal nicht mehr aus.

Geirat Khan wurde plötzlich traurig, er richtete den Blick in die Leere und schwieg lange.

»Rede, Geirat Khan! Sie darf doch ihre Dorfleute begrüßen«, beharrte Atal.

»Sie liegt unter der Erde!«, brachte er endlich mit großer Mühe heraus. Seine Augen waren feucht und seine Lippen zitterten.

»Du hast sie getötet! Du Unmensch!«, schrie Atal wutschäumend. Er sprang blitzschnell vom Platz, ging auf Geirat Khan los und versetzte ihm ein paar heftige Tritte, obwohl sein Vater ihn laut forderte, aufzuhören. Geirat Khan leistete aber keinen Widerstand. Als Atal wieder zu seinem Platz zurückkehrte, wurde es für eine Weile still im Zimmer.

»Jetzt erzähl mal du, wie alles passiert war«, zeigte Emal mit dem Gewehr auf Redei, der vor Angst zitterte.

»Ich weiß es nicht genau, ich war nicht da, ich schwöre

es, sie ist nach hinten gefallen und mit dem Kopf gegen einen Mörser gestoßen.«

»Hat Geirat Khan sie misshandelt, geschlagen?«, fragte Emal ihn.

»Nein! Ich meine Ja! Manchmal, wenn sie auf ihn nicht gehört hatte«, antwortete Redei durcheinander.

»Ach, du Ungeheuer!«, wollte Atal wieder aufstehen, aber Emal hielt ihn sofort mit einer Handbewegung zurück.

»Ich war zu ihr nach der Hochzeit immer nett, sie war aber wild und zeigte keinen Respekt vor mir. Sie hat mich ausgelacht und beleidigt. Alle meine Bemühungen ihr Herz zu erobern, blieben nutzlos. Dann habe ich sie ab und zu bestraft, in der Hoffnung, das würde sie ändern, zur Vernunft bringen, aber auch das brachte nichts. Auch an jenem Tag vor sechs Monaten forderte sie mich mit Absicht heraus. Sie hat mich alter Sack genannt und verspottet. Ja! Ich gebe zu, ich habe sie einmal leicht geohrfeigt, aber sie lachte mich wieder aus. Ich habe sie dann etwas härter geschlagen, sie lachte aber noch lauter und lauter. Vor Wut habe ich sie dann weggestoßen. Sie ist nach hinten gestolpert und zu Boden gefallen. Als sie sich nicht mehr gerührt hat, habe ich ihren Kopf aufgehoben. Da sah ich den blutigen Mörser und eine Blutpfütze auf dem Teppich. Sie war sofort tot. Das war ein Unfall! Ich habe sie nicht getötet, ich habe sie geliebt«, schrie er mit einem Kloß im Hals.

»Du hast keine Ahnung von Liebe, du Schwein!«, sagte Atal. Er konnte seine Tränen nicht mehr unterdrücken.

»Ich sehe sie jede Nacht im Traum. Sie lacht und macht sich über mich lustig. Ich kann nicht mehr, ich kann nicht mehr«, wiederholte Geirat Khan leise, während er seinen Kopf mit beiden Händen umklammerte.

»Was du diesem Mädchen angetan hast, wie du mit uns umgegangen bist, ist unverzeihlich, Geirat Khan! Ich würde dich wie ein Wildtier am Platz erschießen, aber das wäre ein leichter Tod für dich. Du musst leiden, wie wir gelitten haben. Dich muss Tandas Erscheinung lebenslang quälen. Du wirst keine Minute Ruhe haben, weder tags noch nachts«, urteilte Emal.

»Ziel auf ihn! Ich muss den beiden die Hände verbinden«, sagte Emal und übergab sein Gewehr Atal.

»Warum ich? Ich habe doch nichts gemacht«, schrie Redei mit angsterfüllten Augen. Geirat Khan zeigte dagegen keine Reaktion von sich.

»Wir nehmen euch mit. Ihr begleitet uns ein bisschen«, verkündete Emal, während er mit ihren Händen beschäftigt war.

»Oh, großer Gott! Was habt ihr vor? Was wollt ihr uns antun?«, geriet Redei in Panik.

»Keine Angst! Ihr habt uns viel Schrecklicheres angetan als das, was ich jetzt mit euch vorhabe«, antwortete Emal. Geirat Khan blieb auch weiterhin widerstandslos.

Als alles getan war, ging Atal auf die beiden zu, zerriss einen alten Stoffrest und drückte ein Teil davon in Geirat Khans Mund, dann ging er zu Redei und verstopfte auch dessen Mund.

Emal und Atal brachten sie nach draußen. Sie halfen Geirat Khan auf Emals Pferd und Redei auf Atals Pferd. Dann stiegen sie selbst hinter ihnen auf und machten sich auf dem Weg nach Hause.

Sie ritten an dem Dorf vorbei, ließen den Pass hinter sich und betraten das Tal. Schon bald erreichten sie den Ort, wo die Räuber sie überfallen hatten. Hier hielt Emal an, und stieg vom Pferd ab. Atal stieg ebenfalls ab. Sie zogen Geirat Khan und Redei herunter und zwangen sie, sich auf den Boden hinzuknien. Dann verband Emal den beiden auch die Füße und befreite am Ende ihre Münder.

»Lasst uns nicht hier sterben, bitte! Niemand weiß doch, wo wir sind. Wir werden verdursten. Die Wölfe können uns auffressen«, flehte Redei.

»Jetzt werdet ihr wissen, wie es sich anfühlt, wenn man tagelang mit gefesselten Händen und Füßen da liegt und nicht weiß, was ihn erwartet«, sagte Emal, als er und Atal wieder auf ihre Pferde aufgestiegen waren.

»Warum hast du ihre Münder befreit, Baba?«, fragte Atal verständnislos, nachdem sie losgeritten waren.

»Lass sie solange laut um Hilfe schreien, bis jemand sie findet. Das wird aber höchstwahrscheinlich erst Morgen geschehen«, erklärte Emal.

»Oder sie versuchen mit ihren Zähnen die Hände zu befreien. Die Angst vor Wölfen macht es durchaus möglich«, fügte er hinzu.

Als sie wegritten, hörten sie bereits Redeis laute Schreie, der verzweifelt um Hilfe rief.

Kapitel 5

Endlich nach fast einer Woche strapaziöser Reise durch
Berge, Täler und Ebenen erblickte Emal aus der Ferne die
zum Himmel ragenden Gipfel seiner geliebten Berge, wohin
er sein Leben lang auf die Jagd gegangen war und wo er jedes Tal, jeden Abhang, jeden Pfad und jede Höhle, wie seine
fünf Finger kannte.

»Wir sind fast zu Hause«, rief Emal hinter sich zu seinem
Sohn, der eingenickt war und sein Pferd sich selbst überlassen hatte.

Atal zuckte zusammen. Er öffnete die Augen und blickte
nach vorne. Auch er erkannte in der Ferne die vom Schnee
bedeckten Gipfel ihrer Berge. Aber neben der Freude, die
auf einmal sein Herz erfüllte, spürte er auch deutliche
Angst und Unruhe. Atal war von allem, was ihm, seinem
Vater und seinen geliebten Menschen in diesen langen anderthalb Jahren passiert war, so erschüttert und enttäuscht,
dass er kaum noch auf ein glückliches Ereignis im Leben
hoffen konnte. Den ganzen Weg nach Hause dachte er an
seine Mutter. Sie war die einzige liebste Person, die ihm
noch geblieben war. Er hatte Angst, dass auch ihr etwas
Böses geschehen sein könnte. Durch seinen Kopf schossen

verschiedene beklemmende Gedanken. Mal stellte er sich seine Mutter schon längst im Grab auf dem Dorffriedhof vor. Mal stand sie aber ganz mager und krank vor seinen Augen und starrte seinen Vater und ihn mit einem traurigen und anklagenden Blick an.

Jetzt, da sein Vater ihn auf die Berge vorne aufmerksam machte, begann sein Herz auf einmal zu rasen. Es schien einfach unglaublich, sich in nur noch ein paar Stunden in die Arme seiner Mutter begeben und tief vom Herzen heulen zu können.

In der Gefangenschaft hatte Atal manchmal Zweifel daran, dass es sein einmal unbekümmertes Leben im Dorf wirklich gegeben hatte. Damals hatte er die Liebe und Warmherzigkeit seiner Mutter nicht genug geschätzt. Er hatte ihre Sorgen um ihn und seinen Vater nicht ernst genommen, auf sie nicht gehört und wenn sie versucht hatte, ihn zur Rede zu stellen, hatte er sofort die Flucht nach draußen ergriffen und sich zur Straße begeben. Jetzt wird alles anders sein. Er wird sich ganz und gar seiner Mutter widmen, ihr dienen und sich um sie kümmern, nahm sich Atal fest vor.

Auch Emals Herz tobte bei der Vorstellung seines baldigen Wiedersehens mit Afsana. Lange hatte er auf diesen Moment gewartet. Wie soll er sich verhalten? Soll er zunächst an die Haustür klopfen und ihr Zeit lassen, sich vorzubereiten, oder sollten er und Atal lieber beide ins Haus reinplatzen und sie überraschen? Wie wird sie ihn empfangen? Wird sie schreien und auf Atal und ihn zulaufen oder wird sie sofort in Ohnmacht fallen? Später wird er ihr lange von ihren schrecklichen Erlebnissen in der Fremde erzählen und auch von ihr hören, wie sie diese schweren Zeiten ganz allein überstanden hatte. Er wird die Jagd für immer aufgeben und sie nie wieder allein lassen, er wird alles wieder gutmachen und versuchen, ihr keine weiteren Sorgen zu bereiten. Ein paar Tage später wird er Bas Khan zur Rede stellen, ihn vor allen Dorfbewohnern bloß stellen und von ihm Entschädigung für alles, was er seiner Familie angetan hatte, verlangen, nahm auch Emal sich vor.

Emals Haus befand sich am Rande des Dorfes, sein nächster Nachbar war der alte Hirte Nasim, der allein in einer einfachen Lehmhütte etwa hundert Meter westlich von ihm lebte. Jedes Mal, wenn Emal von der Jagd zuruckkam, gab Afsana Atal ein bisschen Fleisch und Wildfrüchte für den alten Nasim, die er jammernd und meckernd zu ihm brachte. Sie meinte, er bete für seinen Vater in den Bergen und als Nachbar habe auch er ein Recht auf das Fleisch.

Es war bereits dunkel als Emal und Atal ihr Haus erreichten und noch auf ihren Pferden merkten sie, dass im Haus keine Lampe leuchtete und an der Tür von außen ein Schloss hing. Emal und Atal bekamen sofort ein schlechtes Gefühl. Wohin konnte Afsana so spät gehen? Sie hatte keine lebenden Verwandten, nicht im Dorf und nicht woanders. Und warum sollte sie die Haustür mit einem Schloss verriegeln?

»Gehen wir zu Nasim, vielleicht weiß er, wo deine Mutter ist«, schlug Emal nachdenklich vor. Atal erwiderte nichts. In seinem Kopf kreisten dunkle Vorahnungen.

Nasims Hütte leuchtete schwach. Emal und Atal hielten ihre Pferde vor der Hütte an, und Emal rief nach Nasim. Sekunden später wurde die Tür zur Seite geschoben und in der Türschwelle erschien Nasim mit einer Öllampe in der Hand. Als er Emal und Atal erblickte, fiel er vor Schrecken fast in Ohnmacht. Er hielt die Lampe höher, rieb mehrmals mit der linken Hand über seine Augen und betrachtete mit ungläubiger Miene Emals und Atals Gesichter. Dann begann er auf einmal schnell zu beten.

»Hey, Nasim! Hör auf! Ich bin's, Emal!«

»Großer Gott! Seid ihr wirklich am Leben?«, rief dieser immer noch im Schock.

»Beruhige dich, Alter! Du siehst keine Geister vor dir«, erwiderte Emal.

»Und der soll Atal sein«, zeigte Nasim erstaunt mit dem Finger auf ihn.

»Oh Allmächtiger, verzeih meine Sünden! Jetzt erkenne ich euch. Ihr habt mich ja zu Tode erschreckt«, fügte er hinzu.

»Onkel Nasim! Weißt du, wo meine Mutter ist?«, fragte Atal ungeduldig.

Nasim kam zwar zu sich, sah aber weiter abwechselnd ihn und Emal verwirrt an, und wusste nicht, was zu sagen war.

»Hast du deine Zunge verschluckt oder was? Sag, wo ist Afsana?«, fragte dieses Mal Emal und versuchte, ihn anzulächeln.

»Kommt rein! Kommt rein! Oh, mein Gott! Ich muss mich hinsetzen«, sagte er, legte die Hand auf sein Herz und betrat wieder die Hütte, ohne auf ihre Fragen einzugehen. Emal und Atal blickten einander verblüfft an, und folgten ihm schweigend.

»Was ist los, Nasim? Ist sie am Leben? Warum benimmst du dich so rätselhaft?«, fragte noch einmal Emal, nachdem sie auf einem einfachen, alten Teppich Platz genommen hatten.

»Ja! Sie ist am Leben«, antwortete er zögernd.

»Dann raus mit der Sprache! Sag mir, wo sie ist«, fragte er wieder.

»Ich weiß nicht, wo ich anfangen soll. So etwas kommt einem nicht über die Zunge, Emal!«, erwiderte er.

»Kau nicht so lange darauf, Onkel Nasim!«, betonte Atal nun verärgert.

Nasim senkte den Kopf, dachte ein paar Sekunden, dann zwang er sich zu sprechen: »Mir tut es echt Leid, euch so etwas mitteilen zu müssen. Afsana ist in Bas Khans Haus, sie ist seine Gattin.«

In Emals Kopf donnerte und blitzte es auf einmal. Die Welt fing an, sich um ihn zu drehen. Er fiel fast ohnmächtig auf Atal, der neben ihm saß. Mit großer Mühe hielt er sich aufrecht, lehnte den Kopf gegen die Wand und schloss die Augen. Atal biss geschockt in seinen Pattu und ließ den Kopf auf seine Knie fallen. Es herrschte eine lange Stille in der Hütte. Irgendwann brach Nasim das Schweigen und sagte: »Ihr seid spurlos verschwunden, Emal! Monatelang wartete deine Frau auf euch, sie hat sehr darunter gelitten. Auch wir alle haben um euch Sorgen gemacht und für euch gebeten ...«

»Und der Besorgteste von euch allen war bestimmt Bas Khan, nicht wahr?«, bemerkte Emal dazwischen.

»Ja, er zeigte sich von seiner besten Seite.«

»Er? Von seiner besten Seite?«, hielt es Atal nicht aus. Emal unterbrach ihn aber sofort und sagte: »Lass Nasim reden! Ich will wissen, wie Bas Khan hier alles unter Dach und Fach gekriegt hat.«

Nasim warf den beiden einen flüchtigen Blick und sprach weiter: »Er hat zwei Männer nach Badghis geschickt, um Geirat Khan nach euch zu fragen. Sie sind aber mit trostlosen Nachrichten zurückgekehrt. Geirat Khan hatte bestätigt, dass ihr von ihm lebendig und gesund nach Hause aufgebrochen seid.« Nasim sah zu Emal auf und fuhr fort: »Ihr seid mit einer guten Summe Geld in der Tasche in den Bergen spurlos verschwunden, Emal! Lange Zeit habt ihr kein Lebenszeichen von euch gegeben. Es war doch nicht schwer, vorzustellen, was mit euch passiert sein könnte. Entweder wart ihr Opfer eines Verbrechens geworden oder Wölfe hatten euch unterwegs angegriffen und aufgefressen. Eins von Beidem. Ich verstehe, was in euren Herzen vor sich geht. Aber man muss auch gerecht sein. Bas Khan hatte, wie es sich einem Stammesführer gehört, alles getan, was er konnte. Er hat deine Frau ein Jahr lang unterstützt und sich um sie gekümmert. Als auch nach einem Jahr niemand von euch etwas gehört hatte, hat die Dorfversammlung euch für tot erklärt, was keine ungewöhnliche Sache ist. Anschließend hat der Mullah Saheb diese Verkündung im Einklang mit Scharia befunden und deine Frau von ihren Ehepflichten entbunden.«

Nasim schwieg für eine Weile, er war sich nicht sicher, ob Emal, dessen Blick ins Nichts gerichtet war, ihm überhaupt zuhörte. Anfangs befürchtete er, Emal werde sofort vom Platz springen und zu Bas Khan laufen, um seinen Hals umzudrehen. Er saß aber wie gelähmt da und gab immer noch keine Reaktionen von sich. Nasim blickte auch kurz Atal an. Der Junge tat ihm besonders Leid. Auch er schien in einen tiefen Schockzustand verfallen zu sein.

Emal glaubte einfach seinen Ohren nicht. Wie konnte es sein, dass im Laufe von nur anderthalb Jahren sein Leben so fatal aus dem Ruder gelaufen war? Er hatte ein Zuhause gehabt, in dem er und seine Familie sich in jeder Situation geborgen gefühlt hatten. Er hatte eine liebevolle Frau gehabt, die immer auf ihn gewartet und ihm jedes Mal seine lange Abwesenheit in den Bergen verziehen hatte. Jetzt hatten er und sein Sohn nichts mehr, er keine Frau, Atal keine Mutter und alle drei hatten kein gemeinsames Zuhause mehr. Seine und Atals Welt war auf einmal zusammengebrochen.

Nasims Worte flogen auch an Atals Ohren vorbei. Er wollte die Realität nicht annehmen. Er wünschte, das alles wäre ein böser Traum. Er könnte die Augen schließen und alles wäre wie früher. Warum er und sein Vater? Warum mussten sie in den letzten anderthalb Jahren einen Schicksalsschlag nach dem anderen erleiden? Tanda war nicht mehr da, Altinei hatte ihn allein gelassen und jetzt hatten sein Vater und er seine Mutter lebend verloren. An all dem war nur eine einzige Person schuld und das war Bas Khan. Er hatte von Anfang an alles kaltblütig geplant. Er hatte den Auftrag gegeben, seinen Vater und ihn zu beseitigen. Er hatte Tandas Leben ruiniert. Wäre nicht er, wären sein Vater und er nie in einem fremden Land in Gefangenschaft geraten, er hätte gar nicht Altinei kennengelernt und sie wäre auch heute am Leben gewesen. Das alles aber war Bas Khan nicht genug, er hatte die verzweifelte Lage seiner Mutter schamlos ausgenutzt und sie in seinen Besitz genommen. Er hatte sie einfach geerbt, genauso wie ihr Landstück. Aber warum hatte er ausgerechnet sie zu seinen Opfern erwählt? Vielleicht war auch Atal selbst in dieser Geschichte nicht unbeteiligt gewesen. Dieser Gedanke war ihm noch damals in den Sinn gekommen, als Geirat Khan über Bas Khans Angebot gesprochen hatte. Könnte es sein, dass Tanda ihrem

Vater über ihr Verhältnis mit ihm erzählt hatte? Sie war sich doch sicher, dass sie alles von ihrem Vater bekommen konnte. Vielleicht hatte sie ihren Vater mit ihrem Geständnis so wütend gemacht, dass Bas Khan sich entschlossen hatte, Emals Familie dafür zu bestrafen und Tanda seinem reichen Freund Geirat Khan zur Frau zu geben.

Atal blickte kurz zu seinem Vater auf, dessen Gesicht von Fassungslosigkeit, Schmerz und Leid gezeichnet war.

Oh, Gott! Ich hätte ihm schon längst alles erzählen sollen, machte Atal sich selbst schwere Vorwürfe.

»Du sollst deiner Frau keine Schuld geben, Emal! Sie hatte sich lange dem Aufruf des Mullah Saheb und den Ratschlägen der Dorfältesten widersetzt und eine neue Heirat stets abgelehnt. Aber sie hatte keine andere Wahl. Eine junge Frau kann und darf nicht allein leben. Sie braucht einen Ehemann, das weiß doch jeder«, setzte Nasim seinen Monolog fort.

»Ich kann dir noch mehr erzählen. Bas Khan ist nicht als einziger Bewerber in Betracht gekommen. Die Dorfversammlung musste alles gut überlegen und abwägen. Bas Khan ist nicht nur der Stammesführer, sondern dein, wenn auch ferner, Verwandter, und so ist er dein nächster Erbe. Außerdem konnte er Afsana materiell besser versorgen als alle anderen«, fügte er hinzu.

Emal und Atal schwiegen aber auch weiterhin, tief in eigene Gedanken versunken. Irgendwann hörte auch Nasim auf, zu reden und in der Hütte wurde es wieder still.

»Wir sollten gar nicht nach Hause zurückkehren, denn wir haben es nicht mehr. So hätten wir von alldem nichts gewusst und wenigstens wäre uns ein Hoffnungsschimmer geblieben, dass alles irgendwann wieder gut wird«, brach Emal endlich sein Schweigen.

»Nein, Baba! Wir mussten wissen, wer mit unserem Leben so böse gespielt hat. Wir müssen uns rächen, Baba, für alles, was Bas Khan meiner Mutter, dir, mir, Tanda und Altinei angetan hat. Wir müssen ihn vernichten, Glied für Glied abschneiden und im Feuer verbrennen. Lass ihn etwas von dem Schmerz und Leid schmecken, die er uns zugeführt hat«, protestierte Atal heftig.

»Seid nicht böse, wenn ich mich einmische. Ich verstehe eure Gefühle. Das, was euch passiert ist, wird man nicht einmal seinem Erzfeind wünschen. Aber als alter Mann muss ich euch offen sagen, dass selbst Bas Khan euch so etwas nicht mit Absicht tun konnte. Er hatte es mit eurer Familie bestimmt gut gemeint. Woher hätte er wissen sollen, dass ihr am Leben seid«, bemerkte Nasim.

»Dieser gutherzige Bas Khan, über den du so schmeichelhaft redest, ist in Wirklichkeit ein Teufel, Nasim!«, stellte Emal fest.

»Er hat zwei Gesichter, Nasim! Sein anderes Gesicht ist dir noch unbekannt, sowie auch wir bis vor Kurzem keine Ahnung davon hatten. Jetzt hör mir mal gut zu«, fügte er hinzu, als Nasim ihn überrascht ansah. Nach einer kurzen Pause fing Emal an, zu sprechen. Er erzählte Nasim ihre Geschichte vom Dorf bis zu Geirat Khans Feldern, dem Verrat, Überfall und der Gefangenschaft im Wüstenhof, ihrem Entkommen, Geirat Khans Geständnis sowie dem Rückweg nach Hause.

»Oh, Allmächtiger! Das ist ja furchtbar, was ihr beide erleiden musstet. Ich dachte, etwas so Entsetzliches kann nur in Geschichten und Märchen geschehen. Was hast du jetzt vor, Emal? Die Dorfversammlung und Mullah werden eurer Erzählung keinen Glauben schenken. Sie werden sich alle auf die Seite von Bas Khan stellen. In die Stadt zu gehen und Gerechtigkeit beim Staat zu suchen, hat auch keinen Sinn. Bas Khan hat Geld, Macht und Beziehungen, das weißt du doch.«

»Weißt du, Alter! Für mich wäre es das Beste, mein Gewehr an die Schläfe zu legen und eine Kugel durch meinen Kopf zu jagen. Aber ich bin nicht allein. Atal ist noch jung, er hat noch nichts vom Leben außer den Schrecken der letzten anderthalb Jahre gehabt. Ihn kann ich nicht allein lassen.«

»Wir sind doch zu zweit, Baba, und wir treten gegen ihn nicht mit leeren Händen an«, hielt Atal seine Pistole hoch und schüttelte sie energisch in der Luft.

»Im Fall eines offenen Streits ist er uns überlegen, mein Sohn! Außerdem machen wir alles noch schlimmer. Es ist besser, wir gehen weg. Außer Nasim hat uns niemand gesehen. Lass alles so bleiben, wie es ist«, sagte Emal seufzend.

»Du lässt ihn einfach ungestraft davonkommen und weiterhin sein Leben genießen? Ich verstehe dich gar nicht, Baba!«, äußerte sich Atal empört.

»Dein Vater hat Recht, Atal! Alles, was euch geschehen ist, könnt ihr nicht rückgängig machen. Unser Sprichwort besagt: Wasser, das auf dem Boden verschüttet wurde, lässt sich nicht zurück schöpfen. Es wäre für alle besser, wenn ihr heimlich das Dorf wieder verlassen und woanders ein neues Leben angefangen würdet, so grausam und ungerecht das auch klingen mag«, empfahl Nasim.

Atal kochte vor Wut. Er wollte ihm entschieden widersprechen, aber sein Vater verhinderte ihn mit einer Handbewegung und sagte: »Lass es gut sein, mein Sohn! Nasim darf uns alles direkt sagen. Wir beide sprechen über alles später.« Dann wandte er sich zu Nasim und sagte: »Wir warten ein bisschen bei dir, Nasim, bis die Leute schlafen gehen, okay?«

»Selbstverständlich, Emal! Vorerst aber müsst ihr mit mir etwas essen. Ihr wollt doch euren Gastgeber und Nachbar nicht beleidigen, oder?«

»Als Allererstes kümmere dich um unsere Pferde, Nasim, wenn du so nett sein willst«, bat Emal.

»Oh, Allmächtiger, verzeih mir meine Sünden! Ich habe das arme Vieh ganz vergessen«, antwortete Nasim, stand auf und machte sich auf dem Weg zur Tür.

Gegen Mitternacht verließen Emal und Atal Nasims Hütte und traten nach draußen. Sobald sie sich ein bisschen von der Hütte entfernt hatten, rief Atal hinter seinem Vater: »Wohin willst du, Baba? Was hast du vor? Wir können uns doch nicht einfach aus dem Staub machen und meine Mutter ihm überlassen.«

Emal hielt sein Pferd an, wartete bis Atals Pferd neben seinem trat und sagte dann: »Jetzt können wir frei reden. Ich wollte nicht, dass Nasim sich in unser Gespräch einmischt.«

Emal zögerte eine Weile. Ihm fiel es nicht leicht, zu sprechen: »Hoffentlich verstehst du mich, mein Sohn!«, fing er endlich an. »Mein Leben hat keinen Sinn mehr. Meine Ehre ist beschmutzt und mein Stolz ist verletzt. Für mich gibt es nur eine Lösung, entweder töte ich Bas Khan oder er mich! Ich gehe jetzt zu ihm, versuche, ihn zu kriegen und Afsana mitzunehmen. Ich darf meine Chance heute Nacht nicht verpassen. Morgen wird es zu spät sein. Er wird erfahren, dass wir hier sind und er wird für seine Sicherheit sorgen. Du wartest auf mich da vorne auf dem Weg zu den Bergen.

Falls ich in etwa einer Stunde nicht zurückkomme, dann musst du schnell von hier wegreiten ...«

»Ich reite nirgendwo, Baba! Auch für mich gilt lieber sterben als so weiter zu leben. Ich werde solange keine Ruhe haben, bis ich mich für meine Mutter, Altinei und Tanda gerächt habe«, unterbrach ihn Atal.

»Sei nicht starrköpfig, mein Sohn! Du bist noch jung, du hast dein ganzes Leben vor dir. Fange ein neues Leben irgendwo anders an.«

»Wir besuchen Bas Khan zusammen, Baba, und befreien meine Mutter. Er muss für alles, was er uns angetan hat, bezahlen.«

Emal und Atal stiegen gleichzeitig von ihren Pferden ab, umarmten sich fest und hielten sich lange in den Armen.

»Zunächst gehen wir aber zu unserem Haus, ich nehme meine Jagdtasche mit, vielleicht werden wir sie noch brauchen und dazu noch verabschieden wir uns von unserem Zuhause«, schlug Emal vor.

Bas Khans Haus befand sich neben der Moschee im Herzen des Dorfes. Sein großes hölzernes Tor öffnete direkt zur Hauptstraße, die westlich vom Haus verlief. Entlang der östlichen Mauer des Hauses erstreckte sich Bas Khans Garten und südlich vom ihm lagen sein Stahl und die Scheune. Das Innere des Hauses war durch etwa vier Meter hohe Mauern vor fremden Augen verborgen.

Das Haus selbst bestand aus mehreren Räumen, Hinterzimmern und engen Korridoren, die einem Labyrinth ähnelten. Emal und Atal kannten sich aber sehr gut mit dem Haus aus. Sie waren bei verschiedenen Anlässen schon mehrmals hier gewesen. Sie wussten genau, in welchen Räumen Bas Khan zu dieser Jahreszeit schlief.

Sie ließen ihre Pferde neben der Scheune stehen. Atal kletterte zunächst über die Gartenmauer, dann lief er zu einem großen Maulbeerbaum neben der Hausmauer und kletterte ihn hoch. Von da landete er auf der Hausmauer und von dort kam er im Innenhof runter und öffnete leise das Haustor für seinen Vater.

Emal und Atal schlichen sich langsam zu Bas Khans Schlafräumen. Sie wussten zwar, dass seine Bediensteten nach dem Abendessen nach Hause gingen und außer Afsana niemand bei ihm sein sollte, dennoch war Vorsicht geboten.

Als sie näher kamen, merkten sie, dass aus dem kleinen Fenster seines Schlafzimmers ein schwaches Licht nach draußen schien. Sie hielten an und dachten zunächst, er könnte noch wach sein. Aber als sie neben dem Fenster standen, hörten sie ein lautes Schnarchen. Emal blickte hinein. Bas Khan lag allein im Bett, Afsana war nicht da. In der Wandnische neben seinem Bett brannte eine Öllampe.

Emal und Atal gingen zur Tür, schubsten sie langsam zur Seite, betraten das Zimmer und schlossen die Tür wieder hinter sich. Bas Khan schlief weiterhin tief und schnarchte mit geöffnetem Mund. Im Zimmer war es stickig und feucht und es roch übel.

»Steh auf, Bas Khan! Du hast Gäste«, sagte Emal und drückte den Lauf seines Gewehres gegen seinen großen Bauch, der sich rhythmisch hob und senkte. Bas Khan zuckte zusammen und hörte auf zu schnarchen, schlief aber weiter. Als Emal noch einmal mit dem Gewehr fest gegen seinen Bauch drückte und ihn forderte aufzustehen, wachte Bas Khan erschreckt auf und setzte sich sofort im Bett auf.

»Hä? Wer seid ihr? Was wollt ihr?«, fragte er panisch.

Er rieb heftig seine Augen und konnte nicht glauben, dass Emal und Atal vor ihm standen.

Emal trat ein, zwei Schritte zurück und stand neben Atal, der bereits seine Pistole auf Bas Khan gerichtet hatte.

»Na! Hast du deinen Todesengel erkannt, Bas Khan?«, fragte Emal mit hasserfülltem Unterton.

»Was zum Teufel geht hier vor sich? Warum platzt ihr mitten in der Nacht in mein Schlafzimmer rein? Ich bin der Stammesführer. Ich bringe euch morgen vor die Dorfversammlung«, drohte er, während er die Beine über die Bettkante schwang.

»Du bist nicht Stammesführer, sondern der Teufel selbst, Bas Khan! Und ich werde dir jetzt mit Genuss eine Kugel durch den Kopf jagen«, zielte Emal mit seinem Gewehr auf ihn.

»Warte, Emal! Wir müssen reden! Ich erkläre dir alles«, brach er eilig heraus und sah Emal verängstigt an. Er wartete, bis Emal sein Gewehr etwas senken ließ, dann fing er an, zu sprechen: »Du bist wütend, weil ich deine Frau geheiratet habe. Aber das habe ich ein Jahr nach eurem Tod gemacht, wenigstens waren wir uns alle sicher, dass ihr nicht mehr am Leben seid. Die Dorfversammlung hat euch für tot erklärt. Alle bestanden darauf, dass ich Afsana heirate.«

»Warum hören wir ihm noch zu, Baba? Warum machen wir ihn nicht gleich kalt? Er verdient keinen Prozess«, schrie Atal.

»Ihr macht einen großen Fehler, Emal! Ich habe kein Gesetz, keine Regeln gebrochen. Jemand musste sich doch um deine Frau kümmern. Weißt du, wie sie sich allein zu Hause, ohne Mann, ohne einen Versorger gefühlt hatte?«

»Hör sofort auf zu lügen, Bas Khan! Ich hätte dich noch

im Schlaf erschossen, aber so leicht wollte ich die Sache nicht zu Ende bringen. Du solltest mit eigenen Augen sehen, dass mein Sohn und ich lebend vor dir stehen. Du solltest beim vollen Bewusstsein deine gerechte Strafe bekommen und du musst wissen, dass wir von allem, was du heimtückisch für uns ausgedacht hast, Bescheid wissen. Das Einzige, was du uns noch vor dem Tod erklären kannst, ist: Warum hast du das um Himmels willen getan? Was habe ich dir so Schlimmes angetan? Warum wolltest du noch meinen unschuldigen Atal beseitigen?«

In diesem Moment ging plötzlich die Tür direkt neben Bas Khans Bett auf und ins Zimmer platzte auf einmal Afsana herein. Als sie Emal und Atal erblickte, blieb sie momentan wie angenagelt stehen und konnte ihren Augen nicht glauben. Auch Emal und Atal standen entgeistert da und schauten Afsana mit verwunderten Augen an. Bas Khan nutzte den Moment, zog schnell das Messer, das er unter seinem Kissen versteckt hatte, ergriff Afsana, zog sie zu sich, hielt ihr prompt das Messer an den Hals und schrie: »Legt sofort die Waffen zu Boden, sonst schneide ich ihr die Kehle durch, verstanden?«

Afsanas plötzliche Erscheinung und Bas Khans rapides Eingreifen verwirrten Emal und Atal so sehr, dass sie keine Zeit hatten, zu reagieren. Beide kamen erst dann zu sich, als Bas Khan sie noch einmal anschrie »Ich habe gesagt, die Waffen nieder«, und bedrohlich das Messer gegen Afsanas Hals drückte. Jetzt erinnerten sie sich, dass sie Waffen in ihren Händen hielten. Emal ließ sein Gewehr zu Boden fallen und Atal musste dasselbe tun.

Bas Khan beugte sich und suchte unter der Matratze nach seiner Pistole, die in einer Ledertasche steckte.

Gleichzeitig hielt er weiter mit der rechten Hand das Messer an Afsana Kehle und verlor auch Emal und Atal nicht aus den Augen.

»Lass sie los, Bas Khan! Du brauchst dich nicht mehr hinter einer Frau zu verstecken. Wir haben keine Waffen«, sagte Emal und zeigte ihm seine leeren Hände.

Bas Khan ließ sie locker, nahm die Pistole in die rechte Hand und richtete sie sofort auf Emal.

»Meine Liebsten! Ihr seid am Leben«, brach Afsana mit zitternder Stimme und Tränen in den Augen heraus.

Bas Khan schubste sie leicht zur Seite und sagte: »Du bleibst still und hältst dich gefälligst heraus, okay? Sonst töte ich deinen Liebsten sofort!«

Afsana trat gehorsam einen Schritt zur Wand. Danach wandte er sich Emal zu.

»Du wolltest wissen, warum ich das alles getan habe? Okay! Ich erfülle dir deinen letzten Wunsch vor dem Tod«, sagte er breit grinsend.

»Die Geschichte ist sehr alt, Emal! Es geht um diese Frau«, sprach er nach einer kleinen Pause weiter und zeigte auf Afsana, die liebevoll und traurig mal zu Emal und mal zu Atal schaute und anscheinend nicht viel von dem, was Bas Khan erzählte, mitbekam.

»Erinnerst du dich?«, setzte Bas Khan fort. »Wir Jungs sind alle hinter ihr hergelaufen. Im Gegensatz zu den anderen war ich aber hoffnungslos in sie verliebt. Ich habe alles getan, um ihr Herz zu gewinnen. Ohne Erfolg! Sie wollte dich, ausgerechnet den Jungen, der sich gar nicht um sie bemüht hat. Weißt du, wie verletzt ich mich damals gefühlt habe?« Bas Khan hielt kurz an, dann sprach er weiter: »Ich habe dich gehasst, Emal! Du warst ihrer nicht wert. Du hast dich auch später nicht um sie gekümmert. Du warst ein schlechter Ehemann, der für Tage und Wochen in den Bergen verschwand und sie zu Hause allein ließ. Ich habe mich immer wieder gefragt, wie kann Afsana so einen einsamen Wolf lieben? Was hat er denn, das mir fehlt? Ich habe doch alles, er nichts! Ich kann sie verwöhnen, sie gut versorgen, immer für sie da sein, er aber kann ihr gar nichts bieten. Ich habe mich damit getröstet, dass meine Gefühle mit der Zeit abstumpfen werden. Ich dachte, ich heirate und fange alles von Neuem. Ich habe mich aber geirrt. Jedes Mal, wenn ich mit Tandas Mutter, Schatra, geschlafen habe, hat Afsana vor meinen Augen gestanden. Weißt du, wie das ist, wenn man mit einer Frau im Bett ist und über die andere denkt?«

»Du bist pervers, du bist krank, Bas Khan!«, schrie Atal.

»Tu nicht so, als wäre deine Besitzgier eine große Liebe gewesen, Bas Khan! Es war nicht dein Herz, sondern dein Ego, das verletzt war, weil Afsana nicht dich, den Sohn des Stammesführers, sondern mich, einen armen Jäger gewählt hatte«, ergriff Emal das Wort.

»Haltet die Klappe, ihr beide! Sonst erzähle ich alles Weitere euren Leichen, kapiert?«, forderte Bas Khan aufgebracht. Er wartete ein paar Sekunden und als Emal und Atal nichts erwiderten, fuhr er fort: »Ich habe nach dem Tod meiner Frau nicht wieder geheiratet, obwohl alle meine Verwandten und Freunde es von mir verlangt haben. Ich habe mir so gewünscht, dass mit dir in den Bergen etwas passiert. Die Jahre sind vergangen, du bist aber nicht von irgendeinem Felsen heruntergestürzt und kein verdammtes Tier hat dich angegriffen. Ich war zwar bitter enttäuscht, konnte mich aber trotzdem in Geduld üben. Ich hätte mich vielleicht auch weiterhin mit meinem Pech abgefunden, wenn nicht dein unverschämter Sohn, der meiner Tochter den Kopf verdreht hatte ...«

»Was? Mein Sohn und deine Tochter? Du hast deinen Verstand verloren, Bas Khan! Blinder Hass und Eifersucht haben deine Sinne getrübt«, unterbrach ihn Emal und schaute dann auch Atal verblüfft an. Der senkte aber seinen Blick beschämt zu Boden, ohne Bas Khans Anschuldigung entschieden abzustreiten, wie Emal es von ihm erwartet hatte.

»Ich habe sie mit eigenen Augen gesehen. Sie sind nacheinander aus meiner Scheune herausgelaufen. Als ich Tanda zur Rede gestellt habe, gab sie zu, dass sie deinen Verrückten liebt. Ich habe lange versucht, sie von diesem Unsinn abzubringen. Tanda war alles, was ich hatte. Sie ist aber bis zum Ende stur geblieben und wollte nichts anderes hören. Meine Geduld war danach zu Ende. Erst hast du mir Afsana weggenommen und jetzt war dein Junge dabei, meine geliebte Tochter zu verführen. So einen Albtraum konnte ich nicht ertragen ...«

»Du lügst, Bas Khan! Tanda war nicht deine Liebste. Du hast ihr Glück, ihre Träume für deine kranken Wünsche geopfert. Du hast ihr Leben ruiniert und sie in den Tod getrieben«, schrie plötzlich Atal.

»Wag es nicht deinen Mund zu öffnen, du Dreckskerl! Das waren du und dein Vater, die mein Glück zerstört haben. Ihr seid an allem schuld und ihr werdet heute dafür bezahlen«, stieß er mit zornigen Blicken hervor und richtete die Pistole nervös auf Atal. Es schien so, als wäre er dabei die Kontrolle zu verlieren.

»Und was erzählst du morgen der Dorfversammlung, Bas Khan? Deine Lügengeschichte überzeugt keinen.

Die Wahrheit kommt sowieso ans Licht. Dein Plan, uns mithilfe fremder Hände lebend verschwinden zu lassen, ist gescheitert. Unseren Tod zu verheimlichen und unsere Leichen zu beseitigen, das wird auch dir nicht gelingen. Bald werden alle wissen, was für ein Scheinheiliger ihr Stammesführer ist«, mahnte Emal.

»Keine Sorge, Emal!«, erwiderte Bas Khan, während er nervös grinste.

»Ihr seid mitten in der Nacht heimlich in mein Haus eingebrochen, zu meinem Schlafzimmer gekrochen und habt versucht mich zu töten. Ich habe euch in der Dunkelheit erschossen, zu meinem Schutz. So wird jeder im Dorf mir recht geben und das Gesetz des Staates wird auch auf meiner Seite sein«, sprach er weiter.

»Komm zur Vernunft, Bas Khan! Du hast schon genug angerichtet. Du wirst keine Ruhe in diesem Leben haben und du wirst für deine bösen Taten in der Hölle brennen. Wenn ein klein bisschen Menschliches noch in dir geblieben ist, dann lass Afsana zu ihrer Familie zurückkehren! Wir verzeihen dir alles und gehen von hier für immer fort«, versuchte Emal verzweifelt, ihn noch umzustimmen.

»Lass mich gehen! Bitte! Ich flehe dich an! Ich bitte dich bei Gott! Ich werfe mich zu deinen Füßen, bitte!«, fing Afsana an, herzzerreißend zu weinen.

»Du gehörst mir, Afsana! Ich bin gesetzmäßig und nach Scharia dein Mann und ich liebe dich«, sagte Bas Khan betont.

»Ich liebe dich aber nicht und werde es auch nach allem, was passiert ist, nie können. Bitte! Wenn du weißt, was Liebe ist, dann musst du mich verstehen«, bat sie wieder schluchzend.

»Ich verstehe dich, Afsana! Du liebst ihn immer noch und bist ohne ihn unglücklich. Aber wie unglücklich ich ohne dich bin, das verstehst du nicht. Okay! Dann machen wir es so, dass wir beide gleichermaßen unglücklich werden. Da du mir meine Liebe entreißt, entreiße auch ich dir deinen Liebsten«, sagte er plötzlich.

»Auf ein Wiedersehen in der Hölle, Emal«, wandte er sich zu Emal und richtete entschieden die Pistole auf ihn.

Bevor er aber den Abzug drücken konnte, schrie plötzlich Afsana: »Nein!« ,und lief zwischen ihm und Emal. Der Schuss fiel, Afsana stolperte nach vorne, Emal gelang es noch sie aufzufangen, bevor sie zu Boden stürzte. In diesem Moment knallte es noch einmal, dieses Mal sank Bas Khan zu Boden. Das war Atal, der nach seiner Pistole auf dem Boden gegriffen und den Schuss abgegeben hatte. Emal kniete sich mit Afsana in den Armen nieder und legte ihren Kopf in seinen Schoß.

»Verzeih mir, dass ich auf dich nicht warten konnte«, brach Afsana mit großer Mühe heraus, während sie Emal mit halb geschlossenen und schmerzerfüllten Augen ansah.

»Verzeih du mir, dass ich so lange zu dir nicht zurückkehren konnte«, erwiderte Emal mit einem dicken Kloß im Hals.

»Mein Sohn! Du bist zu einem richtigen Mann herangewachsen«, wandte sie den Blick zu Atal, der mit angstverzerrtem Gesicht neben ihr kniete.

»Pass auf deinen Vater auf, mein Liebster!«, gelang es ihr noch zu sagen. Sie hustete kurz und danach erstarrten plötzlich ihre Augen.

»Oh, Mutter! Lass uns nicht allein!«, heulte Atal auf und ließ seinen Kopf auf ihre Brust fallen.

»Wir müssen sofort weg! Bevor die Leute hier eintreffen«, schüttelte Emal Atals Schulter kräftig. Nachdem Atal sich aufgerichtet hatte, hob Emal Afsana auf die Arme und lief auf die Tür zu.

»Nimm die Waffen, schnell!«, schrie er Atal.

Atal befolgte seinen Befehl automatisch, nahm die Pistole und das Gewehr mit, und lief mit geschocktem Gesicht hinter ihm.

Emal legte Afsana vor sich auf sein Pferd, beide stiegen auf und ritten weg vom Haus. Schon am Rande des Dorfes waren erste Rufe und Schreie hinter ihnen zu hören.

Vom Dorf aus ritten Emal und Atal direkt zu den Bergen. Emal kannte aus seinen Jagdzeiten einige Höhlen in den Tälern und Hängen, die er für Vorratshaltung und Übernachtung nutzte.

Etwa eine Stunde später erreichten sie das große nördliche Tal, das als Durchgang zu den zahlreichen anderen Tälern rechts und links von ihm diente. Sie ritten tief in das Tal hinein, bis sie im Morgengrauen zu einer Höhle am südlichen Hang des Berges kamen. Emal nutzte diese Höhle als Basislager zum Aufbruch in die anderen schmaleren Täler und schwer zugänglichen Berghänge. Hier bewahrte er sein Proviant auf und brachte die auf seinen Jagdzügen gesammelten Wildfrüchte und erbeutetes Fleisch zurück, das er bei Bedarf salzte und trocknete.

Vom Talbecken, das von einem kleinen Bach durchgezogen war, schlängelte sich ein steiniger Pfad nach oben zum Eingang der Höhle. Als Emal und Atal endlich vor der Höhle standen, stiegen sie von den Pferden ab, holten Afsanas Leiche herunter und legten sie behutsam auf den Boden. Danach fing Emal an, den Eingang von Baumästen und

Zweigen zu befreien. Die hatte er selbst dorthin gelegt, um die Höhle vor eindringlichen Tieren zu schützen.

Atal warf zwar auch ein paar Äste zur Seite, verhielt sich aber dabei völlig verstört und geistesabwesend. Emal spürte das alles deutlich und machte sich Sorgen um ihn.

Als sie den Eingang befreit hatten, ging Emal hinein, zündete ein Streichholz an, suchte seine alte Öllampe und machte sie an. Danach brachten er und Atal Afsanas Leiche in die Höhle, legten sie in die hintere Ecke und bedeckten sie mit einem Pattu. Emal legte einige Holzstücke zwischen den Steinen auf dem Boden, die ihm als einfacher Kamin dienten, und zündete das Feuer.

Es war zwar Anfang Winter und auf den höchsten Gipfel der Gebirge war schon der erste Schnee gefallen, trotzdem sollte es hier unten im Tal angenehm warm sein. Heute, in diesen, morgigen Stunden war es allerdings ziemlich frisch und man spürte die Kälte, die den Körper durchdrang.

Vater und Sohn setzen sich schweigend um das Feuer. Sie waren völlig ausgelaugt und niedergeschlagen. All die vergangenen Monate waren eine Serie von schrecklichen Albträumen, die ihr Leben geplagt und ihnen ihre Liebsten einen nach dem anderen weggenommen hatten. Afsana, das einzig Teuerste, das ihnen noch geblieben war, lag ebenfalls tot nicht weit von ihnen.

Emal und Atal saßen aber nicht lange am Feuer. Mit dem Tagesanbruch musste Afsana begraben werden, wie die Sitten und Gebräuche es forderten. Sie kletterten noch höher, über die Höhle, suchten einen weichen Boden unter einem hängenden Felsen und fingen an, zu graben. Dieses Mal hatten sie eine Schaufel und eine Axt zur Verfügung. Die benutzte Emal normalerweise zum Zerstückeln von

Steinbock- oder Gazellenfleisch. Damit waren sie in der Lage ein würdiges Grab für Afsana zu schaffen.

Die Sonne befand sich schon hoch am Himmel, als Emal und Atal von Afsana Abschied nahmen und sie ins Grab legten. Keiner brach in Tränen aus, als wären ihre Tränen vertrocknet und keiner tröstete den anderen, als hätten sie keine Worte füreinander. Sie beteten schweigend mit gehobenen Händen. Atal stand völlig ausgelaugt und blass im Gesicht da und machte alles mechanisch hinter seinem Vater.

Als sie das Grab von allen Seiten mit großen Steinbrocken verdeckt hatten, damit kein Tier es ausgraben konnte, und ein letztes Mal für sie gebetet hatten, legte Emal seinen Arm auf Atals Schulter und führte ihn zurück zur Höhle. Nachdem sie wieder die Höhle betreten hatten, breitete Emal eine alte Matratze, auf der er früher geschlafen hatte, auf den Holzzweigen aus und sagte: »Leg dich hin, mein Sohn! Du musst unbedingt ein bisschen schlafen.«

Atal ging gehorsam zur Schlafstelle rüber und legte sich schweigend hin. Emal selbst musste aber trotz seiner Erschöpfung wieder hinausgehen, um die Pferde mit Wasser und Futter zu versorgen.

Etwa eine halbe Stunde später kam er zurück, warf noch ein paar Holzstücke in die Feuerstelle und entfachte das Feuer erneut. Danach setzte er sich zur Seite, lehnte sich gegen die Höhlenwand und betrachte eine Weile Atals leidgeprägtes Gesicht. Er sah seinen Sohn zum ersten Mal im Leben derart niedergeschlagen. Sein Zustand war besorgniserregend. Aber was konnte er für ihn tun? Auch sein Herz war gebrochen und all seine Träume waren mit Afsana begraben. Er hatte keine Ahnung, wie es weitergehen sollte.

In der Höhle gab es noch ein bisschen Bohnen und Reis, er konnte später jagen gehen und vielleicht ein Tier erschießen. Damit konnten sie noch einige Tage hier verbringen. Was sie aber danach unternehmen sollten, wohin sie in diesem Winter gehen und wie sie für ihr tägliches Brot sorgen konnten, darauf hatte er noch keine Antwort.

Emal quälte sich nicht lange mit solchen Gedanken, totale Müdigkeit und Schlaflosigkeit gewannen schnell die Oberhand und er war in kurzer Zeit eingenickt. Bald darauf fing er an, zu träumen. Er sah seinen Sohn, als er noch ein kleiner Junge war. Sie waren beide zusammen in den Bergen, Emal sammelte wilde Feigen auf einem flachen Hang und Atal spielte nicht weit von ihm. Plötzlich hörte er das laute Gebrüll eines Tigers. Als er zu seinem Sohn blickte, sah er einen furchterregenden Tiger, der direkt vor Atal stand. Emal erkannte sofort seinen Fehler, er war für einen kurzen Moment abgelenkt gewesen und der Tiger hatte sich unbemerkt Atal nähern können. Emal sah schnell zu seinem Gewehr, es lag aber weit hinter ihm. Es war schon zu spät, danach zu laufen. Als er sich wieder zu Atal drehte, bemerkte er mit Entsetzen, dass der Tiger sein großes Maul aufriss und seine furchtbaren gelblichen Fänge zeigte. Emal fing an, mit aller Kraft auf den Tiger zuzulaufen. Zu seinem Ärger gelang es ihm keineswegs schneller zu laufen. Er lief und lief, der Tiger und Atal blieben aber immer von ihm weit entfernt. Plötzlich sah er erschreckt, wie Atals Kopf im Maul des Tigers verschwand. Entgegen seiner Befürchtung biss der Tiger ihn aber nicht, sondern versuchte ihn zu verschlucken. Der Tiger hatte sich plötzlich in eine ungeheuer große Schlange verwandelt. Emal streckte beide Arme nach vorne und schrie verzweifelt, so laut er nur konnte: »Nein!«

In diesem Moment wachte er erschrocken und schweißgebadet auf und schaute schnell zu Atal rüber. Der lag da und atmete schwer. Emal begann ein, zwei Minuten lang ununterbrochen zu beten, bis er einigermaßen zu sich kam und seine Atmung sich wieder normalisierte. Danach schaute er noch einmal genau Atal an, seine Wangen waren rot wie Granatapfel und das bedeutete nichts Gutes. Er stand sofort auf, ging zu ihm rüber, kniete sich neben ihm und legte die Hand auf seine Stirn. Sie glühte vor Fieber.

»Oh, Allmächtiger! Auch das noch«, sagte er böse überrascht.

»Einen Tuch!«, schrie er vor sich.

»Wasser! Ich muss Wasser holen«, schrie er noch einmal panisch. Seine Hände zitterten, er wusste nicht, wonach er als Erstes greifen sollte. Endlich stand er auf, suchte nach seiner alten, vom Staub bedeckten Kanne und lief runter zum Bach. Einige Minuten später kehrte er mit eiskaltem Wasser zurück, goss ein bissen davon auf seinem Taschentuch und legte es auf Atals Stirn.

»Das wird schon, mein Sohn! Du bist doch stark, ich weiß es«, sprach er mit sich selbst, während er die Kanne auf das Feuer stellte, um eine Reissuppe für ihn zu kochen.

Atals Zustand verschlechterte sich aber weiter. Das Fieber kletterte zwar hoch und runter, hielt aber beständig an. Oft redete er Unsinn. Langsam bekam Emal ernste Angst um das Leben seines Sohnes. Er kümmerte sich um ihn, wie er nur konnte, gab ihm warmes Wasser, kochte ihm Bohnen- und Reissuppe und betete ständig für ihn.

Endlich, in der sechsten Nacht kehrte die Hoffnung zurück zu Emal. Zur Mitternacht bemerkte er, dass Atal ganz ruhig atmete. Als Emal seine Temperatur prüfte, war seine

Stirn feucht und nur leicht warm. Er hatte kein Fieber mehr.

Früh am nächsten Morgen verließ Emal die Höhle und kehrte ein paar Stunden später mit einem erbeuteten Hasen zurück. Als er die Höhle betrat, öffnete Atal die Augen. Ihm ging es sichtlich besser.

»Wir werden heute eine kräftige Mahlzeit haben, mein Sohn!«, hielt Emal den Hasen, den er an hinteren Beinen festhielt, hoch. Atal verzog die Mundwinkel zu einem schwachen Lächeln und versuchte sich im Bett aufzurichten.

Am Tag darauf stand Atal schon auf den Beinen. Das war ausgerechnet der erste Freitag nach dem Tod seiner Mutter. Normalerweise wären die Dorfleute an diesem Tag zu ihnen gekommen, hätten den Koran vollständig gelesen und alle zusammen für die Seele seiner Mutter gebetet. Sie hätten dann für alle Mittagessen vorbereitet. Hier und jetzt mussten aber sein Vater und er allein zum Grab seiner Mutter gehen.

Trotz seiner Schwäche begleitete Atal seinen Vater zum Grab. Sie standen nebeneinander und beteten lange für sie zusammen. Auf dem Rückweg hielt Emal plötzlich an und sagte: »Wir müssen reden, mein Sohn!«

Er zeigte auf einen windgeschützten, sonnigen Platz neben einem Felsen und sprach weiter: »Setzen wir uns einen Moment hin und genießen die Sonne.«

Sie breiteten ihre Pattus auf den zwei flachen Steinbrocken aus, die noch kalt waren, und nahmen Platz.

»Wir müssen unsere Lage besprechen. Das Leben hat es bis jetzt nicht gut mit uns gemeint. Gott weiß, wir haben nicht gewollt, dass alles so kommt. Für mich ist schon alles entschieden, ich habe meine guten Tage im Leben hinter mir. Du bist aber jung, du musst ein neues Leben anfangen, eine Familie gründen und Kinder aufziehen. Hier können wir nicht ewig bleiben, allein vom Fleisch können wir nicht leben, wir brauchen Nahrung, Kleidung und hygienische Mittel. Zu den Leuten in den Dörfern können wir nicht mehr gehen, auch in der ganzen Provinz ist es gefährlich, uns zu zeigen. Bei der Polizei liegt gegen uns ohne Zweifel eine Anzeige wegen Mordes vor und Leute, die uns verraten würden, wird es auch genug geben. Deswegen ist es besser, wenn wir weit weg von hier, in eine andere Provinz ziehen, wo niemand uns kennt.«

»Du glaubst wirklich, Baba, dass wir dort ruhig leben können, nach allem, was passiert ist? Und wovon sollen wir dort leben? Willst du, dass wir für solche wie Bas Khan, Geirat Khan, oder diesen verdammten Bay schuften, um nur von einem Stück Brot zu leben? Nein, Baba! Wir werden nie mehr Ruhe im Leben haben. Dafür dürfen aber auch jene, die uns und unseresgleichen das Leben ruiniert haben, keine Ruhe haben. Wir werden nicht zu ihnen gehen, Baba, sondern sie zwingen zu uns zu kommen und uns mit allem zu versorgen, was wir brauchen.«

»Du machst mir Angst, mein Sohn!«, bemerkte Emal alarmiert. Ihm kam der Verdacht, dass Atal sich vielleicht nicht ganz von seiner Krankheit erholt hatte und schon wieder Unsinn redete.

»Als ich noch im Bett lag, wollte ich sterben, Baba! Ich hatte nur noch auf meinen Todesengel gewartet. Mein Leben hatte keinen Sinn mehr. Ich hatte schon alles verloren. Irgendwann, zwischen Bewusstsein und Ohnmacht hat mir eine Stimme zugeflüstert, ich solle gegen Unrecht aufstehen und kämpfen. Jetzt weiß ich meine Bestimmung, Baba!«, sprach Atal wieder überzeugt.

»Okay, mein Sohn! Wir reden noch darüber. Jetzt aber müssen wir reingehen, du bist noch schwach, ich fürchte deine Krankheit kann noch einmal zurückschlagen«, fiel Emal ihm ins Wort. Er fand es im Moment sinnlos auf seinen Sohn einzureden und ihn umzustimmen.

In den darauf folgenden Tagen versuchte Emal wieder und wieder mit seinem Sohn ins Gespräch zu kommen, in der Hoffnung ihn von seiner fixen Idee abbringen zu können. All seine Bemühungen stellten sich aber als vergeblich heraus. Atal blieb auch weiterhin unerschütterlich. Er hatte sich etwas in den Kopf gesetzt und ließ sich nicht zu etwas anderem überreden.

Eigentlich sah auch Emal tief im Herzen keine andere, bessere Perspektive für sich und seinem Sohn, als in den Bergen zu bleiben, obwohl er von anderen Provinzen sprach, in die er und Atal fliehen konnten. Er war zwar nicht begeistert von dem, was sein Sohn sich vorgenommen hatte, vor allem, weil ihm bewusst war, auf welche Gefahr sie sich einließen, aber er war auch nicht überzeugt, dass sie woanders ziehen, alles vergessen und ein normales Leben führen könnten. Er vergaß die Tatsache nicht, dass die Polizei sie früher oder später aufspüren und verhaften würde, egal in welcher Provinz sie sich verstecken hätten, und von der Justiz erwartete er nichts Milderes als lebenslangen Gefängnisaufenthalt oder sogar die Todesstrafe.

Emal quälte sich lange mit widersprüchlichen Gedanken. Er konnte sich mit keiner Lösung zufriedenstellen. Mit schwerem Herzen musste er endlich seinem Sohn nachgeben.

Kapitel 6

Fünf Jahre waren vergangen, seit Emal und Atal ihre Zuflucht in den Bergen gefunden und ihren Aufstand gegen Unrecht begonnen hatten. Die Zeit brachte ihnen rasch Berühmtheit in der ganzen Provinz. Ihre Namen riefen bei den Mächtigen und Reichen der Gegend Angst und Schrecken und bei der Armen und Unterdrückten Bewunderung und Gutheißung hervor. Sie verhielten sich völlig unberechenbar, tauchten aus dem Nichts auf, schlugen überraschend zu und verschwanden wieder spurlos.

In den Dörfern zirkulierten über sie verschiedene Gerüchte. Manche trauten ihnen sogar außergewöhnliche Kräfte und Fähigkeiten zu. Sie glaubten, wenn man zum Eingang des größten nördlichen Tals ging und dreimal laut um Hilfe schrie, dann würden die Rufe erhört, Emal und Atal würden demjenigen zur Hilfe eilen und ihm Gerechtigkeit verschaffen.

Ihre Feinde waren große Landbesitzer, Lehnsherren, Pfandleiher und reiche Viehzüchter, die ihre Bauer, Hirten, Handwerker und Diener ausbeuteten, misshandelten und unfair bezahlten. Emal und Atal legten ihre Strafe fest und verpflichteten sie dann dazu die Betroffenen zu entschädigen. Ihre Entscheidungen standen nicht zur Debatte und sie waren nicht zu missachten.

In der Anfangszeit weigerte sich der eine oder andere noch die Forderungen der beiden zu erfüllen und versuchte sich vor ihnen zu schützen. Aber als ein paar von ihnen verheerende Verluste einnehmen mussten, indem ihre Felder, Dreschplätze, Scheunen oder Speicher im Flammen aufgingen, ihre Handelswaren, die zwischen Stadt und ihren Dörfern unterwegs waren, angegriffen und geplündert wurden, fanden die meisten von ihnen es besser, mit den beiden Frieden zu schließen und sie nicht zu ärgern.

Der Distriktverwalter war Emal und Atal gegenüber hilflos. Sein Polizeichef hatte nur ein paar Polizisten zur Verfügung, die er zu den Dörfern schickte, um den täglichen Anklagen und Beschwerden der Dorfbewohner nachzugehen, jemanden zum Distriktzentrum einzuladen oder Steuersünder zu benachrichtigen. Sie waren nicht in der Lage Emal und Atal in den Bergen zu verfolgen und gegen sie etwas Ernsthaftes zu unternehmen.

Mit der Zeit hatten sich die Leute an Emal und Atal gewöhnt. Irgendwann kam es sogar dazu, dass einer der beiden am helllichten Tag in einem Dorf auftauchte, eine Frage klärte oder etwas mitnahm. Anfangs waren solche Besuche aus Sicherheitsgründen selten und nur für kurze Zeit. Nach und nach ließen Vater und Sohn aber die gebotene Vorsicht außer Acht. Besonders frech verhielt sich Atal. Er ging leicht das Risiko ein, ganz offen in den Dörfern aufzutreten. Emal versuchte vergeblich, ihn zu besinnen.

»Sei nicht so leichtsinnig, mein Sohn! Wir haben Feinde, ein kleiner Fehler kann für uns fatal enden«, betonte er wiederholt. Atal nahm aber die Sorgen seines Vaters nicht ernst, er lächelte und sagte: »Ach, Baba! Wie viele Male war ich allein in den Dörfern unterwegs? Es ist doch nichts passiert.«

»Du unterschätzt die Gefahr, mein Sohn! Unser Sprichwort sagt: Der Eimer kommt nicht jedes Mal voll aus der Brunnen hoch!«

»Wer würde es wagen, gegen uns etwas auszurichten? Jeder weiß, dass ein Verrat an uns ihm den Kopf kosten wird. Außerdem gibt es genug Leute, die uns über eine mögliche Gefahr benachrichtigen würden.«

»Du bist jung, voller Kraft und Emotionen, du fühlst dich unangreifbar und das ist deine größte Schwäche«, versuchte Emal ihm vergeblich klar zu machen. Seine Worte flogen aber an Atals Ohr vorbei und er ging einem ernsthaften Gespräch mit seinem Vater aus dem Weg.

Solange Emal und Atal nur mit den Dorfbewohnern beschäftigt waren, versuchten die Behörden im Distrikt- und Provinzzentrum, ihre Taten kleinzureden. Sie stellten noch keine allzu große Gefahr für die Sicherheit und Ordnung dar. Die Lage änderte sich aber, nachdem Atal anfing, die Distriktverwaltung selbst zu bedrohen und zu erpressen, nachdem die beiden von Polizei und Justiz verlangten, den einen oder anderen zu Unrecht Verhafteten freizulassen oder diese und jene falsche Beschlüsse und Entscheidungen zurückzunehmen.

Die Polizeizentrale der Provinz alarmierte irgendwann das Innenministerium in der Hauptstadt Kabul und bat dringend um Hilfe. Ein paar Monate später wurde von dort ein junger, ehrgeiziger Kapitän, der sich schon durch einige skandalöse Ermittlungen in anderen Provinzen einen

Namen gemacht hatte, in die Stadt Farah geschickt. Von seinem Auftrag und Ankunft wusste nur ein beschränkter Kreis von Personen.

Kapitän Aman, so hieß er, begann damit, dass er Informationen über alle Khans und Reichen in den nahen und fern liegenden Dörfern rund um die Berge sammelte. Außerdem hatte er sich über die Art und Weise, wie Emal und Atal agierten, wann und wo sie in den letzten Monaten gesehen wurden, wer ihre mögliche Helfer sein könnten und überhaupt wie sie sich versorgten, ausführlich informiert.

Der Kapitän hatte schon einen Plan, wie er Emal und Atal in eine Falle locken konnte. Dafür brauchte er vor allem jemanden aus den Dörfern, der bereit wäre, sich gegen Emal und Atal zu stellen. Das war aber keine leichte Aufgabe, denn jedem in der Gegend war bewusst, was ihm drohte, wenn der Plan schief lief. Das Schwierigste war aber die Tatsache, dass Emal und Atal beide nie zusammen zu einem Treffen kamen. Der eine blieb immer in den Bergen, falls dem anderen etwas zustieß. Außerdem musste der Kapitän mit seinen Kontakten äußerst vorsichtig sein, denn wäre etwas von seinem Plan nach außen gesickert und jemand hätte Emal und Atal gewarnt, dann wäre sein Auftrag endgültig gescheitert.

Eines Tages kehrte Atal von einem Dorfbesuch nicht zurück. Das Dorf mit dem Namen Passab befand sich etwa eine Reitstunde von den Bergen entfernt. Latif Khan, der dortige Großgrundbesitzer war Emal und Atal wohl bekannt. Schon vor drei Tagen war Atal dort gewesen, hatte den Khan gebeten, ein paar Sachen für ihn zu besorgen und an diesem Tag musste er sie abholen.

Als Atal auch zur Mitternacht nicht im Tal erschien, fing Emal an, sich ernste Sorgen zu machen. Einen Verrat von Latif Khan erwartete er nicht. Außerdem hatte er dort einen, heimlichen Vertrauten, den Kamelzüchter Halim. Einmal hatten Emal und Atal seinen Streit mit Latif Khan geschlichtet. Wäre vor Kurzem etwas Ungewöhnliches im Dorf vorgefallen, dann hätte er unbedingt Emal und Atal benachrichtigt. Sein Sohn Jamal stand sicher außer Verdacht. Der Junge, der oft seine Kamele in die Steppe vor den Bergen trieb, hatte immer die Möglichkeit, mit Emal und Atal in Kontakt zu treten oder ihnen ein Zeichen an einem bestimmten Ort vor dem Taleingang zu hinterlassen. So hatten sie es vereinbart.

Emal wartete noch einen Tag in der Hoffnung, Atal würde zurückkehren oder er würde von Halim eine Nachricht bekommen, falls mit seinem Sohn etwas passieren wäre.

Am Nachmittag des zweiten Tages kam Emal aus dem Tal heraus und erforschte die naheliegende Steppe. Von den Jungen und seinen Kamelen war keine Spur zu sehen. Auch am vereinbarten Ort gab es keine Warnzeichen.

Am Abend beschloss Emal selbst zum Dorf Passab aufzubrechen. Jetzt war er sich sicher, dass Atal in ernste Schwierigkeiten geraten war. Länger konnte er nicht warten.

Das Dorf erstreckte sich entlang des örtlichen Flusses, war nicht groß und ziemlich isoliert. Die nächsten Dörfer links und rechts von ihm lagen mehr als fünf Kilometer entfernt. Vor dem Dorf breitete sich die Steppe aus, die bis zu den Bergketten reichte.

Am Nachmittag des dritten Tages kam Emal zu Afsanas Grab und saß lange dort in Gedanken versunken. Zum ersten Mal im Leben hatte er eine derart schlechte Vorahnung.

Die ganze Zeit versuchte er die düsteren Gedanken von sich zu treiben und nichts anzunehmen, solange er selbst nicht herausgefunden hatte, was seinem Sohn im Dorf zugestoßen war.

Vor dem Abend verabschiedete er sich gedanklich von seiner Frau, ritt aus dem Tal und machte sich auf dem Weg zum Dorf. Mit dem Einbruch der Dunkelheit erreichte er sein Ziel. Er näherte sich vorsichtig Halims Haus am Rande des Dorfes und wartete in einem sicheren Abstand. Er wollte von ihm wissen, was mit Atal geschehen war.

Emal beobachtete eine Zeit lang alles genau um Halims Haus, entdeckte aber nichts Außergewöhnliches. Die Öllampen brannten im Haus, das sah er auf seinem Pferd sitzend deutlich. Es war alles ruhig. Es gab keine verdächtigen Aktivitäten.

Gegen Mitternacht schlich Emal endlich durch die Felder auf das Haus zu. Es blieben vielleicht fünfzig Meter bis zur Haustür, als plötzlich mehrere mächtige Scheinwerfer vor ihm aufleuchteten. Das Feld um ihn wurde auf einmal hell wie ein Tag. Das übermäßige Licht blendete ihn für einen Bruchteil der Sekunde und er musste sofort seine Augen schließen. In diesem Moment hörte er eine laute Stimme: »Leg die Waffe zu Boden und halte die Hände hoch«, forderte jemand.

Emal schirmte die Augen mit der Hand ab und schaute mit zusammen gekniffenen Augen nach vorne. Er bemerkte mehrere Köpfe, die aus einem kleinen Bachbett nach oben ragten. Jeder von ihnen hielt ein Gewehr auf ihn gerichtet.

»Wer zum Teufel bist du? Wo ist mein Sohn?«, fragte Emal laut.

»Dein Sohn ist in unseren Händen, Emal! Werfe sofort

die Waffe weg, sonst erschieße ich dich ohne Vorwarnung!«

Emal dachte nicht lange nach, er verstand sofort, dass er in eine Falle gelockt worden war und jeglicher Widerstand sinnlos war. Er warf sein Gewehr auf den Boden und hob langsam die Hände hoch. Aus dem Hintergrund kam ein unbekannter junger Mann mit einer Pistole in der Hand nach vorn.

»Lange habe ich auf dich gewartet, Emal! Deinetwegen musste ich das ganze Dorf abriegeln«, sagte der Unbekannte mit einem stolzen Lächeln im Gesicht.

»Übrigens, ich bin Kapitän Aman. Du hast von mir noch nichts gehört. Das wird aber bald anders sein. Deine Kollegen im Gefängnis werden dir vieles über mich erzählen«, fügte er selbstzufrieden hinzu.

»Und wem verdanke ich das alles, Latif Khan etwa?«, erwiderte Emal.

»Hey, du, Feigling! Komm nach vorne und zeig dich!«, sprach Emal weiter, während er sich zu den Leuten wandte, die immer noch im Versteck saßen.

Emal musste nicht lange warten, Latif Khan stand auf und kam zum Kapitän rüber.

»Ich habe keine Angst vor dir, Emal! Deine Zeit ist abgelaufen. Du wirst dich für alles verantworten, was du vielen hoch angesehenen Leuten in unserer Provinz angetan hast«, gab er grinsend zurück.

»Nehmt ihn fest!«, befahl der Kapitän seinen Leuten.

»Du hast vergessen, Latif Khan, was einem Verräter zusteht!«, rief Emal, während zwei Männer aus dem Hintergrund auf ihn zukamen. Als sie fast bei ihm waren, warf sich Emal plötzlich zu Boden, griff blitzschnell nach seinem Gewehr und gab einen einzigen Schuss ab. Der Kapitän und seine Leute begriffen in den ersten Sekunden nicht einmal, was geschehen war, als Latif Khan zu Boden sank. Die Kugel hatte direkt seine Stirn getroffen. Emal warf wieder das Gewehr zur Seite und hob die Hände hoch. Die Leute des Kapitäns stürzten sich auf ihn und verbanden seine Hände.

Emal und Atal wurden wegen der Fluchtgefahr nicht zu dem kleinen Gefängnis des Distriktzentrums gebracht, sondern in das gut bewachte Gefängnis im Provinzzentrum, die Stadt Farah, verlegt. Dort wurde ihnen ein kurzer Prozess im Innern des Gefängnisses gemacht. Der Gouverneur der Provinz bedrängte die Justiz. Er wollte diese äußerst gefährlichen und gleichzeitig bei vielen kleinen Leuten beliebten Verbrecher schnell loswerden.

Emal und Atal wurden zu 22 Jahren Haft verurteilt, die sie im gefürchteten Gefängnis Deh-Masang in Kabul absetzen mussten. Dieses war für seine besonders harte Bedingungen und brutalen Umgang mit den Gefangenen im ganzen Land berühmt. Wenn jemand dort landete, dann hatte er kaum eine Chance, es lebend wieder zu verlassen. Man sagte, der einzige Ausweg aus Deh-Masang führe zum Friedhof.

Emal und Atal wurden von der Stadt Farah in einem Gefängnisfahrzeug nach Kabul transportiert. Die Polizeiwache begleitete sie von einer Großstadt zur anderen, von einem Gefängnis zum anderen. Sie blieben solange in einer Zelle, bis die Vorbereitungen zu ihrem nächsten Abtransport getroffen wurden.

Nach fast zwei Monaten unterwegs hielt das Fahrzeug mit Emal und Atal endlich vor dem großen Tor des Gefängnisses Deh-Masang am Fuß des Berges Asmai im Zentrum von Kabul. Ein Gefängniswärter kam zum Fahrzeug hinüber, überprüfte die Begleitpapiere sorgfältig, kontrollierte das Innere des Fahrzeuges und trat zum Telefonapparat, das an einem Tisch neben seinem Kollegen auf der anderen Seite des Tores, stand. Der Wärter drehte ein paar Mal den Griff des Telefons, sprach eine Weile mit seinem Vorgesetzten und erst dann gab er einem dritten Wärter die Anweisung, das Tor zu öffnen. Das Fahrzeug fuhr hinein und hielt in einem Hof an. Dort warteten bereits zwei weitere Wärter auf die neuen Häftlinge. Sie übernahmen Emal und Atal und unterschrieben die Papiere ihrer Begleiter. Danach forderten sie die Häftlinge auf, auszusteigen und ließen das Fahrzeug zurückfahren.

Als Emals und Atals Füße den Boden berührt und ihre Augen sich dem Licht angepasst hatten, bemerkten sie auf einmal einen Berg direkt hinter der hohen Steinmauer des Gefängnisses, der bis zu seiner Mitte von Wohnhäusern bedeckt war. Plötzlich sprang ihnen das Herz hoch, sie spürten schon jetzt die Sehnsucht nach ihren Heimatbergen, die in den vergangenen fünf Jahren ihr Zuhause geworden waren.

Die zwei Wärter führten Emal und Atal zu einer kleinen Tür in der Innenmauer. Sie gingen hindurch und betraten einen immens großen Hof mit beeindruckend hohen Wachtürmen und vielen zweistöckigen Gebäuden rings um. Die Wärter begleiteten sie weiter zu einem Gebäude in der rechten Ecke des Hofes. Dort wurden sie von zwei anderen Wärtern abgeholt und zu einem großen Raum am Ende eines Korridors im ersten Stock gebracht. Ein dicker Mann mit einem kleinen, gepflegten schwarzen Bart und langen Schnurrbart überflog flüchtig ihre Papiere und blickte dann zu Emal und Atal hinauf, die in Fußfesseln neben der Tür standen.

»Hm! Zwei besonders gefährliche Gefangene! Wie ich sehe, habt ihr euch mit euren Verbrechen einen Namen gemacht. Aber das macht nichts. Bei mir werdet ihr bald eure eigenen Namen vergessen. Das verspreche ich euch als Direktor. Also verhaltet euch leise, wie zwei Mäuse, und reißt nicht unnötig die Klappe auf«, mahnte er mit einem bedrohlichen Blick.

Der Direktor gab den Wärtern dann das Zeichen wegzutreten. Sie schubsten Emal und Atal leicht zur Tür hinaus.

Im Gebäude daneben machte der Ordnungsdirektor, ein hochgewachsener, kräftiger Mann Anfang 50, mit einer kamelfarbigen Karakulmütze auf dem Kopf, mit Emal und Atal Bekanntschaft. Auch er redete eine Weile demütigend auf sie ein, dann gab er einem der Wärter einen Zettel und zeigte auf die Tür. Die Wärter führten ihre Gefangenen zum Hof hinaus und von dort zu einer weiteren kleinen Tür. Auch hier überprüfte zuerst ein Wächter ihre Papiere und erst dann ließ er sie durchzugehen. Dieses Mal fanden die beiden sich in einem kleineren Hof, ebenfalls mit hohen Mauern. Die Wärter führten sie zu einem Gebäude an der rechten Seite des Hofes, dessen große Eisentür von zwei weiteren Wärtern bewacht wurde. Sie passierten die Tür und betraten einen langen, engen Korridor mit hohen Wänden.

Emal und Atal spürten sofort den stinkenden Geruch von Feuchtigkeit, Tabak und Haschisch. Überall waren die Geräusche von Fußfesseln zu hören und das war sehr enttäuschend für Emal und Atal. Sie hatten umsonst gehofft, sie würden wenigstens im Gefängnis ihre verdammten Fußschellen los. Im Korridor waren einige Gefangene in alter

Kleidung, mit blassen Gesichtern und ungepflegten Bärten unterwegs.

Die Wärter hielten vor einem vergitterten Fenster am Anfang des Korridors an und übergaben einem jungen Wärter, der hinter dem Fenster saß, den Zettel des Ordnungsdirektors. Der Wärter trug alles Notwendige in sein Buch ein, bat einen seiner Kollegen, der hinter einem Tisch saß, zu sich und streckte ihm den Zettel aus. Dieser las, was darauf stand, trat aus der kleinen Tür neben dem Fenster in den Korridor hinaus und übernahm Emal und Atal.

»Hat jemand Baschi gesehen?«, fragte er laut zwei Gefangene, die ihnen entgegen kamen.

»Baschi!«, riefen die beiden laut nach hinten.

»Baschi!«, wiederholten die anderen, die weiter vorne an der Kreuzung zweier Korridore standen, und so wurde in allen Korridoren der Ruf nach Baschi laut.

Als Atal das Wort Baschi hörte, überkam ihn sofort ein schlechtes Gefühl, er erinnerte sich an Baschi in Turkmenistan.

»Oh, Gott! Auch hier im Gefängnis ein Baschi«, dachte er verbittert.

Er und sein Vater hatten bereits erfahren, dass Baschi so etwas wie ein Vorarbeiter bedeutete, aber, dass Baschi auch eine Stelle oder ein Dienstgrad im Gefängnis sein konnte, das überraschte sie auf ganz böse Weise. Noch wussten sie nicht, dass der Baschi hier selbst ein Häftling war. Er arbeitete für die Gefängnisverwaltung und hatte unter anderem das Privileg Fußfesseln nicht tragen zu müssen. Seine Aufgabe war es, den Ordnungsdirektor über alles im Gefängnis zu informieren. Er war aber auch in anderen Bereichen tätig, zum Beispiel Arbeit und Essen für die Gefangenen sowie

Lieferung und Annahme von Waren.

Es verging nicht viel Zeit und im Korridor erschien ein etwa 40 Jahre alter Mann. Emal und Atal erkannten sofort, dass dieser Mann Baschi war. Das war an seinem Lächeln, den freien Füßen und der Art und Weise, wie er auf die Wärter zulief, zweifellos zu sehen.

»Hey, Baschi! Du hast zwei Neulinge«, verkündete der Wärter noch aus einigem Abstand und streckte ihm den Zettel entgegen.

Atal betrachtete den Baschi genauer. Er war wie alle anderen Häftlinge angezogen und trug keine Uniform, kein Rangabzeichen, keine spezielle Mütze oder Ähnliches, was ihn sehr verblüffte.

»Kommt mit!«, befahl er Vater und Sohn mit fester Stimme, nachdem er kurz auf den Zettel geblickt hatte. Beide folgten ihm. Ein Wärter mit Pistole am Gürtel und einem kurzen Schlagstock in der Hand trat hinter ihnen. Sie kamen aus dem Gebäude heraus, überquerten das Gelände des Hofes und gingen zu einem einstöckigen Gebäude an der gegenüberliegenden Seite des Hofes. Von da waren laute Schläge und Klopfen, wie in ihrer Schmiede im Dorf, zu hören.

Vor der Tür saß ein Wärter auf einem Hocker. Baschi begrüßte ihn und forderte Emal und Atal hinein. Sie betraten eine große, rechteckige Halle, wo ein Dutzend Männer mit zerrissenen und verbrannten Kleidern und schwarzen Gesichtern mit der Arbeit beschäftigt waren. Zwei Männer hielten Eisenstücke in der Esse, einer betrieb einen großen Blasebalg aus Holz und Leder, die anderen schlugen mit ihren großen Hämmern auf die glühenden Gegenstände, die sie über die Ambosse festhielten. Ein paar andere schnitten und formten Metallbleche. In allen Ecken lagen Materialien, halb fertige und fertige Türen, Fensterrahmen, Bettfüße, Ketten, Schlösser und viele andere Kleinigkeiten. Alles war schmutzig, schwarz und voller Rauch. Einer der Männer schüttelte seinen Nachbarn und machte ihn auf Baschi aufmerksam. Dieser hörte sofort mit der Arbeit auf und kam schnell näher.

Etwa halbe Stunde später bekamen Emal und Atal ihre neuen, im Gefängnis üblichen Fußfesseln. Zu ihrem Erstaunen trugen auch alle Arbeiter in der Schmiede Fußfesseln und das bedeutete, dass alle Häftlinge ausnahmslos Fußfesseln tragen mussten.

Auf dem Rückweg begann Baschi zum ersten Mal mit Emal und Atal, zu reden: »Mein Name ist Ismail, ich bin der Baschi hier, von nun an habt ihr hauptsächlich mit mir zu tun. Keinen Streit, keine Prügelei! Haltet euch streng an die Ordnung. Für euer Essen und alles Sonstige müsst ihr selbst sorgen, hier bekommt ihr außer diesen Schellen nichts mehr. Es gibt natürlich die Möglichkeit hier Brot zu kaufen oder Lebensmittel zu bestellen und zu kochen. Um es nicht zu vergessen, ihr solltet euch rechtzeitig Matratzen und Decken besorgen. Hier in Kabul ist der Winter bitter kalt. Woher kommt ihr?«, sah er sie prüfend an.

»Aus der Provinz Farah«, antwortete Emal.

»Ach, ja! Das habe ich schon gelesen. Also, ihr seid dann nicht an die Kälte gewöhnt. Wie ich gesagt habe, alle Sachen, die ihr braucht, müsst ihr für euch selbst besorgen. Wenn ihr aber keine Möglichkeit dazu habt, dann müsst ihr hier arbeiten. Im Gefängnis gibt es verschiedene Arbeitsstätten: Schneiderei, Tischlerei, Bauwerkstatt und die Schmiede. Die habt ihr schon mit eigenen Augen gesehen.«

»Eigentlich haben wir in Kabul keinen, der uns besuchen und etwas für uns besorgen könnte. Wir wurden mit leeren Taschen hierher gebracht. Wir haben keine andere Wahl außer zu arbeiten«, sagte Emal.

Baschi schaute die zwei prüfend an und sagte: »Wie ich sehe, kommt ihr aus einem Dorf, was könnt ihr so?«

»Wir sind Bauer, ich bin auch Jäger«, antwortete Emal bescheiden.

»Zu eurem Pech könnt ihr hier damit nichts anfangen. Ihr seid aber noch gesund und voller Kraft. In der Schmiede werden immer Männer für Muskelarbeit gebraucht.«

»Wie ist es mit der Bezahlung? Was bekommen wir dafür?«, fragte Emal.

»Zwei Brote am Tag für jeden«, antwortete Baschi ruhig. Seine Worte erschütterten sogar Atal, der die ganze Zeit geistesabwesend geschwiegen hatte.

»Zwei für einen ganzen Tag?«, fragte Emal verständnislos.

»Ja! Wenn ihr nicht hungern wollt.«

»Aber wir brauchen noch was zum Leben: Matratzen, Decken oder Seife zum Beispiel.«

»Dafür müsst ihr von eurem Brot sparen oder eine andere Möglichkeit etwas zu verdienen, suchen. Zum Beispiel die Kleidung eines reichen Häftlings waschen, für ihn kochen, putzen und so weiter.«

Als sie das Gefängnisgebäude wieder betraten, bemerkte noch Baschi: »In einem habt ihr aber Glück gehabt, ihr seid der Neuen Burg, so heißt unser Hof, zugeteilt. Sie ist eigentlich für gefährliche politische Häftlinge bestimmt. Die sind aber im Moment nicht viele, der Chef schickt manchmal auch die gefährlichsten Kriminellen hier.«

Als sie die Kreuzung zweier langer Korridore erreichten, hielt der Baschi an und zeigte auf den Korridor links: »Dieser ist der spezielle Korridor. Hier befinden sich Politische. Das sind verrückte Denker, Unruhestifter und Verschwörer. Haltet euch fern von ihnen und überhaupt sprecht nicht mit ihnen.«

Danach wandte sich Baschi nach rechts und führte Emal und Atal im nächsten Korridor geradeaus. Der Wärter blieb die ganze Zeit schweigsam ein paar Schritte hinter ihnen.

Ein paar Zellen weiter beobachteten Emal und Atal mit großen Augen zwei ganz magere alte Leute mit langen, schmutzigen Haaren und zerrissenen Kleidern, die neben einer Tür saßen und gierig die dort liegenden Kartoffeln und andere Gemüsereste aßen. Anscheinend hatte jemand von den Insassen der Zelle gerade den Müll hier geworfen. Sie eilten erschreckt weiter. Ungefähr in der Mitte des Korridors hielt Baschi wieder an und schubste die Tür einer Zelle an der rechten Seite auf.

Aus der Zelle kam sofort ein übelerregender Gestank von allem Möglichen. Die Zelle war klein und bereits überfüllt. Etwa zehn Männer saßen oder standen dicht beieinander.

»Übernehmt die Neulinge!«, verkündete Baschi laut.

Die Männer in der Zelle blickten alle auf einmal zu Emal und Atal rüber, manche grinsend, andere mit gleichgültiger Miene.

»Meine Güte! Könntest du sie nicht in eine andere Zelle stecken? Wir sind gerade zwei losgeworden, du hast uns aber wieder mit Neuen bestückt«, protestierte leicht ein kräftiger, dunkelhäutiger Mann mit grauem Bart, dickem Schnurrbart und einem ordentlichen blauen Turban auf dem Kopf. Er hatte sich als Einziger in der Zelle auf einer breiten Matratze bequem gemacht: die Ellbogen auf einem großen Kissen abgestützt und seine übereinander gekreuzten Beine entlang der Wand ausgestreckt.

»Wieder mit zwei Neuen bestückt! Ha-ha!«, bejubelte kindisch ein anderer Insasse mit gekrümmtem Rücken, unruhigen Augen, hässlich vernarbter Unterlippe und einem komischen Ziegenbart.

»So hat der Direktor Saheb es verordnet, Sia-Schah! Die anderen Zellen sind auch überfüllt«, rechtfertigte sich Baschi.

»Na! Zeig uns, wen du uns mitgebracht hast«, sagte der Mann, den Baschi zuvor Sia-Schah, der schwarze König, genannt hatte. Er sah ein paar Sekunden Emal und Atal neugierig an und fuhr dann weiter fort: »Lass mal raten! Das sind einfache Bauer aus der Provinz«, bemerkte er mit einer selbstgefälligen Grimasse.

»Bauer aus der Provinz! Ha-ha!«, begleitete ihn wieder der Mann mit dem Ziegenbart fröhlich.

»Die Frage ist, was könnten denn die beiden so Schlimmes angestellt haben, dass sie sich die Ehre verdient haben, bei uns im Korridor zu sein?«, fragte Sia-Schah lachend. In diesem Moment rief jemand im Korridor laut nach Baschi.

»Okay, Leute! Ich muss weiter. Ihr könnt einander in Ruhe kennenlernen und über eure Heldentaten erzählen«, sagte Baschi und verließ die Zelle in Eile.

Emal und Atal ließen den Blick im Zimmer gleiten, in der Hoffnung, einen freien Platz zu finden und sich hinsetzen zu können. Der ganze Boden entlang der Wände war aber mit gerollten Matratzen, Decken und Kissen bedeckt, nur am Ende der Zelle, dort wo Sia-Schah sich hingelegt hatte, gab es noch ein bisschen freie Fläche. Es sah aber so aus, als würde er ein besonderes Privileg hier im Zimmer genießen und als sei der ganze Platz um ihn herum ihm allein vorbehalten.

»Hey, ihr guten Leute! Könnt ihr vielleicht etwas dichter zusammenrücken und auch uns ein bisschen Platz zum Sitzen überlassen?«, fragte Emal lächelnd und versuchte ganz nett zu wirken.

»Freie Plätze haben wir für euch leider nicht, ihr seht ja selbst mit eigenen Augen«, antwortete Sia-Schah mit einem provozierenden Unterton.

»Mit eigenen Augen! Ha-ha!«, wiederholte wieder der komische Mann mit dem Ziegenbart.

»Aber für dich als einen älteren Mann machen wir eine Ausnahme, wir respektieren doch unsere Ältesten«, sagte Sia-Schah nach einer kurzen Pause und grinste spöttisch.

»Hey, Jungs! Gibt ein bisschen von eurem Platz dem alten Mann!«, forderte er während er den Kopf zu seiner rechten Seite drehte und mit der Hand auf die Matratzen und Decken entlang der Wand zeigte.

»Gibt ein bisschen Platz! Ha-ha!«, sagte der Ziegenbart und hüpfte auf und ab, wie ein Kind.

»Sei still, Miro! Du nervst mich schon«, wandte Sia-Schah sich zu dem Mann, der bis jetzt jedes Mal seinen letzten Satz wiederholt hatte.

In diesem Moment traten vier Männer unwillig an ihre Matratzen und fingen an, ihre Sachen ein bisschen nach hinten zu schieben.

»Warum immer nur wir? Von den anderen verlangst du nie etwas«, murmelte der eine in sich hinein.

»Halt die Klappe, sonst gebe ich deinen Platz dem Jungen und du wirst für den Rest deines Lebens im

Stehen schlafen«, warnte Sia-Schah ihn mit bedrohlicher Stimme. Der Mann schwieg sofort. Die vier Männer schafften zusammen ein bisschen Platz neben der Tür. Emal und Atal schauten verständnislos die enge Fläche an, wo nur eine Person sich mit großer Mühe hinlegen konnte.

»Wir sind aber zu zweit. Wir brauchen noch einen Platz«, sagte Emal immer noch freundlich.

»Das ist aber nicht so einfach. Der junge Mann muss ihn sich noch verdienen«, verkündigte Sia-Schah und lachte amüsiert. Die anderen machten nach.

»Das ist nicht deine private Villa, Geehrter! Du bist genauso ein Häftling wie wir alle hier. Wir haben ein Recht auf einen Platz und wir bekommen ihn«, sagte Atal etwas gereizt. Sia-Schah zog eine Augenbraue hoch und warf ihm einen bohrenden, bösen Blick zu. Das sorgte dafür, dass ein paar Männer in der Zelle sich sofort vom Platz rührten und eine Angriffsposition annahmen.

»Hey, hey! Wir brauchen keinen Ärger, okay? Das ist keine gute Methode einander kennenzulernen. Außerdem sind wir heute eure Gäste«, rief Emal sie auf. Er breitete sein Pattu auf der Fläche aus, die neben der Tür frei geworden war.

»Setz dich, mein Sohn!«, sprach er Atal an, während er selbst auf dem Pattu Platz nahm.

»Ich bitte dich! Es ist doch nicht Abend, wir schlafen doch nicht jetzt«, sagte er weiter und sah Atal ernst an, als dieser zögerte sich hinzusetzen.

»Schiro! Erfrische die Wasserpfeife, es ist höchste Zeit zu kiffen«, rief Sia-Schah zu einem älteren Mann mit langem Bart und einer Glatze. Der stand sofort auf, ging zur Ecke, wo neben einer großen Wasserpfeife noch Geschirr und einige Taschen und Tüten gelagert waren.

»Na, dann versuchen wir uns kennenzulernen. Meinen Namen wisst ihr schon. Das ist Schiro, der ist Gong, weiter hinten sitzt Jalad, neben ihm Bas ...« Er nannte schnell alle in der Zelle bei ihrem Spitznamen, die so etwas wie Tierchen, Stummer, Henker, Adler und Ähnliches bedeuteten und zeigte flüchtig mit dem Finger auf jeden von ihnen.

»Mein Name ist Emal und das ist mein Sohn Atal«, stellte Emal sie beide kurz vor.

»Und das war's? Warum erzählst du nicht, weswegen ihr in Deh-Masang gelandet seid?«

»In Deh-Masang gelandet! Ha-ha!«, schrie Miro wieder.

»Lass das, Miro! Siehst du nicht? Wir lernen uns gerade kennen«, verbat ihm Sia-Schah.

»Kennenlernen, ha...!«, er verstummte aber sofort, als Sia-Schah ihn bedrohlich ansah.

»Wir sind hier wegen Mordes«, erwiderte Emal, nachdem Sia-Schah mit seinem komischen Kumpel fertig wurde.

»Oh, wegen Mordes! Was für eine große Sache!«, bemerkte Sia-Schah sarkastisch und zeigte sich gespielt beeindruckt. Er blickte seine Leute belustigt an, dann wandte er sich wieder Emal zu, zog plötzlich eine ernste Grimasse und sprach weiter: »Weißt du, guter Mann? In diesem Gebäude sitzt jeder wegen Mordes, manche auch wegen mehrfachen Mordes.« Die Leute in der Zelle brachen in schallendes Gelächter aus.

Emal und Atal gefiel es gar nicht, wie ihre Mitinsassen sich benahmen. Sie hatten von ihnen so etwas nicht erwartet und wussten auch nicht, wie sie sich ihrerseits verhalten sollten.

»Es muss noch etwas dabei sein. Ihr müsst auf etwas besonders stolz sein, dass der Direktor ausgerechnet euch unserem Korridor zugeteilt hat«, fing Sia-Schah wieder an, zu sprechen.

»Was meinst du? Ich verstehe dich nicht«, fragte Emal, obwohl er verstand, worauf Sia-Schah hinaus wollte.

»Gerne erkläre ich es dir, guter Mann! Also, neben den verrückten Politischen, die zu den gefährlichsten Häftlingen zählen, genießt auch unser Korridor einen besonderen Ruhm. Hier landet nicht jeder Mörder«, sagte Sia-Schah stolz.

»Und wofür seid ihr denn berühmt?«, fragte Emal seinerseits.

»Oh, hier ist jeder ein besonderer Mensch, verstehst du? Nehmen wir zum Beispiel Miro! Er hat seinem eigenen Bruder, seiner Frau und seinen Kindern die Augen beim lebendigen Leib herausgestochen, weil sie immer mies zu ihm waren. Oder Schiro! Er ist ein eigenartiger Räuber und Mörder in Kandahar gewesen. Er hat nur diejenigen getötet, die kein Geld in der Tasche hatten. Sein Gesetz hat gelautet: Jeder, der nach Mitternacht aus seinem Haus raus geht und leben will, muss mindestens 20 Afghani in der Tasche haben.«

Mittlerweile war Schiro schon fertig. Er brachte die große keramische Wasserpfeife nach vorne und stellte sie vor Sia-Schah. Dieser zog nacheinander viele Male gierig an der Pfeife und stieß jedes Mal eine Wolke von Haschischrauch aus. Als er vorerst genug hatte, reichte er die Pfeife weiter an Miro, der auf diesen Moment schon ungeduldig gewartet hatte.

»Weißt du Emal, so heißt du, oder?«, fragte Sia-Schah lächelnd. Emal nickte.

»Also, Emal! Warum hat man mir den Spitznamen

Sia-Schah gegeben?«, fragte er, nachdem er sich bequem gegen sein Kissen gelehnt hatte.

»Denk nach! Sag nicht sofort, du kannst es nicht wissen. Ich mag keine unüberlegten Antworten«, fügte er sofort hinzu, bevor Emal den Mund öffnen konnte.

»Ich kann es wirklich schlecht erraten«, antwortete Emal.

»Ich weiß, ich weiß, was du denkst«, rief Sia-Schah mit glänzenden Augen. Der Haschisch zeigte bereits seine Wirkung.

»Du glaubst, dass die Leute mich wegen meiner Hautfarbe so nennen, habe ich recht?«, fuhr er fort, während er Emal in die Augen zu schauen versuchte. Emal wusste nicht, was er sagen sollte, Sia-Schah war schon benebelt. Er zog vor, zu schweigen. Atal dagegen lehnte seinen Kopf gegen die Wand und schloss die Augen. Ihm war es absolut gleichgültig, wie dieser Großmaul Sia-Schah mit sich und seinen missratenen Kreaturen in der Zelle angab.

»Ne, ne, ne! Du liegst völlig daneben«, sagte Sia-Schah ein bisschen lallend, während er lächelnd mit dem Finger in der Luft wedelte.

»Ich erkläre dir alles, hör mir nur gut zu. Es gab einmal in Kabul zwei Schahs. Der eine war Sahir Schah, ich meine, seine Hoheit, den König«, sagte Sia-Schah und zeigte mit dem Finger nach oben. »Und der Zweite war Sia-Schah, also meine Wenigkeit, verstehst du? Er war der König der Oberwelt, ich – der Herrscher der Unterwelt. Er war der König des Tages und ich – der König der Nacht. Kein Geschäft in den düsteren Cafés und Bars der Stadt konnte ohne meine Beteiligung stattfinden: Haschisch, Glücksspiele, Frauen, Lustknaben und vieles andere, du verstehst mich, ja? Ich persönlich habe aber nur hübsche Jungen gemocht, wie deinen Sohn Atal. Das ist doch sein Name, oder?«, erzählte Sia-Schah weiter lachend. Atal öffnete die Augen und sah ihn böse an, er hatte natürlich gehört, was er gesagt hatte.

»Keine Sorge, Junge! Ich mag nur Jungen, die noch keine Haare im Gesicht haben. Batscha Berisch! Hast du gehört? Der Knabe ohne Bart heißt das. Also! Du passt mir nicht mehr«, erwiderte er.

Unterdessen hatte die Pfeife, die von einer Hand zu anderen gewandert war, Emal erreicht. Er übergab sie aber sofort dem Nächsten nach Atal, ohne sie zu rauchen.

»Bedient euch! Es kostet nichts, ihr seid heute meine Gäste«, sagte Sia-Schah stolz.

»Danke, aber wir rauchen nicht«, antwortete Emal.

»Was? Du rauchst nicht und dein Sohn auch nicht?«, fragte Sia-Schah und machte eine ungläubige Miene.

»Lass mich mal raten! Du findest kiffen eklig und bist stolz darauf, dass auch dein Sohn nicht süchtig ist, hab ich recht?«, fügte er hinzu.

»Wenn ich ehrlich bin, ja!«, antwortete Emal. Sia-Schah musterte ihn einen Moment, dann wandte er sich zu den anderen und explodierte beinahe vor Lachen.

»Seht, gute Leute! Menschen töten ekelt sie nicht, Rauchen aber schon« Die Zelleninsassen antworteten ihm mit lautem und langem Lachen.

»Du hast keine Ahnung, wer wir waren und was uns dazu gebracht hat, bei euch zu landen«, erwiderte Emal.

»Wir sind keine Kriminelle, wir haben auf der Seite der Schwachen und Schutzlosen gestanden, wir haben nur die Bösen bedroht, erpresst oder bestraft und für die Gerechtigkeit gekämpft. Für uns selbst haben wir nichts gewollt und haben uns daran auch nicht bereichert«, schaltete sich plötzlich Atal ein.

»Ach, sieh an! Was labert der Junge da?«, fragte Sia-Schah mit gespieltem Staunen.

»Hey, junger Mann! Du und dein Vater, ihr seid naive Bauer. Was versteht ihr denn von Gerechtigkeit? Wisst ihr, wer uns gegenüber, im speziellen Korridor, verrecket? Das sind die Philosophen, Dichter und Schreiber. Sie wollten auch Gerechtigkeit. Jetzt sterben sie vor Hunger und Krankheit, oder sie haben schon längst ihren Verstand verloren. Die Leute werden nie gerecht leben. Geld ist die allherrschende Macht. Wer über diese verfügt, der bestimmt selbst, was gerecht und was ungerecht ist«, sagte er und zog tief an der Pfeife, die ihn in der Runde schon wieder erreicht hatte.

»Welchen Wert hat nun dein Geld, wenn du deine Jahre im Gefängnis verbringen musst?«, fragte Atal.

»Weißt du, junger Mann, warum diese guten Leute mich respektieren?«, zeigte er mit dem Finger auf seine Mitinsassen im Zimmer. »Weil ich bei meinem Geld geblieben bin«, beantwortete er seine eigene Frage und brach in Gelächter aus, als hätte er ein großes Geheimnis preisgegeben.

»Während die anderen hungern oder für zwei Brote am Tag schuften müssen, erlaube ich mir sogar eine Lammschorwa, verstehst du? Ach, ihr werdet schon bald den magischen Duft von Schorwa zu schätzen wissen«, lachte er wieder amüsiert.

»Ich bin auch hier Schah geblieben, trotz des Schmutzes und Drecks oder der Läuse, Wanzen und anderer Blutsauger. Mein Geld besitzt auch hier seine Macht. Ich kann mir immer noch einiges gönnen. Verstehst du, was ich meine?

Einiges!«, sagte er mit einem mysteriösen Lächeln im Gesicht.

»Ach! Ich weiß nicht, was du meinst und will es auch nicht wissen«, sagte Atal abgestoßen. Er lehnte den Kopf gegen die Wand und schloss wieder die Augen. Sia-Schah lachte wieder laut. Er lachte und lachte und konnte nicht damit aufhören.

»Er weiß nicht, was ich meine«, brach er mühsam hervor, während er seinen großen Bauch mit beiden Händen hielt, und sich vor Lachen schüttelte. Die anderen ahmten ihn nach und lachten mit voller Kraft mit.

Atal fühlte sich von ihren Gelächtern angewidert. Er konnte es nicht mehr hören. Emal bemerkte es, legte die Hand auf seine Schulter und sagte: »Beachte sie nicht, mein Sohn! Die sind berauscht und verstehen nicht, was sie sagen.«

Am nächsten Morgen, als Baschi mit ein paar Wächtern erschien, standen die Leute, die in den Werkstätten arbeiteten, bereits im Korridor. Emal und Atal kamen ebenfalls raus und gaben Baschi Bescheid, sie seien bereit in der Schmiede zu arbeiten. Außerdem würden sie gern jeden Tag ein Brot sparen und diese am Ende des Monats gegen etwas anderes eintauschen.

Die Wächter führten die Arbeiter zum Hof, wo ihre Kollegen bereits die Arbeiter aus den anderen Gebäuden des Gefängnisses zusammengetrieben hatten.

Der Aufseher der Schmiede trug Emals und Atals Namen in seine Liste ein und sie betraten hinter den anderen die Schmiede.

Der Meister der Schmiede, ein alter Mann Anfang 70 mit runzeligem Gesicht und tief eingesunkenen Augen, wies Emal und Atal zwei Untergebenen zu. Diese sollten sie beschäftigen und ihnen die Arbeit beibringen.

Emals Betreuer war ein kräftiger Mann, mit großen geröteten Augen, düsterem Gesicht und buschigem Schnurrbart, vielleicht ein paar Jahre älter als er selbst.

Atal war erleichtert, als er einen anderen Betreuer, nämlich einen mageren jungen Mann mit netten Gesichtszügen um die 25 mit dem schönen Namen Patang, was Schmetterling bedeutete, bekam. Schon auf dem ersten Blick machte er den Eindruck ein ruhiger, schweigsamer und zurückhaltender Mensch zu sein.

In der Schmiede war es sehr laut. Der junge Betreuer lehnte seinen Kopf zu Atal und sagte fast schreiend: »Komm mit!« Er führte Atal zu seinem Arbeitsplatz und überreichte ihm Blech, Schere, Holzhammer und ein paar andere Werkzeuge. Dann zeigte er ihm, wie man die Bleche schneidet, wälzt, zusammenführt, befestigt und verarbeitet.

Atal machte sich an die Arbeit. Fast nichts klappte, aber er gab sich Mühe. Manchmal blickte er flüchtig zum Aufseher, der bedrohlich hin und her ging und alles unter die Lupe nahm. Einmal blickte er auch zu seinem Vater rüber, der mit seinem Betreuer beschäftigt war. Atal hatte das Gefühl, dass seinem Vater alles viel leichter fiel, als ihm selbst.

Zur Mittagszeit war Atal schon völlig entkräftet. Er konnte sich kaum auf den Beinen halten. Ihm war übel und das nicht nur wegen der Last der Arbeit oder wegen des Rauches, Schweißes und Schmutzes, sondern auch wegen seines leeren Magens. Er und sein Vater hatten das letzte Mal vor 24 Stunden etwas zu essen bekommen, als sie noch auf dem Weg nach Deh-Masang waren.

In der Mittagspause wurden endlich die Brote verteilt.

Als Atal statt zwei Brote nur eins bekam, brauchte Patang keine Fragen mehr zu stellen. Diese Situation war ihm bekannt. Er fand sich aber verpflichtet, ihn zu warnen.

»So wirst du nicht lange durchziehen. Mit einem Brot wirst du hungern und bald wirst du nicht fähig sein zu arbeiten. Damit verlierst du auch die letzte Möglichkeit sich das Essen zu verdienen«, bemerkte er.

»Das kann ich mir gut vorstellen. Ich habe bereits ein paar hungrige Männer gesehen, die rohe Gemüsereste aßen. Das war kein schöner Anblick«, gab Atal zustimmend zurück.

»Weißt du, das Schlimmste hier ist, wenn man krank oder alt wird. Dann landet man auf dem Müll und stirbt auf grausame Weise«, sagte Patang, während er Atal zur Seite führte, um im Sitzen ihr Brot zu essen.

»Du hast Recht, aber wir schlafen zurzeit auf kahlem Boden, man hat uns wegen der eisigen Kälte in Kabul gewarnt. Wir stammen aus der weit entfernten Provinz Farah und können weder auf einen Besuch noch auf irgendeine Hilfe von außen hoffen. Wir können uns nicht einmal eine Seife leisten, um uns zu waschen oder unsere Kleidung zu reinigen. Bald werden wir wie Schweine stinken«, erwiderte Atal.

»Ja! Das ist schrecklich, wenn man aus der Provinz kommt und niemanden hier in Kabul hat, der ihn besuchen und ihm etwas mitbringen kann«, sagte er seufzend. Atal schwieg, er hatte dem nichts entgegenzusetzen. Sie bissen in ihre einfachen Brote und schluckten das Wasser hinterher.

»Der Mann dort, wer ist er? Wenn ich fragen darf«, zeigte Patang nach einer Weile des Schweigens auf Emal. Atal verstand zwar, wen er meinte, drehte sich aber trotzdem zu seinem Vater, der einige Meter entfernt von ihnen auf einer Kiste neben seinem Betreuer saß und ebenfalls aß.

»Das ist mein Vater«, antwortete Atal kurz angebunden.

»Ach wirklich? Du siehst ihm aber gar nicht ähnlich«, stellte er fest.

»Stimmt! Ich war meiner Mutter sehr ähnlich.«

»Warum war? Siehst du ihr nicht mehr ähnlich?«, versuchte Patang zu scherzen.

»Sie ist gestorben. Genauer gesagt, sie wurde ermordet.«

»Oh, es tut mir leid, ich habe darüber gar nicht gedacht.«

»Ist schon gut«, antwortete Atal ruhig.

Atal aß die Hälfte seines Brotes und die andere Hälfte ließ er für den Abend.

Vor dem Sonnenuntergang verkündete der Aufseher Feierabend. Die Wächter trieben die Arbeiter wieder im Hof zusammen und begleiteten sie zu ihren Zellen.

Atal war zwar todmüde, dennoch fand er es besser hier in der Schmiede zu schuften, als in ihrer Zelle zu sitzen und sich von schlechten Gedanken quälen zu lassen oder das dumme Gerede von Sia-Schah hören zu müssen.

Als sein Vater und er ihre Zelle betraten, war die Luft schon von dichtem Haschischrauch erfüllt. Die Männer waren dabei ihre Runde zu machen. Es war unerträglich stickig und stinkig.

»Hey Bauer, kommt hier und zieht ein paar Mal an der Pfeife! Ihr seid müde, ich weiß das«, rief Sia-Schah lachend und schon ziemlich betrunken.

Atal sah zu dem kleinen, vergitterten Fensterchen ganz hoch in der Wand. Es war geschlossen.

»Öffnet wenigstens das Fenster, Sia-Schah!«, forderte Emal und machte selbst ein paar Schritte zum Fenster.

»Stopp! Das ist mein Bereich, hier bin ich der Schah, verstanden«, reagierte dieser verärgert. Auch ein paar seiner Kumpels schienen unzufrieden zu sein.

»Dann sei bitte so nett und öffne es selbst«, bat Emal. Er wollte ihn nicht weiter provozieren.

Sia-Schah blickte zu Schiro rüber und gab ihm mit einer Fingerbewegung zu verstehen, was zu tun war. Schiro ging taumelnd zur Wandecke, griff nach dem langen Holzstück, das dort stand und versuchte die Fensterklinke zu treffen, was ihm schwerfiel. Nach etlichen Versuchen, während er ständig schimpfte und fluchte und die anderen sich totlachten, schaffte er endlich das Fenster zu öffnen.

Sia-Schah belästigte Emal und Atal noch eine Zeit lang mit seiner Quatscherei und spöttischen Anmerkungen, bis er irgendwann halb im Sitzen einschlief und laut zu schnarchen anfing. Emal und Atal aßen den Rest ihrer Brote und legten sich dicht nebeneinander auf eine schmale Fläche, die von ihrem besoffenen Nachbar freigelassen worden war.

Am nächsten Tag, als der Baschi im Korridor alle Arbeiter nach draußen rief, verließ Atal erleichtert hinter seinem Vater die Zelle. Die Zelleninsassen waren ihm widerlicher als der strenge Aufseher und die schwere Arbeit in der Schmiede.

In der Mittagspause entfernten Atal und Patang sich wieder von den Älteren und setzen sich zusammen zum Essen.

»Ja! Es ist nicht leicht, mit ihnen herumzulaufen«, zeigte Patang auf Atals Fußfesseln, als er sie an seinen Fußgelenken wiederholt etwas höher und runter schob.

»Sie beißen in die Haut rein, es tun schon ordentlich weh«, erklärte Atal.

»Das ist mir wohl bekannt, ich hatte auch ernste

Probleme damit, aber mit der Zeit gewöhnt man sich daran. Man sagt, anfangs ist es sehr schwer, ständig mit Fußfesseln zu laufen, nach Jahren kommt aber die Zeit, wo man ohne sie nicht mehr richtig gehen kann«, sagte Patang lächelnd.

»Ich verstehe eins nicht. Warum sollte man in derart gut bewachtem Gefängnis ewig Fußfesseln tragen? Oder ist es doch möglich, von hier zu fliehen?«

Patang sah ihn plötzlich mit großen Augen an, als hätte er etwas Unglaubliches gehört.

»Was?«, brachte er laut heraus. Dann warf er einen kurzen Blick in Richtung des Aufsehers und sagte etwas leiser: »Sei erst einmal vorsichtig mit solchen Äußerungen. Allein das Wort Fliehen kann dich in große Schwierigkeiten bringen und zweitens kommt kaum jemand auch nur in Gedanken auf so eine absurde Idee. Siehst du diese mächtigen Mauern und die Überwachungstürme an jeder Ecke nicht? Auch mit Flügeln hätte man kaum eine Chance von hier auszubrechen. Und was die Fußfesseln angeht, sie sind mehr als zusätzliche Strafe vorgesehen, als zur Vereitelung eines Fluchtversuches.« Er blickte noch einmal zum Aufseher, dann fügte noch hinzu, bevor sie aufstehen und sich wieder an die Arbeit machen mussten: »Es gibt hier auch solche, die schwere Ketten am Oberkörper und Hals tragen müssen.«

Kapitel 7

Atal lernte die Schmiedekunst schneller als erwartet. Er hatte trotz der Last der Arbeit sogar Spaß daran, dass Patang und er zusammen die Eisenstücke und Bleche zu Bettfüßen, Abgasrohren, Fensterrahmen und Türen umformten. Seine Beziehung zu Patang wurde immer vertraulicher. Sie redeten, soweit die Umstände es erlaubten, miteinander, erzählten über ihre Heimatdörfer, ihre Kindheit und ihre Freunde.

Eines Tages erzählte Atal ihm über ihre Abenteuer nach Badghis und Turkmenistan, ihre Entführung, Gefangenschaft im Wüstenhof, Flucht, ihr Leben in den Bergen und wie es dazu kam, dass er und sein Vater in die Falle gelockt und verhaftet worden waren.

»Das ist einfach unglaublich! So was hört man nur in Märchen! Du und dein Vater seid dann wahre Helden, Atal!«, bemerkte er tief beeindruckt.

»Meine Geschichte ist aber viel bescheidener«, fügte Patang lächelnd hinzu und fing an zu erzählen: »Unser Dorf ist etwa zwei Stunden Fahrt von Kabul entfernt. Ich habe ruhig mit meiner Mutter gelebt und habe mir auch in bösen Träumen nicht vorstellen können, dass ich eines Tages in Deh-Masang sitzen werde. Wir haben gerade noch auf eigenen Beinen gestanden, mein Vater ist gestorben, als ich noch Kind war. Meine Mutter hat mich mit Herzblut erzogen. Nun war die Zeit gekommen, dass ich mich um sie kümmern und sie glücklich machen musste. Weißt du, am Rande unseres Dorfes befand sich ein berühmter Schrein. Der Hüter des Schreins war ein geheimnisvoller Heiliger. Er war berühmt dafür, dass er kein Brot gegessen hat ...«

»Gar kein? Wovon hat er denn gelebt?«, unterbrach ihn Atal neugierig.

»Natürlich hat er sich von Milch, getrockneten Früchten und Nüssen ernährt, aber die Tatsache, dass er nie unsere Hauptnahrung, das einfache Brot, gegessen hat, hatte enorme Wirkung auf die Leute. Sie suchten Hilfe bei ihm und gleichzeitig hatten sie große Angst vor ihm. Es ging das Gerücht um, dass er hier gekommen war, um seine Kräfte mit dem Heiligen im Grab zu messen. Ein Älterer in unserem Dorf erzählte einmal, dass er zum Schrein gegangen war, um den Heiligen Hüter um Hilfe zu bitten. Als er vor der Tür erschien, hatte er bemerkt, dass der Hüter ein paar Schritte vom Grab entfernt vollständig bedeckt von einem Pattu saß. Eine solche Position des Hüters galt immer als ein Zeichen dafür, dass er tief in seine spirituelle Welt versunken war. Der Ältere machte an der Türschwelle Halt, um ihn nicht zu stören. Bald darauf beobachtete er, wie eine Schlange aus dem Grab und eine andere aus dem Pattu des Hüters nach draußen schlichen und einander angriffen. Sie kämpften heftig, wickelten sich um einander und bissen sich blutig. Der Ältere wich vor Schrecken zurück, stolperte und fiel fast zu Boden. Schnell richtete er sich auf und ergriff sofort die Flucht. Er lief mit aller Kraft weg, ohne nach hinten zu schauen ...«

»Ich glaube, wir müssen uns auf die Arbeit machen«, unterbrach ihn wieder Atal und machte Patang auf die anderen aufmerksam, die schon aufgestanden und auf dem Weg zu ihren Tischen waren.

»Oh, du hast recht. Sonst kriegen wir Ärger mit dem Aufseher«, stimmte Patang ihm zu und stand sofort auf.

»Du erzählst mir morgen den Rest«, forderte Atal freundlich, während auch er aufstand und die beiden zu ihrem Tisch gingen. Patang nickte lächelnd.

Atal dachte die ganze Zeit über Patang nach, einen schüchternen jungen Mann, der kaum in der Lage war, auch nur eine Ameise mit dem Fuß zu zertreten, und rätselte darüber, was er denn so schlimmes angerichtet haben könnte, dass er dafür in Deh-Masang sitzen musste.

Am nächsten Tag während der Mittagspause setzte Patang seine Erzählung fort: »Eines Tages, als ich aufgestanden bin, war die Welt nicht mehr dieselbe wie gestern. In der Nacht ist in unserem Dorf ein schreckliches Verbrechen geschehen. Dieser verfluchte Schreinhüter wurde umgebracht. Jemand hatte mehrmals mit einem Stein auf seinen Kopf eingeschlagen und ihn zertrümmert. Und das Mysteriöse dabei war, dass der Stein ausgerechnet aus dem Grab des Heiligen stammte. Noch im Laufe des Vormittags trafen Polizei und Sicherheitskräfte aus dem Distriktzentrum ein. Der Polizeichef forderte alle Männer auf, sich in der großen Moschee zu versammeln. Er hatte alle unter enormen Druck gesetzt und sagte, er erlaube keinem die Moschee zu verlassen, und zwar solange bis der Mörder gefunden ist. Nur im Notfall durfte man zur Toilette im Garten der Moschee gehen. Ich war auch in der Menge und machte mir genauso große Sorgen wie alle anderen, denn die Polizei konnte jeden als Täter verdächtigen. Ich war in meinen Gedanken versunken, als ich plötzlich mehrere kleine Blutspuren auf meiner Hose entdeckte. Oh, Gott! Wenn sie jemandem ins Auge fallen, dann bin ich geliefert, dachte ich erschreckt. Danach habe ich mich gefühlt, als säße ich auf heißer Kohle. Ich wartete nicht lange, stand auf und bat, um die Erlaubnis zur Toilette zu gehen. Ich bin zu der weit entfernten Ecke des Gartens gegangen und tat so, als würde Ich mich setzen, um meine Bedürfnisse zu verrichten. In Wirklichkeit aber habe ich meine kleine Schnurrbartschere rausgezogen und all die kleinen Blutflecke auf meiner Hose herausgeschnitten. Sobald ich wieder die Moschee betrat, hatten einige Polizisten mich angegriffen, zu Boden geworfen und meine Hände fest verbunden. Anscheinend hatte jemand anders bereits die Blutspuren bemerkt und, als ich nach draußen gegangen war, hatte er es dem Polizeichef gepetzt. Die Polizei untersuchte meine Hose und stellte die Löcher fest, die ich mit der Schere geschnitten hatte. Ich hatte geschrien, sie angefleht, sagte, ich war es nicht, die Flecken stammen vom Huhn, den ich am Abend geschlachtet hatte. Sie waren aber gar nicht bereit mir zuzuhören. Wenn ich mit dem Verbrechen nichts zu tun habe, warum habe ich mich dann so verängstigt verhalten und warum habe ich die Flecken heimlich entfernt, waren ihre Argumente. Sie sperrten mich im Gefängnis, im Distriktzentrum, ein und fingen an, mich zu einem ausführlichen Geständnis zu zwingen. Sie schlugen, quälten und folterten mich stundenlang. Das Schlimmste war aber, dass sie mir keine Schlafmöglichkeit gaben. Sie zwangen mich mehrere Stunden zu stehen und noch dazu jemanden auf meinem

Rücken zu tragen. Wenn ich im Stehen einnickte, dann schlug ein Wachmann mich sofort mit seinem Schlagstock. Wenn ich zu Boden stürzte und mein Bewusstsein verlor, dann erfrischten sie mich mit einem Eimer kalten Wassers. Jedes Mal dachte ich, länger kann ich es nicht ertragen, ich muss zugeben, dass ich der Mörder bin. Ich werde sowieso sterben, unter der Folter oder am Galgen. Hauptsache sie werden aufhören, mich zu foltern. Aber jedes Mal wenn ich ein Geständnis ablegen wollte, hat meine Mutter vor meinen Augen gestanden, sie hat mich angefleht, nicht aufzugeben und den Mord, den ich nicht begangen habe, nicht auf mich zu nehmen. Ein Geständnis hätte für mich meine Hinrichtung garantiert. So einen Heiligen zu ermorden, war ein unfassbares Verbrechen. Mit einer geringeren Strafe hätte sich kein Gericht zufriedengegeben und auch die Öffentlichkeit hätte bestimmt so eine Strafe gefordert. Als sie auch nach Wochen kein Geständnis von mir erpressen konnten, ließen sie mich in Ruhe. Im Gericht hatte man mich dennoch zu 18 Jahre Haft in Deh-Masang verurteilt.«

»Hast du der Polizei von der Geschichte eures Älteren, der den Kampf zwischen dem Heiligen im Grab und dem Schreinhüter beobachtet hatte, nicht erzählt? Ich meine, das passt doch sehr gut zum Heiligen im Grab, er nimmt einen Stein aus seinem Grab und schlägt damit seinen Rivalen, der ihn herausgefordert und seine Ruhe gestört hat.«

»Sie brauchten einen Angeklagten, einen Gerichtsprozess und ein kräftiges Urteil. Sie konnten doch nicht den Heiligen im Grab auf die Anklagebank setzen und ihn verurteilen.«

»Hast du dem Richter von deiner Folter nichts erzählt?«, fragte Atal.

»Ja, natürlich. Aber wer sollte denn auf mich hören? Der Richter sagte, ich würde lügen. Hätte die Polizei dich so brutal gefoltert, wie du sagst, dann hätte sie auch bestimmt ein schönes Geständnis von dir in ihren Akten. Du bist doch nicht aus Stein, hatte der Richter noch amüsiert gesagt.«

»Ja! Eine traurige Geschichte, muss ich sagen. Wir sitzen hier, weil wir etwas getan haben. Wir wollten es nicht, aber das ist eine andere Frage. Du aber sitzt hier für gar nichts. Das ist mehr als ungerecht. Und was ist mit deiner Mutter? Hoffentlich lebt sie noch«, fragte wieder Atal.

»Zum Glück, ja. Einmal in zwei Monaten besucht sie mich und bringt sogar etwas für mich mit, obwohl sie schon sehr schwach ist und es ihr schwerfällt, nach Kabul zu kommen. Ich verbiete ihr Lebensmittel mit sich zu schleppen und sage ihr, ich bin mit allem hier versorgt. Ich weiß, unter welchen Bedingungen sie selbst lebt, aber Mutter ist Mutter, sie hört gar nicht auf mich. Ich habe nur einen Wunsch im Leben, meiner Mutter in ihren letzten Lebensjahren zur Seite zu stehen und ihr zu dienen.«

»Ich beneide dich, Patang, trotz deines schweren Schicksalschlages. Ich habe niemanden da draußen, der sich auf meine Freilassung freuen könnte. Ich werde mich nie mehr in die Arme meiner liebsten Menschen werfen können und das Glück haben, für sie zu sorgen«, sagte Atal seufzend.

»Ich habe auch einen Grund dich zu beneiden, Atal. Du hast so einen großartigen Vater! Ihr habt euch zusammen gegen die Bösen aufgelehnt und den schutzlosen Menschen unter die Arme gegriffen. Ich bin sicher, dass viele Leute in eurer Provinz stolz auf euch sind und für euch beten.«

»Ja, er ist der beste Vater, den man sich wünschen kann. Jedes Mal, wenn ich ihn ansehe, blutet mein Herz.

In seinem Alter hätte ich mich jetzt um ihn kümmern und für seine Ruhe und Wohlstand sorgen müssen, aber er hungert in diesem Dreck und schmilzt vor meinen Augen, wie ein Stück Eis unter der Sonne«, äußerte sich Atal traurig.

Am nächsten Tag kam Patang merkwürdig fröhlich zur Arbeit.

»Es gibt gute Nachrichten«, teilte er Atal sofort mit, nachdem sie ihre Aufgaben bekamen und zu ihren Arbeitsplätzen hintraten.

»Lass mich raten! Du hast von deiner Freilassung geträumt«, erwiderte Atal sarkastisch.

»Schhh!«, wisperte Patang lächelnd. »Ich erzähle dir alles beim Mittagessen«, fügte er hinzu.

Während der Arbeit versuchte Atal noch eine Weile zu erahnen, was Patang mit der guten Nachricht gemeint haben könnte. Bald gab er es aber auf, sich anzustrengen. Ihm fiel nichts Vernünftiges ein.

Als der Mittag kam und sie ihr Brot bekamen, traten sie wie jeden Tag zu ihrem Lieblingsplatz und ließen sich auf die Kisten nieder. Patang fing sofort an, zu erzählen: »Weißt du, Atal! Einer von meinen Zellengenossen arbeitet als Meister in der großen Schneiderei. Sie fertigen verschiedene Sachen für die Polizei und Armee, angefangen von Anzügen bis zu Matratzen, Decken und Bettwäschen. Ich habe mit ihm gesprochen. Er gibt uns die Stoffreste, die von ihrer Arbeit übrig bleiben. Ich habe etliche Monate dort gearbeitet. Ich weiß, sie landen am Ende im Müllcontainer. Du und dein Vater könnten davon Matratzen und Decken für euch basteln.«

Als Atal ihn mit zusammengekniffenen Augen ansah, erklärte er weiter: »Ja, ja! Ich habe über alles nachgedacht.

Nadel und Faden kann ich euch leihen. Zuerst näht ihr die Bezüge aus ein paar dünnen Reststoffen, dann füllt ihr sie mit den dicken Resten, die von Winterjacken, Anzügen und Ähnlichem übrig bleiben. Weißt du, wie warm sie sind?«

»Und das alles gibt uns dein Meister? Ist so etwas überhaupt erlaubt? Ich meine, bringt das dich und deinen Meister nicht in Schwierigkeiten?«, fragte Atal immer noch unsicher.

»Auch dafür gibt es schon eine Lösung. Jetzt hör mal zu! Die eigentliche gute Nachricht habe ich dir noch nicht erzählt.«

»Wirklich? Dann zögere nicht lange und komm schnell zur Sache.«

»Vor ein paar Tagen hat unser Baschi mich angesprochen. Er ist wie ein Freund von mir, ich habe schon ein paar seiner Bestellungen hier in der Schmiede angefertigt. Er hat gesagt, die Hochsaison in der Schneiderei habe angefangen, die Arbeit laufe wegen des bevorstehenden Winters auf Hochtouren, und er hat gefragt, ob ich am Freitag, also an unserem Feiertag, etwas zusätzlich verdienen will. An diesem Tag wird immer etwas geliefert und abgeholt. Ich erwähnte dann dich und erzählte auch von deinem Problem. Er meckerte ein bisschen, dieses Angebot sei eigentlich exklusiv für dich, hat er beteuert, aber als ich ihn ausdrücklich gebeten habe, hat er zugestimmt und dich in seine Liste eingetragen. Überdies versprach er dir mit der Erlaubnis für Stoffreste zu helfen.«

»Das klingt sehr gut an«, sagte Atal erfreut.

»Du und dein Vater könnt schon heute dem Brotverteiler Bescheid sagen, dass ihr ab Morgen eure volle Ration bekommen wollt.«

»Ich gehe jetzt zu meinem Vater und überrasche ihn«, sagte Atal gut gelaunt. Er stand auf und ging zu Emal rüber.

Emal und Atal kehrten sehr ungern in ihre Zelle zurück. Die Abendzeit war für sie schon längst zu einem Albtraum geworden. Statt sich hinlegen und ausruhen, mussten sie die berauschten Gesichter, lästiges Gelächter und das unsinnige Geplapper von Sia-Schah und seinen Leuten ertragen. Sie schikanierten, belästigten und verspotteten Emal und Atal bei jedem Anlass. Sie lachten Vater und Sohn aus, wenn diese sich mit den Stoffresten beschäftigten, um für sich Bettzeug anzufertigen. Sie deuteten spöttische Bemerkungen an, wenn die zwei am Abend ihre Brote mit einfachem Wasser runterschlucken mussten.

Emal erduldete das alles und hinderte auch Atal daran, mit Sia-Schah und seinen Kumpeln in einen Streit zu geraten. Sie wussten, dass am Ende jedes Streites nur sie als Schuldige dastehen und bestraft werden. Es war auch nicht möglich, sich bei den Wächtern oder Baschi zu beschweren. Das war nicht üblich im Gefängnis. Deswegen bekam man noch mehr Ärger und auch das war Emal und Atal wohl bewusst. Aber sich Sia-Schah zu unterwerfen und nach seinen Regeln zu spielen, kam für sie ebenfalls nicht in Frage. So waren sie nicht erzogen und so konnten sie nicht leben.

Eines Tages, als sie von der Arbeit zurückkamen, fanden sie in ihrer Zelle unerwartet einen mageren, älteren Mann mit langem, dünnem Bart und zerzausten weißen Haaren. Er stand auf allen Vieren in der Mitte der Zelle und ahmte einen Hund nach. Sia-Schah saß wie immer berauscht auf seiner Matratze. Er lehnte sich bequem auf einem großen Kissen und streckte die Beine aus. Vor ihm lag eine Papierpackung. Er nahm ein Stück Keks daraus und zeigte es dem alten Mann. Der kam auf Vieren zu ihm und bellte laut. Die Leute im Zimmer lachten sich tot.

Als der Mann ganz nah bei ihm war, warf Sia-Schah den Keks gegen die Tür hinter ihm. Der Mann drehte sich um, krabbelte mühsam zum Keks. Als er knurrend und bellend den Keks erreichte, schnappte er mit dem Mund danach, hob und aß ihn hastig.

»Lass ihn in Ruhe, Sia-Schah! Wie kannst du einen Menschen so behandeln?«, rief Emal laut.

»Schämt ihr euch nicht? Er könnte euer Vater sein«, schrie Atal die anderen an.

»Hey Bauer! Regt euch nicht so auf! Der Verrückte hat Hunger. Ich helfe ihm und er amüsiert uns. Es ist alles in Ordnung«, sagte Sia-Schah und grinste selbstgefällig.

»Nein, es ist nichts in Ordnung. Du nutzt die Not eines armen, alten Mannes aus, demütigst ihn unverschämt, verletzt seine Würde und hast deinen Spaß dabei. Ist das normal?«, schrie wieder Atal.

»Du nervst mich langsam, junger Mann! Es ist an der Zeit dir etwas beizubringen«, drohte Sia-Schah. Er schaute mit hasserfülltem Blick rechts und links zu seinen Leuten und zeigte mit dem Finger auf Atal. Die erhoben sich sofort vom Platz und liefen auf Emal und Atal zu.

Der alte Mann lief verängstigt aus dem Zimmer und schrie panisch im Korridor: »Sie töten! Sie töten!«

Aus den Nachbarzellen rannten mehrere Häftlinge nach draußen, um zu sehen, was da los war. Es dauerte nicht lange, bis drei Wärter den Korridor entlang kamen. Als Erstes schlugen sie den alten Mann ein paar Mal und forderten ihn auf, sofort den Mund zu halten. Danach gingen sie zur Zelle, aus der laute Geräusche zu hören waren. In der Türschwelle stand bereits jemand aus Sia-Schahs Clique und beobachtete die Wärter. Sobald diese sich näherten, warnte er seine Kumpels in der Zelle: »Vorsicht! Die Wärter sind schon da«, schrie er. Als die Wärter die Zelle betraten, war die Schlägerei schon vorbei.

»Was ist hier los, Sia-Schah?«, fragte der eine.

»Eine kleine Übung, Kommandeur! Die Jungs versuchten, den Neulingen etwas beibringen«, lächelte er vieldeutig.

»Ich warne euch! Noch ein Versuch die Ruhe zu stören, und ich bringe euch Ordnung in der Strafzelle bei, verstanden?«, wandte der Wärter sich an alle im Zimmer.

»Alles klar, Kommandeur!«, erwiderten alle zusammen.

»Na, habt ihr genug bekommen?«, sprach Sia-Schah Emal und Atal an, nachdem die Wärter sich wieder entfernt hatten.

»Lass uns in Ruhe, Sia-Schah! Zwing uns nicht zu einer weiteren Schandtat«, sagte Emal fast flehend.

»Mit einer Bedingung! Dein Junge küsst mir die Füße«, fing Sia-Schah an, sich vor Lachen zu schütteln. Seine Leute begleiteten ihn ebenfalls mit lautem Lachen.

»Du wirst mich noch kennenlernen, Sia-Schah! Das verspreche ich dir«, erwiderte Atal wütend.

Sia-Schah tat für einen kurzen Moment so, als würde ihm das Lachen vergehen, er schaute seine Leute mit gespieltem Staunen im Gesicht an, und brach dann wieder in schallendes Gelächter aus.

»Hey Leute! Der Junge hat mich bedroht. Ich bin richtig eingeschüchtert«, brachte er mühsam heraus, während er weiter vor Lachen bebte.

Atal kochte vor Wut, aber bevor er aufstehen und auf ihn

losgehen konnte, hielt Emal ihn fest.

»Lass dich nicht weiter provozieren! Bitte!«, sah er Atal flehend an. Atal warf sich seufzend gegen die Wand und biss sich auf die Lippe.

Sia-Schah lachte lange, bis es auch ihm irgendwann zu viel wurde. Er unterbrach plötzlich sein Lachen und rief laut: »Hey! Miro, wo ist meine Pfeife?«

Miro sprang sofort vom Platz, griff nach der Pfeife und ging zur Ecke, um sie erneut anzuzünden.

Am folgenden Tag erschien Atal mit einem blauen Auge und ein paar Schrammen im Gesicht in der Schmiede. Patang zeigte sich zunächst zwar unbeeindruckt von seinem Aussehen, dann aber, als er und Atal allein waren und ihre Arbeit aufgenommen hatten, erkundigte er sich danach, ohne lange zu warten: »Wer hat denn dich so bemalt? Hast du dich mit jemandem verprügelt oder Ärger mit dem Wärter gehabt?«

»Ach, das ist nicht der Rede wert«, antwortete Atal kurz.

»Nicht der Rede wert? Du hast beinahe dein Auge verloren«, bemerkte er lächelnd.

»Das ist wegen diesen miesen, verrückten Kriminellen bei uns in der Zelle.«

Patang versuchte, sein Lachen zu unterdrücken. Als Atal ihn verwirrt ansah, hörte er auf, zu lachen, und sagte schuldbewusst: »Entschuldung! Aber als solche gelten wir alle hier.«

»Wir sind aber nicht wie sie«, widersprach ihm Atal etwas aufgeregt.

»Okay, kommen wir zur Sache! Worüber habt ihr gestritten?«

In diesem Moment wurde es ganz laut in der Schmiede, es wurde unmöglich, einander zu verstehen, ohne zu schreien.

»Ich erzähle dir alles später«, sagte Atal laut.

Während der Mittagspause erzählte er Patang über die Insassen in ihrer Zelle, deren Verhältnis zu ihm und seinem Vater, und den Grund für ihren Streit am vorigen Abend.

»Du sollst dich nicht mit solchen Typen anlegen, Atal! Sie sind mit den Wächtern unter einem Dach. Halte dich gefälligst von ihnen fern, misch dich auf keinen Fall in ihre Angelegenheiten. Nimm nicht den Schutz aller Bedürftigen der Welt auf dich, du bist nicht in deinen Bergen. Denk endlich an deinen Vater«, mahnte Patang.

»Ich weiß, aber ich kann so etwas nicht ertragen, auch mein Vater nicht. Ach, ich wünschte mir, wir wären in einem anderen Gebäude, in einer anderen Zelle.«

»Weißt du, ihr habt noch Glück mit eurem Gebäude und eurem Korridor. In unserem Korridor zum Beispiel sind die Bedingungen noch schlimmer. In den Zellen sitzen 20 bis zu 30 Leute. Es ist viel dreckiger und schmutziger als bei euch, so viel ich weiß. Unsere Läuse, Flöhe und anderes Ungeziefer haben einen Namen im Gefängnis. Und was solche Typen wie euren Sia-Schah angeht, die gibt es fast in jeder Zelle. Sie haben Geld und damit Macht. Sie und die Wächter bedienen sich gegenseitig. Darüber zu reden ist zwar tabu, aber fast alle im Gefängnis wissen davon.«

»Wir sind freie Adler aus den hohen Bergen, Patang! Wir sind es nicht gewohnt unsere Köpfe vor jemandem zu beugen.«

»Und das ist auch euer Hauptproblem«, betonte Patang, während er aufstand.

»Und jetzt müssen wir uns an die Arbeit machen. Ich will

dem Aufseher keinen Anlass geben, zu meckern«, fügte er noch hinzu.

Emal war fast mit den Matratzen und Decken für sich und Atal fertig. Das Nähen und Reparieren von Kleidern und Schuhen musste er sich noch in den früheren Zeiten, als er allein in den Bergen unterwegs gewesen war, beibringen. Dort kam es manchmal dazu, dass er während der Jagd seine Hose oder Schuhe zerriss und sie nähen musste. Später als er und Atal sich zusammen in den Bergen aufhielten, erledigte ausschließlich er diese Aufgabe. Atal blieb davon verschont.

Die Matratzen und Decken waren nicht perfekt, aber besser als auf dem kahlen Boden zu schlafen. Er nahm vor, noch in der kommenden Nacht sie auszuprobieren und endlich vom harten Boden wegzukommen. Aber als sie vor dem Abend in ihre Zelle zurückkehrten, fanden sie zu ihrem Schrecken ihre Matratzen und Decken zerrissen und die Stoffreste auf dem ganzen Boden verstreut. Noch schlimmer, die Männer spielten mit den Stoffresten amüsiert, warfen sie in der Luft, wickelten sie zusammen und bewarfen einander damit. Dabei lachten alle wild.

»Nein!«, schrie Atal wütend. Er trat nach vorne und schlug mit dem Fuß den Ersten, der auf seinem Weg war. Auch Emal hielt sich nicht an, schubste den einen heftig zur Seite, beugte sich zum Boden und versuchte die Stoffreste wieder zu sammeln. In diesem Moment traf ihn plötzlich ein heftiger Schlag von hinten, sodass er fast zu Boden stürzte. Emal hatte sich kaum aufgerichtet, als er mehrere Schläge von allen Seiten bekam. Gleichzeitig schlugen drei bis vier Männer auf Atal ein. Anscheinend hatten Sia-Schah und seine Leute sich von vorne herein gut vorbereitet und alles abgesprochen.

Irgendwann stürmten die Wächter in die Zelle. Sie schlugen erstaunlicherweise nur auf Emal und Atal brutal ein und nahmen ausgerechnet sie fest. Die anderen blieben komplett verschont, als wären sie Opfer der Schlägerei gewesen.

»Wir haben keine Ruhe von diesen Bauern, Kommandeur! Sie sind wild und streitsüchtig«, hörten Emal und Atal, wie Sia-Schah den einen ansprach.

Emal und Atal versuchten, ihre Unschuld zu beteuern und zu erklären, was in ihrer Zelle wirklich vor sich gegangen war, aber die Wächter schenkten ihnen keine Aufmerksamkeit. Sie waren ihnen gegenüber taub.

»Ich habe euch gewarnt! Ruhestörung wird bei uns nicht geduldet«, sagte einer der Wärter kalt.

Die Wächter brachten die beiden zu ihrem Aufenthaltsraum und verprügelten sie mit Fäusten und Füßen solange, bis sie selbst müde wurden. Danach schleppten sie die beiden zu zwei winzigen Zellen nicht weit vom Aufenthaltsraum, ließen ihre Hände frei und stießen sie heftig hinein. Danach verschlossen sie die Türen und gingen weg. Minuten später kehrten sie zurück und übergossen die Zellen mit jeweils einem Eimer kalten Wassers.

In den Zellen war es völlig dunkel, kein Fenster und keine Lichtschlitzen in den Türen. Die kahlen Böden in den beiden Zellen waren matschig und es roch stark nach Urin und Schlamm.

Emal kroch zur Seite und lehnte sich gegen die Wand. Atal lag noch lange da, bis er die Kräfte bündelte und sich mühsam in eine Ecke setzte. Ihn schmerzten die Rippen auf der rechten Seite stark. Die Zelle war so klein und so niedrig, dass es unmöglich war, sich mit ausgestreckten Beinen hinzulegen oder aufrecht zu stehen. Von Zeit zu Zeit kam jemand und übergoss die Zellen erneut mit kaltem Wasser, damit die Häftlinge nicht schlafen konnten.

Emal und Atal nickten manchmal kurz im Sitzen ein, wurden aber wieder wach. Schmerzen, Gestank und Nässe machten ihnen zwar zu schaffen, aber die wahren Störer waren die unzähligen Insekten, die ihnen keine Ruhe ließen. Vor dem Gefängnis hatten sie solches Getier überhaupt nicht gekannt. In ihrem Dorf hatten nur die Mücken im Sommer Probleme gemacht. Sie waren aber im Vergleich zu den Blutsaugern in Deh-Masang harmlos.

Irgendwann öffnete ein Wärter die Tür in Emals Zelle, warf ihm schnell ein Brot zu und sagte leise: »Von einem Freund.«

Emal wollte fragen, wie es um seinem Sohn Atal steht, ob er auch etwas zu Essen bekommt, aber der Mann schloss sofort die Tür und ging weg.

Emals Sorgen waren umsonst, derselbe Wärter warf auch Atal ein Brot zu und sagte dasselbe, wie vorhin zu Emal. Auch Atal versuchte sich nach seinem Vater zu erkundigen, bekam aber ebenfalls keine Antwort.

Emal und Atal schien eine Ewigkeit vergangen zu sein. Das Zeitgefühl hatten sie schon längst verloren. Sie schwebten zwischen Himmel und Erde in einem halb bewussten Zustand, als zwei Wärter ihre Zellentüren aufsperrten und sie nach draußen führten. Fast schleppend brachten sie die beiden zu ihrer Zelle. Es war Abend. Das Licht im Korridor blendete Emals und Atals Augen. Außerdem machten ihre Beine nicht richtig mit.

Sia-Schah zeigte sich hochzufrieden, als die Wärter Emal und Atal in die Zelle hinein schoben. Er lächelte höhnisch, sagte aber nichts. Der ein oder andere seiner Kumpels kicherte spöttisch. In Atal brannte der Wunsch Sia-Schah den Hals umzudrehen, aber er war nicht in der Lage gegen ihn auch das Geringste zu unternehmen und so legte er sich hin, drehte sich zur Wand und schloss die Augen. Emal achtete nicht auf ihre provozierenden Gesten, er lehnte sich gegen die Wand und versuchte auf andere Gedanken zu kommen.

Am nächsten Morgen, als beide wieder zur Arbeit antraten, zeigte sich niemand in der Schmiede überrascht. Der Aufseher und der Meister taten so, als wäre absolut nichts passiert. Emal und Atal hatten befürchtet, sie würden ihnen lästige Fragen stellen, warum sie nicht zur Arbeit erschienen waren und Ähnliches, aber nichts dergleichen geschah. Erst als alle sich in der Schmiede verteilt und jeder seine Arbeit aufgenommen hatte, drückte Patang Atals Schulter mit der Hand leicht und sagte: »Schön, dass ihr wieder da seid! Ich habe mir große Sorgen gemacht«, sagte er lächelnd.

»Danke für das Brot«, erwiderte Atal leise.

»Es tut mir Leid, aber das war alles, was ich für euch tun konnte.«

Atal nickte wieder dankend, sagte aber nichts weiter, sie mussten mit der Arbeit beginnen.

Am Mittag konnte Atal den Moment nicht abwarten, in dem sie ihre Brotrationen bekamen. Als er endlich seine zwei Brote in der Hand hielt, biss er unverzüglich hinein. Es schmeckte so lecker wie nie. Nachdem er in Eile die Hälfte eines Brotes aufgegessen und genug Wasser hinterher geschluckt hatte, fragte er Patang: »Wie lange waren wir eingesperrt? Irgendwann wusste ich nicht mehr, ob es Nacht oder Tag war.«

»Weißt du nicht, wie lange ihr dort wart? Ihr könnt doch nach eurer Freilassung die Wärter oder eure Zelleninsassen fragen.«

»Mit denen rede ich nicht. Aus Prinzip«, gab Atal zurück.

»Drei Tage, du Sturkopf. Drei Tage und drei Nächte wart ihr in der Strafzelle«, antwortete Patang lächelnd und klopfte ihm freundlich auf die Schulter.

»Ich danke dir noch einmal für das Brot. Es war bestimmt nicht leicht so etwas auf den Weg zu bringen. Das hätte auch dich in Gefahr bringen können«, sagte Atal leiser als üblich.

»Als ihr beide am Morgen nicht zur Arbeit erschienen wart, war ich ernsthaft beunruhigt. Später ist ein Wärter in die Schmiede gekommen und hat dem Aufseher Bescheid gegeben, dass ihr beide wegen Prügelei in Strafzellen sitzt. Ich habe dann am Abend unseren Baschi angefleht zu helfen und euch wenigstens etwas zu essen zu überreichen. Ich bin zwar zum Glück noch nicht in der Strafzelle gewesen, aber jeder in Deh-Masang weiß, was für eine Strafe das ist.«

»Du bist großartig, Patang!«

Patang lächelte verlegen, sagte aber nichts.

Emal und Atal waren dazu verurteilt sich mit den unerträglichen Umständen in ihrer Zelle abzufinden. Sia-Schah und seine Kumpel ließen sie nach wie vor mit ihren Provokationen und Belästigungen nicht in Ruhe. Die Lage war zwar ständig angespannt und oft kam es auch zu Streitigkeiten, aber Handgreiflichkeiten und Schlägereien kamen nicht mehr vor. Vor allem Emal versuchte, eine Eskalation zu verhindern. Er wollte nicht, dass Atal und er noch einmal, und dieses Mal bestimmt für längere Zeit, in der Strafzelle landeten. Der einzige Ort, wo sie freier atmen konnten, war die Schmiede. Hier waren sie nicht dazu gezwungen, den ganzen Tag die besoffenen Fressen von Sia-Schah und seinen widerlichen Kreaturen zu sehen. Sie mussten nicht die ekelhafte Luft und den abscheulichen Haschischrauch einatmen. Ihre Arbeit war hart, die Belastung groß, der Aufseher und Meister verteilten kein Zucker, aber das alles stand in keinem Vergleich zu dem, was sie in ihrer Zelle erdulden mussten.

22 Jahre Haft in solchen Bedingungen! Emal dachte oft darüber nach. Er zählte seine schon gelebten Jahre zusammen mit der Haftdauer und er bekam eine enttäuschende Summe. Er wusste, er würde, falls er das Gefängnis überhaupt überlebte, als ein alter Mann frei kommen. Bei Atal sah aber alles anders aus. Er hat noch eine Chance im Leben, er kann einen neuen Anfang schaffen, tröstete er sich. Wie schön es wäre, wenn er die Hochzeit seines Sohnes feiern und vielleicht sogar seine Enkelkinder in die Arme nehmen und ihnen von seinem Leben erzählen könnte. Bei solchen Gedanken überströmte sein Herz vor Freude. Aber würde er tatsächlich seinen Enkelkindern alles, was er und seine ganze Familie erlebt hatten, erzählen? All diese Schicksalsschläge, all diese schrecklichen Ereignisse? Nein, bestimmt nicht. Und er und Atal würden nicht zu ihrem Dorf zurückkehren. Sie würden vielleicht sogar in Kabul bleiben, mit der Zeit eine eigene Schmiede öffnen, sich auf die Gegenwart konzentrieren und mit der Vergangenheit endgültig abschließen, träumte er.

Vater und Sohn hatten fast die gleichen Gedanken, obwohl sie seit ihrer Verhaftung nicht mehr über das, was

ihnen bereits passiert war oder das, was auf sie noch zukommen könnte, gesprochen hatten. Atal dachte auch oft
über die Zeit nach ihrer Entlassung. Er wollte ebenfalls
unter keinen Umständen in ihre Heimat zurückkehren. »Es
reicht zu kämpfen, es ist an der Zeit, mich vollständig um
meinen alten Vater zu kümmern«, sprach er vor sich. Er
stellte sich seinen Vater mit langem, weißem Bart, weißer
Kleidung und einem Gehstock in der Hand vor. Vielleicht
wäre Patang bereit mit mir zusammen eine Schmiede zu
öffnen und ein Haus zu mieten. Seine alte Mutter wird bestimmt einen guten Freund in meinem Vater finden. Beide
werden jemanden zur Unterhaltung haben und keiner wird
sich allein fühlen. Patang und ich, wir werden beide das
Glück haben, jeden Tag ihre Hände zu küssen, ihre Gebete
zu hören und ihren Ratschlägen zu folgen, malte er sich die
Zukunft aus.

Kapitel 8

Das Leben nahm seinen gewohnten Gang im Gefängnis. Atal und Emal passten sich langsam der bitteren Realität ihres Alltags an. Sie hatten schon den ersten Winter in Kabul, vor dem sie sich so gefürchtet hatten, hinter sich. Dreck, Schmutz und Haschischrauch nervten sie nicht mehr so schlimm, wie früher und die Blutsauger in ihrer Zelle schienen nicht mehr so erbarmungslos zu sein, wie am Anfang. Sia-Schah bremste sich langsam mit seinen Belästigungen. Prügel in den Korridoren, lautes Weinen und Schreie aus dem Aufenthaltsraum der Wärter oder aus den Strafzellen, wo die Häftlinge missbraucht und gefoltert wurden, wirkten ebenfalls nicht mehr so herzzerbrechend.

Jeden Abend kamen die beiden erschöpft von der Arbeit, legten sich hin und versuchten nichts von dem zu merken, womit Sia-Schah und die anderen Männer in der Zelle beschäftigt waren. Sie reagierten nicht mehr auf Rauch und Gestank und bestanden nicht darauf, unbedingt die Fenster zu öffnen und ein bisschen frische Luft rein zu lassen. Sie hatten fast aufgegeben, ihrem Elend, Leid und Schmerz Widerstand zu leisten.

Bereits vor einigen Tagen hatte Atal einen Jugendlichen von etwa 14-15 Jahren bemerkt, der neu auf den Korridoren ihrer Etage aufgetaucht war. Jeden Morgen, wenn Emal und Atal zusammen mit den anderen Häftlingen zur Arbeit gingen und jeden Abend, wenn sie zu ihrer Zelle zurückkehrten, sahen sie denselben Jungen. Oft stand er in der Kreuzung zweier Korridore und beobachtete erstaunt, wie die Häftlinge mit ihren Fußfesseln vor ihm marschierten. Er trug keine Fußfesseln, war relativ frei in seiner Bewegung und war sehr neugierig. Zu wem er gehörte und warum er im Gefängnis war, das konnte Atal nicht erahnen.

Irgendwann fiel Atal auf, dass der Junge Interesse an ihm zeigte. Seine neugierigen Blicke konnten den Wunsch nicht verbergen, ihn kennenzulernen. Aber er traute sich lange nicht zu, direkt auf Atal zuzugehen und mit ihm ein Gespräch anzufangen.

Irgendwie machte das auch Atal neugierig. Er hätte gern gewusst, was der Junge von ihm wollte, zögerte aber noch, selbst die Initiative zu ergreifen. Stattdessen ließ er dem Jungen Zeit.

Eines Morgens, während Atal und sein Vater wie gewöhnlich im Korridor standen und darauf warteten, abgeholt zu werden, kam es endlich dazu, dass der Junge mit Atal ins Gespräch kam. An diesem Morgen gewann seine Neugier die Oberhand. Er näherte sich Atal und fragte mit gerötetem Gesicht: »Entschuldigung! In welcher Werkstatt arbeitest du?« Ihm war es bekannt, dass alle Wartenden hier in irgendeiner Werkstatt arbeiten mussten.

»In der Schmiede«, antwortete Atal mit einem freundlichen und offenen Lächeln. Als er sah, dass der Junge nicht wusste, wie er sich weiter verhalten sollte, kam er ihm zur Hilfe und fragte: »Suchst du auch eine Arbeit, mein Freund?«

»Oh, nein! Ich habe nur so gefragt. Übrigens, ich heiße Kamal«, antwortete er etwas verlegen.

Atal schaffte es aber nicht, ihm seinen Namen zu verraten, die Wärter unterbrachen ihr kurzes Gespräch und befahlen den Häftlingen, sich zum Ausgang zu bewegen.

In den Tagen darauf wechselten Atal und Kamal immer wieder ein paar Worte miteinander, für eine längere Unterhaltung reichte aber die Zeit nicht.

Im Hof des Gefängnisses floss ein Bach. Die Häftlinge durften hier jeden Freitag unter Aufsicht ein Bad nehmen und ihre Kleider waschen. Atal arbeitete am Freitagvormittag zusammen mit Patang im großen Lager, wo sie die Lieferfahrzeuge aus- und beladen mussten. Am Nachmittag kam aber auch er zum Bach und wusch sich im fließenden Wasser.

An einem solchen Nachmittag, als Atal gerade aus dem Bach herausgekommen war und sich auf einen Steinblock niedergelassen hatte, näherte sich Kamal ihm und nahm auf dem Stein danebenen Platz.

»Na, wie geht es dir, Kamal?«, fragte ihn Atal lächelnd, während er die Haare mit seinem Pattu trocknete.

»Ah, mir geht es wie im Gefängnis«, antwortete er seufzend.

Atal lachte von Herzen. Ihm gefiel seine Antwort. Kamal hatte einen ehrlichen, unschuldigen Blick und sprach mit einem seltenen sanften Ton, sodass er jeden sofort zu sich hinzog.

»Du hast mir immer noch deinen Namen nicht anvertraut«, sagte auf einmal Kamal.

»Wirklich?«, sah Atal ihn überrascht an.

»Wirklich«, gab Kamal ruhig zurück.

»So wisse, ich bin Atal«, versuchte er zu scherzen.

»Warum bist du hier, Atal? Du siehst nicht so aus wie die anderen Häftlinge«, fragte er weiter.

»Und wie sind die anderen?«, fragte Atal seinerseits betont.

»Die anderen sind alt, du bist aber sehr jung«, erklärte Kamal ganz einfach.

»Interessant! Und warum bist du hier? Du bist doch noch jünger«, entgegnete er belustigt. Kamal schaute ihn kurz lächelnd an, sprach aber weiter, ohne Atals Frage zu beantworten.

»Die anderen sind schreckliche Verbrecher und Mörder, du bist aber nicht so ein Typ.«

Atal brach in Gelächter aus.

»Und warum glaubst du, dass ich nicht einer von denen bin?«, wollte er wissen.

»Ich weiß es nicht, aber mein Herz sagt es mir.«

»Okay! Jetzt erzähl mal, was suchst du in deinem Alter unter den Mördern und Verbrechern hier? Du kannst doch bestimmt nicht einer von denen sein.«

»Oh, es kommt drauf an, wie man es betrachtet, Atal! Man hat mich als gefährlich eingestuft, als ich noch ein kleines Kind war«, verblüffte ihn Kamal.

»Das ist ja hochinteressant! Na, erzähl mal weiter. Du musst dann bei allen den Schein eines Monsterkindes geweckt haben, oder?«, bemerkte Atal amüsiert.

»Das ist kein Scherz, Atal! Ich bin mit fünf im Gefängnis

gelandet«, gab Kamal mit einem traurigen Lächeln zurück.

»Was? Mit fünf? Was redest du da?«, schüttelte Atal verständnislos den Kopf.

»Ja, Atal! Ich gehöre zu der Großfamilie Asimi. Hast du nicht von uns gehört? Meine Mutter hat mir erzählt, dass damals das ganze Land über uns gesprochen hat.«

»Gar nichts. Ich bin im Dorf am Ende der Welt aufgewachsen. Solche Nachrichten erreichen uns überhaupt nicht.«

»Mein Großvater war ein berühmter Heerführer im Unabhängigkeitskrieg gegen die Engländer. Er stand dem König Amanullah Khan nah. Nachdem Amanullah Khan ins Exil gegangen war, hat man seine treuen Leute im Laufe der Jahre nach und nach verfolgt und verhaftet. Vor zehn Jahren ist auch unsere Familie in Verdacht geraten und in Ungnade gefallen. Das jetzige Königshaus hat meinen Großvater beschuldigt, an einer Verschwörung gegen den König beteiligt gewesen zu sein... «

»Und was hast du damit zu tun? Du warst doch ein kleines Kind, was könntest du denn so Gefährliches anstellen?«, unterbrach ihn Atal.

»Mein Vater war ein Diplomat. Ich bin selbst im Ausland geboren. Sie haben unsere ganze Familie verhaftet. Kurz darauf wurde mein Großvater zum Tode verurteilt und erschossen und mein Vater sitzt seitdem im speziellen Korridor hier, eurem Korridor gegenüber.«

»Oh, es tut mir Leid für deinen Großvater.«

»Ich erinnere mich nur verschwommen an ihn, meine Mutter hat mir erzählt, dass er ein schlanker, eleganter Mann gewesen war. Er hat sich nie von seinem Lieblingsgehstock getrennt. Sein übergroßer Schnurrbart hat ihm ein gruseliges Aussehen verliehen, sodass jeder Unbekannter sich vor ihm unwohl gefühlt hat. In Wirklichkeit war er aber ein sehr lieber Mensch gewesen. Von ihm hätte keine Gefahr ausgehen können.«

»Und wo waren du und deine Mutter all diese Jahre? Auch hier in Deh-Masang oder woanders?«, fragte Atal.

»Meine Mutter, meine ältere Schwester und ich, wir drei waren im Frauenknast. Der liegt auf der anderen Seite des Berges«, zeigte Kamal auf den Berg hinter der Gefängnismaucr.

»Länger durfte ich aber nicht im Frauenknast bleiben, nun hat man mich als gefährlich für Frauen befunden und rausgeschmissen«, fuhr er fort.

»Du hast immer noch Glück im Unglück gehabt. Du bist bei deinem Vater gelandet. Gott bewahre, wenn du einem anderen Korridor zugeteilt gewesen wärst!«

»Ja! Das war auch nicht so leicht zu arrangieren. Erst nach vielen Petitionen meiner Mutter und meines Vaters und durch die Bemühungen unserer Familienfreunde draußen sowie dem Einfluss von viel Geld hat der Mann an der Spitze seine Zustimmung gegeben«, sagte er vieldeutig.

»Das alles dürfte ich dir eigentlich gar nicht erzählen. Irgendwie fühle ich aber keine Angst vor dir«, sprach er nach einer kleinen Pause weiter.

»Oh, sag so etwas nicht. Ich erzähle sofort alles dem Baschi und dem Ordnungsdirektor«, warnte Atal im Scherz. Kamal lächelte, ohne etwas zu erwidern.

»Ach so! Verrate mir noch etwas. Warum erlauben dir die Wärter so frei herumzulaufen? Oder ist auch dafür viel Geld geflossen?«, fragte Atal etwas leise.

»Ich bin doch kein politischer Häftling. Ich kann hier

keine Propaganda verbreiten oder Unruhe stiften. Man nimmt mich nicht ernst. Außerdem hat mein Vater auch diese Freiheit für mich arrangiert.«

»Ja! Tausende Leute mit tausend verschiedenen Schicksalen! Und jedes Schicksal ist auf seine Art unglaublich«, bemerkte Atal seufzend.

»Jetzt musst aber auch du erzählen, warum du in Deh-Masang bist? Ich werde keinem ein Wort davon verraten«, verbarg Kamal den Mund hinter seiner Hand.

»Ein anderes Mal, okay? Siehst du den Mann da?«, zeigte Atal auf Emal. Er saß etwa zehn Meter von ihnen entfernt, hatte vor sich ein paar nasse Kleider auf einem Stein gelegt und schlug mit einem Holzstück auf sie ein. Kamal nickte.

»Das ist mein Vater. Ich muss ihm beim Waschen helfen«, sagte Atal, stand auf und trat von ihm weg.

»Entschuldigung, Baba! Der Junge hat mich aufgehalten«, sagte Atal als er vor seinem Vater stand und die Hand ausstreckte, um das Holzstück von ihm zu übernehmen.

»Ich sehe, der Junge mag dich und sucht deine Freundschaft. Weißt du jetzt, wer er ist?«, fragte Emal.

»Ein seltsamer Junge mit einem unglaublichen Schicksal, Baba! Er hat mir über seine Familie erzählt und das war wirklich herzergreifend.«

Danach fing Atal an, ihm die Geschichte des Jungen wiederzugeben, während Emal weitere Kleiderstücke ins Wasser des Baches eintauchte.

»Ja! Man weiß nie, was das Schicksal für einen bereit hält. Seine Überraschungen kommen immer unerwartet, wie ein Stein vom Himmel. Wer heute adlig ist, kann morgen alles verlieren und sein Leben am Galgen beenden und umgekehrt kann ein Bettler von heute auf morgen der Besitzer eines Goldschatzes werden«, bemerkte Emal. Nach einem kurzen Moment des Schweigens fügte er noch hinzu: »Der Junge macht aber trotzdem den Eindruck, klug und lebensfreudig zu sein.«

»Stimmt, Baba! Er ist witzig und ehrlich, dazu vielleicht ein bisschen leichtgläubig«, stellte Atal fest.

Am nächsten Freitag brachte Kamal Atal endlich dazu, ihm von seinem Leben zu erzählen. Atal schilderte nur im Allgemeinen seinen Lebensweg, trotzdem war Kamal geradezu fasziniert von seiner Vergangenheit. Er unterbrach Atal ständig und stellte viele Fragen. Atal war kaum in der Lage, Kamals Neugier zu stillen.

»Das ist ja unfassbar! Ich sehe eine lebende Legende vor mir. Meine Mutter kennt solche Abenteuer aus ihren Büchern. Sie hatte viele Bücher gelesen, als noch alles gut war. Sie spricht auch die ausländische Sprache. Im Gefängnis durfte sie zwar nicht ihre Bücher haben, aber sie hatte fast alles im Kopf. Meine Schwester und ich haben sie ständig gebeten, uns eine Geschichte zu erzählen. Ihre Erzählung versetzte mich in eine andere Welt, in eine Welt, wo Kinder glücklich und frei waren, wo sie fröhlich zusammen mit ihren Familien, ohne Angst im Gefängnis zu sein, leben konnten«, äußerte sich Kamal.

»Und wie ist es mit deinem Vater? Er soll auch ein Gelehrter sein und dir über Bücher erzählt haben, oder?«

»Ja, mein Vater ist hochgebildet. Aber er und seine Zellengenossen diskutieren die ganze Zeit über die Dinge, die ich nur schlecht oder gar nicht verstehen kann. Sie sprechen über Bücher, die nicht für meinen Kopf bestimmt sind. Meine Mutter erzählte uns dagegen von ganz einfachen Sachen. In ihren Büchern ist es um Leute und ihren Schicksale gegangen.«

»Worüber reden denn dein Vater und seine Freunde?«, fragte Atal mit zusammengekniffenen Augen.

»Ah! Sie diskutieren über die Gesellschaft und ihre Probleme, streiten über die Art und Weise, wie man sie ändern und Gerechtigkeit für alle schaffen könnte.«

»Gerechtigkeit! Das ist doch gut. Dein Vater muss ein guter und weiser Mensch sein.«

»Das ist er auch. Du sollst ihn unbedingt kennenlernen und mit ihm sprechen.«

»Ich? Nein, nein! Er ist ein gebildeter Mann und ich bin ein dunkler Bauer aus dem Dorf. Worüber sollten wir sprechen? Außerdem darf ich euren Korridor nicht betreten, der Wärter wird es mir nicht erlauben«, sagte Atal überrascht von Kamals Vorschlag.

»Mal sehen. Vielleicht ist das trotzdem machbar. Auf jeden Fall erzähle ich meinem Vater von dir und deinem Vater. Er wird bestimmt begeistert von eurer Geschichte sein.«

»Wage es bloß nicht, okay?«, mahnte Atal mit einer gespielt ernsten Miene.

»Das kann ich dir leider nicht versprechen«, sagte Kamal lachend.

Nach diesem Tag versäumte Kamal keine Gelegenheit, sich mit Atal zu treffen und zu unterhalten. Manchmal hatte er nur die Chance, ihn vor und nach der Arbeit im Korridor zu begrüßen, manchmal wechselten die beiden auch ein paar Wörter miteinander, aber eine längere Unterhaltungsmöglichkeit stand ihnen nur im Hof, am Freitagnachmittag, zur Verfügung.

Atal hatte schon längst vergessen, dass Kamal ihm vorge-
schlagen hatte, seinen Vater kennenzulernen. Er hatte ihn
damals nicht ernst genommen. Eines Nachmittags am Freitag berichtete Kamal ihm aber plötzlich, seinem Vater sei es
gelungen, alles mit dem Wärter abzusprechen. Atal dürfe zu
seinem Vater. Der Wärter werde ein Auge zudrücken.

»Oh, Gott! Du bist ja frech. Ich habe dir doch gesagt, wage
es nicht«, sagte Atal etwas verwirrt.

»Keine Angst, Atal! Es wird alles in Ordnung sein. Mein
Vater bittet dich ausdrücklich darum. Er will dich kennenlernen.«

»Wie hat dein Vater den Wärter überredet? Hat er ihn bezahlt?«, fragte Atal.

»Nein, überhaupt nicht. Er kennt meinen Vater schon
seit Jahren. Mein Vater schenkt ihm jedes Mal etwas von
den Sachen, die er manchmal von seinen Freunden in der
Freiheit bekommt.«

Atal dachte lange nach. Einerseits wollte er auch Kamals
Vater kennenlernen. Es interessierte ihn sehr zu erfahren,
wer diese Politischen waren, was sie dachten und wie sie
sich verhielten. Andererseits fühlte er sich unbehaglich bei
der Vorstellung unter den Schreibern, Dichtern und Ver-
schwörern zu sein. Worüber konnte er mit ihnen sprechen?
Kamal hatte doch erzählt, dass sie über große und unver-
ständliche Sachen diskutieren, dachte er.

»Es tut mir Leid, Kamal! Aber ich kann es nicht. Ich bitte
dich, zwinge mich nicht«, verkündete plötzlich Atal.

»Aber warum?«, fragte Kamal mit enttäuschter Miene.

»Was soll ich da tun? Dein Vater ist ein weiser Mann. Er
ist gewohnt, über große Dinge zu reden. Ich werde mich
bei euch fehl am Platz fühlen. Das wird für mich einfach

peinlich sein.«

»Stimmt gar nicht. Mein Vater war so erstaunt, als ich über deinen Vater und dich erzählt habe. Er und seine Freunde haben stundenlang über euch heiß diskutiert …«

»Oh, Gott! Auch das noch!«, rief Atal aufgeregt.

»Aber er will dich sehen. Alle in der Zelle wollen dich kennenlernen«, betonte Kamal flehend. Atal schwieg lange.

»Ach, komm schon! Nur einmal! Wenn du dich bei meinem Vater nicht wohlfühlst, dann wird das das letzte Mal sein. Ich lasse dich dann in Ruhe und wir sprechen nie mehr darüber«, versuchte er, ihn dennoch zu überreden.

»Okay! Aber nur einmal. Jetzt komm mit, zu meinem Vater. Du sollst ihn auch kennenlernen«, stand Atal auf.

»Mit großer Freude, Atal!«, stand auch Kamal glücklich auf.

Atal und Kamal gingen zu Emal hinüber und begrüßten ihn. Der saß auf einem Stein und war in Gedanken verloren.

»Ah, da bist du, Junge! Atal hat mir über eure Familie erzählt. Das ist ja traurig und ungerecht, dass solchen jungen Seelen ihre Freiheit genommen und sie ins Gefängnis gesteckt werden«, sagte Emal.

»Atal hat mir auch vieles Erstaunliches über Sie erzählt, Onkel Emal! Ich hätte nie geglaubt, dass solche Leute im wahren Leben existieren können. Auch mein Vater hat großen Respekt vor Ihnen. Ich habe ihm von Ihnen erzählt. Er hätte gern Sie und Atal kennengelernt«, bemerkte Kamal respektvoll.

»Kamal gibt mir keine Minute Ruhe, Baba! Er will, dass ich unbedingt zu ihrer Zelle gehe und seinen Vater kennenlerne«, ergriff Atal das Wort.

»Bringt das den Jungen und seinen Vater nicht in Gefahr? Ich meine, der Wärter wird so etwas nicht gut heißen«, bemerkte Emal.

»Keine Sorge, Onkel Emal! Es wird alles gut verlaufen. Der Wärter wird es erlauben.«

»Trotzdem müsst ihr vorsichtig sein. Wir alle haben ohnehin genug Probleme«, ermahnte er noch einmal.

»Versprochen, Onkel Emal«, gab Kamal fröhlich zurück.

»Ich komme zu eurer Zelle, Atal! Gegen acht Uhr«, verkündete Kamal als er sich von Atal und seinem Vater verabschiedete.

Am Abend, gegen acht Uhr erschien Kamal tatsächlich bei Atal. Er stand in der Türschwelle ihrer Zelle und begrüßte alle höflich.

»Oh, Junge! Scheu dich nicht! Komm rein!«, rief sofort Sia-Schah, noch bevor Atal den Mund öffnen konnte. Er musterte Kamal überrascht von Kopf bis Fuß und lächelte dabei gierig. Die anderen in der Zelle fingen ebenso an, Kamal mit komischen Blicken anzuschauen.

»Warte bitte im Korridor Kamal, ich komme gleich«, bat ihn Atal. Die aufdringlichen Blicke von Sia-Schah und seiner Clique nervten ihn.

»Hey, Bauer! Warum diese Ungeduld? Der Junge will uns vielleicht kennenlernen. Wir könnten gemeinsam einen Tee trinken«, rief wieder Sia-Schah mit einem spöttischen Lächeln.

Atal warf ihm einen bösen Blick zu, wollte ihm eine entsprechende Antwort geben, verzichtete aber darauf. Stattdessen zog er Kamal am Arm und sie verließen die Zelle.

»Wer war dieser komischer Mann?«, fragte Kamal, als sie schon im Korridor waren.

»Er ist ein Mistkerl, ein Perverser und ein gemeiner Verbrecher und die anderen sind auch nicht viel besser als er«, antwortete Atal im aufgebrachten Ton.

Kamal und Atal hielten sich auf der Kreuzung etwas abseits vom Eingang des speziellen Korridors und warteten auf ein Zeichen des Wärters. Ein paar Minuten später winkte der Wärter ihnen mit dem Finger und schob die Gittertür am Eingang des Korridors ein bisschen zur Seite. Kamal und Atal schlüpften schnell durch die Öffnung und betraten den Korridor. Schon ein, zwei Türen weiter hielt Kamal an und drückte die Tür einer Zelle vor sich auf. Atal folgte ihm mit rasendem Herz hinein.

In der Zelle saßen vier Männer, alle über fünfzig. Schon auf dem ersten Blick bemerkte Atal den Unterschied zwischen den Insassen hier und den anderen Häftlingen. Die Zelle selbst war genauso groß wie seine, aber hier waren weniger Leute und die Luft war frei vom Gestank und Haschischrauch. Die Leute sahen auch etwas sauberer aus, als bei ihm in der Zelle.

»Hallo, Atal! Komm bitte rein! Ich hätte traditionsgemäß noch sagen müssen: Fühle dich wie zu Hause. Leider passt diese Bezeichnung nicht zu unserer Gefängniszelle«, sagte ein Mann mit sympathischen Gesichtszügen lächelnd. Seine Augen strahlten so freundlich, dass er sofort Atals Vertrauen gewann. Atal erkannte ihn, er musste Kamals Vater sein. Kamal war ihm wie aus dem Gesicht geschnitten.

Die anderen drei begrüßten Atal ebenfalls nett und baten ihn auf der Matratze Platz zu nehmen. Atal setzte sich etwas schüchtern hin und wusste nicht, wie er sich verhalten sollte.

»Mein Name ist Asimi. Ich bin Kamals Vater«, sprach der

Mann weiter und fing an, auch die anderen in der Zelle vorzustellen.

»Das ist unser lieber Kabir«, zeigte Kamals Vater auf einen mageren Mann mit langen, grauen Haaren rechts von ihm. Atal sah zu ihm hinüber und dieser neigte lächelnd den Kopf.

»Vor dem Gefängnis leitete er eine große Zeitung in Kabul«, fügte Kamals Vater hinzu.

»Dieser Verehrte ist Behros. Er ist ein weit und breit bekannter Dichter. Seine Gedichte greifen zu Herzen. Nur Herzlose mögen sie nicht.« Dieses Mal zeigte er auf den Mann mit kahlem Kopf und hellbraunen Gesicht, der links von ihm saß. Dieser nickte ebenfalls und sagte: »Er übertreibt erheblich, Atal! Lass dich nicht von ihm verwirren.« Atal lächelte ihn verlegen an, ohne etwas zu erwidern.

»Und das ist unser Weiser und Denker Patjal«, stellte er den Mann mit den langen Haaren und buschigem Bart vor. Er war mit einem kleinen Ölherd unter dem Fenster beschäftigt. Der Mann zwinkerte Atal von dort freundlich zu und wandte sich dann Asimi zu: »Jeder Mensch ist ein Denker, sehr geehrter Asimi! Man denkt und das bedeutet, man ist Denker«, sagte er amüsiert, nachdem er eine rußgeschwärzte Aluminiumkanne auf den Herd gestellt hatte.

»Ein Denker ist nicht gleich Denker, lieber Patjal! Es gibt solche und es gibt solche«, bemerkte Kabir, der frühere Zeitungsleiter, während er mit der Hand auf seine rechte und dann linke Seite hinwies.

»Na klar! Der eine denkt darüber nach, wie ein System funktioniert, der andere, wie man sich ihm am besten anpasst, der dritte aber, wie man es verändert oder gar zerstört«, antwortete Patjal.

Atal verstand nicht, worüber er sprach und was er meinte, dennoch hörte er ihm höchst konzentriert zu. Kamal bereitete in Ruhe Teetassen in der Ecke vor und es schien so,
als wäre er mit den Gedanken woanders.

»Vielleicht hören wir von Atal. Es ist doch sehr interessant zu wissen, was er und sein Vater gedacht haben, als
sie ihre Rebellion gegen die Mächtigen begonnen haben.
Sie haben dafür doch kein Vorbild, keine Instruktionen gehabt und keine Theorien oder Widerstandsideen gekannt«,
schlug der Dichter vor.

Atal wurde rot im Gesicht, er wusste nicht recht, was er
sagen sollte.

»Wir? Ich weiß nicht. Ich kann das nicht erklären. Wir
wollten einfach Gerechtigkeit, für diejenigen, die sich nicht
wehren konnten. Wir haben selbst unter Verrat, Betrug und
ungerechter Behandlung gelitten. Das Leben hat uns in die
Ecke getrieben. Es ist alles so von selbst gekommen, wir haben uns nichts Besonderes gedacht«, sagte Atal endlich.

»Großartig, lieber Atal!«, sagte Asimi, nachdem Atal fertig war, und klatschte ein paar Mal mit den Händen.

»Du bist aber sehr bescheiden, mein Freund! Du und dein
geehrter Vater habt erkannt, dass die Gesellschaftsordnung
ungerecht ist. Ihr habt verstanden, dass eine derartige Ordnung geändert werden muss und das Allerwichtigste, ihr
habt gewagt, sich gegen diese Ordnung aufzulehnen und zu
kämpfen«, setzte Asimi sein Gespräch fort.

Atal hatte sich nie über solche Sachen Gedanken gemacht. Asimis Erklärung brachte ihn völlig durcheinander.
Er wollte sagen: Nein, nein! So waren wir nicht. Bei uns war
alles viel einfacher, uns blieb keine andere Wahl. Aber er
sagte nichts. Ihm war es peinlich, dass Asimi ihre Taten als

große Sache dargestellt hatte.

»Seht ihr, liebe Freunde! Atal und sein geehrter Vater haben vergeblich die einzelnen Personen bekämpft. Ihr Kampf ist ein guter Beweis dafür, dass ein solcher Weg leider zum Scheitern verurteilt ist. Man muss das System als Ganzes bekämpfen, seine Regeln, Traditionen und Gewohnheiten ändern. Gerechtigkeit für alle kann nur dann erreicht werden, wenn man gerechte Gesellschaftsordnung schafft«, sagte Patjal, der Denker, triumphierend.

»Wieder sprichst du von der Gerechtigkeit für alle, lieber Patjal. So eine Gerechtigkeit kann es überhaupt nicht geben. Menschen oder besser gesagt fast alle Lebewesen sind von Gott oder von Natur aus, wie du es nennst, so geschaffen, dass Gerechtigkeit für den einen Ungerechtigkeit für den anderen bedeutet«, widersprach ihm Kabir, der Zeitungsleiter.

»Stimmt gar nicht«, schüttelte Patjal, der Denker, seinen Kopf.

»Erlaub mir, ein Beispiel vorzuführen«, ergriff wieder der Zeitungsleiter das Wort.

»Dem Löwen die Jagd zu verbieten ist völlig gerecht für alle anderen Tiere im Wald, die jeden Tag von ihm angegriffen und gefressen werden. Zugleich ist es aber dem Löwen gegenüber ungerecht, der vom Schöpfer dieses Recht bekommen hat«, fügte er überzeugt hinzu.

»Absolute Gerechtigkeit ist ein Ziel. Man kann es anstreben, sich ihm unterschiedlich schnell annähern, aber man wird es nie erreichen können«, mischte sich Behros, der Dichter.

»Man könnte wenigstens von der Balance der Interessen verschiedener Gruppen und Klassen in der Gesellschaft reden und als allererstes sollten die Güter der Gesellschaft gerechter verteilt werden«, machte Asimi deutlich.

Atal sah mal zu einem, mal zu anderen Zelleninsassen. Sie waren aber so in ihre Diskussion vertieft, dass sie Atal bald vergessen hatten. Sie bemerkten auch nicht, wie Kamal allen Tee eingeschenkt hatte.

Kamal, der neben Atal Platz genommen hatte, schubste ihn leicht mit dem Ellenbogen und sagte leise: »Nimm deinen Tee! Wenn sie diskutieren, vergessen sie alles in der Welt.«

Atal hob vorsichtig seine Tasse und nahm davon ein kleines Schlückchen, als hätte er Angst, das Geräusch könnte die Diskutierenden in der Zelle stören. Er hat schon vergessen, wann er das letzte Mal einen Tee getrunken hatte. In ihrer Zelle tranken Sia-Schah und seine Kumpel manchmal Tee. Sein Duft erregte Atals Magen jedes Mal auf Schlimmste, aber sein Vater und er nahmen nie die Einladung an, mit ihm zu trinken. Sie selbst konnten sich so einen Genuss nicht leisten.

Asimi und seine Freunde diskutierten weiter lebendig miteinander. Das Thema Gerechtigkeit wechselte von menschlichen Aspekten zum Göttlichen, von diesem Leben zum Jenseits. Irgendwann flüsterte Atal Kamal zu, er müsse gehen. Kamal nickte, sie standen auf und verließen leise die Zelle.

»So ist das Forum bei uns in der Zelle. Jetzt hast du eine Vorstellung davon, wie es mir geht«, sagte Kamal beim Abschied im Korridor.

»Langweilig ist dir auf jeden Fall nicht«, erwiderte Atal lächelnd.

Der Wärter schob wieder die Gittertür ein bisschen zur

Seite und Atal beeilte sich zu seinem Korridor. Als er seine Zelle betrat, waren Sia-Schah und die anderen schon ordentlich berauscht, die Luft roch widerlich. Sia-Schah richtete sich mit Mühe auf und schaute schief zu Atal rüber. Seine Augen schienen sich unkontrolliert zu bewegen.

»Hey, Bauer! Bist du wieder da?«, brachte er mühsam hervor.

»Und wo ist dieser süße Junge? Ich will ihn kennenlernen«, fügte er hinzu und versuchte zu lächeln.

»Schlaf, Sia Schah! Du bist berauscht, du verstehst nicht, was du sagst«, sagte Emal, bevor Atal etwas erwidern konnte.

»Ich habe nur gesagt, dass der Junge sehr appetitlich ist. Ist er es nicht?«, lallte er betrunken.

»Halt die Klappe, Sia-Schah! Ich habe deine kranken Andeutungen satt«, sagte Atal warnend.

»Okay, okay! Ich verstehe dich. Du willst ihn allein für dich behalten«, murmelte Sia-Schah vor sich und schloss wieder die Augen.

Emal sah Atal mit einem beschwichtigenden Blick an und gab ihm zu verstehen, dass es keinen Sinn hatte, weiter mit Sia-Schah zu reden.

»Na, mein Sohn! Wie war dein Besuch? Hast du Kamals Vater kennengelernt?«, fragte Emal leise, als Atal sich neben ihm hinsetzte.

»Ja, Baba! Kamals Vater und seine Freunde, das ist eine ganz andere Welt, nicht wie diese miesen Schweine bei uns.«

»Gut! Du erzählst mir morgen alles genau. Jetzt ist aber die Zeit zu schlafen«, bestimmte Emal schnell. Er wollte nicht, dass Atal weiter laut über Sia-Schahs Clique sprach, obwohl sie schon in ihrer eigenen Welt versunken und kaum in der Lage waren, etwas von ihrem Gespräch wahrzunehmen.

Atal legte sich hin und dachte nach. Er stand noch lange unter dem Eindruck von Asimi und seinen Kollegen. Sie sprachen und verhielten sich ganz anders. Er konnte es kaum bis Morgen abwarten, um seinem Vater alles zu erzählen.

Atal erzählte aber alles zunächst Patang in der Schmiede. Begeistert sprach er von Asimi und seiner Umgebung, schilderte die Atmosphäre in ihrer Zelle und die Art und Weise, wie sie ihre Diskussion geführt hatten. Er hätte auch gern ein kleines bisschen von dem Inhalt ihres Gesprächs wiedergegeben, ihm fielen aber nicht die richtigen Worte ein.

»Ach, Atal! Lässt du dich nicht wieder auf ein Abenteuer ein? Ich meine, diese Leute sind doch Feinde des Königs. Ich hätte mich an deiner Stelle von diesem Jungen und seinem Vater ferngehalten. Das riecht nach nichts Gutem«, äußerste sich Patang besorgt, nachdem Atal mit seinem Vortrag fertig war.

»Ich mach doch nichts. Der Junge ist ständig hinter mir her. Er tut mir leid. Er hat niemanden, mit dem er ein paar Worte wechseln könnte. Deswegen klebt er an mir.«

»Und nicht nur deswegen! Ich glaube, der Junge ist von dir fasziniert, er bewundert dich. Du bist doch in der Tat ein Held, Atal!«, meinte Patang lächelnd.

»Übertreib bitte nicht! Helden sind in der Regel Gewinner, ich bin aber ein ständiger Verlierer. Ich habe alles im Leben verloren. Mir bleibt nur mein Vater. Nur er gibt meinem Leben noch Sinn.«

»Verlierer in dem Sinne, dass du hier in Deh-Masang sitzt,

ja, vielleicht«, sagte er im Scherzen und klopfte freundlich auf Atals Schulter.

»Auch ein Held kann ein Verlierer sein. Er verliert aber mit Würde, und das macht einen großen Unterschied, mein Freund! Du und dein Vater seid immer Kämpfer geblieben und stets bis an die menschenmöglichen Grenzen gegangen. Was euch passiert ist und wie ihr damit umgegangen seid, passiert nicht jedem und nicht jeden Tag. Und überhaupt bist du ein sehr sympathischer Mensch, Atal! Du ziehst jeden an, der in deine Nähe kommt, das musst du zugeben«, fügte er lachend hinzu.

»Ich fühle mich aber wie ein einfacher Bauernjunge, der von seinem Schicksal ständig getäuscht, geschlagen und in die Ecke getrieben wird. Das Leben hat ihm keinen anderen Ausweg gelassen außer zurückzubeißen. Und so fühlt sich auch mein Vater, ich bin mir sicher. Aber ich schäme mich auch nicht für meinen Lebensweg. Mein Gewissen ist rein. Ich habe es mit allem gut gemeint und niemandem für meine eigenen Interessen wehgetan«, betonte Atal ernst.

»Ich weiß nicht, Atal! Ich hätte dir dennoch geraten, ganz vorsichtig zu sein. Asimi, wie du mir erzählt hast, kann morgen vom König begnadigt und wieder hochgestellt oder auch mit allen ihm Nahestehenden gehängt werden. Für uns Sterbliche sind sie nicht gerade die passendsten Weggefährten. Ich finde, es ist besser für dich, sich von ihnen fernzuhalten.«

»Vielleicht hast du Recht, Patang! Aber ich will Kamal nicht wegstoßen und seine Gefühle verletzen«, gab Atal zu.

»Okay, Sturkopf! Lass uns jetzt an die Arbeit gehen«, berührte Patang seinen Arm kopfschüttelnd und stand auf.

Im Laufe der nächsten drei Monate gelang es Kamal noch einmal Atal, in seinen Korridor durchzuschleusen. Atal bewunderte Asimi und seine ungewöhnlichen Freunde, er hörte jedes Mal genau zu und versuchte möglichst viel von ihren Diskussionen zu verstehen. Kamal war dagegen nur die Verbindung mit Atal wichtig. Er war im siebten Himmel durch ihre Bekanntschaft.

»Was für ein Glück, dass ich dich kennengelernt habe, Atal!«, beteuerte er zum wiederholten Male.

»Du bist für mich wie ein älterer Bruder, Atal!«, betonte er gern. Er verbarg nicht, dass Atal sein Vorbild war und dass er sich wünschte, er wäre auch wie Atal, unnachgiebig, stark und mit eisernem Willen.

Einmal, am Freitagnachmittag, als er und Atal wieder auf einem Stein neben dem Bach saßen, fragte er Atal plötzlich: »Wirst du mir jemals auch von deiner Tanda und Altinei erzählen? Ich meine, du hast von ihnen erzählt, aber nur oberflächlich. Ich sterbe aber vor Neugier. Ich will wissen, wie sie genau ausgesehen haben, wer hübscher war, wer dich mehr geliebt hat und warum du dich nicht wieder in ein Mädchen verliebt hast, als du in den Bergen warst?«

»Du weißt schon alles, was du wissen darfst. Mehr wirst du von mir nicht hören. Und überhaupt, ich will nicht darüber sprechen«, antwortete Atal ungeduldig.

»Sei nicht böse, Atal! Ich denke oft über dein Leben nach und ich sage dir, du bist trotz allem ein glücklicher Mensch«, stellte er fest.

»Hast du wieder angefangen, von mir zu reden?«, sah Atal ihn mit gerunzelter Stirn an.

»Weißt du, Atal! Ich träume oft von deinen Bergen und deinem Pferd. Oh, wie gern hätte ich auch ein Pferd gehabt!

Er muss unbedingt weiß, stark und geschmeidig sein«, sagte Kamal mit verträumtem Blick.

»Du bist ein unverbesserlicher Träumer, Kamal!«, gab Atal lächelnd zurück.

»Mach dich bitte nicht lustig über mich! Erzähl lieber, was ist das für ein Gefühl, wenn man im Sattel, auf einem weißen Pferd sitzt, in der Hand ein Gewehr hält und stolz in die Weite eines Tals oder zum Schnee bedeckten Gipfel eines Berges schaut?«

»Das alles sieht nur in Träumen sehr schön aus. Realität fühlt sich etwas anders an, glaub mir.«

»Ach, du willst mir gar nichts erzählen«, sagte Kamal enttäuscht und schwieg danach eine Weile.

»Okay! Dann sag mir wenigstens, wie weit entfernt du ein Ziel treffen konntest? Wie viel Übung hätte ich gebraucht, um mit dir wetten zu können?«, fing Kamal wieder an, Fragen zu stellen.

»Mit mir zu wetten, das wäre nicht schwer. Das hättest du schnell geschafft. Ganz anders aber mit meinem Vater! Für sein Niveau hättest du lebenslange Erfahrung gebraucht.« Kamal sagte nichts, er starrte wieder eine lange Weile in die Leere und dachte nach.

»Was hätten wir getan, Atal? Wenn eines Morgens unser lieber König aufgestanden wäre und gesagt hätte: Leute! Ich habe einen Traum gehabt, entlasst sofort alle Häftlinge aus dem Gefängnis!«, sagte Kamal endlich mit einer gespielt rauen Stimme.

»Leider bin ich weit entfernt von solchen Träumen, Kamal! Vielleicht verrätst du mir, was wir gemacht hätten. Ich meine nach dem Königstraum und unserer Entlassung! Du hast bestimmt schon eine fertige Idee«, fragte Atal sarkastisch.

»Weißt du? Ich habe mir unser Leben nach der Freilassung so vorgestellt. Wir lassen deinen Vater mit meinem in Kabul und wir beide fahren zu deinen Bergen. Zuvor aber kaufen wir zwei Gewehre mit viel Munition und schaffen uns zwei starke Pferde an: einen kohlrabenschwarzen für dich und einen glänzend weißen für mich. Na! Was sagst du dazu?«, lächelte Kamal.

»Träum weiter, Kamal! Das schadet dir nicht. Ich habe aber andere, ein bisschen realistischere Pläne für die Zeit nach dem Gefängnis, falls so eine Zeit überhaupt eintritt.«

»Und wie sehen deine realistischen Pläne aus?«, sah er Atal neugierig an.

»Ich werde meine eigene Schmiede in Kabul öffnen. Vielleicht kommt noch Patang, mit dem ich jetzt arbeite, auch hinzu. Meine Hauptsorge wird dann mein Vater sein, ich werde mich vollkommen ihm widmen.«

»Ach so! Ich verstehe. Warum nicht? Er ist dein bester Freund, nicht ich«, sagte Kamal gekränkt. Er stand schnell auf und ging zu Emal rüber. Der saß in Gedanken versunken auf einem Steinblock, den Blick zum Gipfel des Berges hinter
der Gefängnismauer gerichtet.

Atal wollte zunächst Kamal hinterher rufen und sagen, dass das nicht stimme, dann aber verzichtete er darauf, lächelte und versuchte sich auf andere Gedanken zu bringen.

Im Laufe der nächsten sechs Monate entwickelten sich zwischen Atal und Kamal tatsächlich brüderliche Beziehungen. Lange empfand Atal ihn als einen lebendigen, witzigen Jungen, der außer dem Gefängnis noch nichts vom realen

Leben gesehen hatte und ständig mit seinen Fantasien beschäftigt war. Er bemitleidete ihn und bewunderte gleichzeitig seine Ehrlichkeit und Naivität. Mit der Zeit zeigte aber Kamal ihm so viele Respekt und Liebe, dass Atal allmählich sich von ihm angezogen und sich ihm gegenüber wie ein älterer Bruder verpflichtet fühlte. Wenn er Kamal auch nur für einen Tag nicht sah, vermisste er ihn schon und machte sich Sorgen um ihn.

Eines Tages kurz vor dem Feierabend stürzten plötzlich in die Schmiede ein Polizeibeamter und ein Mann im Zivilanzug. Der Letztere stellte sich als Offizier der Kriminalpolizei vor. Er rief den Aufseher und den Meister zu sich und fragte sie einer nachdem anderen nach Atal und seinem Vater, ob sie den ganzen Tag in der Schmiede anwesend waren. Hatten sie, wenn auch nur für kurze Zeit zum Beispiel während der Mittagspause, ihre Arbeitsplätze verlassen oder nicht?

Atals Herz sprang bis zum Hals, auch Emal erbleichte sichtbar. Beide wussten, dass so etwas auf nichts Gutes hindeutete.

»Feierabend für alle!«, rief der Kriminalpolizist.

»Ihr beide bleibt aber hier!«, deutete sein Kollege mit dem Finger auf Emal und Atal hin. Patang sah verwirrt Atal an, sagte aber nichts und trat hinter den anderen nach draußen.

»Wann hast du das letzte Mal Kamal gesehen?«, fragte der Offizier Atal, nachdem die Schmiede sich geleert hatte.

Atals Knie fingen an, zu zittern. Er ahnte schon, dass Kamal etwas Schlimmes zugestoßen sein musste.

»Noch gestern nach dem Feierabend, aber warum? Was ist passiert?«, fragte er besorgt.

»Die Fragen stelle ich, okay? Was verbindet dich mit dem Jungen? Ihr beide hattet ein enges Verhältnis miteinander, nicht wahr?«

»Wir sind Freunde. Aber was zum Teufel bedeutet das? Geht es ihm gut?«, fragte Atal aufgeregt.

»Noch eine Frage und du bekommst eine Faust auf den Mund, verstanden?«, warnte er kalt.

»Du sagst Freunde. Du bist aber um einige Jahre älter als er. Gab es noch etwas zwischen euch?«, fragte er weiter.

Atal starrte ihn verwirrt an, er war sich nicht sicher, worauf der Offizier hinaus wollte.

»Ich meine eine sexuelle Beziehung«, sprach er nun direkt.

»Wie bitte?«, brachte Atal mit geschockter Miene hervor und sah seinen Vater mit einem hilfesuchenden Blick an.

»Mein Sohn ist ihm wie ein älterer Bruder. Fragen Sie Kamal selbst, er wird es bestätigen«, ergriff Emal das Wort.

»Leider können wir das nicht. Er wurde vergewaltigt und ermordet in der Toilette aufgefunden«, verkündete der Offizier aus heiterem Himmel.

»Oh Gott! Nein! Das kann nicht wahr sein.« Atal ergriff mit beiden Händen seinen Kopf. Die Mauern des Gefängnisses fingen an, sich um ihn zu drehen, er spürte das Bedürfnis sich hinzusetzen.

»Wer konnte so herzlos sein? Er war noch ein Kind«, sagte Emal bestürzt.

»Nach diesem Gottlosen suchen wir auch«, bemerkte der Offizier entschlossen.

»Vielleicht hat er dir am Abend zuvor etwas gesagt oder auf jemanden hingewiesen, der ihn in den letzten Tagen sexuell belästigt hatte«, sprach er noch einmal Atal an.

Atal schüttelte den Kopf, seine Kehle war wie zugeschnürt. Er war nicht mehr in der Lage, klar zu denken. Emal nahm ihn unter den Arm und stützte ihn.

»Im Moment reicht das! Es ist euer Glück, dass ihr zur Zeit des Verbrechens hier in der Schmiede wart«, ließ der Polizist sie wissen. Danach rief er zwei Wächter, die draußen warteten und befahl ihnen, die Häftlinge zu ihrer Zelle zu begleiten.

Atal merkte nicht, wie lange er zu ihrer Zelle unterwegs war, er nahm den Boden unter seinen Füßen nicht richtig wahr. Sein Gesicht brannte, seine Augen waren blutrot, in seinem Kopf kreisten nur zwei Worte: vergewaltigt und ermordet.

Sia-Schah! Nur der konnte dahinter stecken! Atal sah seine lüsternen Blicke und sein unverschämtes Lächeln. Ihm stand die Szene vor den Augen, wie diese miesen Kreaturen Kamal festhielten und Sia-Schah sich an ihm verging. Atal stellte sich Kamals rotes, vom Schmerz verzerrtes Gesicht und leidvolle Augen vor, wie er mit geknebeltem Mund unter ihm lag. Atals Blut kochte in den Adern, er wollte mit aller Macht schreien, aber er konnte keinen Laut von sich geben.

Sobald Atal hinter seinem Vater ihre Zelle betrat, rief Sia-Schah sofort: »Hey, Bauer! Weißt du es schon? Jemand hat deinen süßen Kerl gefickt und ermordet.« Danach brachen er und seine Kumpel in schallende Gelächter aus.

Atal konnte sich nicht mehr halten, er lief auf ihn zu und griff nach seiner Kehle.

»Ich töte dich, du mieser Mörder!«, schrie Atal wiederholt und drückte seine Kehle zu. Sia-Schahs Leute stürmten auf Atal und seinen Vater. Die einen verprügelten Emal, die anderen schlugen auf Atal ein, um ihn von Sia-Schah zu entfernen.

Irgendwann erblickte Emal mit Schrecken, wie Sia-Schah eine Schnur um Atals Hals legte, sie festzog und dabei hässlich grinste, während seine Leute Atal festhielten.

»Nein!«, schrie Emal. Er machte sich mit aller Kraft von den anderen los, ergriff die Wasserpfeife, die gerade in seiner Reichweite stand und schlug damit auf Sia-Schahs Kopf ein. Die Pfeife zerbrach in mehrere Stücke. Das bläuliche Wasser der Pfeife vermischte sich mit dem Blut, das über Sia-Schahs schmerzverzerrtes Gesicht lief. Er stolperte und krachte auf dem Boden.

Sia-Schahs Leute erstarrten auf einmal. Sie standen da, wie am Platz genagelt und sahen mit großen Augen zu, wie Sia-Schahs weit aufgerissene Augen zur Decke starrten und um seinen Kopf sich eine Blutpfütze bildete.

Emal stand auch verwirrt da und konnte seinen Augen nicht glauben. Atal keuchte noch und versuchte zu Atem zu kommen. Kurz darauf kamen Sia-Schahs Leute wieder zu sich. Sie liefen in den Korridor und fingen an, laut und unaufhörlich zu schreien: »Er ist tot! Er ist tot!«

Es dauerte nicht lange bis mehrere Wächter in die Zelle hineinplatzten. Sie nahmen Emal und Atal fest und führten beide zum Keller des Gebäudes. Ein Wächter öffnete die massive Tür einer Zelle und die anderen schubsten Emal und Atal hinein. Die Zelle war niedrig, klein und völlig leer. Sie besaß keine Fenster und ihre Wände, Boden und die Decke waren mit dicken Matratzen vernagelt. Als der Wächter die Tür hinter ihnen geschlossen hatte, wurde es in der Zelle vollkommen dunkel und still. Emal und Atal ließen sich nebeneinander auf den Boden hinfallen und schwiegen.

Keiner ahnte, was nun auf sie zukommen wird.

Als der Wächter den Schlüssel in das Schloss steckte, bekamen Emal und Atal davon gar nichts mit, von Außen drang kein Laut in die Zelle hinein. Plötzlich wurde die Tür geöffnet. Ein Wärter schubste sie beiseite und schleppte eine große Lampe, einen kleinen Tisch, einen Stuhl und zwei Hocker hinter einander in die Zelle. Hinter ihm betraten die Zelle wieder der Polizist und der Offizier im Zivilanzug, die schon vor dem Feierabend in der Schmiede gewesen waren und Emal und Atal verhört hatten.

»Was für ein Tag heute! Ich bin noch mit dem ersten Mord nicht fertig und nun habe ich einen zweiten Mordfall am Hals«, sagte der Kriminalpolizist zu seinem Kollegen als er sich auf den Stuhl niederließ. Dieser lachte zustimmend. Zwei Wächter führten Emal und Atal näher ran und setzen sie auf die Hocker vor dem Offizier. Er schlug seine Mappe auf, nahm aus seiner Tasche einen Füller und sagte: »Es liegt eine Anklage gegen euch vor. Euch wird vorgeworfen euren Zelleninsassen, bekannt als Sia-Schah, ermordet zu haben. Ich werde euer erstes Verhör führen. Alles, was ihr jetzt sagt, wird von mir protokolliert und kann im Gericht gegen euch verwendet werden.«

Emal und Atal sahen den Offizier gleichgültig an und schwiegen.

»Ich sehe, wir brauchen keine besonderen Bemühungen, um ein Geständnis von euch zu bekommen. Also gebt ihr zu, dass ihr beide diesen Sia-Schah getötet habt.«

»Ich habe ihn auf dem Kopf geschlagen, das gebe ich zu. Ich musste das tun, sonst hätte er meinen Sohn erwürgt«, gab Emal zurück.

»Er hat es verdient. Er war ein hinterhältiger Mörder«,

fügte Atal hinzu.

»Du meinst, er hat seinen Tod verdient, richtig?«, fragte der Offizier.

»Ja, das meine ich«, antwortete Atal sicher.

»Und warum?«

»Warum? Er hat meinen kleinen Bruder, einen unschuldigen Jungen vergewaltigt und ermordet und Sie fragen warum?«, antwortete Atal aufgeregt.

»Warum bist du dir so sicher, dass ausgerechnet er deinen Bruder, wie du sagst, vergewaltigt und ermordet hat?«, fragte der Offizier mit einem bohrenden Blick.

»Es gibt keinen Zweifel daran. Er war derjenige, der Kamal bei jeder Gelegenheit belästigt und unanständige Bemerkungen über ihn gemacht hat.«

»Er war ein Perversling. Er war sein ganzes Leben hinter Jungen in Kamals Alter her gewesen. Das hat er uns selbst erzählt«, sagte Emal.

»Okay! Jetzt erzähl mal alles, was sich in eurer Zelle genau abgespielt hat«, wandte sich der Offizier wieder Atal zu. Nachdem Atal fertig war, wandte er sich zu Emal und sagte: »Und jetzt zu dir Emal! Also, du gibst zu, dass ausgerechnet du die Wasserpfeife auf seinem Kopf zerschlagen hast, was zu Sia-Schahs Tod geführt hatte. Okay! Erzähl noch einmal genau, wie alles geschehen ist.«

Emal wiederholte alles, was Atal schon erzählt hatte und der Offizier schrieb alles in seinen Block. Am Ende las er Emal und Atal alles vor, was er sich aufgeschrieben hatte. Da Emal und Atal nicht schreiben konnten, beschmierte der Offizier ihre Zeigefinger mit der Tinte seines Füllers und drückte sie auf das Papierblatt in seinem Block.

Als er seine Mappe zuklappte und aufstand, verkündete

er plötzlich: »Es tut mir Leid euch das sagen zu müssen, aber ihr habt den Falschen erwischt. Der Mörder des Jungen war nicht dieser Sia-Schah, sondern ein Geistesgestörter aus dem Speziellen Korridor. Ach, so! Und ich muss auch meinen Fehler korrigieren. Ich habe euch heute gesagt, der Junge wurde vergewaltigt und ermordet, das stellte sich aber als falsch heraus. Er wurde in der Toilette zuerst ermordet und danach vergewaltigt. Gerade hat der Mörder sein Geständnis abgelegt und alles ausführlich geschildert.«

Atal und Emal waren wie vom Blitz getroffen. Sie sahen den Offizier und dann einander mit blassen Gesichtern an. Sie konnten einfach ihren Ohren nicht glauben.

Drei Monaten später wurden Emal und Atal vor Gericht zur lebenslangen Haft in dem berüchtigten Kerker von Deh-Masang verurteilt.

Kapitel 9

Der Kerker war ein Ort der Verdammnis in Deh-Masang. Er war bekannt als Sia-Tschah, das schwarze Loch. Die Zustände dort rechtfertigten seinen Namen. Sein oberirdischer Teil war ein bescheidenes Gebäude mit nur wenigen Vorratskammern und Räumen für die Wächter. Im Innern des Gebäudes war eine schmale Treppe errichtet, die zu einem langen, engen Tunnel tief unter die Erde führte. Der Eingang zur Treppe war durch eine massive, vergitterte Tür versperrt. Ein Wächter hielt ständig Wache neben der Tür.

Auf einer Seite entlang des unterirdischen Tunnels brannten Öllampen und entlang der anderen befanden sich mehrere Zellen, in denen besonders gefährliche Straftäter ihre lebenslange Haft absaßen. Die Zellen waren klein, niedrig, feucht und dunkel. Sie waren eigentlich für einzelne Häftlinge gedacht, aber bei dem überfüllten Kerker steckte die Gefängnisleitung auch zwei Häftlinge in eine Zelle.

Im Gegenteil zu den oberirdischen Gefängnisgebäuden waren die Häftlinge hier ständig in ihren Zellen eingesperrt. Ihr Ausgang war strick geregelt. Zweimal in 24 Stunden kamen Wächter herunter in den Tunnel, öffneten die

Tür der Zellen und führten die Häftlinge einen nach dem anderen zum Klo und nur einmal am Tag öffneten sie einen kleinen Schlitz mitten in der Zellentür, riefen ihre Insassen und übergaben ihnen ihre Tagesration an Brot und Trinkwasser.

Emal und Atal wurden beide zu einer leeren Zelle im hinteren Teil des Tunnels gebracht, deren Insasse vor Kurzem gestorben war. Als der Wärter die Tür hinter ihnen geschlossen hatte, wurde es völlig dunkel in der Zelle. Sie sanken erschöpft zu Boden. Es dauerte eine ganze Weile, bis ihre Augen sich an die Dunkelheit gewöhnt hatten. Später bemerkten sie, dass es eine kleine, vergitterte Lücke in der Tür gab, die zur Luftversorgung diente. Sie ließ ein bisschen Licht vom Tunnel herein und schwächte die Finsternis in ihrer Zelle.

Emal und Atal ließen sich nach hinten fallen. Sie fanden sich endgültig geschlagen. Diese Zelle war ihre Endstation und sie waren angekommen. Daran hatten sie keine Zweifel. Sie mussten sich von der Freiheit für immer verabschieden. Von hier gab es keinen Ausweg mehr! Ihr letzter Traum, nach der Entlassung einen Neuanfang zu wagen, war trostlos geplatzt und ihr Plan für eine eigene Schmiede war unwiderruflich zerstört.

Die Zeit verging, für Emal und Atal allerdings ohne Aufteilung in Tag und Nacht, Woche und Monat, Arbeitszeit und Feierabend. Sie zählten die Tage nicht mehr. Das einzige Datum, auf das sie früher noch gewartet hatten, war das Ende ihrer Freiheitsstrafe. Jetzt brauchten sie selbst das nicht zu tun, nun waren ihnen alle Zeiten der Welt gleichgültig. Die Welt um sie herum war buchstäblich dunkel, leer und bedeutungslos. Sie erinnerten sich nicht, wann sie das letzte Mal ein paar Worte miteinander gewechselt hatten, denn es machte keinen Sinn mehr, einander zu trösten oder sich gegenseitig Mut und Hoffnung zu machen. Die beiden saßen einfach da, versunken in ihre eigenen Gedanken.

Emal dachte die meiste Zeit über seinen Sohn nach. Ihm brach das Herz, als er hilflos zusehen musste, wie Atal in diesem Loch litt. Jedes Mal, wenn er zurück auf sein Leben blickte, empfand er große Schuldgefühle. Man zeugte Kinder, zog sie auf, verheiratete sie und setzte alles daran, ein gutes Erbe für sie zu hinterlassen, um ihnen und ihren Familien eine bessere Zukunft zu sichern. Was hatte er im Leben für seinen Sohn unternommen? Wie hatte er für seine Zukunft gesorgt? Emal blätterte in den Jahren nach Atals Geburt bis zur Gegenwart und kam zu einem schrecklichen Ergebnis. Sein Sohn war fast 26 Jahre alt, hatte aber noch nie mit einer Frau geschlafen. Und was für eine Zukunft erwartete ihn? Seine besten Jahre hier in diesem dunklen, feuchten, verdreckten Loch zu vergeuden, irgendwann seinen Verstand zu verlieren oder eines Tages durch Schwäche und Krankheit zu sterben. War nicht das die einzig mögliche Zukunft, die auf ihn zurollte?

Emal machte sich keine großen Gedanken über seine eigene Zukunft. Er hatte schon längst keine persönlichen Wünsche mehr. Noch bevor er die Wasserpfeife auf Sia-Schahs Kopf zerschlagen hatte, hatte er jeden Tag für einen würdigen Tod gebetet. Jetzt, in dieser dunklen Zelle, konnte er sich nicht einmal diese Barmherzigkeit von Gott erhoffen. Dennoch würde er sich nicht mit seinem Sohn vergleichen. Das Schicksal hatte es mit ihm nicht so grausam gemeint wie mit Atal.

»Ich habe etwas vom Leben gesehen. Ich habe meine Gelegenheit bekommen, etwas von wahrem Glück zu kosten. Ich habe geliebt und hatte das Glück, geliebt zu werden. Ich hatte die schönste Frau im Dorf! Sie hat sich für mich geopfert. Sie hat sich vor Bas Khans Pistole gestellt, um mein Leben zu retten. Ja, ich war wortkarg, ich war nicht immer für sie da, ich habe viel Zeit in den Bergen verbracht, aber ich habe sie über alles geliebt und sie hat es gewusst. Ja! Wir waren arm, wir haben bescheiden gelebt, aber wir haben immer unsere Würde bewahrt. Wir haben uns mit dem Wenigen, das wir zum Leben hatten, zufriedengegeben. Ja, Ich habe einen Fehler gemacht! Ich hätte nie auf den hinterhältigen Plan von Bas Khan hereinfallen sollen. Ich hätte nie meine Afsana allein lassen und noch schlimmer, ich hätte nie Atal nach Badghis mitnehmen sollen. Wäre er zu Hause geblieben, hätte Bas Khan sein Ziel nie erreichen können. Aber wer kann schon wissen, was das Schicksal einem auf die Stirn geschrieben hat? Vielleicht war es Gottes Wille, vielleicht prüft mich der Allmächtige damit, dass er meine liebste Afsana zu sich genommen hat, und meinen Sohn noch immer leiden lässt«, sprach er mit sich selbst.

Atal fühlte sich ebenfalls gänzlich verloren. Wieder einmal hatte er jemanden verloren, der ihm sehr nahe stand und wieder einmal stürzte er seinen Vater mit ins Unglück. Sia-Schah tat ihm kein bisschen Leid, er war ein Vergewaltiger und auch wenn er Kamals Ermordung nicht auf dem Gewissen hatte, so hatte er doch viele andere grausame Verbrechen im Leben begangen. Er hatte so viele Jugendliche missbraucht, dass er den Tod zweifelsohne mehrfach verdient hatte. Aber das änderte nichts an der Tatsache, dass er Sia-Schah zu Unrecht angegriffen und damit seinen Vater gezwungen hatte, einzuschreiten und ihn auf dem Kopf zu schlagen. Sein hitzköpfiges Verhalten hatte dazu geführt, dass sie beide den Rest ihres Lebens in diesem feuchten, dunklen Loch verbringen und elend sterben mussten. Er hatte alles ruiniert! Nun würde er seinen letzten Traum von einer eigenen Schmiede nie verwirklichen. Er würde nie mehr die Möglichkeit haben, für seinen Vater im Alter zu sorgen. Seine letzte Hoffnung, noch alles wiedergutzumachen und irgendwann ein fröhliches Lächeln auf dem Gesicht seines Vaters zu zaubern, würde nie mehr in Erfüllung gehen. Wie viele Male hatte er seinen Vater um Verzeihung bitten wollen! Er hatte seine Pflicht als Sohn nicht erfüllt. Aber er hatte es nicht gewagt, nicht damals, als er seinem Vater verschwiegen hatte, mit Tanda eine Affäre gehabt zu haben, und auch nicht jetzt, als sie beide seiner Dummheit wegen lebenslang in diesem Loch verrecken mussten.

Atal erinnerte sich an die anderen Jungs aus seinem Dorf. Warum um Himmels willen musste das alles ausgerechnet ihm passieren? Was hatte er sich zuschulden kommen lassen, dass Gott derart zornig auf ihn war? Warum nahm seine Bestrafung kein Ende? Kamals Vater und seine Freunde sprachen von großen Idealen, aber wenn Der da oben böse auf jemanden ist, was helfen demjenigen solche weisen Ideen? Wenn das eigene Schicksal schon verflucht ist, wer kann es denn ändern?, machte sich Atal Vorhaltungen.

Das Schweigen zwischen Vater und Sohn dauerte gefährlich lange. Emal machte sich längst Sorgen um Atals Zustand.

Wenn alles so weiter geht, dann ist der Tag nicht fern, da er seinen Verstand verliert, befürchtete Emal. Irgendwann hielt er es nicht mehr aus und sprach Atal vorsichtig an:

»Dein Schweigen beunruhigt mich, mein Sohn! Wir hätten miteinander sprechen sollen, auch wenn es nichts zum Reden gibt.«

»Mach dir keine Sorgen um mich, Baba! Ich bin es nicht wert«, antwortete Atal seufzend. Emal bekam auf einmal einen dicken Kloß im Hals.

»Warum sagst du das, mein Sohn? Du bist doch mein ein und alles auf dieser Welt. Sonst habe ich niemanden in diesem Leben«, sagte Emal mit Tränen in den Augen.

»Ich bin verflucht, Baba. Jeder, der mir sehr nahe steht, wird auf grausame Weise getötet. Das habe ich schon längst festgestellt«, erwiderte Atal ruhig.

»Was sagst du, mein Sohn? So ein Unsinn! Du bist nicht verflucht«, entgegnete Emal ängstlich.

»Ich bin völlig bei Sinnen, Baba! Das ist zweifellos ein Fluch. Kamals Tod hat es noch einmal bestätigt«, gab er zurück.

»Aber wie kommst du darauf, dass das alles mit einem Fluch zu tun hat?«

»Man muss den Tatsachen ins Auge sehen, Baba! Menschen, die mir am Herzen liegen, kommen einer nach dem anderen ums Leben. So war es mit Tanda. So ist es mit Altinei passiert, so habe ich meine Mutter verloren und dasselbe ist Kamal zugestoßen.«

Emal überkam auf einmal ein starkes Bedürfnis, seinen Sohn zu umarmen. Eigentlich mochte er nicht, solche Zärtlichkeit einem Jungen zu zeigen. Er hatte aufgehört, Atal in die Arme zu nehmen und ihn zu küssen, als dieser fünf oder sechs Jahre alt war. Sein Sohn, hatte er befunden, war nicht mehr ein Baby, das er liebkosen musste. Er sollte schon in einem jungen Alter einen männlichen Charakter entwickeln, war Emal der Meinung gewesen. Später hatte er nur einmal das Bedürfnis gehabt Atal zu umarmen, nämlich bevor er und Atal zu Bas Khan gingen, um Afsana zu befreien. Jetzt legte er aber unsicher den Arm um Atals Schultern und sagte: »Ich liebe dich auch, mein Sohn! Mir ist doch nichts passiert, ich bin immer noch am Leben.«

Atal lehnte plötzlich den Kopf an seine Brust und brach in bitteres Schluchzen aus.

»Ich verliere dich auch, Baba, früher oder später. Das Schicksal zögert noch mit seinem letzten Schlag, es genießt, wie ich ständig zittere und leide«, sagte Atal mit brüchiger Stimme.

Emal konnte kaum seine eigenen Tränen unterdrücken. Mit großer Mühe brachte er endlich heraus: »Wir sind doch zu zweit hier. Wer kann mir denn etwas antun? Es sei denn, meine Tage wären gezählt und der Todesengel erscheint plötzlich in der Zelle. Da kann ich wirklich nichts machen, mein Sohn! Wir leben doch nicht ewig.«

»Hätte ich doch diesen verdammten Sia-Schah nicht angegriffen, Baba! Wir hatten noch eine Chance, ich habe mit Patang gesprochen, wir haben uns vorgestellt, nach der Entlassung unsere eigene Schmiede zu eröffnen. Ich habe gehofft, mich endlich um dich kümmern zu können. Ich wollte endlich meine Pflicht als Sohn wahrnehmen. Verzeih mir, Baba! Ich habe in allem versagt.«

Emal zog ihn fest an sich und sagte: »Ich hätte auch vieles im Leben anders gemacht, mein Sohn! Aber was bereits geschehen ist, ist geschehen. Mit Schuldzuweisungen können wir nichts rückgängig machen. Wir dürfen die Hoffnung nicht aufgeben ...«

»Welche Hoffnung, Baba? Wir können auf nichts mehr

hoffen«, fiel Atal ihm ins Wort.

»Wir sitzen buchstäblich in unserem Grab. Aus diesem verdammten Loch gibt es keinen Fluchtweg, Baba!«, fügte er noch hinzu.

»Erinnerst du dich, als wir trostlos auf dem Hof, bei diesem Bay in Turkmenistan, festgesessen haben? Da gab es auch keinen Ausweg für uns. Heute sieht alles aussichtslos aus, morgen kann aber alles anders werden. Wenn Gott will, dass etwas Gutes geschieht, dann kann er auch das Unmögliche möglich machen«, versuchte er, Atal zu trösten.

Nach dem Gespräch mit seinem Vater fühlte sich Atal immerhin etwas besser. Auf ein Wunder hoffen! Auch für ihn war das die letzte und einzige Option, die ihm und seinem Vater in ihrer hoffnungslosen Situation noch blieb. Er erinnerte sich an Kamal und dessen Traum: Der König wacht eines Morgens auf und begnadigt alle. Atal erwischte auch sich manchmal beim Gedanken, dass vielleicht eines Tages die Wärter ihre Zellentür öffnen und plötzlich verkünden würden: Ihr seid frei, Leute!

Mit der Zeit sprach Atal immer öfter mit seinem Vater, er bat ihn, von seiner Kindheit und von den Märchen und Geschichten zu erzählen, die er von seinen Großeltern gehört hatte. Emal erzählte ihm dann alles, was in seiner Erinnerung noch über schöne Feen und hässliche Dämonen, Prinzen und Prinzessinnen, Helden und Kriegern verblieben war.

Als Atal noch ein Kind war, hatte Emal nicht die Zeit oder Lust gehabt ihm Märchen zu erzählen. Immer wenn sein Sohn ihn darum gebeten hatte, hatte er ihn sofort zu seiner Mutter geschickt. Jetzt aber bedauerte er es sehr, dass er damals mit seinem Sohn so wenig gesprochen hatte. Leider war auch dieses väterliche Versäumnis nicht mehr wieder-gutzumachen, gab Emal sich selbst gegenüber zu.

Emal und Atal waren nicht nur von der Außenwelt völlig abgeschnitten, sondern auch von den anderen Häftlingen hier im Kerker. Sie wussten nicht, wer ihre Nachbarn waren. Wenn sie zum Klo gebracht wurden, lief ihnen außer den Wärtern niemand über den Weg. Sie konnten nur das Schreien oder Weinen ihrer Nachbarn hören. Manchmal geriet der eine oder andere Gefangene außer Kontrolle, kam zur Tür und schrie aus ganzer Kehle um Hilfe. Manchmal heulte jemand aus Verzweiflung stundenlang, verfluchte und beschimpfte Gott für seine Lage. Das machte die anderen Häftlinge oft wütend und sie fingen an, aus ihren Zellen zu schreien.

Die Wärter schenkten ihnen in der Regel keine Aufmerksamkeit, sie kamen selten nach unten und reagierten nicht auf ihre Schreie oder Beschimpfungen. Nur wenn das alles kein Ende fand, dann kamen sie nach unten und bestraften den Häftling meistens damit, dass sie seine Brotration kürzten oder ihn gar ohne Essen ließen. In den schlimmsten Fällen platzten sie in die Zelle des Durchgedrehten, verprügelten ihn und brachten ihn so zum Schweigen.

Eines Tages hörten Emal und Atal plötzlich einen schönen Gesang. Er kam aus ihrer Nachbarzelle. Jemand sang in einem so vertrauten südlichen Dialekt, als würde er genau aus ihrer Heimat stammen. Seine Stimme klang stark und herzzerreißend. Sie versetzte Emal und Atal sofort zurück in ihr Dorf und ihre Berge. Beide hörten ganz aufmerksam zu und waren enttäuscht, als er irgendwann aufhörte zu singen.

»Ich glaube, wir haben einen neuen Nachbar, Baba«, bemerkte Atal.

»Ja, es sieht so aus«, bestätigte Emal, nachdem er tief ausgeatmet hatte.

»Seine Lieder sind denen aus unseren Tälern und Bergen verdammt ähnlich«, fügte er hinzu.

»Was, wenn er sogar aus unserem Distrikt stammt?«

»Ich weiß nicht, ob man sich darüber freuen oder traurig sein sollte. An einem anderen Ort hätte man so einen Nachbar willkommen geheißen und ihm am ersten Tag seines Einzuges Essen nach Hause geschickt. Hier klingt aber so etwas lachhaft.«

Der Neuling sang so gut, dass niemand ihn schreiend beschimpfte oder ihn aufforderte, den Mund zu halten. Auch die Wärter schlossen die Augen, wenn sie, während er sang, vor den Zellen unterwegs waren. Wenn der Neuling zu singen begann, dann wurde sogar derjenige still, der vorher laut geschrien hatte.

Emal und Atal warteten jeden Tag auf den Moment, in dem die herzbewegende Stimme des Unbekannten im Tunnel erklang. Emal setzte sich sogar vor die Tür, um ihn besser hören zu können.

Einmal als der Unbekannte gerade ein Lied zu Ende gesungen hatte, schrie Emal durch die Gitterlücke laut:

»Woher stammst du, Bruder? Deine Lieder ergreifen unsere Herzen, sie erinnern uns an unsere Berge und Täler.«

»Hast du von dem Tal Serkoh gehört? Von da komme ich her«, antwortete der Unbekannte.

»Hey! Das heißt, du bist auch aus den Bergen des Westens. Jetzt weiß ich, warum dein Dialekt und deine Lieder uns so vertraut erscheinen.«

»Wer bist du? Und warum sprichst du in der Mehrzahl? Seid ihr zu zweit in der Zelle?«, fragte seinerseits der unbekannte Sänger.

»Ich heiße Emal, ich bin mit meinem Sohn Atal hier. Wir sind aus der Provinz Farah.«

»Oh, dann haben wir aus demselben Fluss Wasser getrunken, das freut mich. Grüße deinen Sohn von mir. Wie lange seid ihr in dieser Hölle?«

»Zwei Jahre oder vielleicht auch mehr, lieber Landsmann!«

»Zwei Jahre? Ich persönlich hatte noch nirgendwo so einen langen Aufenthalt. Aber mal sehen! Vielleicht bleibe ich hier neben meinen Landsleuten für etwas länger«, sagte er laut lachend.

Der Unbekannte wagte es, so leicht über die Dinge zu sprechen, die in Deh-Masang als Tabu galten. Wären sie allein, dann hätte Emal ihn gewarnt, er solle mit solchen Andeutungen vorsichtiger sein.

»Wie soll ich dich nennen, lieber Nachbar? Ich kenne deinen Namen immer noch nicht«, fragte Emal, statt das Thema weiter zu vertiefen.

»Keine Berühmtheit! Luqman heiße ich. Ein ganz bescheidener Name, nicht wahr?«

»Aber du singst großartig, Luqman! Gott hat dich mit einer goldenen Stimme gesegnet. Dich sollte jeder Stein in den Bergen kennen«, bemerkte Emal.

»Dem ist aber nicht so! Ich bin kein Sänger gewesen. Ich habe gesungen, wenn ich am Ufer unseres Bergflusses gesessen habe und das auch nur, nachdem ich nach rechts und links geschaut und mich vergewissert habe, dass niemand in der Nähe war. Das Leben hat mich dazu gebracht zu singen, lieber Landsmann. Irgendwann werde ich vielleicht Lust haben, dir etwas von meinem Leben zu erzählen, jetzt aber Schluss! Ich muss mich hinlegen.«

Emal verstand nicht, warum Luqman sich auf einmal zurückziehen musste, fragte aber nicht weiter und kehrte zurück zu Atal.

Nach diesem Tag wechselten Luqman und Emal öfter ein paar Worte miteinander. Jeden Tag wartete Emal darauf, dass Luqman Lust bekam, zu singen. Meistens war das die Zeit, nachdem die Wärter die Brot- und Wasserrationen verteilt hatten.

»Hey, Landsmann! Lebst du noch?«, schrie Luqman jedes Mal.

»Solange du singst, kann ich nicht sterben«, antwortete Emal.

»Das ist für dich und deinen Sohn«, verkündete er noch manchmal und fing an, zu singen. Er sang manchmal lange, manchmal aber hörte er nach ein paar Liedern auf und sagte, er müsse sich hinlegen. Langsam verhärtete sich bei Emal der Verdacht, dass er unter irgendwelchen Schmerzen leiden musste. Er wollte ihn danach fragen, verschob aber seine Frage immer wieder auf das nächste Mal, in der Hoffnung, dass Luqman dann vielleicht nicht mehr sagt, er müsse sich hinlegen.

Eines Tages verkündete Luqman überraschend, er werde heute nicht die alten Volkslieder singen, sondern habe vor, zum ersten Mal sein eigenes Lied zu präsentieren.

Es war ein trauriges Lied. Darin erzählte Luqman von einem jungen Adler, der glücklich in einem himmlischen Tal lebte und aus der Höhe des Himmels die schneebedeckten Gipfel, wirbelndes Schneewasser, bunte Blumen und schwarzäugige Gazellen erblickte. Und so wäre es bis zum Tag des jüngsten Gerichts geblieben, wenn nicht eines Tages eine schöne, weiße Taube mit schreckerfüllten Augen vor seiner Haustür erschienen wäre und den Adler um Schutz gebeten hätte. Die Ehre verlangte vom Adler, ihr Schutz zu gewähren, und so tat er es auch. Aber ein hochmütiger Adler aus der Nachbarschaft, der sie verfolgt hatte, forderte ihre Rückgabe. Im Kampf zwischen den beiden wurde der Verfolger getötet. Dafür landete der junge Adler im Gefängnis des Tales. Er hielt es aber in der Gefangenschaft nicht lange aus, floh und kehrte zu seinem Haus zurück. Bald wurde er aber geschnappt, ins Gefängnis zurückgebracht und seine Flügel wurden gekürzt. Ihm gelang es aber trotzdem wieder fliehen, und so geschah es jedes Mal. Seine Strafe wuchs und wuchs bis seine Flügel endgültig abgeschnitten wurden und er in einem Kerker unter der Erde landete. Ob der Kerker zu seinem Grab würde oder ob er wieder den Weg zu seinen Gipfeln finden würde, das wusste Luqman nicht, das weiß nur der Allmächtige.

Luqmans Lied berührte Emal sehr. Er saß lange vor der Zellentür und schwieg nachdenklich. Auch Atal war von diesem Lied tief beeindruckt. Er schaute zu seinem Vater und ahnte, was in seinem Herzen vor sich gehen musste.

Am Tag darauf, auch lange nachdem die Wärter die Brot- und Wasserrationen verteilt hatten, hörte Emal nichts von Luqman. Irgendwann als er schon aufhören wollte zu warten, erklang Luqmans Stimme im Tunnel: »Hey, lieber Landsmann! Hörst du mich?«, fragte er, seine Stimme klang etwas müde und leiser als gewöhnlich.

»Ja, ich warte schon lange auf dich. Ist bei dir alles in Ordnung?«

»Heute habe ich keine Lust zu singen. Hör zu, mein Freund! Ich habe lange auf eine Übergabe von einem Freund gewartet. Diese habe ich vor Kurzem bekommen, leider zu spät. Wahrscheinlich werde ich sie nicht mehr gebrauchen können, euch könnte sie aber behilflich sein. Ich werde versuchen sie euch zu überreichen.«

»Du hörst dich heute merkwürdig an, Luqman. Was ist los? Bist du krank?«

»Es ist nichts, lieber Landsmann! Grüß deinen Sohn von mir!«

Emal kam zu Atal rüber und setzte sich neben ihm.

»Was hat er mit der Übergabe gemeint? Hat er vor, zu sterben oder was?«, fragte Atal.

»Ich weiß es nicht, mein Sohn. Irgendwie habe ich auch ein schlechtes Gefühl. Es scheint so, als sei unser Landsmann tatsächlich nicht gesund«, antwortete Emal in besorgtem Ton.

»Ich hätte mich wenigstens für sein Angebot bedanken sollen«, fügte er noch bedauernd hinzu.

»Und wie will er uns etwas überreichen? Durch die Mauer oder unter dem Boden?«

»Schwer zu sagen. Vielleicht hat er sich schon etwas überlegt«, antwortete Emal.

Am nächsten Tag öffnete ein Wärter wie gewöhnlich den Schlitz in der Tür und übergab Emal wie an jedem Tag ihre Brot- und Wasserration. Dann aber überraschte er plötzlich Emal, indem er ihm noch ein Päckchen in die Hand drückte. Emals Mund blieb weit geöffnet, er wollte ihn danach fragen, aber der Wärter schloss wieder den Schlitz und ging fort.

Emal kehrte zurück zu Atal und gab ihm das Päckchen.

»Das ist bestimmt von Luqman, er hat den Wärter überredet. Anscheinend war dieser Wärter nett zu ihm. Vielleicht wegen seiner Stimme«, bemerkte Emal.

Atal öffnete schnell das Päckchen, ertastete die Sachen und erkannte darin zwei Hemden und zwei Hosen.

»Merkwürdig! Er hat uns seine Kleider geschickt, als hätte er gewusst, dass wir fast nichts am Leib haben«, bemerkte Emal.

»Da ist noch etwas drin«, rief Atal plötzlich, nachdem er überrascht einen harten Gegenstand in einem der Kleiderstücke entdeckt hatte. Er suchte schnell in der Tasche des Hemdes und holte ein kleines aber massives Messer hervor, das in ein Tuch gewickelt war.

»Oh Gott, wozu das denn?«, bemerkte Atal etwas leiser, als hätte die Gefahr bestanden, gehört zu werden. Emal nahm ihm das Messer aus der Hand und untersuchte es genau.

»Das ist eine Kombination aus Jagdmesser und Feile«, schlussfolgerte Emal.

»Woher hat er es und warum übergibt er es uns?«, fragte Atal verwirrt.

»Warten wir ab, vielleicht wird er heute etwas andeuten«, antwortete Emal. Auch ihm schien alles irgendwie rätselhaft zu sein.

An diesem Tag aber gab Luqman kein Zeichen von sich. Er sang nicht und er rief auch nicht: Hey, Landsmann, lebst du noch?

»Irgendwie sagt mir mein Herz, dass hier etwas nicht stimmt«, sagte Emal.

»Dieses Gefühl habe ich auch, Baba! Vielleicht ist er nicht mehr in der Lage zu sprechen«, äußerte auch Atal seine Besorgnis.

Beim nächsten Mal, als die Wärter Wasser und Brot verteilten, hörten Emal und Atal, wie ein Wächter laut schrie: »Hey, Nachtigall! Was ist mit dir los? Steh auf und nimm dein Brot und Wasser!«

Emal und Atal wussten sofort, dass der Wärter mit Nachtigall Luqman meinte und dass er gerade vor dessen Zellentür stand. Emal ahnte schon, dass mit Luqman etwas Schreckliches passiert sein musste. Er ging zur Tür und wartete darauf, dass der Wärter zu ihrer Zelle rüber kam. Er wollte von ihm etwas über Luqman erfahren. Der Wärter kam aber nicht. Erst nach einer Ewigkeit hörten Emal und Atal jemanden im Tunnel rufen: »Hey! Weißt du? Der Nachtigall wurde tot aufgefunden.«

Später wurden Brot und Wasser weiter verteilt. Emal aber rührte sein Brot an diesem Tag nicht an. Er war zutiefst betroffen.

Für Atal hatte sein Vater immer den Gipfel eines Berges dargestellt, der unbeeindruckt von der Last des Schnees und der Kraft der Windstürme immer zum Himmel emporragte, sodass keine Umstände des Lebens seinen stolzen Kopf hätten niederbeugen können. Heute war aber plötzlich alles anders. Er sah seinen Vater zum ersten Mal im Leben so hoffnungslos und erledigt.

Seitdem der Sänger Luqman gestorben war, fand Emal sich immer wieder bei dem Gedanken, dass auch er eines Tages in diesem Loch sterben würde. Er stellte sich vor, wie die Wärter seine Leiche in einen Sack steckten und nach draußen trugen. Bei solchen Vorstellungen lief ihm ein Schauer über den Rücken und er bekam nicht genug Luft zum Atmen. Der Gedanke, dass Atal in diesem Loch allein bleiben und bald den Verstand verlieren würde, trieb ihn in den Wahnsinn. Emal wollte auf keinen Fall Luqmans Schicksal erleiden und Atal hier allein der Qual des Kerkers überlassen, er wünschte sich nur eins, in der Freiheit, in den Armen seines Sohnes zu sterben.

Irgendwann wurde die ständige Angst Emal zu viel und er brach plötzlich in Panik aus.

»Ich will nicht wie Luqman in diesem Loch sterben. Ich will raus. Ich will hoch in den Bergen meinen letzten Atemzug machen. Ich will zum Himmel hinaufschauen und sterben«, schrie er fast.

Atals Herz sprang vor Schrecken bis zum Hals. So ein offener Ausbruch von Emotionen war gar nicht typisch für seinen Vater. Er griff nach dessen Hand und sagte:

»Beruhige dich, Baba! Du wirst hier nicht sterben. Wir finden einen Weg in die Freiheit, glaub mir!«

Emal schwieg und versank wieder in seine Gedanken. Atal saß ratlos neben ihm und wusste nicht, was zu tun war. Nach einer langen Weile Nachdenkens schoss Atal plötzlich eine Idee durch den Kopf. Er nahm das Messer in die Hand und sprach seinen Vater leise an: »Ich weiß, Baba, warum dein Freund dieses Ding für uns in den Kleidern hinterlegt hat. Erinnerst du dich? Er hat das letzte Mal sein eigenes Lied gesungen. Der Adler floh jedes Mal aus dem Gefängnis und kehrte zu seinem Tal zurück. Luqman hatte einen Plan, er wollte fliehen, aber er war schwer krank und wusste, dass er nicht mehr in der Lage war, zu handeln. Deswegen hat er es uns zukommen lassen.«

»Noch keinem ist es je gelungen, aus Deh-Masang zu fliehen, das wissen wir doch beide, mein Sohn«, erwiderte Emal niedergeschlagen.

»Ich bringe dich zu deinen Bergen, Baba! Lass uns nur ein bisschen Zeit, wir müssen uns alles gut überlegen«, legte Atal ihm die Hand sanft auf die Schulter.

Es dauerte nicht lange, bis Atal mit seiner ersten Überlegung fertig war. Er hatte bereits die Umrisse seines Planes und wollte sie mit seinem Vater besprechen.

»Baba! Aus welcher Richtung geht die Sonne auf?«, fragte er plötzlich. Emal zeigte auf die Wand hinter sich.

»Also rechts ist der Berg und links unten ist die Stadt, stimmt's?«, fragte Atal weiter mit Bedacht.

»Ja!«, antwortete Emal kurz angebunden. Er wusste nicht, worauf Atal hinaus wollte.

»Uns bleibt zum Glück diese Seite. Wenn wir von hier direkt einen geraden Tunnel nach Nord durchgraben würden, dann könnten wir irgendwo auf der anderen Seite der Gefängnismauer die Erdoberfläche erreichen«, zeigte er auf die Wand vor sich.

Emal dachte einen Moment nach und antwortete dann:

»Vielleicht hast du recht. Die Frage ist aber, ob unser Leben dafür reichen wird.«

»Zu unserem Glück sind wir nicht weit von der äußeren Mauer des Gefängnisses entfernt. Das haben wir doch gemerkt, damals, als die Wärter uns hierher gebracht haben. Außerdem, was haben wir noch zu verlieren, Baba?«

»Gib mir ein bisschen Zeit nachzudenken, mein Sohn!«, bat Emal. Beide schwiegen eine Weile.

»Okay! Angenommen wir graben und graben, aber was machen wir mit der Erde? Die muss doch abgeführt werden«, sagte Emal nach einem Moment der Überlegung.

»Wir könnten große Taschen aus einem Pattu zusammennähen und sie schlau unter unsere Hemden platzieren. Dann könnten wir die Taschen zwei Mal am Tag mit der ausgegrabenen Erde füllen, sie zum Klo mitschleppen und in das Loch ausschütteln«, meinte Atal.

Emal begann sofort mit der Taschenanfertigung, dies stellte für ihn kein großes Problem dar. Er nahm seinen Pattu, zerriss ihn in mehrere Stücke und begann sie zusammenzunähen. Patangs Nadel und Faden hatte er noch immer bei sich.

Als alles schon fertig war, suchten Emal und Atal eine Stelle vor der Wand zum Ausgraben. Vor dem Anfang beteten beide noch zusammen, dann nahm Emal als erster das Messer in die Hand und stach es leicht in den Boden.

Die Erde war weich. Er grub ein, zwei Minuten, dann gab er Atal die Zeit die Erde in seine Taschen zu stecken. Emal hätte den Boden stundenlang graben können, ohne davon müde zu werden, aber er hörte auf, als Atals Taschen voll waren. Danach gab er das Messer Atal und füllte seine eigenen Taschen mit Erde. Am Ende breitete er Atals Pattu über das entstandene kleine Loch aus, um es zu bedecken. Die Gefahr, dass ein Wärter hereinkam, die Zelle durchsuchte und das Loch entdeckte, war sehr gering. Die Wärter betraten nur dann die Zelle, wenn jemand starb und die Leiche weggetragen werden musste oder wenn jemand den Verstand verlor, stundenlang schrie und die Wärter ihn verprügelten und auf diese Weise ruhig stellten. Trotzdem war Vorsicht geboten.

Emal und Atal saßen nun mit gemischten Gefühlen da und warteten auf ihren ersten Versuch, die Erde unbemerkt zum Klo zu tragen. Jeder wusste, worüber der andere nach-dachte. Keiner war sich sicher, dass sie bei solchen kleinen Mengen Erde einen Tunnel graben konnten, dennoch war das ihre letzte und einzige Chance, in die Freiheit zu gelangen. Jetzt, wo der erste Schritt getan und schon eine kleine Vertiefung im Boden entstanden war, gab es kein Zurück mehr.

Das Klo in Deh-Masang bestand aus einem kleinen Raum, in dessen Boden es ein einfaches Loch gab. Man saß auf der Öffnung und verrichtete seine Notdurft und als Klopapier benutzte man ein paar Klumpen Lehm oder Brocken einer Wand oder zerkleinerte Stücke eines Ziegels, die zu diesem Zweck in der Nähe der Öffnung gelagert waren. Unter dem Loch befand sich nichts anders als ein großes Sammelbecken. Ein paar Mal im Jahr kamen einige Bauer und leerten dieses Becken durch eine andere Öffnung auf der hinteren Seite. Den Inhalt benutzten sie dann als Dünger für ihre Gemüsefelder rings um die Stadt.

Zu solch einem Klo schleppten Emal und Atal Tag für Tag und Monat für Monat eine kleine Menge Erde, die sie in ihrer Zelle ausgruben. Anfangs traten sie den Weg zum Klo mit rasendem Herzen aus Angst entdeckt zu werden, später wurde aber alles zu einer Routine.

Sie vertieften zunächst die Grube in ihrer Zelle senkrecht und als sie die Tiefe von etwa einem Meter erreichten, fingen sie an vorwärts Richtung Norden zu graben.

In den ersten Tagen und Wochen waren sie noch voller Hoffnung, dass sie mit der Arbeit in ein, höchstens zwei Jahren fertig werden. Aber mit der Zeit mussten sie sich der bitteren Realität beugen. Ihre Rechnung ging nicht auf.

Nicht weil sie langsam waren, sie hätten diesen verdammten Tunnel bis zur völligen Erschöpfung gegraben. Das konnten sie sich aber nicht erlauben, denn sie mussten von einer Klozeit bis zur nächsten warten und nur so viel Erde mitschleppen, wie es in ihre Taschen passte.

Dieser Alltag, die ganze Zeit zu warten und nichts tun zu dürfen, machte vor allem Atal zu schaffen. Anfangs zeigte er noch Geduld, noch rechnete er aus, wie viele Male sein Vater und er zum Klo mussten, damit sie den Tunnel um die Länge ihres Messers erweitern konnten, aber das Schneckentempo machte ihn nach und nach nervös, bis er irgendwann aufhörte zu zählen und einzuschätzen. Es half nichts.

Eines Tages, nachdem Atal seine Portion Erde vorbereitet hatte, warf er das Messer zur Seite und sagte: »So täuschen wir uns nur selbst. Mit solchen Mengen werden wir nie das Licht im Tunnel erblicken. Wir sollten unsere Taschen vergrößern, sonst werden wir hier ewig kratzen müssen.«

»Größere Taschen machen uns sofort verdächtig, mein Sohn. Wir müssen Gott dankbar sein, dass die Wärter bis jetzt nichts bemerkt haben. Wir müssen weitermachen und hoffen. Eine andere Wahl haben wir nicht«, versuchte Emal, ihm Geduld beizubringen. Atal blieb nichts anders als schweigend weiter zu graben.

Fünf Jahre lang waren Emal und Atal wie Ameisen zwischen ihrer Zelle und dem Klo unterwegs und schleppten die Erde. Geduld und Hoffnung wechselten sich mehrfach mit Verbitterung und Enttäuschung ab und jedes Mal mussten sie ihre Ungeduld zügeln, ihren Ärger bezähmen und immer weiter machen.

Irgendwann, als sie bereits jedes Zeitgefühl verloren

hatten, als sie ihre Arbeit wie am Laufband erledigten und nicht mehr darüber dachten, wann und wo das Ende des Tunnels sein würde, als sie nicht mehr darauf hofften, noch in diesem Leben das Tageslicht zu erblicken, spürte Atal während des üblichen Kratzens, wie er seine Arbeit nannte, ein leichtes Erzittern der Erde und hörte ein gedämpftes Geräusch über sich. Schlagartig begann sein Herz wild in seiner Brust zu rasen. Er hörte sofort auf, zu graben, und hörte noch einmal genau hin.

Er wartete und wartete, es passierte aber nichts mehr, alles war totenstill. Zuerst dachte Atal, er hätte sich verhört, geirrt, es wäre nichts. Mit großer Enttäuschung setzte Atal das Messer wieder an die Decke um seine Arbeit fortzusetzen, aber bevor er weitermachen konnte, hörte er wieder dasselbe Zittern und Geräusche, dieses Mal noch deutlicher als zuvor. Jetzt war er sich sicher, dass er sich nichts eingebildet hatte und alles real gewesen war. Atal kroch mit aller Eile zurück zur Zelle. Atemlos und mit pochendem Herz zeigte er auf das Loch und sagte: »Da, Baba!«

Seine Erscheinung erschreckte Emal. Atal sah aus, als wäre er einem Geist begegnet.

»Ich habe etwas gehört, da zittert die Decke«, sprach Atal mit aufgeregter Stimme weiter.

Emal sprang sofort vom Platz, warf sich in den Tunnel und kroch zu dessen Ende. Er hielt den Kopf dicht unter die Decke und horchte, so wie er es in den Bergen und Tälern getan hatte, als er den Tieren auf dem Weg zur Wasserstelle im Hinterhalt aufgelauert hatte. Damals hatte er den Kopf seitlich auf den Boden gedrückt und genau zugehört. Selbst wenn die Tiere aus weiter Entfernung in seine Richtung unterwegs waren, hatte er sie unverkennbar hören können.

Auf diese Weise hatten auch die alten Krieger ihre Feinde in der Nacht entdeckt. Auch sie hatten den Kopf auf den Boden gedrückt und festgestellt, ob die Pferde des feindlichen Heeres auf dem Vormarsch waren.

Nach einer langen Weile gespannter Stille spürte und hörte auch Emal leichtes Beben und Geräusche.

»Über uns verläuft eine Straße. Ich bin sicher, das Beben kommt von da«, sagte Emal überzeugt, als er wieder aus dem Tunnel rauskam.

»Das bedeutet, wir sind außerhalb der Gefängnismauer, Baba! Oh Gott! Ich kann es einfach nicht glauben«, schrie Atal glücklich.

»Jetzt müssen wir nur noch nach oben graben«, sagte Emal fröhlich.

»Ja, Baba! Richtig graben und nicht kratzen! Jetzt muss alles schnell gehen, sonst wird das Schicksal uns wieder mit etwas Bösem überraschen«, bemerkte Atal.

»Du hast recht, mein Sohn! Wir brauchen nicht mehr die Erde nach draußen zu schleppen, wir werden sie im Tunnel verstreuen«, stimmte Emal ihm mit einem leichten Lächeln im Gesicht zu.

»Worauf warten wir dann noch?«, sagte Atal und sprang in den Tunnel hinein.

Atal schlug mit aller Kraft das Messer in die Decke und grub unaufhörlich weiter. Im Tunnel war es feucht und stickig, es gab kaum Luft zum Atmen und Schweiß rannte in Strömen über sein Gesicht. Ab und zu musste er ungewollt die Arbeit abbrechen, um die ausgegrabene Erde im Tunnel gleichmäßig zu verteilen. Atal arbeitete so lange, bis er irgendwann die Stimme seines Vaters hinter sich hörte, die ihn zu sich rief.

»Mach eine Pause, mein Sohn! So machst du dich kaputt«, sagte er.

»Wir müssen uns abwechseln, so geht die Arbeit gut voran und wir sparen Kräfte«, fuhr er weiter fort, als Atal bei ihm war.

Danach gingen Emal und Atal abwechselnd in den Tunnel und gruben so lange wie sie es unter Schweiß, Hitze und Luftmangel noch aushalten konnten. Je mehr sie nach oben gruben, desto härter wurde die Erde. Das verzögerte die Arbeit und forderte erheblich mehr Kraft. Das Gute dabei war aber, dass sie die Geräusche von oben immer deutlicher hörten und das gab ihnen die Kraft und stärkte ihre Hoffnung.

Irgendwann kam Emal, gleich nachdem er Atal abgelöst hatte, wieder heraus und überraschte ihn. Er dachte, sein Vater würde sich wahrscheinlich schlecht fühlen und daher so schnell wieder zurückkehren.

»Ich glaube, wir sind schon ganz nah an der Oberfläche. Jetzt müssen wir eine Pause einlegen und uns alles gut überlegen«, verkündete er.

»Pause? Warum Pause?«, fragte Atal verwirrt.

»Wir müssen versuchen alles so zu planen, dass wir in der Dunkelheit nach draußen ausbrechen. Wir wollen doch nicht plötzlich am helllichten Tag auf einer Straße inmitten der Leute aus der Erde hervorbrechen.«

»Aber wir wissen doch gar nicht, wie weit es noch bis zur Oberfläche ist!«

»Hoffentlich nicht weit.«

Emal dachte einen Moment nach und sagte dann: »Okay, wir machen es folgendermaßen. Jetzt muss es doch etwa drei Uhr nachmittags sein, oder?«

»Ich weiß nicht, Baba! Woher soll man hier die Zeit so genau feststellen?«, erwiderte Atal.

»Das ist nicht schwer zu erahnen, mein Sohn. Das Zittern und die Geräusche, die wir im Tunnel hören, kommen von den Leuten und Fahrzeugen, die da draußen unterwegs sind. Das verrät uns eindeutig, dass dort Tag ist, stimmt's?«

»Ja, aber wie kann man wissen, wie spät es jetzt ist?«

»Wir haben unsere Brot- und Wasserration bekommen. Die Wärter verteilen sie nur einmal und immer mittags gegen zwölf Uhr. Das wissen wir von unseren Zeiten in der Gefängnisschmiede. Seit der Brotverteilung sind noch etwa drei Stunden vergangen, das weiß ich aus meiner Erfahrung als Jäger. Also müsste es gegen drei Uhr nachmittags sein.«

»Ja, wenn man es so zählt. Mir ist aber das Zeitgefühl völlig abhandengekommen, Baba«, sagte Atal seufzend.

»Das wird schon, mein Sohn. In unseren Bergen wird alles schnell wieder ins Lot kommen.«

»Entschuldigung, Baba! Ich habe dich abgelenkt, was wollten wir machen?«

»Also, wir warten heute bis die Wärter uns zum Klo und wieder zur Zelle begleitet haben. Danach werden sie erst am nächsten Morgen nach uns schauen und entdecken, dass die Zelle leer ist. Das gibt uns etwa zehn bis zwölf Stunden Zeit. Das ist die Zeit, in der wir schnell den Durchbruch schaffen und uns aus dem Staub machen«, schilderte er.

»Dann müssen wir schon vor dem Ausbruch diese verdammten Fußfesseln loswerden. Mit ihnen können wir nicht fliehen.«

»Das müssen wir auch in dieser Zeit schaffen, also bleibt uns leider nicht viel Zeit zur Verfügung.«

»Ich werde die Tunneldecke nicht nur mit dem Messer,

sondern auch mit meinen Zähnen und Nägeln durchlöchern, lass nur den Moment dafür schnell kommen, Baba!«

»Wir haben eine Ewigkeit auf diesen Moment gewartet, mein Sohn! Warten wir auch noch ein paar Stunden.«

»Warum versuchen wir nicht gleich ein bisschen an den Fußfesseln zu feilen? Das wird uns doch viel Zeit ersparen«, wollte Atal ungeduldig wissen.

»Ich will kein Risiko eingehen, mein Sohn. Wenn der Wärter etwas hört oder bemerkt, dass an den Ketten gearbeitet wurde, dann sind wir erledigt. Außerdem wissen wir noch gar nicht, ob wir heute die Decke durchbrechen können. Stell dir vor, wir schaffen es heute nicht und alles bleibt für das nächste Mal. Wir werden nur dann mit dem Feilen beginnen, wenn wir ein kleines Loch durch die Decke bekommen haben.«

Atal seufzte und schwieg, er wusste, dass sein Vater recht hatte.

Die Zeit verging sehr langsam. Emal und Atal saßen aufgeregt da und warteten. Nach einer Ewigkeit des Wartens öffnete endlich ein Wächter die Lücke und rief: »Emal auf die Toilette!«

Nachdem der Wärter auch Atal zur Toilette geführt und wieder zu ihrer Zelle gebracht hatte, griff Atal sofort nach dem Messer, stürzte sich in den Tunnel und machte sich mit aller Entschlossenheit an die Arbeit. Er schlug mit dem Messer hastig auf die Decke ein. Sein Herz raste, seine innere Stimme wiederholte ständig: »Schneller, Atal, schneller!«

Atal setzte all seine Kraft ein, um den Durchbruch zu beschleunigen, aber die Decke gab nicht so leicht nach. Sie wurde immer härter und härter und das machte Atal mehr und mehr nervös.

Als sein Vater ihn irgendwann zum Wechsel rief, hatte Atal keine Kraft mehr in den Muskeln. Er kroch schweißgebadet zurück.

»Ich glaube nicht, dass wir es bald hinkriegen können. Die Erde ist zu hart«, sagte Atal enttäuscht, während er das Messer seinem Vater übergab.

Emal und Atal wechselten sich mehrere Male ab, sie schufteten in aller Eile, mit aller Macht und hörten erst dann auf, wenn sie völlig erschöpft waren. Trotzdem war von einem Durchbruch noch keine Spur zu sehen.

Nun bekam auch Emal ernsthafte Angst. Sie mussten nicht nur schnell von hier verschwinden, sondern auch genug Zeit haben, um sich vom Gefängnis zu entfernen und bis Tagesanbruch die Stadt zu verlassen.

Wie die Umgebung des Gefängnisses genau aussah, wie groß die Stadt war, davon hatten Emal und Atal keine Ahnung. Ins Gefängnis waren sie in einem geschlossenen Fahrzeug gebracht worden. Von der Stadt selbst hatten sie so gut wie nichts mitbekommen. Das einzige, was sie von dem Gelände des Gefängnisses aus gesehen hatten, war der Berg hinter der hohen Mauer.

Irgendwann kam dennoch der langersehnte Moment und Emals Messer brach endlich durch die Erdschicht nach draußen. Frische Luft strömte aus dem winzigen Loch auf Emals verstaubtes Gesicht. Ein unbeschreibliches Gefühl überkam ihn. Emal hörte auf, das Loch zu erweitern, und kroch in aller Eile zurück zur Zelle. Der Tunnel war schon durch die Erde, die er und Atal auf dessen Boden verteilt hatten, erheblich enger geworden und es war schwer, sich durch ihn zu bewegen.

Sobald er Atal mitgeteilt hatte, es sei alles so weit und sie müssten sich schnell aus den Fußschellen befreien, sprang dieser vor Freude fast in die Luft. Mit zitternden Händen fing Emal an, zunächst an Atals Fußschellen zu feilen. Ab und zu machte er Halt und hörte kurz zu. Er hatte Angst, dass ein Wächter draußen unterwegs sein und etwas von den Geräuschen in ihrer Zelle mitbekommen könnte.

Zu seiner Überraschung nahm die Befreiung von den Fußschellen nicht so viel Zeit in Anspruch, wie Emal es befürchtet hatte. Ohne allzu große Anstrengung schaffte er es, ein Ende der Kette an Atals Fuß zu schneiden. Dann griff er nach seiner Fußfessel und schnitt die Kette nach einiger Zeit.

Danach krochen Emal und Atal hintereinander schnell in den Tunnel. Emal fing an, mit aller Kraft das Loch zu erweitern. Atal blieb im Tunnel hinter ihm liegen. Die Öffnung wurde immer größer und größer und als sie ausreichte, um den Kopf durchzuschieben, versuchte Emal, einen ersten Blick nach draußen zu werfen. Er hob den Kopf und schaute sich vorsichtig um.

Es war dunkel. Aus der Ferne fielen ihm sofort mehrere Lichter ins Auge. Diese Lichter waren ihm vertraut. Sie gehörten zu den Häusern auf dem Berg. Er hatte sie vom Gelände des Gefängnisses gesehen, bevor er und Atal in den Kerker verlegt worden waren. Jeden Freitag, in den wärmeren Zeiten des Jahres, hatte er auf einem Steinblock im Hof gesessen und zum Berg hinaufgeschaut, der bis zu seiner Mitte mit kleinen, weißen Häusern besiedelt war. Vor dem Abend, als die Lichter der Häuser hier und da anzugehen begannen, hatte der Wächter das Ende der Wasch- und

Badezeit verkündet und die Häftlinge waren in ihre Zellen zurückgekehrt.

Emal wusste zwar nicht, wo genau er sich befand, dennoch war ihm eines klar, er war mit Sicherheit außerhalb des Gefängnisses aufgetaucht. Er musste mehrere Male blinzeln, bis seine Augen sich einigermaßen der Umgebung angepasst hatten. Nun bemerkte er, dass er sich direkt neben der Gefängnismauer befand. Hinter ihm in weniger als 100 Metern stand einer der Wachtürme. Dort oben leuchtete eine Lampe.

»Oh, Gott!«, war alles, was Emal leise von sich geben konnte. Der Gedanke, dass der Wächter da oben sie leicht entdecken konnte, beunruhigte ihn. Rasch fing er an, die Öffnung weiter zu vergrößern.

Atal, der im Tunnel lag und den Staub einatmen musste, konnte das Warten kaum noch ertragen. Für ihn dauerte jede Minute eine ganze Ewigkeit. Er bedauerte es sehr, dass er selbst nicht nach vorne getreten war und sich an die Arbeit gemacht hatte. Sein Vater war wahrscheinlich am Ende seiner Kräfte. Er hätte ihn gern abgelöst, aber dafür war es schon zu spät.

Als Emal die Öffnung für breit genug befand, um den Körper durchzuzwängen, rief er Atal zu: »Na los, mein Sohn!«

Emal betete kurz für sich und kroch vorsichtig aus der Öffnung heraus.

»Leg dich flach auf den Boden!«, flüsterte er, nachdem Atals Kopf aus dem Loch erschienen war.

Atal schnappte hastig nach frischer Luft, sein Herz bebte vor Aufregung, er konnte fast nichts um sich erkennen.

»Was ist, Baba?«, wollte Atal wissen, nachdem er sich neben seinem Vater gelegt hatte.

»Wir sind ganz in der Nähe des Wachturms«, flüsterte Emal besorgt.

»Und was machen wir jetzt?«, fragte Atal ängstlich.

»Wir müssen schnell von hier wegkriechen und hoffen, dass der Wärter uns nicht entdeckt«, antwortete er.

Emal begann sofort zu kriechen und Atal folgte ihm. Sie überquerten die unbefestigte Straße, die entlang der Mauer lief und rutschten ihren Abhang herunter. Als sie sich aus der unmittelbaren Sicht des Wachturms entfernt hatten, machte Emal Halt, um zu entscheiden, in welche Richtung sie weiter fliehen mussten.

Viel Zeit hatten Atal und er nicht, sie mussten sich schnell orientieren. Auf ihrer rechten Seite ragte der Berg hoch, vorne und links von ihnen lag weit und breit eine unheimlich große Stadt mit ihren unzähligen Lichtern.

»Durch die Stadt können wir uns nicht bewegen, wir sind Fremde, wir kennen uns nicht aus. Außerdem können Patrouillen unterwegs sein und mit unserem Aussehen würden sie uns sofort erkennen. Uns bleibt nur ein Weg, der Berg!«, deutete Emal auf seine rechte Seite.

»Von da oben können wir uns dann besser orientieren. Vielleicht gibt es auf der anderen Seite des Berges einen kürzeren Weg aus der Stadt«, fügte er hinzu.

»Okay, Baba! Dann müssen wir uns sofort aufmachen! Jedes Zögern kann uns sehr teuer zu stehen kommen«, mahnte Atal.

Emal und Atal wickelten den Rest der Kette um ihre Knöchel und zogen ihre Hosenbeine darüber. Danach gingen sie noch eine Weile hockend weiter bis sie eine schmale, steinige Straße erreichten, die nach oben führte. Sie war durch die Lampen der Häuser schwach beleuchtet und war zu dieser späten Stunde menschenleer. Emal und Atal gingen die Straße schnell hinauf. Es fühlte sich komisch und ungewöhnlich an, ohne Fußfesseln zu gehen. Atal erinnerte sich an Patang, der ihm einmal in der Schmiede gesagt hatte, an Fußfesseln gewöhne man sich und irgendwann könne man ohne sie nicht richtig gehen.

Bald bemerkten sie aber, dass nicht nur ihre freien Füße sich anders verhielten, sondern überhaupt das Gehen nach oben ihnen sehr schwerfiel. Das waren nicht mehr die Zeiten, als sie sich auf den Hängen und Gipfeln ihrer Berge leicht wie Steinböcke bewegten. Ihre Beine fühlten sich unerwartet schwer an und machten nicht mehr richtig mit und es dauerte nicht lange, bis Schweiß über ihre Gesichter zu laufen begann. Sie mussten ständig nach Luft schnappen.

Mit großer Mühe erreichten Emal und Atal das Ende der Bergstraße. Sie ließen das letzte Haus auf dem Hang hinter sich und mussten nun den Weg nach oben selbst schlagen. Die Felsen und Hänge, die eigentlich nicht besonders groß oder steil waren, bereiteten ihnen dennoch ordentliche Schwierigkeiten. Sie mussten an manchen Stellen zickzackförmig vorangehen und das kostete Zeit.

Als Emal und Atal endlich oben auf dem Berg waren, schauten sie sich um. Mit Staunen entdeckten sie, dass auch auf der anderen Seite des Berges kein Ende der Stadt zu sehen war, tausende Lichter blendeten ihre Augen und zwangen sie den Blick abzuwenden.

Der Berg, auf dem sie standen, zog sich Richtung Nordwesten, dabei verlor er kontinuierlich an Höhe. Ein Pass verband ihn weiter mit einem anderen Berg, der ebenfalls nach Nordwesten verlief.

»Da! Wir müssen dorthin«, zeigte Emal auf den zweiten Berg.

»Die Stadt endet dort. Wir steigen am Ende des Berges nach unten und machen uns weiter auf dem Weg nach Westen. Dort sind wir in Sicherheit«, fügte er hinzu.

»Ja! Es scheint so, als wäre dort tatsächlich die Stadtgrenze. Aber wir können es nicht schaffen, Baba! Siehst du? Der Himmel da beginnt schon jetzt hell, zu werden«, zeigte Atal auf den Osten, während die beiden anfingen, sich bergab Richtung des Passes zu bewegen.

»Wir haben noch Zeit. Hauptsache, wir passieren vor Tagesanbruch den Pass und klettern auf den nächsten Berg. Dort entscheiden wir, ob wir uns bis zur Dunkelheit irgendwo verstecken oder ob wir unseren Weg weiter fortsetzen«, erklärte Emal.

Der Weg zum Pass fiel ihnen bergab zwar viel leichter, dafür stellte er sich aber viel länger heraus, als er schien. Als sie den Pass hinter sich hatten und den zweiten Berg zu besteigen begannen, erschienen im Osten bereits die ersten Sonnenstrahlen.

Die Luft war frisch in diesen Morgenstunden. Der Berghang war mit Gras und wilden Blumen bedeckt. Es fühlte sich an wie das Ende des Frühlings in ihren Heimatbergen. Emal und Atal rochen wieder den nostalgischen Duft ihrer Täler, nach dem sie sich so lange gesehnt hatten.

Der Berg nahm hier immer weiter an Höhe zu und das verlangsamte Emal und Atal, die ohnehin schon erschöpft waren. Überdies hatten sie beide genug Probleme mit dem Tageslicht, obwohl sie mit dem Rücken zur Sonne unterwegs waren.

Emal fühlte sich besonders elend. Er war verärgert über

sich selbst, wollte nicht glauben, dass sein Alter sich so stark bemerkbar machte.

Irgendwann, als sie nahe der höchsten Stelle des Berges waren und hofften, dass hinterher alles leichter wird, rief Atal mit schreckerfüllter Stimme: »Sie sind uns auf den Fersen, Baba! Sie haben uns entdeckt!«

Emal drehte sich sofort um. Die Sonne stand jetzt höher, fiel aber trotzdem störend in die Augen. Emal schirmte seine Augen mit der Hand ab und schaute zum Pass herunter. Eine Schar von grüngrauen Gestalten bewegte sich auf dem Pass bergauf.

»Verdammt! Wir müssen schneller weg! Vielleicht schaffen wir es noch«, schrie Emal und versuchte mit aller Kraft nach oben zu klettern.

Atal beeilte sich ebenfalls. Er konnte sich natürlich noch mehr anstrengen und schneller klettern, aber er wollte mit seinem Vater Schritt halten. Emal fiel es sehr schwer, zu gehen. Das war Atal schon vorher aufgefallen. Die alten Zeiten, als er mit seinem Vater beim längeren Wandern oder Klettern in den Bergen gar nicht mithalten konnte, als er ihn beneidet und bewundert hatte, waren endgültig vorbei.

Emal und Atal kletterten nach oben so schnell wie möglich. Gleichzeitig blickten beide ab und zu zurück zu ihren Verfolgern. Die uniformierten Gestalten kamen unaufhaltsam näher. Emal konnte sich aber nicht schneller fortbewegen. Ihm ging es bereits sehr schlecht. Er fühlte sich am Ende seiner Kräfte und gab langsam die Hoffnung auf, ihren Verfolgern entkommen zu können.

»Lass mich zurück, mein Sohn, und lauf weiter! Sonst geraten wir beide in ihre Hände«, rief Emal endlich, während ihm der Atem stockte.

»Du kennst deinen Sohn nicht, Baba! Ich würde dich nie zurücklassen, entweder beide oder keiner«, erwiderte Atal ebenfalls schwer atmend.

In diesem Moment hörten sie plötzlich eine laute Stimme hinter sich: »Hey, ihr beide! Halt! Sonst schießen wir!«, forderte jemand bedrohlich aus einem Lautsprecher.

»Ich schaffe es sowieso nicht, mein Sohn! Lauf und rette dich«, bat wieder Emal.

»Niemals, Baba!«, gab Atal entschieden zurück.

Emal versuchte mit letzter Kraft sich schneller zu bewegen, Atal sah zu ihren Verfolgern, sie blieben ihnen zwar dicht auf den Fersen, aber noch weit genug entfernt. Er sah zum Gipfel hinauf, der ihm nur einen Katzensprung entfernt zu sein schien.

»Noch ein bisschen, Baba! Wir sind am Ziel. Bergab werden wir ihnen schneller entkommen«, schrie Atal. Gerade hatte er den Satz zu Ende gebracht, als mehrere Schüsse hintereinander fielen. Eine der Kugeln flog direkt über ihre Köpfe und traf einen Felsblock vor ihnen. Emal und Atal zeigten sich aber unbeeindruckt. Sie versuchten weiter zu entkommen. Ein paar Schritte weiter fielen erneut Schüsse und einer erwischte Emal am Rücken. Atal bemerkte, wie sein Vater zu Boden sank. Er lief zu ihm, griff nach seiner Schulter und versuchte ihn hochzuziehen. Das Blut strömte über Emals Rücken.

»Lauf! Rette dich!«, brachte Emal noch mit großer Mühe hervor.

»Nein!«, schrie Atal. Er griff seinem Vater unter die Arme, hob ihn hoch, legte ihn über seine Schulter und richtete sich auf. Jetzt spürte Atal, dass sein mächtiger Vater nicht so schwer war, wie er immer gedacht hatte. So wie sein Vater jetzt auf seiner Schulter lag, hatte er einst als Kind auf der Schulter seines Vaters geschlafen.

Die Schüsse fielen weiterhin, Atal aber bewegte sich unaufhaltsam voran. Als er hinter einem Felsen trat, hörte er die schwache Stimme seines Vaters.

»Leg mich auf den Boden, mein Sohn, ich bitte dich!«, sagte er flehend.

Atal ging in die Knie und legte seinen Vater vorsichtig auf einer flachen Stelle auf den Boden.

»Richte mich auf, ich will nach unten sehen!«, fügte er mühsam hinzu.

Atal richtete ihn vorsichtig auf und lehnte seinen Oberkörper gegen den Felsen, der sie beide gleichzeitig vor Schüssen schützte.

»Warum haben sie dich erwischt und nicht mich? Warum?«, fragte Atal mit zitternder Stimme. Er konnte seine Tränen nicht mehr unterdrücken und musste laut heulen. Emal öffnete mit Mühe seine schmerzerfüllten Augen und sagte: »Ich wollte meinen Tod in den Bergen finden. Ich habe ihn gefunden. Du kannst ihnen aber noch entkommen, mein Sohn! Lass mich hier und lauf, bevor es zu spät ist!«

»Ich wurde von Gott verdammt, Baba! Ich bin verflucht. Ich habe doch gesagt, dass ich auch dich verlieren werde«, schrie Atal schluchzend.

»Gib nicht auf, mein Sohn! Du bist noch jung. Auch wenn das alles Schicksal ist, du kannst es trotzdem besiegen.«

»Ohne dich wird das Leben keinen Sinn mehr haben, Baba! Lass mich bitte nicht allein! Ich kann es nicht ertragen.«

»Ich werde immer bei dir sein, mein Sohn«, brachte Emal

noch mit schwacher Stimme und geschlossenen Augen hervor.

»Stirb nicht, Baba! Wir werden noch einmal fliehen, dieses Mal wird alles klappen«, lehnte Atal den Kopf auf seine
Brust und fing an, wie ein Kind zu weinen.

Kapitel 10

Atal bemerkte plötzlich ein helles Licht über sich. Mit zusammengekniffenen Augen sah er einige Gesichter, die sich über ihn gebeugt hatten und ihm etwas sagten. Ihre Stimmen kamen aber wie aus einem tiefen Brunnen. Er konnte sie nicht richtig verstehen.

Atal war sich nicht ganz sicher, ob die Gestalten über ihm wirklich da waren oder er sich das alles nur einbildete. In letzter Zeit täuschten ihn seine Sinne oft. Er konnte schlecht zwischen Bewusstsein und Traumzustand unterscheiden. Aber als die Leute um ihn herum nach seinen Beinen und Armen griffen, kam ihm der Gedanke, er sei gestorben und diese Menschen seien Wächter, die seine Leiche in einem Sack verstauen und nach draußen tragen wollten. So eine Szene hatte sich in seinen Gedanken während der letzten Tage oft abgespielt. Bevor aber Atals Gedanken sich klären konnten, versank er wieder in einen Trancezustand. Das quälende Licht über ihm verschwand plötzlich und alles um ihn wurde wieder dunkel.

Das nächste Mal wachte Atal in einem großen, hellen Raum auf. Er versuchte zu realisieren, wo er sich befand und was mit ihm geschehen war. Das Licht blendete ihn aber und hinderte ihn daran, seine Umgebung genau zu betrachten.

Er lag noch eine Weile mit geschlossenen Augen da, dann tastete er mit den Händen vorsichtig um sich. Er fühlte aber keinen festen Boden, seine Hände blieben in der Luft hängen. Mit Schrecken griff er nach den Kanten seiner Matratze und auf einmal begriff er, dass er auf einem Bett, hoch über dem Boden lag. Als er die Augen ganz kurz öffnete, entdeckte er erstaunt den Umriss einer Frau nicht weit von seinem Bett. Sie lächelte ihn fröhlich an, Atal musste aber die Augen wieder schließen. Sie kam näher und legte einen kalten Gegenstand auf seine Nase. Als Atal dieses Mal die Augen öffnete, fand er den ganzen Raum verdunkelt. Die Qual des Lichtes fühlte er nicht mehr.

»Du musst diese Brille einige Zeit lang tragen, bis deine Augen sich an das Licht gewöhnen«, sagte sie mit sanfter Stimme.

»Wo bin ich?«, fragte Atal verwirrt. Das Letzte, woran er sich erinnerte, war seine Zelle, wo er mit schweren Ketten am Hals und Bauch gefesselt lag. Dann waren plötzlich einige Gesichter über ihm erschienen, und als letztes, sie waren dabei ihn nach draußen zu tragen.

»Du bist im Krankenhaus«, antwortete die junge Frau. Sie hatte lange Haare und trug keine Kopfbedeckung. Ihre Augen strahlten Wärme und Herzlichkeit aus und über ihr hübsches Gesicht huschte ein nettes Lächeln. Sie sah genauso wie ein Engel aus dem Paradies, worüber ihr Mullah im Dorf einmal lange Ansprache gehalten hatte.

»Im Krankenhaus? Gibt es im Himmel noch Krankenhäuser?«, fragte er verwirrt.

»Erinnerst du dich denn gar nicht, was mit dir passiert

ist?«, fragte sie amüsiert.

»Da war eine Zelle, unter der Erde. Ich dachte, ich bin gestorben. Ich habe die Wächter gesehen. Sie wollten meinen Körper nach draußen fördern, glaube ich«, antwortete Atal etwas durcheinander.

»Und jetzt denkst du, du bist im Himmel?«, fragte sie immer noch fröhlich lächelnd.

»Und wer bin ich deiner Meinung nach?«, fragte sie weiter, bevor Atal den Mund öffnen und ihr eine Antwort geben konnte.

»Du scheinst mir ein Engel des Himmels zu sein«, gab Atal zurück, ohne nachzudenken. Die Antwort kam von selbst. Warum er sofort und so leicht seine Gedanken bloßgelegt hatte, verstand er selbst nicht.

Die junge Frau lachte von ganzem Herzen auf, nahm aber sofort die Hand vor dem Mund, als hätte ihr Lachen jemanden stören können.

»Leider muss ich dich enttäuschen. Wir sind immer noch auf der sündigen Erde«, sagte sie einen Moment später mit vergnügtem Lächeln.

In diesem Moment trat eine weitere Frau im weißen Kittel ins Zimmer herein.

»Sie ist aber wirklich dein rettender Engel«, zeigte die junge Frau auf die hereingekommene Person und ging ihr ein paar Schritte entgegen, um sie zu begrüßen. Dann traten sie zusammen zum Tisch in der Ecke und sprachen eine kurze Weile leise miteinander, sodass Atal von ihrem Gespräch nichts mitbekommen konnte. Danach verabschiedete sich die junge Frau von der anderen Frau im Weiß, winkte Atal freudestrahlend und verließ das Zimmer.

Die Frau im weißen Kittel kam zu Atals Bett und stellte

sich höflich vor: »Ich bin Doktor Suheila.« Dann nahm sie Atals Handgelenk und fragte: »Na! Wie geht es unserem Patienten?«

»Was ist mit mir passiert? Wie bin ich hier gelandet? Wer war diese Frau?«, wollte Atal auf einmal wissen.

»Keine Aufregung! Es ist alles in Ordnung. Hier sind alle deine Freunde. Du brauchst noch ein paar Tage, um dich zu erholen, dann wirst du über alles Bescheid wissen«, versuchte die Doktorin, ihn zu beruhigen. Danach untersuchte sie ihn kurz, überreichte ihm ein Medikament und verließ wieder das Zimmer.

Als Atal allein war, dachte er lange nach. Er war aber nicht in der Lage, die mysteriösen Umstände um ihn zu verstehen. Ihm fiel es schwer zu glauben, dass alles, was vor seinen Augen geschah, wirklich real war.

Nach und nach strengte er sich an und versuchte alles im Kopf in Ordnung zu bringen. Sein Gedächtnis gab ihm aber lediglich die Auskunft, dass er zuletzt in der Zelle gelegen hatte, sein Verstand trüb gewesen war und er oft in Gedanken in Wolken geschwebt hatte.

Seit sein Vater auf dem Berg gestorben war und die Polizei ihn wieder in eine Zelle gebracht und ihm zusätzlich zu Fußfesseln noch schwere Ketten am Hals und Oberkörper gehängt hatte, wünschte er sich nur eins, schneller zu sterben. Einmal in der Schmiede, als er sich über die Fußfesseln beschwert hatte, hatte Patang ihm zugeflüstert, hier gebe es auch Häftlinge, die schwere Ketten am ganzen Körper tragen. Atal hatte sich damals vor der Vorstellung die verdammten Ketten auch am Hals und Körper tragen zu müssen erschreckt. Nach der gescheiterten Flucht und Rückkehr in den Kerker bekam er selbst diese verhassten

Schmuckstücke, wie die Wächter sie spöttisch nannten. Der Richter hätte ihn gern für den Fluchtversuch noch härter bestraft. »Leider gibt es eine solche Strafe im Gesetzbuch nicht«, äußerte der Richter sein Bedauern am Tag der Urteilsverkündung.

Jetzt aber lag Atal erstaunt in einem weichen, weißen Bett. Eine hübsche Unbekannte schmunzelte ihn fröhlich an und eine Ärztin kümmerte sich um ihn fürsorglich. Seit wie vielen Jahren hatte er keine Frau mehr gesehen? Seine Welt hatte seit einer Ewigkeit nur noch aus Männern bestanden, die entweder seine Peiniger waren oder Leidtragende, wie er selbst. Was war passiert? Warum zeigte die Welt ihm auf einmal ihr nettes Gesicht? Warum gingen diese Leute mit ihm so rücksichtsvoll um? Warum verhielten sie sich so rätselhaft? Warum erklärte ihm keiner, was hier vor sich ging? Diese und andere Fragen wirbelten in seinem Kopf noch eine Weile umher, bis er langsam in einen tiefen Schlaf versank.

Später wurde Atal von einem starken, längst vergessenen, appetitlichen Geruch geweckt. Schorwa, die Fleischsuppe! Ihr Duft war einfach unverkennbar! Wann hat er sie das letzte Mal gekostet? Atal öffnete die Augen. Dieses Mal sah er einen Mann in Weiß vor sich. Er begrüßte Atal freundlich und stellte ein Tablett mit einer Schüssel auf den kleinen Tisch neben seinem Bett. Atal bekam auf einmal ein heftiges Hungergefühl. Der Mann half ihm sich halbwegs aufzurichten, rückte das Kissen hinter seinem Kopf zurecht und überreichte ihm das Tablett. Dann wünschte er ihm guten Appetit, machte ihn noch auf einen Knopf über dem Tisch aufmerksam und sagte: »Wenn Sie noch etwas brauchen, dann drücken Sie bitte diesen Knopf und ich bin sofort da.«

Atal konnte seinen Augen und Ohren nicht trauen. So eine Gefälligkeit! So ein delikater Umgang mit ihm! Mehr wäre sogar in einem schönen Traum kaum möglich. Vielleicht war vor Kurzem wirklich der König, wie Kamal es einmal gewünscht hatte, aufgestanden und hatte den Befehl erteilt, von nun an all seine Häftlinge wie Könige zu behandeln. Eine andere Erklärung für das, was geschah, konnte Atal nicht finden.

Behutsam nahm er den Löffel in die Hand und fing an, zu essen. Die Suppe war unheimlich lecker. Atal leerte die kleine Schüssel mit Genuss. Er hätte gern noch mehr davon gehabt, er sah sogar zu dem Knopf hinüber, hielt sich aber zurück. Er schämte sich nach einer weiteren Portion zu fragen.

Ein paar Stunden später musste Atal dennoch unsicher den Knopf drücken, nicht aber um nach Essen zu bitten, sondern um zur Toilette zu gehen. Als kurz danach der Mann in Weiß eintrat und Atal fragend anschaute, wusste er nicht, wie er es ihm erklären sollte. Verlegen fragte er, ob es in der Nähe eine Toilette gab.

»Ja, natürlich! Hier bei Ihnen im Zimmer! Kommen Sie! Ich zeige es Ihnen«, sagte der Mann ganz ruhig und kam auf ihn zu. Atal brauchte nicht viel Hilfe, um sich aufzurichten, aber nach den ersten ein, zwei Schritten musste er sich dennoch an den Mann lehnen. Ihm fiel es schwer sein Gleichgewicht wieder zu finden. Der Mann öffnete eine Tür rechts von seinem Bett und Atal betrat hinter ihm einen hellen, sauberen und angenehm riechenden Raum. Erstaunt sah Atal um sich. Er glaubte einfach nicht, dass dies eine Toilette sein könnte. Er suchte mit dem Blick nach dem Loch, auf dem man sich setzen musste, um seine Bedürfnisse zu verrichten. So etwas war aber nirgendwo zu sehen. Er sah auch keine Klumpen von Erde, mit denen man sich säubern konnte.

Atal stand verwirrt da und wusste nicht, was zu tun war. Sollte er dem Mann sein Unwissen eingestehen oder war das nicht angebracht? Der Mann ließ ihm ein paar Sekunden Zeit sich mit der Umgebung vertraut zu machen, dann zeigte er auf einen Stuhl, wie Atal es angenommen hatte, und sagte:»Da ist Ihre Toilette, daneben auf der Wand hängt das Klopapier und mit diesem Knopf spülen Sie alles runter.«

Als der Mann den Raum verlassen und die Tür hinter sich geschlossen hatte, stand Atal noch eine Weile da und betrachtete alles forschend. Hinter sich bemerkte er einen Spiegel an der Wand hängen. Atals Herz raste, er trat langsam einen Schritt auf ihn zu. Seine Gefühle waren gemischt. Seit vielen Jahren hatte er sein Gesicht nicht im Spiegel gesehen. Inwiefern hatte er sich verändert? Wie sah er jetzt aus? Davor hatte er Angst.

Als er vor dem Spiegel stand, erblickte er mit Schrecken einen fast unbekannten Mann: mager, mit knochigen Wangen, großem dichten Bart, dickem Schnurrbart und langen Haaren. War das wirklich der Atal, den er manchmal in seinem kleinen Taschenspiegel in den Bergen gesehen hatte? Hätte er sich selbst auf der Straße erkannt? Atal trat enttäuscht vom Spiegel weg. Mit der Toilette kam er aber trotz seiner Vorsicht und Befürchtung etwas Falsches anrichten zu können, relativ schnell klar und kehrte etwas bedrückt zu seinem Bett zurück.

Das zuständige Personal verwöhnte Atal noch einige Tage mit fürsorglicher Aufmerksamkeit. Das Essen und Trinken war königlich im Vergleich zu dem, was er in den vergangenen Jahren hatte zu sich nehmen müssen. Er genoss einfach alles, was man ihm auf die Speisekarte setzte. Sein Gesundheitszustand verbesserte sich von Tag zu Tag und er nahm rapide zu. Nur seiner Frage, was das alles zu bedeuten hatte, wichen die Leute in Weiß freundlich aus. Sie rechtfertigten sich damit, dass er sich noch nicht genug erholt hatte und dass er bald alles erfahren würde. Atal blieb nichts anders übrig, als sich damit zu arrangieren. Er fand das alles zwar nach wie vor unfassbar und geheimnisvoll und konnte nicht ahnen, was auf ihn zukommen würde und was er vom nächsten Tag erwarten sollte, dennoch war er sich in einem ziemlich sicher. Hier konnte es nicht schlimmer sein, als es schon gewesen war, in der Zelle, als er im Sterben lag.

Eines Tages bekam Atal einen überraschenden Besuch von zwei unbekannten Männern in schwarzen Anzügen. Sie betraten sein Zimmer in Begleitung von Doktor Suheila und stellten sich als seine Freunde vor.

»Wir sind hier um Sie abzuholen«, verkündete der eine in höflichem Ton. Atal sah verwirrt zum Doktor hinüber. Sie nickte lächelnd und sagte, er sei gesund und bereits aus dem Krankenhaus entlassen worden.

Atal hegte tief im Herzen noch Zweifel, ob diese Leute tatsächlich seine Freunde waren. Ihm blieb aber nichts anderes übrig, als ihnen wortlos zu folgen. Als er hinter den unbekannten Besuchern auf dem Weg zum Ausgang war, bemerkte er, dass jeder, der ihm im Korridor oder Treppenhaus begegnete, sofort anhielt und ihn anstarrte, als sei er ein wildes exotisches Tier. Es war ohne Zweifel sein Aussehen, das die Patienten und Besucher in Staunen versetzte.

Direkt auf dem Gelände des Krankenhauses stand ein Auto bereit. Einer seiner Begleiter öffnete die hintere Tür und bat Atal einzusteigen. Danach gab der Fahrer Gas und das Auto entfernte sich langsam vom Krankenhaus.

Atal war spürbar angespannt, er konnte seine Aufregung nicht unterdrücken. Wer waren diese zwei und wohin führten sie ihn? Die Rückkehr ins Gefängnis befürchtete er aber nicht, das Verhalten seiner Begleiter schien nicht das von Polizisten oder Wächtern zu sein.

Atal schaute neugierig zu den prächtigen, weißen Häusern auf beiden Seiten der Straße und zu den schönen Autos, die aus der Gegenrichtung kamen. Alles war neu, fremd und merkwürdig. Er hatte zwar von großen Städten gehört, war aber selbst nie in einer gewesen.

Das Auto fuhr nicht lange. Nach etwa zehn Minuten Fahrt hielt es vor einem großen zweistöckigen Haus an. Einer der Männer im Auto stieg aus, ging zu der kleinen Eingangstür und klingelte. Bald darauf wurde das große Tor daneben geöffnet und ein uniformierter Mann schob es zur Seite. Atals Herz sprang hoch bis zum Hals. Wieder ein Wächter! Was konnte das bedeuten? Atal versuchte, die Ruhe zu bewahren. Das Auto fuhr hinein und hielt im Hof an. Der zweite Mann stieg nun ebenfalls aus und bat Atal respektvoll, ihm zu folgen.

»Wir sind schon da«, bemerkte er lächelnd. Atal stieg mit gemischten Gefühlen aus, folgte dem Mann ins Innere des Hauses und fand sich sofort in einem großen Raum mit vielen kleinen und großen Möbelstücken in der Mitte. Die Luft im Raum war von einem appetiterregenden Geruch gefüllt.

»Ich werde Ihnen jetzt das Gasthaus zeigen«, verkündete der Mann ganz nett, während Atal etwas verwirrt da stand und auf Anweisungen wartete.

Der Unbekannte trat nach vorne, ging zu einer Tür am Ende des Raumes und öffnete sie. Ein warmer, feuchter Luftzug strich über Atals Gesicht. Jetzt wusste er auch, woher der Geruch kam. Ein kleiner, dicker Mann mit langem, weißem Hemd und komischer, weißer Mütze auf dem Kopf begrüßte sie beide.

»Das ist Akbar, der Zauberkoch unseres Gasthauses. Ihm reicht es, irgendetwas in den Topf zu werfen, den Deckel zu schließen, ihn wieder zu öffnen, und schon liegt die Leckerei fertig da«, sagte der Mann, während er leicht auf die Schulter des Koches klopfte. Der sah lachend und gleichzeitig forschend zu Atal rüber.

»Und das ist unser besonderer Gast. Er wird für ein paar Tage deine Köstlichkeiten probieren«, fügte er hinzu und zeigte dabei auf Atal.

»Sei versichert! Ich werde unseren geehrten Gast nicht enttäuschen«, betonte der Koch mit lachender Miene.

»Und jetzt gehen wir nach oben. Ich zeige Ihnen Ihr Zimmer«, sprach Atals Begleiter weiter.

»Wenn Sie etwas brauchen, lieber Gast, dann kommen Sie einfach runter zu mir«, rief der Koch hinterher. Atal blickte verlegen zurück und nickte dankend.

Der Mann ging die Treppe hinauf und Atal folgte ihm. Sie betraten einen hellbeleuchteten Flur und gingen nach rechts. Am Ende des Flures zeigte der Mann Atal die Toilette und die Badewanne und erklärte ihm, wo was lag, und wozu es gut war. Dann begleitete er Atal zu seinem Zimmer in der Mitte des Flures. Auch hier zeigte er Atal den Lichtschalter und die Schränke, übergab ihm den Zimmerschlüssel, erklärte ihm, wie man die Tür auf- und zuschließen und wann er zum Frühstück, Mittag- und Abendessen runter kommen sollte. Atal hörte ihm schweigend zu, nahm aber nur wenig von dem wahr, was dieser so schnell hintereinander gesagt hatte.

»Ich lasse Sie jetzt allein. Bis Sie eine Dusche nehmen und sich ausruhen, werden auch Ihre Kleider geliefert sein«, gab der Mann noch zu wissen, während er zur Tür hinausging.

Was für Kleider? Woher kamen sie und wer sollte sie liefern? Atal fragte es aber nicht laut. Seit er plötzlich im Krankenhaus aufgewacht war, hatten sich bei ihm so viele Fragen gesammelt, dass er sich entschied, gar nichts zu fragen und die Dinge so zu nehmen, wie sie kamen.

Als er allein war, fing er an, alles in seinem Zimmer in Ruhe zu erforschen. Er setzte sich an den Rand des weichen Bettes und betastete es neugierig. Das Bett fühlte sich angenehm weich und wohlig an. Dann öffnete er einer nach dem anderen die Schränke, ging ins Bad und drehte einmal vorsichtig alle Wasserhähne auf. Jetzt bekam er eine Ahnung davon, wie komfortabel die Wohlhabenden in den Städten leben konnten.

Atal zog sich aus. Seine zerrissenen und schmutzigen Kleider vom Gefängnis hatte er nicht mehr am Leib. Man hatte sie bereits im Krankenhaus gewechselt. Er setzte sich in die Wanne und wusch sich mehrere Male mit Seife. Ach, wie sehr er sich im Gefängnis nach dem klaren Wasser seines Flusses gesehnt hatte. In den wärmeren Zeiten des Jahres hatte er sich ausschließlich im Fluss gewaschen. Nur im Winter hatte seine Mutter das Wasser in einem Eimer erwärmt. Er hatte sich aber ungern im Haus gewaschen, in einer kalten Lehmhütte, die als Badezimmer diente.

Nachdem er die warme, angenehme Badewanne verlassen und sich wieder angezogen hatte, kehrte er in sein Zimmer zurück und stellte sich ans Fenster. Von der Stadt war zwar nicht viel zu sehen, die Nachbarhäuser versperrten ihm den Blick, aber er konnte in der Ferne die Berge gut sehen. Bei genauer Betrachtung erkannte er den Berg, auf den sein Vater und er gestiegen waren, um zu fliehen. Atal wurde auf einmal traurig. Vor seinen Augen standen wieder die Bilder von den letzten Minuten im Leben seines Vaters. Atal wusste nicht, wie seine eigene Zukunft aussah, was ihn erwartete und was am Ende aus seiner jetzigen Situation werden konnte, aber im Moment fühlte er sich buchstäblich im Paradies. Wie sehr wünschte er sich, auch seinen Vater neben sich zu haben. Er hatte so viel gelitten und hätte es verdient, ein paar Tage Ruhe und Bequemlichkeit zu genießen.

Atal legte sich auf das breite, weiche Bett hin und genoss es. Bald darauf schlief er ein. Irgendwann klopfte jemand an die Tür und weckte ihn. Als Atal die Augen öffnete, bemerkte er mit Schrecken, dass alles um ihn wieder dunkel war. Für einen Bruchteil der Sekunde dachte er, er sei wieder in seiner Zelle, im Gefängnis. Panisch richtete er sich auf und sah sich um. Die Tür öffnete sich ein bisschen und ein Kopf wurde durch die Türspalte gesteckt: »Sind Sie schon wach?«

Atal kam langsam wieder zu sich, er erkannte den Eindringling. Es war einer seiner Begleiter.

»Ja«, antwortete Atal kurz.

»Ich wollte Sie nicht wecken, aber unten wartet auf Sie schon lange ein Friseur und Ihre Kleider sind auch da«, kündigte er an.

Atal stand auf, ging ins Badezimmer, wusch sein Gesicht und blickte sich noch einmal im Spiegel an. Ein Friseur täte ihm tatsächlich gut, sein momentanes Aussehen hätte ihn selbst auf der Straße in Schrecken versetzt.

Ein paar Minuten später saß Atal auf einem Stuhl vor einem großen Spiegel. Ein älterer, glattrasierter Mann war mit seinen Haaren und Bart beschäftigt. Auf die Frage, wie sein Haarschnitt aussehen soll, zog Atal die Schultern hoch.

»Okay! Dann machen wir es so. Als Erstes rasiere ich Ihren Bart, er steht Ihnen nicht. Danach bringe ich Ihre Haare in Ordnung, wie bei allen soliden Leuten in der Stadt. Einverstanden?« Atal nickte lächelnd.

Der Friseur machte sich blitzschnell an die Arbeit. Atal beobachtete im Spiegel, wie der Mann aus ihm geschickt und im Handumdrehen einen ganz anderen Menschen machte. Auf Atals Mundwinkel spielte sich endlich ein kleines Lächeln ab.

Als der Friseur mit seiner Arbeit fertig war, bat Atals Begleiter ihn, nach oben zu gehen und sich umzuziehen. Auf seinem Bett lagen drei traditionelle Hemden und Hosen in verschiedenen Farben bereit. Atal probierte einen davon an und trat vor den Spiegel. Er wunderte sich, wie seine neue Frisur und Kleider ihn verwandelt hatten.

Am nächsten Morgen kam Atal sogar früher, als ihm gesagt wurde, runter zur Küche. Leise öffnete er die Tür und begrüßte den Koch etwas schüchtern.

»Oh, sind Sie schon aufgestanden?«, rief der Koch fröhlich aus.

»Das Frühstück ist bereits auf dem Tisch, bedienen Sie sich! Ich bringe jetzt Tee«, fuhr er fort.

Atal kehrte zum Empfangsraum zurück. In der Mitte des langen Tisches lagen schon Brot, Butter, Milch, Marmelade, Honig und Zucker. Atal sah das alles forschend und verwundert an. So vieles auf einmal zum Frühstück! Zuhause hatte er im Winter zum Frühstück nur ein Stück Brot mit süßem Tee bekommen. Im Sommer hatte er sein Brot mit Buttermilch statt mit Tee gegessen, selten auch mit einem Glas Milch. Und wenn seine Mutter gut gelaunt gewesen war, dann hatte er manchmal auch ein bisschen Butter dazu genießen können. Honig hatte es aber nur bei besonderen Anlässen oder Krankheiten gegeben, zum Beispiel bei einer Erkältung.

Während des Frühstücks schlossen sich ihm auch seine gestrigen Begleiter an. Sie begrüßen ihn freundlich und fragten, wie er geschlafen hatte. Am Ende des Frühstückes, als Atal aufstand und wieder nach oben gehen wollte, sprach der eine ihn plötzlich an: »Heute Abend essen wir an einem anderen Ort, seien Sie bereit.«

Atal sah ihn fragend an, der Mann gab ihm aber nicht die Zeit etwas zu fragen.

»Keine Sorge! Sie sind zum Abendessen eingeladen.«

Atal hätte gern gewusst, wer ihn eingeladen hatte, warum solche Geheimniskrämerei, warum er auf einmal so wichtig war. Der Mann verstand ihn aber ohne Worte. Er fügte betont hinzu: »Sie werden alles am Ort erfahren.«

Mit großer Aufregung verbrachte Atal den Rest des Tages. Ungeduldig wartete er auf den Abend. Vielleicht würde er endlich erfahren, wer hinter all diesen mysteriösen Ereignissen steckte und was er von ihm wollte? Warum waren auf einmal alle so nett zu ihm? Wozu sollte das Schicksal mit ihm plötzlich so verrückt spielen?

Je näher der Abend kam desto bedrückender wurde das Warten. Atal konnte es nicht länger in seinem Zimmer aushalten. Mit der ersten Abenddämmerung kam Atal selbst nach unten, ohne auf eine Einladung seines Begleiters zu warten. Eine lange Weile später tauchte auch sein Begleiter im Empfangsraum auf. Er war ziemlich überrascht, als er Atal auf der Couch entdeckte.

»Ah! Sind Sie schon bereit? Dann verzichte ich auf eine Tasse Tee und wir gehen los«, sagte er lächelnd.

»Bitte! Trinken Sie Ihren Tee. Ich warte hier«, bat Atal ihn.

»Okay! Dann nehme ich eben einen Tee. Wünschen Sie auch etwas?«, sagte er.

Atal schüttelte lächelnd den Kopf. Der Mann verschwand in die Küche. Atal stand auf, ging zu den Bildern, die auf den Wänden des Raumes hingen und betrachtete sie einer nach dem anderen. Diese stellten atemberaubende Berge, stürmende Flüsse, grüne Wiesen und schöne Wälder dar. Alles sah so lebendig aus! Sie faszinierten ihn. Er musste nur die Augen schließen und wäre in Gedanken schon in seinen liebsten Tälern und Bergen.

»Gehen wir?«, riss die Stimme seines Begleiters ihn aus seinen Gedanken. Atal folgte ihm zum Ausgang. Auf dem Gelände des Hauses stand das schwarze Auto, mit dem Atal hierher gebracht worden war. Daneben wartete der Fahrer mit einer qualmenden Zigarette in der Hand.

Wieder fuhren sie nur kurz. Das Auto bog in eine Seitenstraße und hielt vor einem großen, zweistöckigen Haus an. Vor dem Tor des Hauses hielt ein bewaffneter Mann Wache. Ein anderer saß in einer hölzernen Bude neben dem Tor. Sein Gesicht war aus dem kleinen Fensterchen zu sehen. Der Wachmann öffnete das Tor und sie fuhren hinein.

Mit rasendem Herz ging Atal hinter seinem Begleiter ins Haus. Sie betraten wieder ein großes Empfangszimmer, genau wie im Gasthaus.

»Warten Sie bitte einen Moment hier«, zeigte der Begleiter auf ein Sofa.

»Jemand wird Sie abholen«, sagte er weiter, während er selbst wieder nach draußen trat.

Atal ging hinüber, setzte sich unsicher hin und schaute sich um. Es dauerte aber nicht lange, bis plötzlich ein bekanntes Frauengesicht in seinem Blickwinkel erschien. Sie kam fast laufend die Treppe herunter und lächelte strahlend. Als sie vor ihm stand, legte sie vor Staunen die Hand auf den Mund. Lächelnd und mit weit geöffneten Augen betrachtete sie ihn kurz. Sie konnte einfach nicht glauben, dass er derselbe Mann war, der mit dichtem, langem Bart und bis auf die Schulter reichenden Haaren auf dem Bett im Krankenhaus gelegen hatte.

»Du? Der Engel aus dem Krankenhaus? Ich dachte, ich habe dich nur im Traum gesehen«, bemerkte Atal gleichermaßen verwirrt und erstaunt.

»Stell dir vor, das bin ich«, sagte sie mit fröhlicher Stimme und lachte.

»Komm! Meine Eltern warten auf dich«, sagte sie einen Moment später. Dann drehte sie sich um und trat nach vorne.

»Deine Eltern?«, wollte Atal eigentlich fragen, aber er verpasste die Gelegenheit und musste ihr gehorsam die Treppe hinauf folgen.

»Mama! Papa! Atal ist schon da«, verkündete sie noch auf den letzten Stufen der Treppe laut.

Atals Herz begann schnell zu pochen. Sie kannte bereits seinen Namen und überdies sprach sie seinen Namen so aus, als wäre er seit Langem ein guter Bekannter der

Familie und überhaupt, hatte sie ihn schon im Krankenhaus geduzt, als er sie das erste Mal gesehen hatte. Er konnte sich keinen Reim darauf machen.

Atal betrat hinter ihr einen Flur und danach einen großen, hellbeleuchteten Raum. Plötzlich erblickte er ein bekanntes Gesicht. Asimi Saheb, der Vater von Kamal! Natürlich! Er war es. Atal blieb der Mund offen. Er hätte jeder
anderen erwartet, aber nicht ihn. Asimi sah etwas gealtert
aus. Seine Haare waren grauer als damals, sonst schien er
aber in bester Verfassung zu sein.

»Schön dich wieder zu sehen, Atal!«, sagte er fröhlich, öffnete die Arme und kam ein paar Schritte auf Atal zu. Atal
ging ihm ebenfalls entgegen und Asimi umarmte ihn herzlich.

Atal konnte es kaum fassen, Asimi Saheb, Deh-Masang,
Spezieller Korridor! Jetzt aber war er hier, mit seiner Familie, in diesem schönen Haus und Atal ihr Gast! So eine über-
raschende Wende übertraf seine Vorstellungskraft.

»Ich weiß. Du hast viele Fragen, Atal. Du bist überrascht
mich hier zu sehen und du kannst es nicht glauben, dass du
nicht mehr im Kerker bist. Es ist die Revolution, Atal. Wir
haben gesiegt, mein Freund!«, rief er stolz aus, während er
Atals Schultern mit seinen Händen festhielt und ihm begeistert in die Augen sah.

»Erinnerst du dich, worüber wir mit meinen Freunden in
der Zelle diskutiert haben? Der Tag, von dem wir alle geträumt haben, ist gekommen, mein Freund! Es ist an der
Zeit eine neue, gerechte Welt zu schaffen, für die auch du
und dein Vater gekämpft haben«, sprach Asimi mit aufgeregter Stimme weiter.

Atal verstand nur annähernd, was das alles zu bedeuten hatte. In seinem Kopf erklang nur ein Gedanke, er war frei. Das hörte sich unfassbar an, dennoch war es wirklich geschehen und nicht aufgrund eines Traumes des Königs, sondern durch eine Revolution, wovon er nur wenig Ahnung hatte. Atal konnte sein Glücksgefühl nicht verbergen, er war vor Freude im siebten Himmel.

In diesem Moment öffnete sich plötzlich eine Tür hinter Asimi und eine dünne Frau mit feinen Gesichtszügen, grauen Haaren und traurigen Augen erschien im Zimmer.

»Das ist Kamals Mutter, Belqiss«, stellte Asimi seine Frau vor. Atal begrüßte sie mit leichter Verbeugung. Sie stand mit Tränen in den Augen da und betrachtete Atal.

»Herzlich willkommen, mein Sohn!«, sagte sie endlich mit erstickter Stimme.

»Wir sind immer noch nicht über den Tod unseres Sohnes hinweggekommen«, bemerkte Asimi. Die Fröhlichkeit verschwand sofort aus seinem Gesicht und er wurde ernst.

»Und ich bin Madina! Wenn niemand mich vorstellen will, dann mache ich es selbst«, sagte plötzlich die geheimnisvolle Frau lächelnd, die sich jetzt als Kamals Schwester herausgestellte.

»Ich dachte, ihr habt einander schon vor langer Zeit kennengelernt, du warst doch im Krankenhaus«, bemerkte Asimi lächelnd.

»Wann denn? Du warst im Ausland und hast ausdrücklich gesagt, du wirst Atal alles selbst erklären«, sagte Madina in einem tadelnden Ton.

»Stimmt. Das habe ich gesagt«, gab Asimi schuldbewusst zu. Dann sah er Atal an und fuhr fort: »Es tut mir leid, Atal, für die Ungewissheit der letzten Tage. Ich wollte, dass du dich vorerst um deine Gesundheit kümmerst. Ich hatte vor, dich noch im Krankenhaus zu besuchen, aber dann hat mich eine Reise ins Ausland aufgehalten. Ich arbeite jetzt da oben bei der Regierung«, zeigte er mit dem Finger nach oben.

»Was ist mit den anderen Häftlingen? Ich habe einen Freund, sein Name ist Patang, er hat in der Schmiede gearbeitet, er sitzt absolut unschuldig im Gefängnis«, fragte Atal mit besorgter Miene. Asimi musste lachen.

»Weißt du, Atal? Als meine Freunde gekommen sind, um mich und die anderen Genossen zu befreien, habe ich dasselbe über dich gesagt. Ich habe gesagt, im Kerker sitzt ein junger Mann namens Atal, ohne ihn gehe ich nicht nach Hause. Mach dir keine Sorgen um deinen Freund, er ist bestimmt schon längst zu Hause bei seiner Familie. Die Regierung hat bereits Deh-Masang als einen Ort der Brutalität und Menschenverachtung eingestuft. Da wird nie mehr ein Mensch landen«, erklärte Asimi überzeugt.

Atal stellte sich sofort Patangs glückliche Miene vor. Er sah wie er sich zu seiner Mutter beeilte und wie er sich in ihre Arme warf und ihre Hände mehrmals küsste.

»Vielleicht sprechen wir weiter nach dem Essen. Ich habe Hunger, Baba!«, bat Madina mit einem süßen Unterton.

»Natürlich! Komm, Atal! Wir haben sowieso viel zu besprechen«, stimmte Asimi seiner Tochter zu. Er schlug seine Hand um Atals Schulter und zog ihn mit sich in das Esszimmer.

Das Zimmer war erfüllt von verschiedenen appetitanregenden Gerüchen. Auf dem langen Tisch lagen einige große Tabletts und kleinere Schüssel, gefüllt mit verschiedenen dampfenden Gerichten. Zudem war der Tisch mit Tellern,

Besteck, Handtüchern, Wasserflaschen und Gläsern aufge-
deckt. Atal hatte nur in den Märchen, die sein Vater ihm im
Gefängnis erzählt hatte, von solchen üppigen Festessen gehört. Madina und ihre Mutter brachten noch mehr mittel-
große und kleinere Teller mit verschiedenen farbigen Gerichten, von deren Namen oder woraus sie bestanden Atal
nicht mal annähernd eine Ahnung hatte.

Am Kopf des Tisches nahm Asimi Platz. Rechts von ihm
setzte sich seine Frau. Atal zögerte, er wusste nicht, wo er
sich als Gast hinsetzen musste. Als auch Madina auf einer
Seite des Tisches Platz nahm, zeigte Asimi auf den Stuhl ihr
gegenüber und sagte: »Setz dich, Atal!«

»Fühl dich wie zu Hause, mein Sohn!«, sagte seine Frau
Belqiss.

Atal setzte sich vorsichtig hin, wagte aber nicht etwas zu
berühren. Er wusste nicht, wie er sich richtig benehmen
und womit er anfangen sollte. Zu Hause hatte er fast alles
mit der Hand gegessen, hier lagen aber Messer, Löffel und
Gabeln in verschiedenen Größen nebeneinander. Wofür
genau sie bestimmt waren, das wusste er nicht. Er hatte
Angst davor etwas Falsches zu machen und damit in eine
peinliche Lage zu geraten.

»Bediene dich Atal, nimm, was du möchtest und iss, wie
du es gewöhnt bist. Scheu dich nicht. Bei uns herrscht volle
Freiheit. Jeder wählt, was ihm gefällt. Keine Etikette, keine Regeln oder Einschränkungen!«, beruhigte Asimi ihn
freundlich. Atal wurde rot im Gesicht. Er lächelte verlegen
und bedankte sich, blieb aber trotzdem bei seiner Vorsicht
die unbekannten Gerichte anzurühren.

»Was hat man so Besonderes in eurem Dorf zube-
reitet, Atal? Was war dein Lieblingsgericht zu Hause?«,

fragte Madina überraschend. Sie lächelte ständig, war offensichtlich glücklich und verhielt sich ganz ungezwungen. Atal dachte einen Moment nach, er musste sich an die alten Zeiten erinnern.

»Schwer zu sagen, wir haben bescheiden gelebt, meine Mutter hat aber mit viel Liebe gekocht. Heute denke ich, dass auch das einfache Brotstück von ihrer Hand das leckerste Gericht der Welt war«, antwortete Atal.

»Es tut uns wirklich leid wegen deiner Eltern, Atal. Meine Frau und Tochter wissen bereits, dass sie beide auf ganz tragische Weise gestorben sind«, bemerkte Asimi mitfühlend.

»Du solltest dich aber nicht allein fühlen, mein Sohn! Wir werden immer für dich da sein. Ich weiß schon, mein Kamal hat dich gemocht, er hat großen Wert auf die Freundschaft mit dir gelegt. Mein Mann sagt, du warst für unseren Sohn wie ein älterer Bruder«, sagte Belqiss mit trauererfülltem Blick.

»Auch Kamal war für mich wie ein kleiner Bruder. Ich war sehr bestürzt, als ich erfahren habe, was mit ihm passiert war«, antwortete Atal ebenfalls traurig.

»Du warst ein Held, ein großes Vorbild für meinen Bruder. Baba hat uns alles erzählt. Du und dein Vater seid seinetwegen im Kerker gelandet«, ergriff auch Madina das Wort.

»Wäre dieser schreckliche Vorfall nicht geschehen, dann hättet du und dein Vater nicht so viel gelitten. Dein Vater wäre bestimmt heute noch am Leben«, fügte Asimi hinzu.

»Man weißt nicht, was im Leben auf einen zukommt. Das, was vom Schicksal vorbestimmt ist, tritt in jedem Fall ein, auf die eine oder andere Weise. Daran kann man nichts ändern«, sagte Atal seufzend.

»Schicksal ist nur ein schwacher Trost für uns Menschen, Atal! Die Wurzel all unseres Unheils steckt in unserem sozialen und wirtschaftlichen System. Darüber kann man lange diskutieren, jetzt aber will ich über andere Dinge sprechen. Komm! Wir gehen ins Wohnzimmer und warten bis die Damen uns mit einem heißen Tee bescheren«, sagte Asimi lächelnd, während er von seinem Platz aufstand.

»Was hast du vor, Atal? Hast du irgendwelche Pläne für die Zukunft?«, fragte Asimi, nachdem er und Atal auf dem Sofa im Wohnzimmer Platz genommen hatten.

»Ehrlich gesagt, mir erscheint das alles immer noch wie ein Traum. Es ist so viel und so unerwartet in den letzten Tagen passiert, dass ich es in meinem Kopf nicht richtig verarbeiten kann«, gestand Atal.

»Das ist ja die Revolution, Atal! Sie bricht immer wie ein Sturm herein. Sie fegt und räumt alles weg, auch das, was wir einst unerschütterlich geglaubt haben«, erklärte er amüsiert.

»Eigentlich wollte ich nach der Entlassung eine eigene Schmiede gemeinsam mit Patang eröffnen und mich um meinen Vater kümmern. Jetzt weiß ich nicht, wohin mein Weg mich führen soll«, gab Atal ehrlich zu.

»Ja! Sich um seinen Vater kümmern zu können, das ist eine schöne Sache. Ich hätte deinen Vater gern wohl und frei neben dir gesehen«, sagte Asimi nachdenklich. Er legte eine kleine Pause ein, dann sah er Atal mit ernster Miene an und sprach weiter: »Ich habe mir über deine Zukunft ebenfalls einige Gedanken gemacht, Atal, und ich denke, ich habe ein Recht darauf.«

Atals Herz schlug schnell, er warf ihm einen gespannten Blick zu. Asimi fuhr fort: »Ich habe dich gemocht, Atal, schon damals, als ich dich das erste Mal gesehen und von eurer Lebensgeschichte erfahren habe. Ich hege großen Respekt für deinen Vater, für das, was ihr beide erleben musstet, für euren kompromisslosen Kampf, für euren Mut und eure Lebenseinstellung. Jetzt fühle ich mich aber auch verantwortlich für dich. Für meinen Sohn warst du wie ein Bruder. Das bedeutet, Belqiss und ich betrachten dich wie unseren Sohn. Überdies seid du und dein Vater wegen unseres Sohnes hart bestraft worden. Ich kann mir vorstellen, wie schrecklich es euch im Kerker ergangen ist, wie ihr in dieser Hölle gelitten habt! Ihr habt vieles geopfert, dein Vater ist deswegen gestorben, das werde ich nie vergessen ...«

»Sie bringen mich in Verlegenheit, Asimi Saheb! Was mein Vater und ich gemacht haben, war nichts Außergewöhnliches. So hätte sich jeder normale Mensch verhalten«, unterbrach ihn Atal mit einem bescheidenen Lächeln.

In diesem Moment traten Madina und ihre Mutter mit zwei großen Tabletts voller Süßigkeiten und getrockneten Früchten herein. Sekunden später brachten sie auch zwei große Kannen Tee und stellten sie auf den Tisch.

»Bescheidenheit ist gut, mein Freund, nicht jeder verfügt über diese Eigenschaft, nur du scheinst von dieser Tugend im Übermaß zu haben«, sagte Asimi im Scherzen.

»Aber auch Sie haben für Ihre Überzeugung Ihre besten Jahre in Deh-Masang verbracht. Ihre Familie hat auch gelitten. Sie sehen das alles aber nicht als allzu großes Opfer. Sie geben damit doch auch nicht an«, gab Atal zurück.

»Doch! Mir gefällt es heimlich, wie meine Kameraden mir für meine Jahre in Deh-Masang einen dicken Bonus geben«, sagte Asimi und brach in Gelächter aus. Atal lachte auch, ihm war klar, dass Asimi es nicht ernst gemeint hatte.

»Was trinkst du, Atal? Schwarzen oder grünen Tee?«, fragte Madina, während sie die Tassen und Untertassen verteilte.

»Beides«, antwortete er spontan.

»Beides? Ach so! Du meinst, die Hälfte von schwarzem und die Hälfte von grünem«, gab Madina im Scherz zurück.

»Nein! Ich meine, egal was du mir einschenkst. Ich habe so viele Jahre keinen Tee mehr getrunken, dass ich seinen Geschmack vergessen habe«, antwortete Atal etwas durcheinander.

»Jetzt kannst du, mein Sohn, Tee trinken, so viel du willst. Scheu dich nicht! Sag nur, was du dir wünschst, genauso wie du es deiner Mutter gesagt hättest«, bemerkte Belqiss.

»Mein Kamal hat nicht den Tag erlebt, an dem seine Mutter ihm seine Wünsche erfüllen konnte. Mein Armer hatte keine Kindheit gehabt. Nachdem er fünf wurde, hatte er keine Spielzeuge, keine Geburtstagsfeier, keine Festtagsgeschenke, keine Straßenspiele und keine Freunde mehr«, sprach sie weiter mit tränenerfüllter Stimme.

»Er war ein besonderer Junge. Seine Lebensfreude war beneidenswert, er langweilte sich nie. Auch im Gefängnis hatte er Pläne, fantasierte ständig, er wolle eines Tages mit mir zu unseren Bergen und Tälern aufbrechen«, erzählte Atal mit traurigen Augen.

»Meine Frau und Tochter wollen von dir mehr über Kamals letzte Tage erfahren. Ich habe schon alles, was ich wusste, Belqiss und Madina erzählt, aber du warst Kamals einziger Freund und er hat dir bestimmt mehr von seinen Wünschen und Träumen anvertraut, als er es seinem Vater sagen konnte«, ergriff Asimi das Wort.

»Ja, selbstverständlich! Ich werde euch gern alles

erzählen, was mir bekannt ist«, sagte Atal und sah flüchtig zu Belqiss und dann zu Madina hinüber.

»Und jetzt zur Sache, Atal! Ich schlage vor, du bleibst hier in Kabul. Die Revolution braucht dich. Du und dein Vater seid für Gerechtigkeit eingestanden. Nun ist es an der Zeit diese Gerechtigkeit auch tatsächlich herzustellen«, sagte Asimi.

»Um ehrlich zu sein, was verstehe ich schon von der Revolution? Das ist doch eine Sache der gebildeten Leute wie Sie und Ihre Freunde in der Zelle: der verehrte Dichter oder der Zeitungsleiter, ihre Namen habe ich leider vergessen«, erwiderte Atal.

»Du unterschätzt deine Gabe, Atal! Ich weiß genau, wofür du gut bist. Du kennst dich sehr gut mit Waffen aus, du schießt doch ohne fehlzuschlagen ...« Asimi unterbrach sich, als er sah, wie Atal ihn mit aufgerissenen Augen anstarrte.

»Keine Sorge, du wirst keinen Krieg führen! Hoffentlich kommt es auch niemals dazu, dass du davon Gebrauch machen musst. Für den Anfang habe ich für dich eine Stelle als Leibwächter vorgesehen. Du wirst mein persönlicher Beschützer sein. Na, was sagst du dazu?«, erklärte er.

»Aber ich kann nicht einmal lesen oder schreiben. Allein gut schießen wird vielleicht für so eine Arbeit nicht ausreichen«, äußerte Atal seine Zweifel.

»Darüber brauchst du dir keine Sorgen zu machen, du wirst ein Vorbereitungstraining absolvieren. Da gibt es zuständige Leute, die dir all deine Pflichten erklären und alles beibringen werden, was dir neu und unbekannt erscheint«, versicherte ihm Asimi.

»Ich! Lesen und Schreiben übernehme ich! Das bringe

ich Atal im Handumdrehen bei«, hob Madina plötzlich den Finger hoch, während sie amüsiert lächelte.

»Siehst du, auch dieses Problem ist gelöst«, lachte Asimi.

Atal wurde nachdenklich. Er hatte keine Ahnung, was er erwidern sollte, die Neuigkeiten kamen eine nach der anderen so plötzlich und so überraschend.

»Wir wollen das Beste für dich, mein Sohn! Das hätte sich auch mein Kamal gewünscht. Wäre er am Leben, hätte er dich nirgendwo gehen lassen«, sagte Belqiss.

»Ich weiß nicht, wie ich mich bei Ihnen bedanken soll. Allein, das Sie mich „mein Sohn" nennen, bedeutet für mich alles in der Welt. So hat mich mein Vater immer angesprochen. Ich habe aber Angst, ich werde zu einer Last für Sie«, sagte Atal gerührt.

»Du wirst für keinen von uns eine Last sein. Das sage ich dir von ganzem Herzen, mein Sohn!«, widersprach ihm Belqiss.

»Wie findest du dein Zimmer im Gasthaus? Bist du dort zufrieden?«, wechselte Asimi das Gesprächsthema, als er bemerkte, dass Atal wieder in Gedanken versank.

»Ja, sehr! Das Zimmer ist einfach traumhaft! Allerdings muss ich zugeben, dass ich solche Bequemlichkeiten nicht gewöhnt bin«, sagte Atal lächelnd.

»Wir müssen uns vieles im Leben angewöhnen, mein Freund! So viele Jahre waren wir vom Lauf des normalen Lebens abgeschnitten. Während wir im Gefängnis saßen, ist die Welt weit vorangeschritten. Wir sind vom Caravan zurückgeblieben, jetzt müssen wir nicht nur vieles aus der Vergangenheit nachholen, sondern auch mit dem Tempo der Revolution nach vorne Schritt halten. Uns stehen viele Veränderungen bevor, wir müssen uns ändern und damit auch unsere Gesellschaft. Also, Atal! Du sollst dich für große Taten vorbereiten, die Revolution wird dir keine Chance zur Langeweile geben ...«

»Ach, Baba! Du sprichst so, als würdest du auf einer Bühne vor dem Publikum stehen«, beschwerte sich Madina und verzog ihr Gesicht zu einer süßen Grimasse.

»Okay! Dann kommen wir zurück zu deiner Unterkunft, Atal. Du bleibst auch weiter in deinem Zimmer, das habe ich schon arrangiert. Das Gasthaus bekommt ab und zu Gäste, für ein oder zwei Nächte. Also wirst du nicht ganz allein in einem leeren Haus wohnen. Tagsüber wirst du aber mich begleiten, sodass für dein privates Leben nicht viel Zeit übrig bleibt«, gab Asimi zu wissen. Atal lächelte zustimmend, erwiderte aber nichts.

»Habt ihr jetzt alles geregelt, Baba?«, fragte Madina etwas ungeduldig.

»Ja! Ich glaube für heute reicht es«, antwortete Asimi zufrieden.

»Okay! Dann darf ich Atal mitnehmen und ihn unser Haus zeigen?«

»Ja, mach das. Wenn ihr fertig seid, dann sag Genosse Rahim Bescheid, er soll Atal zurück zum Gasthaus fahren«, erwähnte noch Asimi.

Atal verabschiedete sich herzlich von Belqiss und Asimi und trat hinter Madina aus dem Zimmer. Im Flur öffnete Madina eine nach der anderen alle Türen und erklärte flüchtig, wofür sie bestimmt waren: Badezimmer, Toilette, Kleiderkammer und das Schlafzimmer ihrer Eltern. Weiter zeigte sie mit Stolz ihr eigenes, mit viel Liebe eingerichtetes Zimmer. Hier machte sie etwas länger Halt. Atal schaute die Ausstattung des Zimmers mit großen Augen an: großer, gemusterter Teppich auf dem Boden, frisch gestrichene und mit Tierbildern bemalte Wände, schöne Gardinen vor dem Fenster, kuschlige Bettdecke, üppiges Sofa, knallorangefarbene Stühle, Tisch, Kleiderschränke und Bücherregale und das letzte, was seine Aufmerksamkeit auf sich lenkte, waren die vielen bunten Puppen und Kuscheltiere in einer Ecke.

»Ich habe mein Zimmer wieder so eingerichtet, wie ich es als Kind in meiner Erinnerung hatte«, bemerkte Madina lächelnd.

Atal war tief beeindruckt. So ein Luxus und das alles nur für ein einzelnes Kind? Atal hatte die Bilder seiner Kindheit vor den Augen. Er war, so weit sein Gedächtnis zurückreichte, mit einer Decke und einer Matratze ausgekommen. Seine Mutter hatte sie jeden Abend in einer Ecke auf dem Boden ausgebreitet und er hatte darauf sogar dann geschlafen, als sie schon längst nicht mehr seiner Größe entsprachen. Im Winter hatte er versucht, seine Beine nicht auszustrecken, sonst hätten sie bis zu den Knien auf dem kalten Boden gelegen. Bunte, glänzende Plastik- oder Stoffspielzeuge hatte er ohnehin nicht gekannt. Die meisten Spielzeuge, die die Jungs im Dorf besaßen, waren diejenigen, die sie selbst aus Lehm gebastelt und dann unter der Sonne getrocknet hatten. Einigen Glücklichen hatten auch Spielzeuge zur Verfügung gestanden, die aus Holz geschnitten waren. Damit hatten sie natürlich stolz angegeben und die anderen neidisch gemacht. Bei den Mädchen war das etwas anders gewesen, sie hatten ihre Puppen selbst genäht und sie mit Stoffresten oder mit Baumwolle gefüllt.

Als Madina merkte, dass Atal besonders neugierig und aufmerksam ihre großen und kleinen Puppen anschaute, wurde sie etwas rot.

»Das sind Spielzeuge meiner Kindheit. Im Gefängnis hatte ich mich ständig nach ihnen gesehnt. Sie waren meine besten Freunde. Ich habe oft von ihnen geträumt. Ich habe mich in Gedanken in meinem Zimmer vorgestellt und mit meinen Puppen Verstecken gespielt. Ich habe mit ihnen Gespräche geführt und wir haben einander sogar Anekdoten und Märchen erzählt«, sagte Madina amüsiert.

»Und sie sind nach so vielen Jahren immer noch so gut erhalten geblieben?«, fragte Atal erstaunt.

»Ja! Unten hat ein Freund meines Vaters gewohnt. Er hat unser Haus instand gehalten. Hier oben ist alles unangetastet geblieben. Komm! Ich zeige dir Kamals Zimmer«, sagte Madina und trat zur Tür hinaus. Sie öffnete die nächste Tür neben ihrem Zimmer, trat herein und ließ Atal die Zeit, sich das Zimmer genau anzuschauen. Auch dieses Zimmer war bunt und geschmacksvoll eingerichtet. Neben der Wand bemerkte Atal das kleine Bettchen und stellte sich Kamal darauf schlafend vor. Kamal hatte ihm erzählt, dass er mit fünf in Deh-Masang gelandet war. Wie schrecklich mussten Madina und Kamal gelitten haben, nachdem sie all diesen Wohlstand und Verwöhntheit plötzlich, von heute auf Morgen, verloren hatten? Wie konnten sie da noch ihren Humor und Lebensfreude beibehalten?, wunderte sich Atal.

»Okay! Gehen wir nach unten. Jetzt will ich dir etwas ganz Besonderes zeigen, da wirst du echt staunen«, betonte sie geheimnisvoll.

Als sie unten ankamen, zeigte ihm Madina zuerst die Küche, das Schlafzimmer und die Toilette für die Gäste und die Vorratskammer. Danach kehrten sie zum Empfangsraum zurück. Madina ging zu einer, wie Atal es zuerst annahm, Kommode an der Wand und zog das Tuch weg, das die Kommode bedeckte. Nun sah Atal, dass dies gar keine Kommode war, sondern sich als ein quadratischer Kasten mit großer Glasfläche herausstellte, der auf vier dünnen, langen Beinen stand.

Madina drückte einen Knopf im unteren Teil. Die Glasfläche leuchtete plötzlich auf. Sekunden später erschienen, wie durch ein Zauber, viele lebendige Personen auf ihrer Oberfläche. Sie waren auf einer Straße mit großen Plakaten und Transparenten unterwegs. Jemand schrie laut: Hei, hoch lebe unsere Volksrevolution! Die anderen antworteten ihm: Hoch!

»Oh!«, entfuhr es Atal. Er schaute den Kasten mit weit geöffnetem Mund an, konnte aber nicht verstehen, wie so etwas möglich war.

»Das hier ist ein Fernseher, Atal! Die anderen Länder haben ihn schon seit einigen Jahrzehnten. Bei uns funktioniert er aber erst seit ein paar Monaten«, erklärte sie begeistert.

»Komm her und schau es dir aus der Nähe«, fügte sie hinzu. Atal stand auf, kam zum Gerät rüber, ging herum und betrachte es von allen Seiten genau.

»Einfach zauberhaft!«, rief Atal erstaunt aus.

»Ja, Atal! Das ist der Zauber der Technik. Von nun an hat man viel mehr als ein Kino zu Hause. Du setzt dich auf der Couch, machst es dir bequem, trinkst in Ruhe deinen Tee und guckst dir alles an, was du wünschst: Filme, Musik, Nachrichten, Reportagen oder Shows«, erklärte sie weiter.

»Du sprichst vom Kino. Ich weiß aber nicht, was das ist. Ich habe nur davon gehört, im Gefängnis«, gab Atal ehrlich zu.

»Du bist nie in einem Kino gewesen? Oh, Atal! Du hast

viel verpasst. Das ist so schön! Ich habe als Kind schon mehrmals Kinos in der Stadt mit meiner Familie besucht und indische, iranische und amerikanische Filme gesehen. Ich sehnte mich schrecklich nach dem Kino im Gefängnis«, sagte sie lächelnd.

»Dann ist es gut, dass ich vorher kein Kino gesehen habe. Sonst hätte ich es auch in Deh-Masang vermisst. Also, ein Anlass weniger, um traurig zu sein«, bemerkte Atal. Madina brach in schallendes Gelächter aus.

Atal verfolgte weiter aufmerksam den langen Zug von Leuten auf dem Bildschirm. Irgendwann fragte er neugierig: »So viele Leute auf einmal! Wo ist das?«

»Das ist Kabul, Atal. Bist du niemals in der Stadt gewesen?«, fragte sie.

Atal schüttelte den Kopf. Dann fügte aber hinzu: »Doch! Ich habe die Stadt gesehen. Vom Gipfel eines Berges. Ich saß da und hielt meinen verblutenden Vater in den Armen.«

»Oh! Es tut mir so leid. Ich weiß, wie schrecklich das für dich gewesen sein musste. Mein Vater hat uns erzählt, dass du deinen Vater beim Fluchtversuch verloren hast. Er hat noch erzählt, dass man im Gefängnis lange Zeit nur noch von eurem tollkühnen Ausbruch gesprochen hat. Aber die genauen Umstände weiß ich immer noch nicht. Ich weiß auch nicht vieles über den Tod meines Bruders. Irgendwann, wenn du es kannst, erzählst du mir alles über diese Zeit, über Kamal und über deinen Vater«, bat sie mit ernster Miene. Atal nickte. Sie schwiegen beide einen Moment lang.

»Oh, Atal! Du musst dir unbedingt die Stadt ansehen und alle Kinos, Parks und Gärten besuchen. Kabul ist unglaublich schön«, fing Madina an, wieder begeistert zu erzählen. Atal lächelte schweigend. Ihm fiel es noch schwer, sich die

Stadt und das städtische Leben vorzustellen.

Die Reportage lief weiter. Nach ein paar Minuten fragte Atal wieder: »Ich verstehe immer noch nicht, was diese Leute zusammen getrieben hat. Was wollen sie?«

»Das sind Arbeiter, Lehrer, Studenten und Beamte, Atal. Sie zeigen ihre Solidarität mit der Revolution. Sie fordern Gerechtigkeit.«

»Gerechtigkeit! Das ist gut!«, gab Atal zurück, während er seinen Blick nicht vom Bildschirm abwenden konnte.

»Vielleicht trinken wir noch einen Tee, Atal. Seit ich wieder zu Hause bin, trinke ich literweise Tee. Ich will alles was ich verpasst habe, nachholen«, schlug Madina vor.

»Ich würde ja gern, aber jetzt ist es spät, ich muss zurück zum Gasthaus«, antwortete Atal und sah flüchtig zum Fenster hinaus.

»Okay! Ich sage dann dem Chauffeur Bescheid.« Sie stand auf und ging zum Ausgang.

Beim Abschied erwähnte sie noch scherzend: »Bereite dich auf den Unterricht vor, Atal! Sei aber gewarnt, ich werde mit dir sehr streng sein!«

Atal lächelte ihr freundlich zu und stieg schweigend ins Auto.

In seinem Zimmer im Gasthaus konnte Atal die Augen lange nicht schließen. Die Ereignisse der letzten Tage brachen flutartig herein. Sie überraschten ihn immer wieder mit unglaublichen Begebenheiten. Er war kaum in der Lage, all das im Kopf zusammenzufassen. Er war verwirrt und unvorbereitet für so eine Wende seines Schicksals. Atal war es gewohnt von einer Katastrophe zur anderen, von einem Schicksalsschlag zum nächsten zu schlittern. War dies nun das Ende des Schreckens in seinem Leben oder nur ein neues, hinterhältiges Spiel des Schicksals? Was stand ihm noch auf der Stirn geschrieben?

Atals Gefühle waren gemischt. Ein kleiner, erfreulicher Hoffnungsschimmer für die Zukunft und die große, enttäuschende Erfahrung der Vergangenheit bekämpften sich gegenseitig in seinem Kopf. Eines freute ihn aber trotz des Pessimismus seiner ungewissen Zukunft gegenüber. Endlich hatte er einigermaßen Klarheit darüber, wie er im Krankenhaus gelandet war und wer dafür gesorgt hatte. Er kannte den Engel, der ihn angelächelt hatte, als er gerade die Augen geöffnet und noch nicht gewusst hatte, ob er auf der Erde oder im Himmel war.

Außerdem freute er sich unheimlich für Kamals Familie. Er hatte das Glück Kamals Mutter und Schwester kennenzulernen und sein Zimmer so zu sehen, wie er es mit fünf gegen seinen Willen verlassen musste.

Kapitel 11

Atals Ausbildung zum Leibwächter lief mit hohem Tempo voran. Die Revolution brauche große Sprünge nach vorn, sie dulde keine Faulheit, keinen Rückstand! So wurden Atal und 19 weitere jüngere und ältere Männer, die später für die Sicherheit der hochrangigen Revolutionäre verantwortlich sein mussten, bereits am ersten Tag belehrt.

Jeden Tag, um fünfzehn vor sieben hielt ein Minibus vor dem Gasthaus an, holte Atal ab und fuhr zum Trainingsplatz, der sich in etwa einer Stunde Fahrt außerhalb der Stadt befand. Der intensive Unterricht und die Übungen begannen um Punkt acht Uhr morgens und endeten kurz vor Einbruch der Dunkelheit.

Die ersten zwei Tage verbrachte Atal mit den langweiligen Waffeninstruktionen, Belehrungen über die Pflichten und Rechte und Erklärung der Verhaltensregeln. Am dritten Tag machte er schon Bekanntschaft mit verschiedenen klein- und großkalibrigen Waffen und nach weiteren zwei Tagen fing der praktische Teil an, nämlich die Schießübung. Hier brauchte Atal keine Lehrer mehr. Mit leichter Hand machte er sich mit der Pistole Makarow und dem Sturmgewehr Kalaschnikow vertraut, denjenigen Waffen, mit denen er danach zu tun haben musste.

Seine Kollege und Ausbilder staunten über seine Schieß-
ergebnisse. Er traf sein Ziel mit unglaublicher Genauigkeit.
Auf ihre Fragen hin, woher er solche Erfahrung mit Waffen
hatte, zuckte Atal mit den Schultern.

Am Ende jedes Tages nahm derselbe Minibus Atal und
ein paar andere seiner Kollegen an Bord und fuhr zurück
Richtung der Stadt. Unterwegs stiegen einer nach dem anderen all seine Mitfahrer aus und am Ende blieb Atal allein
im Bus sitzen.

Der letzte Abschnitt der Strecke bis zum Gasthaus verlief innerhalb der Stadt. Atal schaute neugierig auf die
Straße, die sein Minibus stockend und langsam voran fuhr
und staunte über das Meer von Leuten, Fahrzeugen, Mo-
torrädern, Fahrrädern, Karren und Eseln beladen mit verschiedenen Früchten und Gemüse, die in beide Richtungen
unterwegs waren und sich gegenseitig hinderten. Autos
hupten dauernd und die Fahrräder klingelten ununterbrochen. Der eine oder andere Passant fluchte laut und forderte die Besitzer von Karren und die Straßenhändler, den
Fußgängerweg freizumachen.

Dieses Gesicht der Stadt unterschied sich erheblich
von dem Stadtteil, wo sich das Gasthaus befand. Dennoch war Atals Bild von der Stadt noch nicht genau und
vollständig, denn konnte er aus dem Fenster des Busses
nur einen Bruchteil der Stadt sehen. Er wünschte sich
daher so schnell wie möglich die ganze Stadt zu besichti-
gen. Er wollte als freier Bürger vor Deh-Masang spazie-
ren gehen, den Berg dahinter besteigen und zu der Stelle klettern, wo sein verwundeter Vater in seinen Armen
gelegen und mit halbgeschlossenen Augen die Stadt zu

seinen Füßen angestarrt hatte.

Am Donnerstag der zweiten Woche sollte Atals Ausbildung zu Ende gehen. Von seiner Arbeit, der er direkt nach dem Wochenende antreten musste, hatte er trotz der Erklärung seiner Ausbilder immer noch keine richtige Ahnung. Er wusste nur, dass er Asimi überall begleiten und bei Gefahr für ihn Kopf und Kragen riskieren musste. Wie es aber mit all diesen Ministerien und Botschaften, Besuchen und Empfängen, Meetings und Versammlungen genau stand, das konnte er sich nur schwer vorstellen.

Am Donnerstagmorgen als Atal gerade sein Zimmer verlassen wollte, erschien überraschend Asimis Fahrer in der Tür und gab Bescheid, er sei zum Abendessen eingeladen worden, er komme am Abend und hole ihn ab.

Atals Stimmung war seit dem frühen Morgen angespannt, denn dies war sein letzter Ausbildungstag. Als aber der Fahrer ihm die Nachricht überbrachte, stieg in seinem Herzen Spannung einer anderen Art. Etwas, das er sich nicht erklären konnte, regte sich in ihm. Immer wieder erwischte er sich bei dem Gedanken an den kommenden Abend.

Madina war wieder die Erste, die Atal in ihrem Haus empfing. Sie streckte ihn fröhlich die Hand aus und begrüßte ihn.

»Wie geht es dir, Atal? Komm! Meine Mutter hat den ganzen Tag auf dich gewartet. Sie hat heute extra Asch gekocht und wollte, dass du unbedingt dabei bist«, verkündete sie. Aber als Atal sie mit gerunzelter Stirn anstarrte, sprach sie lächelnd weiter: »Kennst du Asch nicht? Die Nudelsuppe mit Hachfleisch, Kichererbsen und Bohnen. Man kocht sie in Kabul als etwas Besonderes oder wenn jemand in der Familie eine Erkältung hat.«

»Ach so!«, rief Atal aus. Madina ging zur Treppe und Atal folgte ihr. Mitten auf der Treppe hielt Madina an, drehte sich zu Atal und fragte: »Was hat deine Mutter bei einer Erkältung gekocht?«

»Mein Vater hatte fast nie eine Erkältung. Er hat immer gescherzt, dass ein Jäger sich nicht erkälten darf. Stell dir vor, du sitzt in einem Hinterhalt, deine Beute kommt näher und plötzlich hustest oder niest du«, antwortete Atal. Madina brach in Lachen aus.

»Und du? Wie stand es um dich?«, fragte sie nach ein paar Stufen wieder.

»Mich hat meine Mutter mit Kräutern, warmer Milch und Honig geheilt. Vielleicht bin ich in meiner Kindheit deswegen so oft krank gewesen«, sagte Atal im Spaß.

»Ach, wirklich? Du hast Honig gemocht und wolltest deswegen krank sein?«, fragte Madina lachend.

»Ja, aber wahrscheinlich nicht allein wegen des Honigs. Daneben gab es auch eine große Portion von Aufmerksamkeit. Es fühlt sich sehr gut an, wenn man einfach im Bett liegt, nichts macht und die Mutter einen verwöhnt, ständig nach dem Befinden fragt und alle Wünsche erfüllt.«

»Das ist ja interessant! Diese Methode sollte ich auch mal ausprobieren. Als Kind hatte ich meine Chance verpasst, aber jetzt! Jetzt kann ich davon gut Gebrauch machen«, sagte sie amüsiert und verzog eine Grimasse.

Sie betraten das Wohnzimmer, wo Belqiss allein saß und eine Zeitschrift las. Atal begrüßte sie respektvoll.

»Komm hier, mein Sohn!«, bat sie und klopfte mit der Hand auf dem Platz neben sich. Als er näher kam, streckte sie die Hand aus. Atal beugte sich und küsste ihre rechte Hand. Sie nahm sein Gesicht in die Hände und küsste ihn auf die Stirn.

»Madinas Vater sollte auch bald hier sein, dann werden wir uns alle zusammen zum Essen setzen. Bis dahin nimm eine Tasse Tee, mein Sohn!«, sagte sie und sah ihre Tochter an. Madina, die sich gerade ihnen gegenüber hingesetzt hatte, stand wieder auf, holte eine Tasse und Untertasse für Atal und schenkte ihm Tee ein.

»Ich brauche doch nicht wieder zu fragen, schwarzer oder grüner Tee, oder?«, bemerkte sie grinsend.

»Nein, das ist nicht nötig. Ich kann von beiden nicht genug bekommen«, antwortete Atal lächelnd.

»Geht es dir gut, mein Sohn? Ich vermisse dich. Besuch uns öfter, ich würde mich freuen«, sagte Belqiss mütterlich.

»Atal braucht jedes Mal eine Einladung, Mama!«, betonte Madina sarkastisch.

»Nein, nein! So ist das nicht. Ich hatte einfach keine Zeit. Ich war den ganzen Tag mit meiner Ausbildung beschäftigt. Ich habe an Sie gedacht, wirklich«, rechtfertigte sich Atal.

»Ich verstehe dich, mein Sohn! An erster Stelle muss immer deine Arbeit kommen«, beruhigte ihn Belqiss.

In diesem Moment hörten sie das Geräusch eines anhaltenden Autos. Madina stand sofort auf und sagte, das sei Baba. Sie lief aus dem Zimmer, um ihn zu begrüßen.

»Madina hat ihren Vater im Gefängnis sehr vermisst. Als Kind hatte sie ihn auf Schritt und Tritt verfolgt. Sie wollte ihn nicht mal mit mir teilen. Als Kamal geboren wurde, zeigte sie große Eifersucht. Ihr Vater musste ihr noch mehr Aufmerksamkeit schenken, damit sie glücklich war. Auch jetzt kann sie nicht genug von ihm haben. Sie verhält sich ihm gegenüber genauso kindisch wie früher«, erzählte Belqiss.

»Oh, Atal! Schön, dass du da bist! Ich entschuldige mich für die Verspätung«, sagte Asimi, sobald er die Türschwelle überschritten hatte. Atal stand auf und begrüßte ihn freundlich.

»Baba ist wieder aufgehalten worden, wie auch an jeden Tag. Und wir müssen gähnen, den Hunger zügeln und auf ihn warten«, beschwerte sich Madina im Scherz.

»Es tut mir Leid, Leute! Ich bessere mich, versprochen! Ihr könntet aber auch ohne mich anfangen«, sagte Asimi und ging zu Belqiss hinüber. Er begrüßte sie mit einem Kuss auf die Wange.

»Nein, Baba! Das geht nicht. Wir haben jahrelang ohne dich gegessen. Das hat gereicht«, widersprach Madina ihm und ging hinter ihrer Mutter zur Küche.

»Ich bin sofort da, ich ziehe mich schnell um«, sprach Asimi Atal an, und trat aus dem Zimmer.

Auf dem Esstisch standen aber nicht nur zwei große Schüssel voller duftender Suppe, sondern auch viele andere Köstlichkeiten. Die Suppe war lecker, aber sehr scharf. Atal war es nicht gewohnt scharfe Sachen zu essen. Chili und Peperoni waren nicht ein Bestandteil ihrer Gewürze zu Hause. Sein Vater hatte immer gesagt, sie seien die Mutter aller Magenerkrankungen. Außer der sehr heißen und scharfen Suppe, die seine Lippen und Zunge verbrannte, bekam Atal noch Probleme mit den endlosen Nudeln, die sich kaum von seiner Schüssel aufheben ließen. Nach einer Weile ließ er von der Suppe ganz ab und versuchte die Gastgeber damit zu täuschen, dass er mit dem Löffel in seinem Teller umrührte. Er hatte Angst davor, dass jemand ihn fragen würde, warum er nicht aß? Schmeckte es ihm denn nicht? Vor allem wollte er Belqiss nicht enttäuschen, schließlich hatte sie ihn ausgerechnet für diese besondere Suppe eingeladen.

»Na, wie ist deine Ausbildung verlaufen? Anfang der neuen Woche nimmst du schon deine Arbeit auf, oder?«, kam ihm Asimi zur Hilfe.

»Ich glaube gut. Ich habe die Schießprüfung bestanden und nächste Woche sollte es losgehen«, antwortete Atal, ohne zu überlegen.

»Bestanden? Mir wurde aber berichtet, dass du der Beste unter deinen Kollegen warst«, entgegnete Asimi lachend.

»Warum hast du die ganze Zeit geschwiegen, mein Sohn? Wir freuen uns doch über deinen Erfolg«, sprach Belqiss ihn an.

»So geht das aber nicht, Atal! Du hättest heute einen großen Haufen Süßigkeiten mitbringen müssen«, bemerkte Madina. Atal lachte nur verlegen. Er wusste nicht, was er sagen sollte.

»Das sind die alten Traditionen. Die Revolution mag sie nicht. Das weißt du doch«, antwortete statt Atal Asimi im Scherzen.

»Stimmt gar nicht. Du hast immer behauptet, die guten Traditionen müssen bewahrt werden. Du willst dich nur auf Atals Seite schlagen«, erwiderte Madina.

»Das mit dem Bewahren von guten Traditionen stimmt. Vielleicht geben wir Atal noch eine Chance. Na, was sagt das Volk?«, schlug Asimi vor und sah in die Runde.

»Ja! Und wir feiern es schon morgen«, jubelte Madina.

»Einen guten Anlass darf man nicht verschieben. Stimmt's Mama?«, wandte Madina sich an Belqiss, die das Gespräch lächelnd verfolgte.

»Lass bitte den armen Atal in Ruhe! Er hat noch gar

nichts gegessen«, antwortete Belqiss.

»Wirklich! Morgen ist ein freier Tag, ich könnte Atal in die Stadt begleiten, er hat sie immer noch nicht richtig besichtigt, und auf dem Rückweg könnte ich ihn dann zu den berühmten Konditoreien der Stadt führen«, sagte Madina und sah ihren Vater mit flehenden Blicken an. Asimi und Belqiss wechselten einen flüchtigen Blick.

»Hast du Atal gefragt? Vielleicht hat er morgen etwas Wichtigeres vor«, fragte Asimi und drehte den Kopf zu Atal.

»Nein, nein! Ich habe nichts vor«, rutschte es Atal über die Lippen.

»Siehst du, Baba?«, bemerkte Madina betont.

»Das mit der Stadt und den Süßigkeiten aber... Ich würde gern die Stadt sehen... und ich werde die Süßigkeiten auf jeden Fall mitbringen. Im Moment geht es aber leider nicht, vielleicht etwas später... «, sprach Atal stockend weiter.

Atal schämte sich. Er hatte kein Geld. Er wollte nicht mit leeren Taschen in die Stadt gehen. Ihm würde es sehr peinlich sein, wenn Madina für ihn bezahlen müsste.

»Aber warum denn?«, fragte Madina verständnislos.

»Na ja, die letzten beiden Wochen waren sehr anstrengend. Ich wollte einen Tag für mich haben, etwas länger schlafen und noch ein paar andere Sachen erledigen«, antwortete Atal leicht errötend.

»Schlafen? Du willst deine freie Zeit im Schlaf verbringen? Ich dachte, wir könnten morgen noch mit unserer ersten Unterrichtsstunde beginnen«, bemerkte Madina unzufrieden.

»Was ist mit Atals Arbeit? Ist schon alles geregelt? Ich meine sein Gehalt, wie viel, wann und wie er es bekommt?«, fragte plötzlich Belqiss ihren Mann.

»Ach ja! Gut, dass du mich daran erinnert hast«, rief Asimi aus. Er drehte sich zu Atal und fragte: »Weißt du schon, dass mein Fahrer dich jeden Tag um sieben Uhr morgens abholen wird?«

»Ja«, antwortete er.

»Hast du auch bereits den Chef des Sicherheitsdienstes kennengelernt und alle Informationen und Anweisungen von ihm bekommen?«, wollte Asimi sich vergewissern. Atal nickte.

»Okay! Und noch etwas. Mein Fahrer, Genosse Rahim, hat vom Buchhalter einen Vorschuss für dich bekommen, auf meine Bitte hin natürlich. Ich habe gedacht, du könntest es gut gebrauchen. Du warst ja noch nicht bei uns im Ministerium. Nächsten Monat musst du dein Geld dann selbst abholen«, gab Asimi bekannt.

»Ein guter Anfang, mein Sohn!«, bemerkte Belqiss mit Freude.

»Auch das sollte gefeiert werden. Also noch ein Anlass, um Süßigkeiten zu besorgen«, sagte Madina amüsiert.

Atal war zwar immer noch unsicher, er lächelte nur und schwieg, dennoch fühlte er nach dieser Neuigkeit eine gewisse Erleichterung.

»Okay! Dann geht morgen in die Stadt und wir warten geduldig auf die Süßigkeiten«, schlug Asimi vor.

»Hoffentlich gibt es morgen keine außergewöhnlichen Vorkommnisse im Ministerium«, fügte er noch hinzu.

»Oh, Baba! Das ist unfair. Du gehst auch dann zu irgendwelchen Versammlungen oder Besprechungen, wenn du frei hast«, protestierte Madina mit gerunzelter Stirn.

»Keine Sorge! Zum Abend komme ich auf jeden Fall nach Hause«, versicherte ihr Asimi.

Als etwa eine Stunde später Atal den Wunsch äußerte, zurück zum Gasthaus gehen zu wollen, stand Asimi auf, trat aus dem Zimmer und kehrte kurz danach mit einem dicken Umschlag in der Hand zurück. Er streckte ihn Atal entgegen und sagte, hier sei dein Gehaltsvorschuss.

Atal öffnete den Umschlag in seinem Zimmer, holte den Inhalt heraus und breitete es auf seinem Bett aus. Das war eine Menge von Geldscheinen in 50 und 100 Afghaninoten. Atal wurde auf einmal traurig. Die Bilder von Badgiss, wo sein Vater und er mehr als einen Monat auf Geirat Khans Feldern geschuftet hatten, waren auf einmal frisch in seiner Erinnerung. Sie beide hatten nicht einmal die Hälfte der Summe verdient, die hier vor seinen Augen auf dem Bett lag. Sie waren damals noch mit ihrer Arbeit und ihrem Lohn zufrieden gewesen, sie könnten stolz zu seiner Mutter zurückkehren und mit ihrem Geld ihr den Alltag erleichtern.

Atal seufzte und steckte das Geld wieder in den Umschlag. Seine Gedanken wanderten wieder zur morgigen Besichtigung der Stadt. Seine Gefühle waren gemischt. Er war neugierig und erwartungsvoll, denn es würde bestimmt neue Erlebnisse und Überraschungen geben. Zudem hatte er jetzt Geld in der Tasche und konnte sich leisten, eine Konditorei aufzusuchen und Süßigkeiten zu kaufen. Die Angst sich lächerlich zu machen hatte nachgelassen. Allerdings spürte er zugleich eine seltsame Unruhe. Tief im Innern ahnte er, dass nicht der Stadtbesuch allein, sondern die Vorstellung zusammen mit Madina durch die Stadt zu wandern, sein Herz höher schlagen ließ.

Madina hatte ihm bis jetzt zwar noch keinen Anlass für andere Gedanken gegeben. Sie hatte keine verlockenden

Andeutungen gemacht oder ihm verheißungsvolle Blicke geworfen, wie das mit Tanda der Fall gewesen war. Sie verhielt sich ihm gegenüber ungezwungen, nett und ehrlich, weil das ihrer Natur entsprach, und das war Atal wohl bewusst. Dennoch klopfte sein Herz jedes Mal, wenn sie vor ihm erschien.

Andererseits hatte er seit Altineis Tod, und seit damals waren fast 15 Jahre vergangen, keine Frau in seiner Nähe gehabt. Nun aber lächelte ihn wieder eine schöne Frau an. Er spürte ihre leuchtenden Blicke, hörte ihr glückliches Lachen, fühlte ihren erregenden Duft und das ließ ihn als Mann nicht gleichgültig bleiben. In seinem Kopf läuteten bereits Warnsignale und auch das konnte er nicht ignorieren.

Atal schlief in dieser Nacht schlecht und stand früher als üblich auf. Er duschte und rasierte sich, zog sich an und kam herunter zum Empfangsraum. Madina sollte ihn um 10 Uhr abholen, so hatten sie es am Abend zuvor vereinbart.

Im Gasthaus war es vollkommen still. Die paar Gäste, die er am Tag zuvor hier gesehen hatte, schliefen anscheinend noch. Nur aus der Küche war ab und zu ein Geräusch zu hören. Atal ging hin und her durch den Raum, wollte einmal in die Küche gehen und sich ein bisschen mit dem Koch unterhalten, entschloss sich aber dann dagegen und setzte sich auf das Sofa.

»Lassen Sie mich raten! Sie haben vergessen, dass heute ein freier Tag ist«, hörte Atal hinter sich eine bekannte, fröhliche Stimme. Schnell drehte er sich um. Der Koch stand mit ein paar Paketen in der Hand hinter ihm.

»Gewohnheit. Ich bin jeden Tag zu dieser Zeit wach, länger kann ich nicht schlafen«, erwiderte Atal und sie begrüßten einander wie üblich.

»Ich stehe auch jeden Tag früh auf und das seit einer Ewigkeit. Leider habe ich mich aber keineswegs daran gewöhnt. Jeder Morgen ist eine wahre Folter für mich«, bemerkte der Koch und Atal lächelte ihn verständnisvoll an.

»Wollen Sie schnell noch einen Tee, bis das Frühstück fertig wird?«, fragte er.

»Ich will Ihnen keine Mühe bereiten, Sie haben ohnehin viel zu tun«, antwortete Atal.

»Sie können den Tee selbst machen, wenn Sie wollen. Kommen Sie!«, sagte er und machte sich auf dem Weg zur Tür. Atal stand auf und folgte ihm in die Küche.

»Da ist unser Wasserkocher, alles andere liegt griffbereit daneben. Sie brauchen nichts zu suchen«, zeigte er auf einen Tisch an der Wand. Atal ging hinüber, betrachtete den Wasserkocher eine Weile neugierig und meinte dann: »Ich fürchte, ich kann dieses Ding nicht benutzen, wir haben Wasser mit Holz gekocht. Strom ist etwas Neues für mich.«

Der Koch sah ihn mit großen Augen an, dann trat er näher, goss Wasser hinein und drückte den Knopf an der Seite.

»Mich juckt die Neugierde und obwohl ich die Gäste nicht fragen darf, aber haben Sie hinter dem Mond gelebt?«

»Nein! Ich habe unter der Erde gelebt«, antwortete Atal lächelnd.

»Gott bewahre! Soll das ein Scherz sein?«, sah er Atal mit aufgerissenen Augen an.

»Kein Scherz! Es ist die pure Wahrheit. Ich saß im Kerker in Deh-Masang«, erklärte Atal.

»Oh, Allmächtiger! Und für wie lange?«

»Wo? Im Kerker oder überhaupt in Deh-Masang?«

»Beides?«, fragte er etwas durcheinander.

»Insgesamt neun Jahre, davon sieben im Kerker.«

»Das ist ja schrecklich! Ich kann mir gar nicht vorstellen, wie Sie dort gelitten haben mussten. Ihr Leid hat Sie bestimmt von allen Sünden reingewaschen. Sie sind mir schon am ersten Tag wie ein Heiliger vorgekommen.«

»Das bin ich leider nicht«, sagte Atal lächelnd.

»Nein! Nein! Sie sind anders: vertrauenswürdig, bescheiden und traurig. Nicht wie manche, die mit eigenen Taten großspurig prahlen. Also, falls Sie Gesellschaft brauchen, dann kommen Sie herunter und wir quatschen über alles.«

»Würden Sie mir auch etwas von all diesen Geräten, Werkzeugen, Geschirr und Besteck erzählen?«, fragte Atal im Scherz.

»Selbstverständlich. Ich werde Ihnen nicht nur alle Geräte, sondern jede einzelne Gabel, Löffel und Messer zeigen und erklären, wann und wofür sie eingesetzt werden, zum Beispiel bei einem großen Empfang und dergleichen«, versprach er.

Madina kam genau um zehn Uhr an. Sie erwischte Atal wartend und allein im Empfangsraum. Er saß mit geschlossenen Augen auf einer Couch und hielt eine leere Teetasse in der Hand. Als sie vor ihm trat, spürte er sofort ihre Anwesenheit, roch den milden Rosenduft. Das war unverkennbar ihr Parfüm. Er kannte ihn von ihrem Zuhause und der Duft erinnerte ihn jedes Mal an die Rosenbuschreihen am Ufer des großen Baches in seinem Dorf. Im Frühling war er fast jeden Tag dorthin gegangen, hatte eine Blume abgeschnitten, sie in die Tasche gesteckt und den ganzen Tag daran gerochen. Die Blüte hatte sogar dann geduftet, als sie schon verwelkt und vertrocknet gewesen war. Atal öffnete die

Augen und blickte zu Madina hinauf. Sie stand da und lächelte ihn strahlend an.

»Salam! Schläfst du immer noch?«, fragte sie. Atal stand auf und begrüßte sie ebenfalls.

»Komm! Wir müssen gehen«, sagte sie. Sie wartete bis Atal neben sie trat und dann gingen sie beide zum Ausgang.

Atal betrachtete sie von der Seite mit dem Blick eines Käufers, wie man es in seinem Dorf gesagt hätte. Sie war heute schön geschminkt. Ihre langen, schwarzen Haare lagen locker auf den Schultern. Statt der weiten traditionellen Kleidung trug sie ein enges schwarzes Hemd und eine blaue städtische Hose mit breiten Hosenbeinen. Als sie auf der Straße waren, drehte sie sich zu ihm, zeigte mit dem Finger etwas weiter auf die andere Seite der Straße und sagte:

»Da... «, dann brach sie aber plötzlich ab, als sie seinen Blick auffing.

»Was ist? Stimmt etwas nicht?«, fragte sie lächelnd und schaute genau an sich herab.

»Nichts! Mit dir ist alles in Ordnung, nur ich fühle mich nicht wohl in meiner Haut. Mir erscheint alles so ungewöhnlich, die Stadt, ich, du, wir zusammen auf der Straße. Ich habe Angst, dass die Leute mich schief angucken werden«, antwortete Atal ehrlich. Madina lachte amüsiert.

»Ach, Atal! Weg mit solchen Gedanken! Sieh mal! Die Welt ist so schön und wir sind frei«, zeichnete sie mit der Hand einen Bogen in der Luft.

»Weißt du, ich atme die Luft der Freiheit tief ein, und ich kann davon nicht genug kriegen. Ich sehe die Sonne und spüre, wie ihre warmen Strahlen mir Freude und Lebendigkeit schenken. Ich sehe die Leute und habe das Gefühl, dass ich alle zusammen in meine Arme schließen und sagen kann: Hey, Schwestern, Brüder, wacht auf! Genießt euren Tag! Ihr habt keine Ahnung, was für ein Geschenk es ist, frei zu sein«, sprach sie voller Begeisterung weiter.

Atal sah sie bewundernd an. Er konnte einfach nicht glauben, dass nach allem, was sie und ihre Familie durchgemacht hatten, sie immer noch frei von jeglicher Verbitterung oder Hass blieb. Wie hatte sie ihr Herz so rein, so liebevoll bewahren können? Als er zum ersten Mal im Krankenhaus die Augen geöffnet hatte, hatte er in ihr einen Engel erblickt. Jetzt wusste er, dass er sich nicht geirrt hatte. Er selbst fühlte aber nicht annähernd so wie sie. Die Wunden seines Herzens waren frisch und sie würden vielleicht nie ganz heilen, dachte er.

»Das ist die Bushaltestelle. Von hier fahren wir ins Stadtzentrum«, brachte sie ihn aus seinen Gedanken heraus, als sie eine Menschenmenge von Männern, Frauen und Kindern erreichten, die da standen und warteten.

»Hast du Kleingeld dabei, ich meine Münzen und so was?«, fragte Madina, als plötzlich ein Bus aus der Ferne erschien.

»Eigentlich nicht. Ich habe nur Geldscheine bei mir«, steckte Atal sofort die Hand in seiner Tasche.

»Ist gut, ich leihe es dir«, sagte sie und öffnete ihre Tasche. Sie brachte ein paar Münzen zum Vorschein, suchte eine Zwei Afghani Münze heraus und legte sie in seiner Hand.

»Das gibst du dem Schaffner im Bus. Wir steigen getrennt ein – Ich mit der Frauen von vorne, du mit den Männern durch die Hintertür«, erklärte sie. Atal nahm die Münze lächelnd an, und bedankte sich.

Sie fuhren etwa eine halbe Stunde durch ein paar

kleinere und größere Straßen des Viertels. Es war sehr eng im Bus. Die Leute standen dicht zusammengedrängt. Der Schaffner quetschte sich trotzdem durch die Menge und forderte die Leute immer wieder laut auf, noch dichter beieinander zu stehen. Atal versuchte die ganze Zeit Madina im Auge zu behalten, denn er wusste nicht, wo sie aussteigen mussten.

Als er irgendwann bemerkte, dass Madina sich durch die ebenfalls dichtstehende Frauenmenge zur Tür drängte, versuchte auch er sich den Weg zur Tür frei zu machen. Dabei musste er auf ein paar Füße treten, genauso wie zuvor die anderen auf seine Füße getreten waren. Der eine schrie: »Oh, man, bist du blind?«, der andere rief: »Hey, Bruder, Vorsicht!«

Atal reagierte nicht darauf, er wollte nur eins: den Bus so schnell wie möglich verlassen. Als der Bus anhielt, strömten noch die Leute zur Tür, die an der Haltestelle gewartet hatten. Sie pressten gegeneinander, wollten auf jeden Fall in den Bus einsteigen und schubsten ihn wieder zurück. Atal musste sich kraftvoll dagegen stemmen, um überhaupt aussteigen zu können.

Als Atal endlich auf der Straße war, wartete schon Madina auf ihn.

»Na, hast du es geschafft?«, fragte Madina ihn lachend, als sie beide entlang der Straße gingen.

»Warum gehen die Leute nicht zu Fuß? Es war doch nicht so weit bis hier«, beschwerte sich Atal.

»Die Leute sind daran gewöhnt, Atal! Selbst wenn es nur eine Haltestelle ist, wollen sie unbedingt mit dem Bus fahren«, erklärte ihm Madina.

»Vielleicht war es auch mit den Pferden in euren Bergen genauso. Vielleicht hast auch du keinen Schritt gemacht, ohne auf dein Pferd aufzuspringen«, bemerkte sie plötzlich.

»Ja, in dieser Hinsicht kann das sein. Nur auf dem Pferd ist man frei, man bedrängt niemanden und tritt anderen nicht auf die Füße«, erwiderte er.

»Ich kann mich auch nicht an diese Schubsereien und Drängeleien gewöhnen. Früher war alles anders. Vielleicht gab es damals weniger Leute in der Stadt oder als Kind hat niemand auf meine Füße getreten«, scherzte sie ihrerseits.

»Wohin gehen wir jetzt?«, fragte Atal nach einer kleinen Pause.

»Ich glaube, wir beschränken uns heute auf das Zentrum. Ehrlich gesagt, ich kenne auch nicht alle Teile und Ecken der Stadt. Im Gefängnis habe ich mir die Stadt immer so vorgestellt, wie ich es aus meiner Kindheit in Erinnerung hatte. Nach der Befreiung bin ich ein paar Mal sozusagen auf Wiedererkennungstouren in der Stadt gewesen und habe bemerkt, dass sie sich mittlerweile sehr verändert hat«, gab Madina zu.

Sie gingen weiter entlang der breiten Straße mit großen dichten Bäumen auf beiden Seiten bis sie einen großen Platz erreichten. Atal wurde sofort auf ein unheimlich hohes Tor und auf den dahinter liegenden prächtigen Palast aufmerksam.

»Einiges ist dennoch unverändert geblieben. Das ist der Präsidentenpalast, Atal! Hier lebte einst die königliche Familie mit allem drum und dran«, erklärte Madina.

Atal schaute erstaunt zu den festlich angezogenen Soldaten vor dem Tor, den massiven inneren Steinmauern hinter dem Tor und dem hohen rechteckigen Turm mit einer großen Uhr in seiner oberen Hälfte sowie einer eindrucksvollen roten Flagge, die hoch auf dem Turm wehte.

Nachdem sie sich ein paar Minuten lang umgeschaut hatten, gingen Madina und Atal zu einem anderen Platz mit einer großen Fontänenanlage in der Mitte und mehreren schönen Gebäuden drum herum.

»Das hier ist Ariana, eines der besten Kinos in der Stadt«, zeigte Madina mit dem Finger auf ein fensterloses zweistöckiges Gebäude auf der linken Seite des Platzes.

»Es macht solchen Spaß dort entspannt zu sitzen, den Alltag ganz zu vergessen, Chips mit gekühlter Fanta zu knabbern und einen schönen Liebesfilm zu genießen«, sprach sie begeistert weiter.

»Was soll ich dazu sagen? So ein Spaß ist mir leider entgangen«, bemerkte Atal seufzend.

»Lade mich ein und wir gehen zusammen hin, keine große Sache!«, bat sie plötzlich und sah Atal mit einem provozierenden Lächeln an.

»Was? Jetzt?«, fragte Atal verwirrt.

Madina griff unter seinen Arm und sagte lachend: »War ein Scherz. Ein nächstes Mal. Heute konzentrieren wir uns auf die Stadtbesichtigung«, beruhigte sie ihn.

Als Madina weiterhin seinen Arm umklammert hielt, überkam Atal das Gefühl, alle Passanten hätten ihre Blicke auf sie gerichtet. Er spürte Wärme im Gesicht. Ihm schien, dass seine Schritte irgendwie wacklig waren. Zu seinem Glück ließ Madina bald darauf seinen Arm wieder los.

Sie traten vom Platz weg und nahmen eine andere Straße, wo eine lange Reihe von Straßenhändlern zu sehen war. Sie hatten verschiedene dampfende Schüsseln, Töpfe und

Tabletts vor sich auf den Boden oder auf die Hocker gestellt. Madina erzählte ihm, wie all diese Köstlichkeiten hießen: saure Kichererbsen mit Kartoffelscheiben, Sambosa, Bolani, gekochte Kartoffeln mit Salz, Mantu und noch mehr, alles zum sofortigen Verzehr oder zum Mitnehmen.

Madina hielt vor einem alten Mann an und bestellte für sich und Atal je zwei Bolani. Sie griff zu ihrer Tasche und wollte bezahlen.

»Nein! Das mache ich! Bezahlen ist Männersache«, verkündete Atal entschlossen.

»Dann solltest du es wissen. Mit mir wirst du mit leeren Taschen nach Hause gehen«, sagte sie lächelnd.

»Das macht nichts, ich bin heute reich«, antwortete Atal, zog einen Geldschein aus der Tasche, überreichte ihn dem alten Mann und nahm die Bolani entgegen. Als sie sich ein paar Schritte von ihm entfernten, bemerkte Madina: »Weißt du, ich kann an Bolani einfach nicht vorbeigehen. Ich habe mich im Gefängnis sehr nach ihnen gesehnt. Ein großes Tablett voll beladen mit warmen Bolani war ein fester Bestandteil meiner Träume. Ich habe mir vorgenommen, dass ich, wenn ich das Glück habe, noch einmal auf den Straßen von Kabul sein zu dürfen, als erstes ein Dutzend Bolani kaufe.«

»Hast du das auch wirklich getan?«, wollte Atal wissen.

»Natürlich!«

»Hast du auch alle allein gegessen?«, sah Atal sie erstaunt an.

»Ja, was denkst du denn?«, antwortete sie und zog die Augenbrauen hoch.

»Bitte, frag aber nicht, wie viele Male ich danach zur Toilette gelaufen bin«, fügte sie im gespielten Ernst hinzu und beide brachen in Gelächter aus.

Madina führte Atal stundenlang im Stadtzentrum herum. Auf den Straßen wimmelte es von Fußgängern, Autos, Fahrrädern, Karren und Eseln. Männer, Frauen und Kinder mit unterschiedlichem Aussehen und Kleidern zogen durch die Straßen. Die einen waren europäisch gekleidet, wie Madina es genannt hatte, die anderen trugen weite traditionelle Hosen und lange Hemden. Die einen liefen gepflegt und gut angezogen, die anderen nachlässig und schmuddelig.

Atal sah auch Bettler, die am Rande der Straße saßen, ihre geschwollenen oder amputierten Beine oder Arme zeigten und darauf warteten, dass jemand sich erweichen ließ und ihnen ein, zwei Afghani in die Mütze warf. Er beobachtete kleine Kinder, die mit großen Tabletts voller Zigaretten oder Süßigkeiten am Hals hängend herumliefen und laut ihre Waren anboten. Er sah Jugendliche, die auf den Fußgängerwegen große zylindrische Glasbehälter vor sich aufgestellt hatten und Kaschmisch-Aab, ein süßes Getränk mit eingeweichten Rosinen und Eiswürfeln, verkauften.

Atal sah neugierig zu den Frauen, die entweder ohne jegliche Kopfbedeckung oder umgekehrt komplett verschleiert unterwegs waren. In seinem Dorf hatten zwar alle Frauen ein Kopftuch getragen, verschleiert war aber keine. Madina sagte, dass man in den staatlichen Institutionen, Schulen und Universitäten nur europäisch gekleidet sein durfte.

Atal wurde es bald schwindelig von so vielen neuen, überraschenden Eindrücken. Madina zeigte ihm bereitwillig die historische Altstadt, die neue Stadt, berühmte Königsmausoleen, schöne Moscheen, Parks, Kinos, Hotels und Basare. Er sah sich mit großen Augen die breiten, glanzvollen Straßen mit schönen Läden voller Schmuck und teurer Sachen an.

Noch mehr staunte er aber in einem anderen Teil der Stadt, wo Madina und er durch ein Labyrinth von schmutzigen, kleinen Straßen und Gassen wanderten. Jede Gasse war einzigartig mit einem eigenen Gesicht und Geruch. Jede bot etwas besonders an und hatte in der Regel daher auch ihren Namen. In einer Straße wurden zum Beispiel nur die inneren Organe von Schafen und Rindern verkauft, in einer anderen wurden ausschließlich die Köpfe und Beine von Schafen gekocht und in winzigen, dunklen Cafés verkauft. In der danebenliegenden Straße lockten dann mehrere Cafés die Passanten mit Rinderbeinen im eigenen Saft an. Eine andere Straße hatte sich für Süßigkeiten und Backwaren spezialisiert, die nächste für Gewürze, gesalzenes und eingelegtes Obst. In einer Gasse waren Tischler laut am Werk, in der anderen Leute, die alte, zusammengepresste Baumwolle aus Decken und Matratzen herausnahmen, die Klumpen lösten und wieder Decken und Matratzen damit befüllten. In einer weiteren Gasse standen direkt vor den Läden unheimlich große Töpfe voller Farben. Die Frauen brachten ihre Burkas dorthin, um sie neu zu färben. In der Nachbarstraße saßen dann Leute, die ihren Kunden die Zukunft voraussagten. Sie schrieben für sie Rezepte und Talismane, um sie von Flüchen zu befreien und vor bösen Verschwörungen zu schützen, ihren Rivalen ein Unheil widerfahren zu lassen oder ihren Geliebten die Liebe ins Herz einzuflößen.

»Hier soll es auch eine Straße für Schmiede geben, oder?«, fragte irgendwann Atal.

»Bestimmt, ich weiß nicht wo, aber das finden wir leicht heraus. Warum?«, sah sie ihn neugierig an.

»Weißt du, ich habe einen Freund im Gefängnis gehabt, er hat mir die Schmiedekunst beigebracht ...«

»Dir?«, unterbrach sie, zeigte mit dem Finger auf ihn und lachte.

»Ja! Ich habe schon einiges auf dem Amboss geformt«, gab er mit gespieltem Stolz zurück.

»Das ist ja interessant! Du glaubst, er könnte hier sein?«

»Wer weiß, damals haben wir beschlossen nach der Entlassung unsere eigene Schmiede zu öffnen.«

»Okay! Dann fragen wir, vielleicht finden wir doch deinen Freund hier. Die Welt ist manchmal kleiner als man denkt.«

Madina fragte einen Ladenbesitzer nach der Schmiedestraße und dieser erklärte den beiden, wie man dorthin gelangte.

Als sie die Straße fanden, machte Atal vor jeder Schmiede einen kurzen Halt und fragte nach einem gewissen Patang. Als Antwort erhielt aber er nur Kopfschütteln.

Irgendwo kamen Madina und Atal aus diesem Labyrinth raus und gingen zu einer dichtbefahrenen Kreuzung mit einem schönen blauen Denkmal in der Mitte. Atals Aufmerksamkeit war aber auf die ihm gut bekannten Berge gerichtet, die nun ganz nahe vor ihm lagen.

»Was ist?«, versuchte auch Madina nach vorne zu schauen und etwas Interessantes zu entdecken.

»Die Berge! Ich kann nicht glauben, dass ich vor einigen Wochen auf der anderen Seite dieses Berges in einer ganz anderen Welt existiert habe«, zeigte er auf den Berg, der sich rechts vom Fluss Kabul befand.

»Ach, Atal! Du darfst dich nicht an deine Vergangenheit klammern. Gott sei Dank sind wir auf dieser

Seite des Berges. Und ich schlage vor, wir machen uns dringend auf die Suche nach etwas Gutem«, sagte sie und warf Atal einen vieldeutigen Blick zu.

»Und was könnte das sein, dieses etwas Gute?«, fragte Atal lächelnd, während er mit der Hand seine Stirn rieb.

»Dieses Gute ist ein gutes Restaurant, was sonst«, sagte sie mit einem süßen Unterton und griff wieder kurz unter seinen Arm.

»Du hast Hunger«, stellte Atal fest.

»Ich sterbe vor Hunger und ich bin müde«, gab Madina zu.

»Dann musst du wissen, wo dieses gute Restaurant zu finden ist, du bist doch die Fremdenführerin«, gab Atal zurück.

»Wenn Sie mir folgen würden, mein Herr!«, bat sie ihn formell und trat einen Schritt nach vorne. Atal folgte ihr lächelnd.

Nach wenigen Minuten erreichten sie das Ufer des Flusses. Sie gingen über eine schwankende Holzbrücke hinüber und traten auf die andere Seite, wo mehrere Cafés dicht nebeneinander lagen.

Vor jedem Café stand jemand, der laut schrie und für ihre Spezialitäten warb. Ihre Schreie wirkten aber nur halb so verlockend wie der Duft der Fleischspieße selbst, die direkt in der Fußgängerzone vor der Cafés gegrillt wurden.

»Ich weiß, irgendwo gibt es bestimmt bessere und saubere Cafés, aber ich schlage vor, hier Halt zu machen. Was sagst du, Atal?«

»Ich denke auch so, hier riecht es himmlisch«, stimmte Atal ihr gern zu, dessen leerer Magen ebenfalls knurrte.

Sie dachten nicht lange nach und machten sich auf dem Weg zum ersten Café links von ihnen. Der Mann vor der Eingangstür lud sie verbeugend ein und führte sie weit hinten zu einem anderen Raum, der durch eine dünne Trennwand vom Rest des Restaurants getrennt war. Er schob den Vorhang zur Seite und bat sie herein.

Sie betraten einen kleinen, schwachbeleuchteten Raum und entdeckten in einer Ecke noch jemanden. Hinter einem Tisch saß ein junges Paar einander gegenüber. Sie waren anscheinend mit dem Essen bereits fertig, da beide ihre Teetassen in den Händen hielten. Der junge Mann mit den langen Haaren erzählte ihr etwas und die junge Frau kicherte leise. Den Neuankömmlingen schenkten sie keine Beachtung.

»Speziell für Frauen«, sagte Madina leise und deutete mit dem Blick auf den Raum, nachdem die beiden hinter einem Tisch in der anderen Ecke Platz nahmen. Atal verstand sie nicht, er zog die Augenbrauen fragend hoch. Madina lehnte sich nach vorne, warf einen flüchtigen Blick Richtung des jungen Paars und flüsterte verschwörerisch: »Frauen allein oder in Begleitung ihres Liebsten!«

»Oh Gott! Sie halten vielleicht auch uns für ein Paar«, hätte Atal beinahe ausgerufen, schwieg aber dann. Stattdessen lächelte er und machte ein erstauntes Gesicht.

Bald darauf stand der Kellner vor ihrem Tisch. Madina erkundigte sich nach den Kebabs, die hier im Angebot waren, gab ein paar Anweisungen, wie sie gegrillt und welche Beilagen und Soßen dabei sein sollten.

Atal machte es sich leicht und bestellte sich dasselbe wie Madina. Gegrillte Spieße waren zwar nichts Neues für ihn, aber mit so vielen Namen und Feinheiten, die der Kellner aufgezählt hatte, konnte er nichts anfangen. Sein Vater und er hatten Hasen, Rehe und Steinböcke gejagt und ihre inneren Organe und zartes Hüftfleisch einfach auf dem Lagerfeuer gegrillt. Den Rest hatten sie gesalzt, getrocknet und später gekocht.

»Oh! Ich hätte mich jetzt gern hingelegt und ein Nickerchen gemacht«, bemerkte Madina, nachdem die beiden das Restaurant verlassen hatten und auf die Straße getreten waren. Sie rieb ihrem Bauch mit der Hand und gähnte.

»Wir kaufen aber die Süßigkeiten, bevor wir nach Hause gehen«, erwähnte Atal.

»Ach, ja! Wir müssen noch unterwegs ein paar Hefte und Kugelschreiber für dich kaufen«, sagte Madina ihrerseits.

»Ja, ja! Es ist höchste Zeit mit dem Lernen anzufangen«, fügte sie hinzu, als Atal sie überrascht ansah.

»Ich befürchte, du wirst bald von mir enttäuscht sein. Ich werde kein guter Schüler sein. Außerdem weiß ich nicht, ob ich dafür Zeit haben werde. Morgen fange ich mit der Arbeit an«, bemerkte Atal.

»Das macht nichts. Dafür werde ich eine gute Lehrerin sein«, erwiderte sie grinsend und klopfte Atal leicht auf den Rücken.

»Das mit der Zeit ist auch für mich ein Problem, ich gehe schließlich auch zur Schule«, fügte sie hinzu.

»Du?«, fragte Atal verwirrt.

»Ja, ich! Natürlich nicht ein gewöhnliches Mädchengymnasium, dafür bin ich zu alt ...«

»Alt? Alt bin ich, nicht du«, unterbrach Atal sie.

»Okay! Lass uns vergleichen! Wie alt bist du?«, fragte Madina.

»Genau kann ich es nicht sagen, im Dorf kennt niemand seinen Geburtstag, aber als ich meine Jahre im Dorf, in der Gefangenschaft, in den Bergen und im Gefängnis zusammen gezählt habe, dann bin ich auf die Zahl 33 gekommen.«

»Ich bin mit neun im Gefängnis gelandet, Atal! Bis dahin feierten wir immer Kamals und meinen Geburtstag. Als ich im Frauenknast 18 wurde, hat meine Mutter lange geweint. Dieses besondere Datum konnten wir nicht feiern. Nun bin ich 26 Jahre alt, ziemlich alt für eine Frau, nicht wahr? Nachher wird keiner mich zur Frau nehmen wollen«, sagte sie scherzhaft und lachte.

»Ach! Jeder würde vor Freude seinen Hut in die Luft werfen, wenn er so eine Frau wie dich hätte. Was ist schon 26 für ein Alter? Und wenn schon, ich bin trotzdem viel älter als du«, entgegnete ihr Atal.

»Für dich als Mann ist das Alter kein Hindernis. Also, du hast noch lange deine Chance nach einer hübschen, jungen Frau zu suchen. Für eine Frau sieht aber alles anders aus«, sagte Madina lächelnd.

»Ich verzichte aber darauf«, erwiderte Atal.

»Warum?«, fragte Madina mit zusammengeknüpften Augen.

»Ich will nicht darüber sprechen.«

»Ein Geheimnis! Okay! Ich bedränge dich nicht«, erwiderte Madina und zog eine Grimasse.

»Erzähl lieber welche Schule du besuchst, wenn nicht eine normale?«, wechselte Atal das Thema.

»Ach, Schule! Also, das sind spezielle, intensive Klassen für Leute wie mich. Die wurden direkt nach der Revolution organisiert. Ich versuche noch in diesem Jahr das gesamte Schulprogramm zu absolvieren. Eigentlich habe ich ein Großteil der Schulfächer im Gefängnis gelernt. Meine Mutter hat jede Möglichkeit genutzt, um Kamal und mir etwas beizubringen. Wenn es mit dem Schulabschluss klappt, dann werde ich mich um die Aufnahmeprüfung zur Uni bemühen«, erklärte sie.

»Dann wäre es eine Sünde, wenn auch ich deine Zeit in Anspruch nehme. Du hast doch ohnehin alle Hände voll zu tun.«

»Keine Sorge! Ich komme schon irgendwie klar. Und was deine Zeit angeht, das werden wir heute Abend mit Baba klären. Also, keine Ausrede! Verstanden?«, warnte sie ihn streng.

Madina und Atal kehrten mit zwei großen Tüten gegen fünf Uhr zu ihrem Haus zurück. Belqiss begrüßte Atal mit einem Kuss auf die Stirn und fragte, wie die beiden den Tag verbracht hatten.

»Wetten wir, Baba ist wieder nicht zu Hause«, bemerkte Madina überzeugt.

Belqiss nickte und sagte, ihr Vater hätte einen Anruf bekommen und müsste dringend gehen.

»Okay, Mama! Dann nehme ich Atal mit. Wir müssen etwas lernen«, sagte sie und sah Atal fordernd an.

»Ihr seid doch müde, mein Kind. Vielleicht esst ihr zunächst etwas«, schlug Belqiss fürsorglich vor.

»Ich weiß nicht, wie es Atal geht, aber ich könnte eine ganze Kanne Tee trinken«, erwiderte Madina.

»Ich hätte auch gern einen Tee«, sagte Atal schnell, bevor Belqiss ihn fragen konnte.

»Ach, Kinder! Dann geht lernen, ich bringe euch Tee«, sagte Belqiss.

Madina hob eine Tüte vom Boden, zeigte auf die andere daneben und sagte: »Hier sind die Süßigkeiten, Mama!

Atal hat sie freiwillig gekauft, ich habe ihm nur den Weg zum Laden gezeigt, mehr nicht«, sagte sie gut gelaunt. Aber als Belqiss sie mit Zweifel im Gesicht ansah, fügte sie hinzu: »Frag ihn selbst, Mama! Ich musste ihn noch nicht einmal daran erinnern«

Belqiss drehte sich zu Atal und sah ihn forschend an. Er bestätigte aber Madinas Behauptung nickend. Belqiss ging dann zur Tüte hinüber, hob sie vom Boden und sagte: »Danke, mein Sohn! Wir werden sie nach dem Abendessen kosten.«

Madina brachte Atal zu ihrem Zimmer und bot ihm den Stuhl hinter dem Schreibtisch an. Atal setzte sich unverzüglich hin. Mit Madina fühlte sich alles angenehm an: die Umgebung, der Duft in der Luft und die besondere Wärme, die ihr Zimmer ausstrahlte. Das hatte er schon damals bemerkt, als Madina ihm das erste Mal ihr Zimmer gezeigt hatte.

Madina legte die Hefte und Kugelschreiber auf dem Tisch und setzte sich neben Atal. Sie schrieb langsam ein paar Buchstaben auf dem Blatt und fing an, sie zu lesen. Atal musste sie nachzeichnen und versuchen sie auszusprechen.

Sie waren noch in der ersten Reihe des Alphabets, als Belqiss rief, ihr Tee sei fertig. Madina sprang vom Platz, ging hinaus und kehrte bald mit einem Tablett und einer großen Thermoskanne zurück. Sie stellte alles auf die andere Seite des Tisches, ließ sich wieder neben Atal fallen und setzte ihre Arbeit fort.

Anfangs machte Atal nicht gerne mit. Ihm war es peinlich, dass er ihr wie ein Papagei nachahmen musste. Langsam fand er aber Spaß dabei. Madina lobte und verbesserte ihn, zwang ihn, die Buchstaben solange zu wiederholen, bis sie mit seinem Schreiben und Lesen zufrieden war.

Sie freute sich, lachte glücklich, scherzte und stieß ihn ab und zu sanft mit der Schulter an.

Irgendwann klopfte jemand leise an der offenstehenden Tür. Asimi stand in der Türschwelle und lächelte.

»Guten Abend, junge Leute! Ich sehe, wir schreiten leichtfüßig voran«, sagte er amüsiert. Atal und Madina standen sofort auf und begrüßten ihn.

»So ist es, Baba! Atal ist ein helles Köpfchen«, stellte Madina fröhlich fest.

»Madina ist einfach großzügig zu mir, sie lobt mich einfach so«, erwiderte Atal etwas rot im Gesicht.

»Es ist doch gut, dass alles klappt«, zeigte sich auch Asimi erfreut.

»Kommt! Das Essen ist schon fertig«, sagte Belqiss, die gerade neben ihrem Mann in der Türschwelle erschien war.

Während des Essens erzählte Madina begeistert, zu welchen Plätzen und Straßen sie Atal geführt hatte, was die beiden gesehen, gegessen und gekauft hatten. Asimi fragte zwar zwischendurch auch Atal, was er heute interessant gefunden hatte, überwiegend sprach aber Madina. Belqiss schwieg die ganze Zeit und wenn Madina sie manchmal anblickte und ihre Aufmerksamkeit suchte, lächelte sie ihr nur flüchtig zu.

»Atal hat Angst, dass er keine Zeit zum Lernen haben wird, Baba!«, teilte Madina plötzlich mit.

»Ja! Es wird nicht einfach sein mit der Zeit. Seine Arbeitszeit ist nicht beschränkt. Im besten Fall könnte er Donnerstagnachmittag und Freitag zur Verfügung haben und auch nur dann, wenn nichts Dringendes vorkommt«, antwortete Asimi etwas provozierend.

»Na toll, Baba! Das bedeutet, dass er überhaupt keine

Freizeit haben wird. Am Freitag passiert doch immer etwas Dringendes«, bemerkte Madina mit unzufriedener Miene.

»Sag bitte du etwas, Mama!«, schaute Madina nach einem kurzen Schweigen zu ihrer Mutter hinüber.

»Ich bin ganz auf deiner Seite, mein Kind! Atal braucht wenigstens zweimal in der Woche freie Zeit, um zu lernen«, stimmte Belqiss zu.

»Okay, okay! Ich versuche, ihn Donnerstagnachmittag und Freitag frei zu stellen, zufrieden? Atal, du musst mich aber daran erinnern, falls ich vergesse, welchen Tag wir haben«, sagte er augenzwinkernd. Atal nickte lächelnd.

»Vielleicht trinken wir Tee und sehen ein bisschen fern«, schlug Madina danach vor.

»Gute Idee! Ich hatte ohnehin vor, die Nachrichten um acht Uhr nicht zu verpassen«, stimmte ihr Vater zu und stand auf.

»Das sind die Süßigkeiten, die Atal heute gekauft hat«, verkündete Madina, nachdem sie ein Tablett voller Kekse, Jalabi und Shirpera im Empfangsraum auf den Tisch gestellt hatte.

»Hoffentlich wirst du noch viele Anlässe im Leben haben, mein Sohn, um Süßigkeiten zu verteilen. Ich werde für dich beten«, sagte Belqiss mit Tränen in den Augen. Atal bedankte sich tief gerührt.

Atal kehrte zu seinem Zimmer im Gasthaus mit einem Kopf voller Erlebnisse, Empfindungen und Entdeckungen zurück. Lange konnte er die Augen nicht schließen, immer wieder kam ihm das lebhafte, unbekümmerte und ehrliche Bild von Madina in den Sinn. Sie war etwas Besonderes. Einerseits klug, reif und gebildet und andererseits kindisch einfach und rein wie ein Engel.

Früh am nächsten Morgen wartete Atal bereits neben Asimis Limousine vor dessen Haustür, bis dieser herauskam. Die zwei Wachmänner vor dem Tor begrüßten Asimi, klatschten synchron mit ihren Stiefelabsätzen und hoben die rechte Hand zur Stirn. Sein Fahrer und Atal begrüßten ihn ebenfalls, allerdings ohne Förmlichkeiten. Asimi antwortete allen freundlich und setzte sich schnell nach hinten. Atal setzte sich vorne und das Auto fuhr los.

»Zum Ministerium!«, wies Asimi seinen Fahrer an.

Sie fuhren quer durch das Stadtzentrum und nahmen eine breite Straße Richtung Westen. Etwa eine halbe Stunde später hielt das Auto vor einem großen Gittertor an. Ein Dutzend Soldaten in kamelfarbigen Uniformen salutierten vor ihnen. Zwei Soldaten öffneten das Tor und sie fuhren durch eine große Gartenanlage weiter, bis sie sich einem Palast auf einem Hügel näherten. Dieser war unheimlich groß und schön. So etwas hatte Atal noch nie im Leben gesehen. Asimi stieg vor dem Palast aus und machte sich auf dem Weg zum Eingang. Atal folgte ihm.

»Dieser Palast wurde vom König Amanullah Khan vor etwa 60 Jahren erbaut. Nun ist unser Ministerium hier untergebracht«, sagte Asimi, noch bevor sie die Wache vor dem Eingang erreichten.

Sie gingen eine breite, mit rotem Teppich bedeckte Treppe hinauf und betraten einen langen Korridor im zweiten Stock. Asimi zeigte Atal sein großes Arbeitszimmer und machte ihn mit seinem Sekretär, einem jungen Offizier namens Massum, bekannt.

»Solange ich im Ministerium bin, wartest du beim Genossen Massum. Du kannst dich ausruhen, Tee trinken oder etwas in der Art, bleibst aber immer in Bereitschaft«, sagte Asimi.

Atal folgte dem Sekretär ins Nachbarzimmer. Dort saßen zwei weitere uniformierte Personen hinter den Tischen. Der Sekretär stellte Atal und die beiden einander vor und sie begrüßten sich kurz. Danach versank jeder in seine Arbeit.

Der Sekretär griff ständig zum Telefon, rief selbst jemanden an oder nahm Anrufe entgegen. Er vereinbarte Termine oder stellte Asimi selbst durch, dabei sprach er leise und respektvoll. Im Laufe des Vormittags tauchten im Sekretariat immer wieder Mitarbeiter aus anderen Abteilungen und Etagen mit Papierstapeln und Mappen in den Händen auf. Ab und zu kamen auch besondere Gäste und Besucher, die Asimi persönlich treffen wollten. Atal wunderte sich darüber, wie viel hier los war.

Am Nachmittag begleitete Atal Asimi in die Stadt zu zwei Treffen in anderen Behörden. Nach der Rückkehr musste Atal wieder im Sekretariat warten. Bald darauf gingen die zwei anderen Mitarbeiter nach Hause und es wurde langsam überall ruhig. Atal langweilte sich stundenlang bis endlich Asimi gegen acht Uhr abends aus seinem Kabinett heraustrat und verkündete, er wolle nach Hause gehen.

In den nächsten Tagen und Wochen begleitete Atal Asimi zu vielen Treffen, Demonstrationen und Versammlungen in der Stadt. Er war einmal sogar im Präsidentenpalast, wo er einige unglaublich schöne Prachtbauten, wenn auch nur von außen, bestaunen konnte. Noch hatte er nicht das Glück, den Präsidenten selbst zu sehen, aber er hatte die Gelegenheit viele Revolutionäre, Minister und Generäle aus der Nähe zu beobachten, während sie sich mit Asimi zusammentrafen oder wenn sie ihre flammenden Reden in den großen Hallen und Konferenzsälen vor hunderten und tausenden Beamten, Stundenten und Arbeitern hielten und diese in Begeisterung versetzten.

Besonders neugierig war Atal aber auf die wichtigen ausländischen Gäste, die ab und zu Asimi besuchten. Als er das erste Mal drei kräftige Männer mit blonden Haaren, blauen Augen und geröteten Wangen bei Asimi sah, konnte er sich nicht davon abhalten zu fragen, wer sie sein sollten. Der Sekretär, der ihn mittlerweile nicht mehr so frostig ansah, wie in den ersten paar Tagen, teilte ihm stolz mit, die Genossen seien Berater aus der Sowjetunion, unserem großen nördlichen Nachbarland.

Kapitel 12

Asimi hielt sein Versprechen. Er gab Atal tatsächlich jeden halben Donnerstag und den ganzen Freitag frei. Atal nutzte diese Zeit gern, kam pünktlich zu ihrem Haus und setzte seinen Unterricht fort. Madina erwies sich als eine Lehrerin aus Leidenschaft. Sie war unermüdlich und streng zu ihm. Gleichzeitig zeigte auch Atal sich von seiner besten Seite. Er war stets fleißig, aufmerksam und gab sein Bestes. Zusammen machten sie von Tag zu Tag deutliche Fortschritte und freuten sich über ihre Erfolge.

Belqiss blieb Atal gegenüber auch weiterhin mütterlich nett. Sie kochte immer etwas besonderes zum Abendessen und rief die beiden nur dann, wenn alles schon vorbereitet war. Oft setzten sie sich dann zu dritt hinter dem Esstisch. Asimi schaffte es kaum mehr rechtzeitig nach Hause zu kommen. Er versank immer tiefer in seine Arbeit und dafür musste er sich jedes Mal vor Madinas unzufriedener Miene rechtfertigen.

Nach dem Essen führte Madina Atal zum Fernseher im Erdgeschoss. Sie machten es sich bequem, tranken Tee und schauten sich Filme oder musikalische Sendungen an.

Madina ließ sich manchmal so dicht neben ihm auf der

Couch fallen, dass ihr Oberschenkel den seinen berührte. Atal fühlte die erregenden Kurven ihres Körpers. Sie löste in ihm ein besonders sehnsüchtiges und gleichzeitig beunruhigendes Gefühl aus. Er wusste nicht, ob er sein Bein wegziehen oder stillhalten sollte.

Manchmal lehnte sie sich zu ihm, um eine Bemerkung zu einem Schauspieler oder einem Sänger zu machen, und er spürte ihren heißen Atem auf seinem Gesicht. Manchmal legte sie auch ihre Hand kurz auf seine, um ihn auf eine Szene auf dem Bildschirm aufmerksam zu machen, und er fühlte die Wärme, die durch ihre zarte Handfläche in sein Körper strömte und ihn elektrisierte. Atal redete dann lange auf sich ein, sie mache das ganz unschuldig und natürlich.

Manchmal dachte er auch, dass er vielleicht von Madina die Aufmerksamkeit und Zuneigung erhielt, die sie ihren Bruder Kamal geschenkt hätte. Aber die Anzeichen dafür, dass sie für ihn viel mehr empfand, als für einen Bruder oder Freund, wurden mit der Zeit immer deutlicher. Beide kamen einander unausweichlich näher und das war kaum mehr zu übersehen.

Atal wehrte sich innerlich, täuschte sich damit, dass zwischen ihnen nur eine harmlose Freundschaft bestand. Er tat so, als würde er Madinas verliebte Blicke und vielsagende Lächeln gar nicht bemerken, er wollte auf keinen Fall zugeben, dass auch er für sie etwas Besonderes empfand. Diese Selbsttäuschung war jedoch nur die Ruhe vor dem Sturm. Das tief in ihnen lodernde Feuer nahm immer mehr an Kraft und die Flammen mussten irgendwann hochschlagen.

Eines Donnerstags, als Atal wie gewohnt Asimis Haus besuchte, traf er überraschend als erstes nicht Madina an, sondern ihre Mutter Belqiss. Sie empfing ihn wie immer liebevoll und fragte eine Weile nach seiner Arbeit und was es sonst Neues gab. Atal erzählte ihr zwar alles, suchte aber stets mit den Augen die Zimmertür auf in der Hoffnung, Madina würde jede Minute fröhlich hereinplatzen. Sie kam aber nicht.

»Madina fühlt sich heute nicht wohl. Wahrscheinlich ist sie in ihrem Zimmer eingeschlafen. Übrigens kannst du nach ihr sehen, wenn du willst«, sagte Belqiss, nachdem sie Atals abwartenden Blicke bemerkt hatte.

Atal stand auf und machte sich auf dem Weg zu ihrem Zimmer. Die Tür stand offen. Atal blickte vorsichtig ins Zimmer hinein. Madina lag mit geschlossenen Augen auf ihrem Bett. Atal wollte sie nicht wecken und versuchte sich leise zurückzuziehen.

»Komm herein! Ich schlafe nicht«, hörte Atal plötzlich ihre Stimme.

»Ich habe dich geweckt, entschuldige«, sagte er, nachdem er das Zimmer betreten hatte.

»Ach, das macht nichts. Nimm den Stuhl und komm zu mir«, zeigte sie auf den Stuhl hinter dem Schreibtisch. Atal stellte den Stuhl neben ihrem Bett und setzte sich hin. Madina rutschte nach hinten, richtete sich ein bisschen auf und lehnte den Kopf gegen die Bettlehne.

»Was hast du denn?«, fragte Atal, während er sie forschend betrachtete.

»Nichts Schlimmes! Ein bisschen Kopfschmerzen und ein bisschen Herzschmerzen«, antwortete sie ruhig.

»Vielleicht brauchst du etwas, irgendwelche Tabletten,

Kräuter oder so was. Ich kann zur Apotheke laufen, sie hat noch geöffnet«, sagte Atal besorgt.

»Ja! Ich denke, ich könnte etwas gebrauchen«, gab sie plötzlich zu und sah ihn geheimnisvoll an.

»Na, was denn?«, fragte Atal ernst.

»Eine große Portion Aufmerksamkeit«, antwortete sie und lachte amüsiert.

»Okay! Dann prüfen wir, ob du Fieber hast«, verkündete Atal und musste selbst lachen, denn es waren seine eigenen Worte, er hatte ihr einmal erzählt, warum er in seiner Kindheit oft krank gewesen war. Er streckte unsicher die Hand aus und legte sie vorsichtig auf ihre Stirn. Seine Finger zitterten. Madina nahm seine Hand und legte sie sich auf das Herz.

»Diese Art von Fieber ermittelt man hier, Atal!«, erwiderte sie und sah ihn mit einem solchen Blick an, dass er Angst bekam. Er zog die Hand sofort zurück. Für eine Weile war es still. Atal traute sich nicht mehr, ihr in die Augen zu schauen.

»Was wirst du machen, wenn ich sage, dass ich dich liebe, Atal?«, fragte sie plötzlich.

Atal dachte lange mit gesenktem Kopf nach, dann sah er auf und sagte mit zitternder Stimme: »Was soll ich sagen, Madina! Du wirst mich damit zu deinem Sklaven machen. Ich bin dir ohnehin sehr dankbar. Du hast mich zum Leben erweckt, du wirst für mich immer mein rettender Engel sein. Es gibt aber Dinge, die über uns stehen. Ich weiß nicht, wie ich es dir erklären soll.«

Madina schwieg ebenfalls einen langen Moment nachdenklich, bis sie wieder das Wort ergriff:

»Weißt du, Atal! Ich habe einmal gehört, wenn man aus

einer langen Bewusstlosigkeit aufwacht, verliebt man sich in die Person, die man als Erstes anblickt. Vielleicht habe ich deswegen so oft und so lange neben deinem Bett im Krankenhaus gesessen. Ich glaube sogar, dass ich mich schon damals in dich verliebt habe, als mein Vater so vieles von dir und Kamal erzählt hat. Ich weiß, ich spüre es von ganzem Herzen, dass auch du für mich dieselben Gefühle empfindest. Ich habe lange gewartet, ich habe gehofft, du wirst mir eines Tages deine Gefühle gestehen. Nun habe ich es gewagt. Länger so zu tun, als gäbe zwischen uns nur reine Freundschaft, wäre unanständig. Ich ertrage es nicht mehr«, sagte sie, während ihr Blick immer noch auf die gegenüberliegende Wand gerichtet war.

»Quäl mich nicht, Madina, bitte! Es geht nicht um unsere Gefühle, es gibt ganz andere Gründe ...«

»Sag es mir!«, unterbrach Madina ihn und ergriff wieder seine Hand.

Atal schwieg wieder eine lange Weile, sagte dann widerwillig: »Ich habe Angst.«

»Angst? Aber wovor?«, fragte Madina verständnislos.

»Vor mir selbst, vor meinem Schicksal. Oh, du verstehst es nicht, Madina! Es wird ein Unheil geschehen, ein schreckliches Unheil!«, sagte Atal aufgeregt und entzog ihr seine Hand.

»Was für ein Unheil? Warum sprichst du so rätselhaft?«, fragte Madina nun mit blassem Gesicht.

»Hör mir gut zu, Madina! Wenn wir nicht sofort aufhören, wenn wir uns nicht zurückhalten können, dann wird es eine Katastrophe geben.«

»Oh, großer Gott! Warum denkst du nur so, Atal? Bitte erklär es mir«, sah sie ihn flehend an.

»Okay!«, sagte Atal und schwieg. Er dachte so lange nach, bis er sich dazu durchringen konnte, wieder das Wort zu ergreifen. Seine Augen wurden rot und sein Gesicht fühlte sich feurig an. Er begann langsam, zu sprechen: »Es verhält sich folgendermaßen, Madina! Jeder, der mich liebt oder in meinem Herzen einen festen Platz einnimmt, stirbt gewaltsam!«

Madina schaute ihn eine Weile verwirrt an, dann kam sie zu sich, drückte seine Hand und sagte: »Warum glaubst du an so etwas? Du bist doch nicht etwa bei einem dieser Wahrsager im Stadtzentrum gewesen? Das sind doch alle Scharlatane, verstehst du?«

»Nein, nein! Ich war nicht dort. Ich weiß es genau. Mein ganzes Leben ist ein Beweis dafür«, sagte Atal überzeugt.

»Weißt du, was? Ich lasse dich nicht in Ruhe, bis du mir nicht alles erzählt hast«, gab sie entschieden zurück..

Atal blickte zum Fenster, seine Gedanken wanderten woanders, es dauerte etwas, bis er anfangen konnte, von seinem Leben zu erzählen. Er erzählte ihr der Reihe nach von Tanda und Altinei, von seiner Mutter und Kamal und schließlich von seinem Vater. Danach schwiegen sie beide lange Zeit, bis Madina irgendwann die Stille seufzend brach: »Das ist ja grausam! Mir tut es so Leid. Aber bei allem Respekt, Atal! Du ziehst völlig falsche Schlüsse. Es gibt keinen Fluch des Schicksals oder etwas derartiges. Ich verstehe. Deine Vergangenheit quält dich, aber du musst darunter einen Schlussstrich ziehen und einen neuen Anfang machen. Ich liebe dich und zusammen schaffen wir das.« Madina zog ihn zu sich und wollte ihn umarmen, Atal wich aber ruckartig von ihr weg und sagte: »Nein! Ich will nicht, dass auch dir etwas zustößt. Ich kann das nicht zulassen.

Ich würde es mir nie verzeihen.« Atal stand rasch auf und fuhr entschlossen fort: »Wir müssen sofort auf Abstand gehen! Verzeih mir, dass ich dir wehtue, aber besser dieser Schmerz, als dich zu verlieren. Noch sind wir nicht zu weit gegangen, noch gibt es die Möglichkeit das Schlimmste zu verhindern.«

»Ich dachte, du bist ein furchtloser Kämpfer, ein wahrer Held. Wäre jetzt Kamal am Leben, dann hätte er gewusst, wie sehr er sich in dir getäuscht hat«, sagte Madina, verbarg ihr Gesicht in ihren Händen und brach in bittere Tränen aus. Atal drehte sich um und verließ schnell ihr Zimmer.

Danach ging Atal nicht mehr zu ihrem Haus. Er hörte auf, zu lernen, verbarrikadierte sich nach der Arbeit in seinem Zimmer und kämpfte mit sich. Vor seinen Augen stand ständig Madinas tränenüberströmtes Gesicht. Er hatte Gewissensbisse, die ihm keine Ruhe mehr ließen. Er hatte Madina wehgetan, sie gekränkt und beleidigt. Er hatte auch seine eigenen Gefühle mit den Füßen getreten.

Gleichzeitig widersprach aber Atals innere Stimme seinen Schuldgefühlen. Sie rechtfertigte ihn. Er musste verhindern, dass auch Madina dasselbe Schicksal erlitt wie Tanda und Altinei.

Seinen Pflichten bei der Arbeit ging Atal aber wie gewöhnlich nach. Am Anfang befürchtete er noch, dass Asimi ihn vielleicht zur Rede stellen oder wenigstens fragen würde, warum er seit zwei Wochen nicht bei ihnen erschienen war. Zu seinem Glück verhielt sich Asimi aber so, als wäre alles beim Alten. Entweder wusste er von nichts oder er tat mit Absicht so, als wäre gar nichts passiert. In jedem Fall wünschte Atal sich sehr, dass alles auch weiterhin so blieb.

Doch eines Tages berührte Asimi dennoch das schmerzliche Thema. Er rief Atal vor dem Abend, als fast alles im Ministerium zur Ruhe kam, zu sich in das Kabinett, und bat seinen Sekretär Massum niemanden zu ihm durchzulassen.

Atal nahm mit rasendem Herz vor seinem großen, ovalen Arbeitstisch Platz. Er ahnte schon, worum es gehen würde. Die Angst, dass Asimi zornig auf ihn sein könnte, ihn gar entlassen würde oder Ähnliches, hatte er nicht. Dennoch, vor einem Mann zu sitzen, den er verehrte, der ihm das Leben gerettet hatte, der schon so vieles für ihn getan hatte, und über so ein heikles Thema zu reden, war nicht einfach.

Nachdem Asimi noch ein Telefonat geführt hatte, fing er an, einige Papiere auf dem Tisch hin und her zu schieben. Dann rieb er eine Weile seine Stirn nachdenklich, bis er endlich zu sprechen begann. »Ich will dich etwas fragen, Atal«, sagte er und sah ihm direkt in die Augen. Atal nahm seinen Mut zusammen und erwiderte seinen Blick mit einem abwartenden Schweigen.

»Wir vereinbaren aber eines im Voraus. Wir bereden alles von Mann zu Mann, von Revolutionär zu Revolutionär. Bist du bereit?«, dieses Mal lächelte Asimi leicht.

»Ja, ich glaube schon«, antwortete Atal etwas verlegen.

»Magst du Madina?«, fragte er auf einmal kurz und klar.

Atal sah ihn völlig durcheinander an. So unverhüllt und direkt zur Sache zu kommen, das hatte er von ihm nicht erwartet.

»Wenn du Nein sagst, dann ist das auch in Ordnung, keine Sorge!«, fügte Asimi hinzu.

Atal schwieg, er wusste nicht, wie er anfangen sollte.

»Eines muss dir aber bewusst sein, du bleibst für mich immer wie ein Sohn. Ich werde jede Antwort akzeptieren, du musst nur ehrlich bleiben«, sprach er weiter. Atal dachte lange nach mit dem Blick zum Boden gesenkt.

»Es ist alles nicht einfach, Asimi Saheb!«, brachte er endlich heraus.

»Beantworte bitte zuerst meine Frage, Atal! Über die Komplikationen reden wir später«, erwiderte Asimi.

»Ja! Ich mag sie über alles«, sagte Atal ganz sicher.

»Nun erzähl mir bitte, was euch stört. Was ist zwischen euch vorgefallen? Madina verliert kein Wort darüber, aber wir sind nicht blind, wir sehen, wie sie leidet und ich merke, dass auch du traurig bist. Sie hat sich in ihr Zimmer verkrochen und spricht kaum mit uns. Wir machen uns um euch beide Sorgen. Sie ist unser einziges Kind und auch du bist für uns wie ein Sohn«, sagte Asimi, lehnte sich auf seinem großen Lederstuhl nach hinten und wartete ab.

Kurz danach begann Atal zu erzählen, eine andere Wahl hatte er nicht. Er sprach offen und ehrlich von seinen Ängsten und Sorgen. Zu seinem Erstaunen war das gar nicht so schwer, wie er es sich vorgestellt hatte. Als er zu Ende sprach, rückte Asimi seinen Stuhl etwas nach vorn und sagte mit ernster Miene: »Sei nicht böse, Atal, aber für einen Revolutionär gehört es sich nicht abergläubisch zu sein. Der Glaube an Schicksal ist gleichwertig mit dem blinden Vertrauen in die regierende Klasse. Das vergiftet unsere Seele, das hindert uns daran aufzustehen und für unsere Rechte zu kämpfen. Ich verstehe, du hast ein Leben voller Schrecken hinter dir. Ein Sprichwort besagt: Wer einmal von einer Schlange gebissen wurde, der schreckt selbst vor einem Seil zurück. Diese Verkettung von tragischen Vorfällen hat tiefe Wunden in deiner Seele hinterlassen und dich verunsichert. Das bedeutet aber nicht, dass derartige

Ereignisse einer Gesetzmäßigkeit unterliegen. Du musst diese Angst überwinden, du musst nur einmal den Sprung wagen und du wirst sehen, es wird nichts passieren. Also, Atal! Lass dir dein Leben nicht von solchen rückständigen Gedanken verderben und ich sage dir: Greif nach deinem Glück, bevor es mit der Strömung fortgespült wird und nicht mehr erreichbar ist.«

Atal saß still und tief beeindruckt da. Ihm fiel nichts ein, was er erwidern konnte. Nach einer Weile des Schweigens ergriff Asimi wieder das Wort: »Nimm dir Zeit, Atal! Denk in Ruhe darüber nach, was ein alter Revolutionär dir gesagt hat! Jetzt aber lass uns nach Hause gehen, bevor ich wieder Ärger bekomme«, sagte er lächelnd, stand auf und trat zur Tür hinaus.

Der nächste Morgen verlief bis zum Mittag routinemäßig langweilig. Asimi hatte ein paar Treffen im Ministerium und eine Ansprache bei der Versammlung eines Arbeitervereins in der Stadt, sonst musste Atal im Sekretariat warten. Seine Gedanken waren immer noch mit Madina und seinem Gespräch mit Asimi beschäftigt. Er wusste nicht, wie es weitergehen sollte. Sein Zweifel an der eigenen Überzeugung wuchs mit jedem Tag.

In diesem Hin und Her zwischen seinen Gefühlen und seinem Verstand kam er plötzlich zu einer endgültigen Entscheidung. Länger wollte er nicht warten, er stand sofort auf und platzte zu Asimi in das Kabinett herein. Asimi, der in diesem Moment jemanden anrufen wollte, blickte überrascht auf und legte den Telefonhörer zur Seite.

»Ich will heute frei haben«, sagte Atal fast fordernd. Asimi sah ihn einen Moment lang forschend an. Er wollte fragen, was Atal vorhatte, dann aber verzichtete er darauf und sagte ruhig: »Okay, Atal! Du kannst heute frei haben.«

Atal bedankte sich und eilte nach draußen. Im Sekretariat sagte er Massum kurz Bescheid und ging schnell davon, ohne ihm Zeit für weitere Fragen zu lassen.

Es war Nachmittag. Atal wusste, wann Madina von der Schule nach Hause kam. Er presste sich mit aller Kraft in den ersten, voll besetzten Bus Richtung Stadtzentrum. Von dort fuhr er aber nicht weiter zu ihrem Haus, sondern ging direkt zu Madinas Schule. Er wartete entfernt genug vom Schuleingang, denn er wollte nicht wie einer der Jugendlichen aussehen, die hier und da standen und die Mädchen anmachten.

Die Zeit verging, von Madina gab es aber keine Spur. Irgendwann fing er an, zu denken, vielleicht sei sie heute gar nicht zur Schule gekommen, und wollte sich auf dem Weg zu ihrem Haus machen. Da sah er plötzlich Madina, die aus der Schule heraustrat. Sie war aber nicht allein, zusammen mit ihr machten sich noch drei ihrer Freundinnen auf dem Weg in seine Richtung.

Bis Atal überlegte, wo er sich verstecken konnte, denn er wollte nicht, dass ihre Freundinnen merkten, dass er auf Madina wartete, war es schon zu spät. Madina entdeckte ihn schon aus der Ferne. Sie verließ ihre Freundinnen und kam schnell auf ihn zu.

»Was ist passiert? Warum bist du hier?«, fragte sie besorgt.

»Madina, willst du mit mir ins Kino gehen?«, platzte er verlegen heraus. Madina legte sofort die Hand auf ihren Mund und starrte ihn einen Moment lang mit großen Augen an. Dann brach sie in schallendes Gelächter aus.

»Ja! Ich will, Atal!«, antwortete sie begeistert. Danach

drehte sie sich rasch zu ihren Freundinnen um, die etwas abseits standen, alles neugierig beobachteten und dabei kicherten. Madina winkte ihnen mit der Hand zu. Sie warfen einander vieldeutige Blicke zu und gingen lachend davon.

»Wann gehen wir denn? Ich kann es kaum abwarten«, fragte Madina fröhlich und griff unter seinen Arm.

»Jetzt!«

»Jetzt?«, sie blickte schnell auf ihre Armbanduhr.

»Aber wir schaffen es nicht, die Filme fangen um zwei an und ich muss noch meiner Mutter Bescheid geben.«

»Das machen wir auch.«

»Warte mal! Wir gehen zur Zentrale des Postamtes da drüben. Dort gibt es noch eine funktionsfähige Telefonzelle, ich rufe sie an.«

Sie eilten zu der engen Fußgängerbrücke über dem Fluss und gingen weiter zum Eingang des Postgebäudes. Zu ihrer Enttäuschung standen vor der Telefonzelle mindestens zehn genervte Leute, die bereit waren, den Mann, der gerade schreiend sein Telefonat führte, gewaltsam aus der Zelle zu zerren.

»Komm! Wir nehmen ein Taxi«, sagte Atal. Sie liefen nach draußen, winkten ein altes, von Staub bedecktes Taxi herbei, das gerade vorbei fuhr und stiegen ein. Vor dem Haus wartete Atal im Taxi auf Madina. Sie kehrte blitzschnell zurück und sie fuhren wieder in Richtung der Stadt.

Madina war überglücklich. Sie hatte nicht einmal die Absicht, ihre grenzenlose Freude zu verbergen. Sie schmiegte sich an ihn, suchte ständig seinen Blick und lächelte ihn strahlend an, ungeachtet dessen, dass der Fahrer sie neugierig beobachtete und heimlich lächelte.

Als sie vor dem Kinosaal Ariana das Taxi verließen und

zur Kasse liefen, war es schon nach zwei. Sie schauten nicht einmal auf die Werbetafel, um zu lesen, was für ein Film im Kino lief.

Im Gegensatz zum üblichen Gedränge vor den Kassen, herrschte an diesem Tag eine ungewöhnliche Ruhe. Madina und Atal standen allein an und freie Plätze gab es in Überzahl. Sie wählten zwei Plätze mitten im Saal und eilten zum Eingang. Ein Angestellter, dessen Pflicht es war, die Besucher zu ihren Plätzen zu geleiten, empfing sie an der Tür, blickte kurz auf ihre Karten und führte sie dann in den Saal. Der Film lief schon, er machte seine Taschenlampe an und zeigte ihnen ihre Plätze.

Nachdem Madina und Atal sich hingesetzt und ihre Augen sich an die Dunkelheit angepasst hatten, bemerkten sie erstaunt, dass abgesehen von ein paar Dutzend Kindern und Jugendlichen, die verstreut hier und da saßen, der Saal leer war.

Madina kicherte und erklärte Atal leise, dies sei ein Karatefilm und nur Jungs mögen ihn.

»Uns ist es aber absolut egal, was für ein Film läuft, nicht wahr?«, bemerkte Madina danach und legte ihre Hand in die seine. Atal umschloss ihre Hand, drückte sie zart und ließ sie bis zum Ende des Filmes nicht mehr los.

Als die beiden gegen fünf Uhr den Kinosaal verließen und nach draußen traten, äußerte Madina plötzlich den Wunsch, sie möchte zu Fuß nach Hause gehen. Atal zeigte sich sofort bereit. Sie gingen entlang der Flughafenstraße, lachten, scherzten, spielten, liefen und schubsten einander die ganze Zeit, wie zwei Kinder.

Als sie nach Hause kamen, schaute Belqiss die beiden mit fröhlicher Neugierde an. Sie erwähnte überhaupt nicht, warum Atal sie so lange nicht besucht hatte. Atal bemerkte zum ersten Mal, dass das gewöhnliche, traurige Lächeln aus ihrem Gesicht verschwunden war. Asimi fehlte aber noch. Madina machte sich immer noch lustig über den Karatefilm und wie sie fast allein im Kino gesessen hatten.

Madina blieb aber nicht lange bei ihrer Mutter. Sie zog Atal in ihr Zimmer, schloss die Tür und ließ sich sofort in seine Arme fallen. Atal fing an, ihre Stirn, Augen und Lippen zart zu küssen. Madina genoss es eine Weile mit geschlossenen Augen, dann erwiderte auch sie seine Küsse leidenschaftlich. Sie umarmten, drückten und küssten einander lange. Im Gegensatz zu Atals Befürchtung, rief Belqiss sie nicht zum Tee.

»Was, wenn dein Vater plötzlich nach Hause kommt?«, fragte irgendwann Atal.

»Wir lernen doch?«, sagte Madina und lächelte ihn verführerisch an.

»Und wer ist in unserer Situation Lehrer, wer Lehrling? Für den Fall, dass er es wissen will!«, fragte Atal neckend und drückte leicht mit dem Finger auf ihre Nasenspitze.

»Du bist der Lehrer! Du hast schon Erfahrung auf diesem Gebiet!«, antwortete sie und küsste ihn zart. Sie gingen aneinandergeschmiegt zum Bett, ließen sich hinfallen und verliehen ihren Liebkosungen einen neuen, heftigeren Ton.

»Ich glaube, Baba ist schon längst zu Hause«, sagte sie, nachdem die beiden sich lange Zeit gegenseitig geküsst, gestreichelt und erforscht hatten.

»Und was machen wir jetzt? Wir können doch nicht so tun, als wäre zwischen uns nichts passiert. Sie werden bestimmt etwas verdächtigen«, bemerkte Atal etwas besorgt.

»Wir gestehen alles. Wir sind doch ehrliche Leute«,

sagte Madina belustigt.

»Was? Gestehen?«, fragte Atal überrascht.

»Na, komm! Wir bringen uns in Ordnung und gehen ruhig zu ihnen«, erwiderte sie gelassen.

Als Atal sie unsicher ansah, versuchte sie, ihm Mut zu machen.

»Keine Angst! Überlass alles Weitere mir!«, sagte sie, entzog sich seiner Umarmung und richtete sich auf.

Nachdem Madina und Atal mehrmals in den Spiegel geschaut und sich die Haare gekämmt hatten, nahm sie seine Hand und sie traten aus dem Zimmer. Hand in Hand betraten sie das Wohnzimmer und fanden Asimi und Belqiss nebeneinander auf der Couch sitzen. Beide richteten für einen Bruchteil der Sekunde ihre Blicke auf Madinas und Atals Hände, dann aber blickten sie zu ihnen auf und versuchten, ihre Freude zu verbergen.

»Hey, junge Leute! Wo habt ihr euch solange versteckt?«, fragte Asimi lächelnd und legte die Zeitung beiseite.

»Baba, Mutter! Wir beide… , ich meine… also, Atal will euch etwas sagen«, fing Madina zwar sicher an, geriet aber bald darauf ins Stocken.

»Ich?«, rief Atal erschreckt aus. Madina schubste ihn leicht mit der Schulter an.

»Ich… also wir wollten sagen… «, mehr konnte auch Atal nicht herausbringen.

»Lass mich raten! Ihr liebt euch und wollt heiraten! Oder irre ich mich?«, bemerkte Asimi ruhig.

»Ja!«, antworteten beide gleichzeitig, dann schüttelten beide sofort die Köpfe und riefen auf einmal: »Nein!«

Sie sahen einander verwirrt an und danach brachen alle im Zimmer in Gelächter aus. Asimi und Belqiss standen auf, kamen zu ihnen rüber und nahmen die beiden in die Arme. Asimi lächelte während Belqiss vor Glück weinte.

»Gott hat mir wieder einen Sohn geschenkt. Ich bin überglücklich«, sagte Belqiss mit zitternder Stimme, als Atal ihre Hand küsste.

»Wir wünschen euch nur eins, dass ihr beide glücklich seid«, bemerkte auch Asimi, als nach Madina auch Atal den Kopf zu seiner Hand senkte und sie, wie es sich gehörte, respektvoll küsste.

Madinas und Atals Verlobung verlief auf revolutionäre Weise, ohne traditionellen Glanz und großen, feierlichen Aufwand. Ein paar enge Familienfreunde versammelten sich eines Nachmittags in Asimis Haus zum Tee und es fand eine kleine Zeremonie mit Milch, Süßigkeiten und Gebäck statt.

Während die Männer hauptsächlich über Politik sprachen und die Frauen ihren eigenen Gesprächskreis gebildet hatten, langweilte sich Atal. Er konnte den Abend nicht abwarten. Belqiss und Asimi hatten für ihn und Madina bereits ein großes Zimmer unten eingerichtet. Nun musste Atal spät abends nicht mehr zu seinem Zimmer im Gasthaus zurückkehren.

Als es endlich soweit war und die Gäste sich verabschiedeten, schlichen sich Madina und Atal unverzüglich zu ihrem Zimmer. Belqiss hatte Madina zuvor von der Aufräumarbeit befreit.

»Jetzt brauchst du dich über mein kleines Bett da oben nicht zu beschweren«, sagte Madina, als sie sich auf das neue großzügig breite und weiche Bett warf. Atal setzte sich neben sie, nahm ihre Hand in seine und schaute sie einen langen Moment liebevoll an. Er konnte den Blick von ihr nicht abwenden. Madina griff nach seiner anderen Hand, zog ihn mit beiden Händen kraftvoll zu sich und sie fingen an, einander voller Leidenschaft zu küssen. Bald darauf fielen all ihre Kleider zu Boden und und Atal bedeckte ihren ganzen Körper mit heißen Küssen.

Madina und Atal verbrachten eine lange Nacht erfüllt von Lust und Begierde. Sie liebten sich mehrmals, tauschten ihre Plätze, umarmten, streichelten, drückten und küssten einander unendlich. Ihre Sehnsucht nach Zärtlichkeit und Liebe war unstillbar, als hätten sie vor, die Zeit rückwärts zu drehen und die vergangenen Jahre ihrer Jugend wieder aufzuholen, als würden sie versuchen, in dieser Nacht all ihre verlorenen Träume und unerfüllten Herzenswünsche zu verwirklichen.

In den Tagen danach wiegte sich Madina immer noch in Glücksgefühlen, ihre Augen strahlten und ein besonderes Lächeln tanzte ständig auf ihrem Gesicht. Auch Atals Freude war unendlich groß, manchmal erschrak er sogar vor dieser Fülle des eigenen Glücks. Ihr Hochzeitstag war bereits auf den 31. Dezember festgelegt. Madina drängte. Der Winter in Kabul war lang. Sie wollte nicht bis zum Frühling warten, wenn die Leute gewöhnlich ihre Hochzeiten feierten. Ihr Argument war klar, sie und Atal hatten sehr lange auf diesen Moment gewartet, nun war er da und sie wollten ihn auf keinen Fall wegen der Jahreszeit verschieben.

Die Vorbereitungen liefen auf Hochtouren. Es blieb zwar nicht viel Zeit, aber sie schafften es. Sie beabsichtigten, auch dieses Mal keine allzu große und verschwenderische Zeremonie abzuhalten. Es sollten Asimis enge Freunde, Madinas Freundinnen, Atals Kollegen und ein paar

Nachbarn dabei sein.

Schon seit Tagen spürte Atal eine ungewöhnliche, merk-
würdige Spannung bei der Arbeit. Asimi war irgendwie
unruhig. Es gingen Gerüchte um, dass angeblich gegen die
Revolution eine Verschwörung im Gange sei, ausländische
Feinde sollen einen Akt der Intervention geplant haben,
hörte man hier und da.

Eines Tages fragte Atal Asimi direkt, was an diesen geheimen Gerüchten und Geflüster wirklich dran war. Asimi
rieb seinen Kinn mit den Fingern und schwieg eine Weile in
Gedanken versunken.

»Das, was ich dir jetzt sage, ist nur für deine Ohren bestimmt, Atal. Ich habe ein schlechtes Gefühl. Du weißt ja,
die Residenz des Präsidenten ist vor Kurzem nach Tajbeg,
diesem kleinen Palast oben auf dem Hügel, verlegt worden«,
erwiderte er mit müder Stimme, drehte sich zum Fenster
und zeigte mit dem Finger auf den schönen Palast, der nur
in einigen hundert Metern Entfernung gut zu sehen war.

»Ja! Der Königspalast ist doch zum Volksmuseum umge-
wandelt worden und jeder findet diese Entscheidung gut«,
gab Atal zurück.

»Auch unsere Genossen und Berater aus dem nördlichen
Bruderland sind dieser Meinung. Sie haben den Präsidenten sogar dazu gebracht, den Umzug zu beschleunigen. Irgendwie sagt mir mein sechster Sinn, dass hier nicht alles
mit rechten Dingen zugeht. Ich habe den Verdacht, dass
hinter dieser Geschichte auch ein Komplott stecken könnte.«

Atal schüttelte erstaunt den Kopf. Asimi sprach weiter:
»Der Königspalast ist eine mächtige Festung. Sie ist nicht

leicht zu stürmen. Außerdem liegt der Palast im Zentrum der Stadt und jede Bewegung einer fremden Einheit in seine Richtung wird sofort entdeckt. Der Tajbeg Palast steht aber völlig ungeschützt auf dem Hügel und ist für Angreifer ein leichtes Ziel. Zu seiner Verteidigung steht nur die Präsidentengarde zur Verfügung. Sie besteht aus ein paar hundert jungen Arbeitern, Studenten und Schülern, die nur eine drei monatige Ausbildung hinter sich haben. Sie können im Falle einer ernsten Gefahr den Angreifern nichts entgegensetzen.«

»Ich verstehe nicht! Ich dachte, nur Feinde könnten etwas gegen die Revolution unternehmen. Aber enge Freunde und Regierungsberater aus dem Bruderland? Wie können sie denn an einer Verschwörung beteiligt sein? Warum sollten sie so etwas tun?«, fragte Atal aufgeregt.

»Das ist die Frage, Atal! In der Politik kann sich vieles verrückt zuspielen. Vielleicht mögen unsere Freunde aus dem Norden die selbstständige Politik der Regierung nicht, vielleicht haben sie Angst, dass unser Präsident sich eines Tages von ihnen abwendet, vielleicht wollen sie auf einen anderen, ihnen noch treu ergebenen Politiker setzen.«

»Warum sprechen Sie nicht mit dem Präsidenten? Warum warnen Sie ihn nicht?«, wollte Atal wissen.

»Mindestens zwei Genossen haben das schon erfolglos versucht: ich und der Innenminister. Der Präsident glaubt trotzdem unerschütterlich an unseren großen Nachbar. Sogar sein persönlicher Koch ist nun von dort, er vertraut ihm mehr als einem Afghanen. Unsere Sorgen und Bedenken hat er als feindliche Propaganda abgetan. Er hat uns Feindseligkeit unserem Bruderland gegenüber vorgeworfen und mit Konsequenzen gedroht.«

»Und was haben Sie jetzt vor? Ich meine, das wird ja eine Katastrophe sein für alle«, bemerkte Atal besorgt.

»Ich hoffe, dass ich mich irre und so ein Albtraum nie Wirklichkeit wird. In jedem Fall darfst du mit niemandem, auch nicht zu Hause, darüber reden!«, ermahnte noch Asimi.

Vier Tage vor der Hochzeit verkündete plötzlich Asimi zu Hause, der Präsident gebe morgen Abend einen großen Empfang für Parteigenossen in seiner neuen Residenz und auch er sei mit der Familie eingeladen.

»Diese Empfänge sind langweilig, Baba! Du und Mutter könnt gern gehen, wir bleiben aber zu Hause«, sagte Madina und sah Atal um Unterstützung bittend an.

»Du kannst bleiben, Atal aber nicht. Es ist sein Job mich zu begleiten«, erwiderte Asimi ungerührt, bevor Atal seine Meinung dazu äußern konnte.

»Oh, Baba! Das ist ja Erpressung! Allein zu Hause will ich auch nicht bleiben, das weißt du genau. Na gut! Aber nach unserer Hochzeit wird Atal eine andere Arbeit suchen müssen«, verkündete sie unzufrieden. Asimi, Belqiss und Atal lachten, widersprachen ihr aber nicht.

Am nächsten Tag vor dem Abend zogen sich bei Asimi zu Hause alle festlich an und machten sich auf dem Weg zum Tajbeg Palast. Auch Atal trug einen soliden Anzug. Er war zwar nicht als Gast eingeladen, er war noch nicht offiziell als Schwiegersohn der Familie anerkannt, aber als Asimis Leibwächter musste er bei solchen Anlässen vornehm aussehen.

Als Asimi mit seiner Familie aus dem Auto stiegen, war vor dem Palast viel los. Die Gäste trafen einer nach dem anderen ein. Sie wurden vor dem Eingang begrüßt und hinein begleitet. Atal und die anderen Leibwächter wurden zu einem großen Raum im Erdgeschoss geführt, wo ein paar Tische mit Getränken und Vorspeisen gedeckt waren.

Der Empfang kam schnell in Gang, das Dienstpersonal lief hin und her und servierte Essen. Atals Kollegen scherzten und lachten sorglos hinter ihren Tischen, nichts deutete auf eine sich anbahnende Katastrophe. Irgendwann, als Atal gelangweilt auf das Ende des Empfanges wartete, platzte überraschend ein Offizier aus dem Sicherheitskreis des Palastes in den Raum und sprach von einem außerordentlichen Vorfall da oben.

»Es scheint so, als wären die Gäste durch etwas im Essen vergiftet worden«, erklärte er kurz und befahl allen in volle Bereitschaft zu treten.

Die Leute im Raum sahen einander verblüfft an. Lebensmittelvergiftung beim Empfang des Präsidenten? So etwas konnte sich überhaupt niemand vorstellen. So ein Vorfall schien nur in alten Märchen und Geschichten vorzukommen, wo Ehefrauen, Geliebte, Söhne oder Brüder den König zu vergiften versuchten. Die Zeit der Palastintrigen war schon längst vorbei.

»Das ist bestimmt keine Absicht gewesen. Das kann nur eine Schlamperei des Küchenpersonals sein«, sagte einer der Leibwächter.

»Vielleicht wurde vergammeltes Fleisch oder andere verfaulte Produkte ausgeliefert. Das sollte aber nicht gefährlich sein. Die Ärzte sind bestimmt schon da, sie können den Grund leicht feststellen«, bemerkte ein anderer optimistisch.

Atal konnte sich aber mit solchen Vermutungen

nicht zufriedengeben. Er wusste, dass der persönliche Koch des Präsidenten ein Fremder aus dem nördlichen Bruderland war, er erinnerte sich sofort an sein Gespräch mit Asimi. Es war Atal zwar nicht gestattet das Zimmer ohne Erlaubnis zu verlassen und etwas zu unternehmen, aber er musste handeln. Da oben befanden sich auch Madina und ihre Eltern.

Genau in dem Moment, als er seine Pistole prüfte und noch unsicher war, ob er in den Korridor hinaustreten oder noch warten sollte, brach auf einmal ein furchtbares Chaos in unmittelbarer Nähe des Palastes aus, wo sich die Kaserne und die Stellungen der Präsidentengarde befanden. Es wurde aus allen Waffen geschossen. Unzählige Maschinengewehre, Raketenwerfer, Bomben und Granaten ließen den Boden erzittern. Es war die Hölle los. Nun rannte Atal in den Korridor hinaus, ohne auf einen Befehl zu warten. Im Eingangsbereich sah er ein paar Soldaten, die über die Treppe nach oben eilten, ein anderer lief ihm im Korridor entgegen.

»Fallschirmjäger! Sie töten uns! Niemand weiß, was zum Teufel los ist«, schrie er panisch.

In diesem Moment stürmten mehrere schwer bewaffnete, fremde Kommandos durch den Eingang und begannen wahllos nach rechts und links zu schießen. Atal warf sich zur Seite und feuerte instinktiv mit seiner Pistole einige Male. Dann sah er kurz zu dem Mann, mit dem er gerade gesprochen hatte. Er war durch mehrere Kugeln getroffen worden und lag tot neben ihm. Atal griff nach seiner Kalaschnikow, holte schnell das Ersatzmagazin des Toten und lief geduckt zur Treppe hin.

In den oberen Etagen waren bereits heftige Gefechte im

Gang, schwere Explosionen erschütterten den Palast, die Luft war voller Rauch, es waren laute Rufe und Schreie zu hören. Atal lief und schoss, um sich den Weg freizumachen. Ihm gelang es noch bis zum Treppenabsatz der zweiten Etage vorzudringen, da wurde er aber nicht nur von oben, sondern auch von unten unter Beschuss genommen, anscheinend drangen weitere Kommandos in den Palast ein. Atal blieb nichts anders übrig als die Treppe zu verlassen und sich in die zweite Etage zu begeben. Er wusste nicht, in welcher Etage sich die Gäste befanden und wo er Madina und ihre Eltern suchen musste.

Der Korridor war voller Rauch. Es lagen Tote hier und da. In der Mitte des Korridors sah er zwei Fremde, die gerade aus einem Zimmer nach draußen traten. Atal war schneller, er drückte sofort den Abzug seiner Kalaschnikow, drehte sich rasch nach hinten und schoß auch auf einen anderen, der gerade den Korridor betrat. Als er aber vorne noch mehr Fremde entdeckte, begab er sich schnell nach rechts, in die offenstehende Tür eines Zimmers. Dort lag ein weiterer erschossener Mann. Der Türbereich des Zimmers geriet nun unter Dauerbeschuss. Atal verstand, dass er umzingelt war und es keine Möglichkeit gab das Zimmer zu verlassen. Auf eine Hilfe von draußen hatte er auch keine Hoffnung. Er zweifelte nicht, dass die Fremden alles sehr gut organisiert hatten.

Atal nahm hinter der Tür Stellung, zeigte den Lauf seines Gewehrs nach draußen und schoss regelmäßig, mal nach rechts und mal nach links. Als sein Gewehr leer war, nahm er das Gewehr des getöteten Mannes nicht weit von ihm und setzte die Schießerei fort. Er musste die Fremden von der Tür fernhalten.

Atal schoss solange bis alle Vorräte und Magazine, die er beim Getöteten gefunden hatte, verbraucht waren. Das Letzte, das er noch zur Verfügung hatte, waren zwei Handgranaten, die er ebenfalls dem Soldaten abgenommen hatte. Es gelang ihm noch die eine in den Korridor zu werfen, zur zweiten kam er aber nicht, eine heftige Explosion direkt vor der Türschwelle warf ihn nach hinten und machte ihn bewusstlos.

Irgendwann kam Atal wieder zu sich, er lebte noch. Dieses Mal fand er sich aber nicht auf einem weichen Bett wieder und kein Engel lächelte ihn an. Er lag auf einer Matratze auf dem Boden. Der Raum war voller Verwundeten. Manche von ihnen waren bewusstlos oder sie schliefen, andere jammerten laut.

Atal Kopf war verbunden und all seine Glieder taten weh. Er brauchte nicht lange, um sich zu erinnern, was mit ihm passiert war. Er wusste nur nicht, wo er sich gerade befand, ob das ein Krankenhaus oder ein Aufnahmegebäude für die gefangenen Verwundeten war. Ihm war aber alles völlig egal. Madina war tot, daran hatte er keinen Zweifel. Vor seinen Augen stand ihr blutiges, weißes Kleid und ihre zur Decke starrenden Augen. Er wusste es! Das böse Schicksal war sich auch dieses Mal treu geblieben und hatte erbarmungslos zugeschlagen. Er konnte sich nicht verzeihen, dass er seinen Gefühlen nachgegeben und dem Schicksal wieder einmal die Möglichkeit geschenkt hatte, mit ihm zu spielen, wie eine Katze mit der Maus.

Zwei Tage später kamen ein Dutzend kräftiger Männer in Zivilanzügen, trennten diejenigen, die auf den Beinen stehen konnten von den anderen, und schubsten sie in geschlossene Fahrzeuge. Unter ihnen befand sich auch Atal, der außer seiner Kopfverletzung mehrere Schnittwunden am ganzen Körper hatte.

Sie brachten die Häftlinge zum Gefängnis Pol-e-Tscharchi, einige Kilometer östlich des Stadtzentrums. Die Gefängnisanlage war vor ein paar Jahren eingeweiht. Ihre aus Felsblöcken gebauten himmelhohen Mauern erstreckten sich kilometerlang und bildeten ein Rechteck. In der Mitte der Anlage standen die Zellenblöcke in Form eines gewaltigen Rades.

Atal wurde einem der sogenannten politischen Blöcke zugeordnet, der schon von Häftlingen überfüllt war. Unter ihnen waren hochrangige Regierungsmitglieder, Armee- und Polizeioffiziere, aber auch viele einfache Parteiaktivisten. Sie waren geschockt, traumatisiert und misshandelt. Noch hatte keiner richtig erfasst, was wirklich passiert war. Die einen gingen zu ihren hochrangigen Genossen, stellten sie zur Rede und forderten eine Erklärung, warum um Himmels willen so etwas zustande kommen konnte? Viele waren verbittert, wütend und wussten nicht, was sie erwartete.

Atal hörte von seinen Nachbarn, dass der Präsident, seine Söhne, darunter auch der minderjährige Sohn, und Brüder erschossen und dutzende bekannte Gesichter aus seinen treuen Kreisen aufgehängt worden waren. In das Land seien mehrere zehntausende russische Soldaten aus dem Norden einmarschiert und ein Teil der Partei- und Regierungsführer habe sich bereits dem neu eingesetzten Machthaber angeschlossen.

Atal beteiligte sich nicht an den Gerüchten und Diskussionen. Er fragte keinen und beschwerte sich auch nicht.

Sein ewiges Schweigen und gleichgültiges Verhalten erschien vielen merkwürdig. Seine Nachbarn flüsterten und warfen ihm mitleidige Blicke zu. Für sie war er ein verlorener Genosse, der dabei war den Verstand zu verlieren. Atal machte das aber nichts aus. Für ihn wäre es weniger quälend, wenn er seinen Verstand wirklich los wäre, noch besser, wenn er gar nicht überlebt hätte.

Es war ein Jahr vergangen. Die Gefängnisdirektion hatte langsam Ordnung in den politischen Zellblöcken geschaffen. Sie hatten die Häftlinge nach ihrem Rang, Position oder Gefahr, die von ihnen ausgehen könnte, klassifiziert und sie dann in die zahlreichen großen und kleinen und sogar Einzelzellen gesteckt.

In den ersten paar Monaten wurden die Häftlinge noch verhört. Viele Häftlinge bekamen kurz danach ihre Urteilspapiere. Die Strafen lauteten oft Tod oder 20 Jahre Haft. Für ein paar Dutzend wurde das Urteil sogar vollstreckt, die anderen warteten.

Im Laufe der nächsten Monate wurden die Urteilspapiere aber überraschenderweise wieder eingesammelt und ungültig erklärt. Die Häftlinge mussten auf einen neuen Prozess warten. Das versprach aber weder eine Erleichterung noch eine bessere Behandlung. Der Gefängnisdirektor sagte einmal: »Ihr seid alle zum Tode verurteilt! Wir wollen es euch aber nicht leicht machen. Wir wollen, dass ihr jeden Tag sterbt.«

Atal gehörte zu denjenigen, die noch gar keine Urteilspapiere bekommen hatten. Während die anderen in Angst und Panik ihre Tage verbrachten, verhielt sich Atal völlig unbeeindruckt. Ihn konnte nichts mehr erschrecken.

Am Ende des ersten Jahres wurde die Lage in den politischen Blöcken dennoch etwas entspannter. Statt einer Zeit des Schreckens trat eine Phase der bedrückenden Ungewissheit und des Wartens ein. Die Häftlinge begannen, langsam von ihren Angehörigen Kleider und kurze Notizen zu erhalten. Jeder, der sie bekam, freute sich unheimlich und erzählte ihren Genossen und Nachbarn mit Tränen in den Augen davon. Sie ihrerseits beglückwünschten den Glücklichen und hofften nun selbst auf eine baldige Nachricht von ihren Familien.

Atal erwartete keine Nachrichten oder Zusendungen. Er hatte niemanden da draußen, der ihm etwas schreiben oder schicken könnte. Doch, eines Tages passierte das, was all seine Vorstellungskraft übertraf. Der Wächter, der die Päckchen und Briefe verteilte, las unter anderen plötzlich auch seinen Namen vor. Während alle in seiner Zelle ihn überrascht anblickten, war Atal selbst sich gar nicht sicher, ob der Wächter wirklich nach ihm gerufen hatte. Als der Wächter das zweite Mal, jetzt laut und gereizt, seinen Namen rief, schüttelte sein Nachbar ihn kräftig und sagte: »Hey, Genosse! Steh auf! Der Wächter hat dich gerufen, sonst bekommst du Ärger.«

Atal stand unsicher auf und ging zum Wächter hinüber. Dieser drückte ihm zunächst eine große Tüte in die Hand und übergab ihm dann noch ein gefaltetes Papierstück. Atal bekam auf einmal weiche Knie. Mit großer Mühe kehrte er zu seinem Platz zurück und entfaltete mit zitternden Fingern das Papier. Auf dem Zettel war groß geschrieben: »Mutter und ich, wir sind in Ordnung. Wir warten auf dich.«

Das war Madina! Er erkannte sofort ihre Handschrift. Atal sprang plötzlich vom Platz auf und schrie:

»Ich habe falsch gelegen, Brüder! Ich habe falsch gelegen!«
Er schrie und schrie und konnte nicht damit aufhören.

Atals Zellengenossen beobachteten ihn verwirrt. Der
eine schüttelte den Kopf und sagte: »Der Arme ist nicht bei
Sinnen!«